国家社科基金重大招标课题
"期刊史料与20世纪中国文学史"（11&ZD110）阶段性成果

河南省高等学校哲学社会科学创新团队支持计划
"报刊史料与20世纪中国文学史"（2012-CXTD-02）阶段性成果

河南大学中国现代文学研究中心项目资助

黄河文明传承与现代文明建设河南省协同创新中心资助

河南省特色优势学科群（"黄河文明"学科群）建设经费资助

文本·史料·方法
——中国现代文学研究片论

报刊史料与20世纪中国文学史丛书

刘进才 著

中国社会科学出版社

图书在版编目（CIP）数据

文本·史料·方法：中国现代文学研究片论/刘进才著.—北京：中国社会科学出版社，2017.1

（报刊史料与20世纪中国文学史丛书）

ISBN 978-7-5161-8120-1

Ⅰ.①文… Ⅱ.①刘… Ⅲ.①中国文学—现代文学—文学研究 Ⅳ.①I206.6

中国版本图书馆 CIP 数据核字（2016）第 099811 号

出 版 人	赵剑英
责任编辑	王　曦
责任校对	周晓东
责任印制	戴　宽
出　　版	中国社会科学出版社
社　　址	北京鼓楼西大街甲 158 号
邮　　编	100720
网　　址	http://www.csspw.cn
发 行 部	010-84083685
门 市 部	010-84029450
经　　销	新华书店及其他书店
印　　刷	北京君升印刷有限公司
装　　订	廊坊市广阳区广增装订厂
版　　次	2017 年 1 月第 1 版
印　　次	2017 年 1 月第 1 次印刷
开　　本	710×1000　1/16
印　　张	21.25
插　　页	2
字　　数	362 千字
定　　价	78.00 元

凡购买中国社会科学出版社图书，如有质量问题请与本社营销中心联系调换

电话：010-84083683

版权所有　侵权必究

序 言

关爱和

进入 20 世纪后，报刊成为文化传播的主要渠道和方式。报社、学校、学会、沙龙以及近代中国舆论媒介共同构成中国社会的公共空间。《报刊史料与 20 世纪中国文学史丛书》旨在以 20 世纪中国报刊的兴起、发展为切入点，描述 20 世纪在西学东渐、政权更迭等复杂政治与文化背景下中国新文化与新文学的重建过程，揭示 20 世纪文学活动、文学传播和报刊媒介、文学编辑、市场及读者之间的联袂互动。

《报刊史料与 20 世纪中国文学史丛书》的研究对象是文化与文学的结合物，入手于报刊，立足于文学。它有可能打破作家生平的评述、文学名著的分析、文学体裁分类的传统书写模式，将报刊与文学互动的描述保持在制度、观念、思潮、流派的宏观层面。

《报刊史料与 20 世纪中国文学史丛书》以 20 世纪新思想新文学的重建为研究对象。文学史叙述的主要任务，是使过去的历史得以复活。书写者借助自己的主体精神解读重现历史，在总体上坚持大叙事文学史理念，以现代化作为历史叙事稳固宏大的思想框架，以近代、现代、当代为历史叙事起承转合的三大时间平台，探求一百年中国人的精神涅槃，建立报刊与文学共生共兴的叙述与知识体系。近、现、当代三大时间平台分属不同的政权形态，不同政权所形成的文化文学机制是绝然不同的。依据三大政权把 20 世纪划分为近、现、当代，是一种革命话语。这是我们的书写必须面对的话语体系。但依据现代性的标准，我们还将有另一种话语体系，这就是现代化的话语体系。文化与文学的现代性，是伴随资本主义的形成，大工业化时代的到来，以现代知识体系为基础并与之相适应的文化与文学表达。现代性可以赋予20世纪中国文学另一个完整的叙述框架。从这一框架出发，中国文化与文学的现代化一以贯之而不曾因政权的更迭而中断。

20世纪中国新文化新文学的重建是在古与今、中与外两对既相互冲突矛盾又相互融合支撑的文化语境中进行的。中国新文化新文学的重建，有民族的和西方的两大思想资源，重建的过程是民族传统文化文学和西方舶来文化文学融合生成的过程，充满痛苦，也充满活力。重建之后的新文化新文学，既有中国基因，又有外来血脉。中国文学的现代化和中国经济社会的现代化一样，是活生生的"这一个"。"重现"、"重新复活"中国新文化、新文学重建过程，书写活生生的"这一个"，就是通过文学透视"中国经验"与"中国制造"。理论自信并保持理性判断，饱含同情而张扬批判精神，是《报刊史料与20世纪中国文学史丛书》研究应该确立的写作立场。

就传播与文学知识体系的建立而言，《报刊史料与20世纪中国文学史丛书》的主要任务是建构。书写者须在对历史文本的阅读交流中，不断形成视阈融合，产生新的成见成果。这些成见成果对已有的文学史可能带来解构与重构。上述目标完成的基础是报刊史料。对史料的掌握、分析、归纳、研究的水平，决定建构、解构、重构的能力。本课题在总体上坚持大叙事文学史理念的同时，不拒绝穿越学科、现象，寻找整体的裂隙与历史的偶然，寻找思想碎片。从报刊史与文学史重合的时间节点上，聚焦问题，发现细节，以富有趣味的历史发现，呈现历史的多样性与丰富性。历史书写的根据主要是史料文本。史料文本与史家的主体精神是相互作用的。对史料文本，要善于阅读发现，更要善于归纳发明。学术预设的立与废，取决于在文学史观指导下作者对史料文本的把握驾驭。书写者在纷纭繁杂的史料文本面前，要具备去伪存真、由表及里、善入善出的能力。

在世界范围内，20世纪是一个工业时代与后工业时代接踵而来的时代。中国文化和文学的发展，面临着现代主义和后现代主义的社会语境。精英意识形态、商业意识形态、大众消费意识形态并存合流，精神生产、商品生产、大众娱乐的界限趋于模糊含混。这一特点和趋势，要求我们在书写中，既要遵守文学史学科的传统规范，防止泛文学化，又要注意上述趋势对文学发展的深刻影响。

《报刊史料与20世纪中国文学史丛书》着眼于报刊传播与文学发展互动研究，是增加现代文学史观察维度的学术探索，是对20世纪中国文学史研究的深化和拓展。书写者应注意著述的学术创新、学术水准和学术价值。处理史料文本，应注意独特性、创新性、前沿性。对学术界已有的成说，转引他处的文献，要一一注明。在行文过程中，提倡文从字顺，简明扼要，求同存异，清新稳妥。避免人云亦云，概念堆砌，虚话套话，佶屈聱牙。

"虽不能之，心向往之"，愿与丛书的写作同人共勉。聊以为序。

2015年4月20日

目 录

第一部分 文本与方法

一 "白日梦"中的自尊与自怜
　　——《春阳》中婵阿姨情感心态剖析 …………………… 3
二 论施蛰存小说中的反讽 …………………………………… 7
三 故乡的失落与交流的阻隔
　　——鲁迅《风筝》主题意蕴新探 ………………………… 12
四 文言白话之争下的文化隐喻
　　——关于《孔乙己》创作主题另一解 …………………… 16
五 《社戏》在当代中国的传播与接受
　　——以中学语文教材对《社戏》的主题解读为中心 …… 25
六 论新感觉派小说的叙事语链 ……………………………… 33
七 叙事传统的颠覆和诗骚传统的回归
　　——从叙事角度看"新感觉派"小说 …………………… 37
八 新感觉派小说叙事艺术论 ………………………………… 43
九 论晚清小说的叙事艺术 …………………………………… 53
十 风俗美学：历史文化的民俗还原 ………………………… 61
十一 是控诉，还是忏悔？
　　——论乔叶小说《认罪书》的叙述策略与道德救赎主题 ……… 68
十二 乡村的发现与乡土空间的建构
　　——从文学地理学视角观照 20 年代乡土文学 ………… 78

第二部分　史料与问题

一　跨学科研究的史料问题
　　——关于寻求中国现代文学研究新的生长点的思考 …………… 93
二　问题与视野
　　——关于"语言运动与中国现代文学"研究的思考 …………… 102
三　徘徊于史实与虚构之间
　　——中国现代历史小说观念探寻 ………………………………… 106
四　《无望村的馆主》的版本问题
　　——从"福建本"增加的"跋"谈起 …………………………… 115
五　1917—1927：中国现代文学批评理论资源的引进 ……………… 124
六　1917—1927：中国现代诗学理论的崛起 ………………………… 132
七　1917—1927：现代文学批评范式的初步确立 …………………… 140
八　在研究方法的更新中拓展与深化
　　——京派小说研究述评 …………………………………………… 147
九　京派小说诗学研究论纲 …………………………………………… 169
十　阿左林作品在现代中国的传播与接受 …………………………… 178
十一　中国现代文学的源流与特征
　　——中国现代文学史绪论 ………………………………………… 192

第三部分　学人与学术

一　从文学史研究到学术史创构
　　——黄修己对中国现代文学学科的贡献 ………………………… 207
二　从史料的发掘整理到中国现代文学史料学的建立
　　——略论刘增杰的史料研究 ……………………………………… 226
三　从文本阐释到理论建构
　　——论吴秀明的历史文学研究及其学术史意义 ………………… 235
四　中国现代小说语言历史的总结与现代小说语言美学的宏伟建构
　　——论刘恪的小说理论及其学术贡献 …………………………… 247

五　历史，该如何叙述？
　　——从《中国当代新诗编年史（1966—1976）》说开去 ………… 259
六　为学科奠基发掘史料
　　——评刘福春《中国新诗书刊总目》 ……………………… 265
七　文本阐释的有效性及其限度
　　——近年来《野草》研究的偏至 …………………………… 268
八　新文学建构中民间资源的探寻
　　——高有鹏的《中国现代民间文学史论》 ………………… 276
九　贯通古今的宏阔视野与民间文学思想体系的宏大建构
　　——高有鹏的《中国民间文学通史》 ……………………… 282
十　史料的发掘与学术空间的拓展
　　——秦方奇编校《徐玉诺诗文辑存》的学科史意义 ……… 289
十一　扎实的文献功夫与明确的问题意识
　　——评胡全章《清末民初白话报刊研究》 ………………… 293
十二　文学报刊研究与文学史阐释空间的开创
　　——武新军的《意识形态结构与中国当代文学
　　〈文艺报〉（1949—1989）研究》 ………………………… 299
十三　问题意识与考辨功夫的融会
　　——评高恒文对周作人及其弟子的研究 …………………… 307

附　录　师门求学琐记 ……………………………………………… 315
后　记 ………………………………………………………………… 324

第一部分

文本与方法

一 "白日梦"中的自尊与自怜

——《春阳》中婵阿姨情感心态剖析

在中国现代小说史上，20世纪20年代末和30年代初曾活跃着一个很重要的文学派别——"新感觉派"。施蛰存、刘呐鸥、穆时英是该流派的代表。他们的创作，以一种对外部现实的新的感受方式，描写了大都市五光十色的社会生活和光怪陆离的人生具象，并依据精神分析理论和性心理学说，对其笔下人物的深层心理活动进行了大胆的观照，从而传达出他们对人的原始本性的理解。这三个人当中，描写最富有深刻性的当属施蛰存，他的短篇小说《春阳》堪称这方面的代表。

《春阳》描写主人公婵阿姨在一个春光和煦的日子，从昆山到上海银行取钱的经过以及她隐秘的心理活动。三十多岁的婵阿姨，十二年前为了得到未婚夫家一大笔遗产，在未婚夫忽然于吉期前死去的情况下，她"抱牌位做亲而获得了这大宗财产的合法的继承权"。不久，翁姑也相继去世，她所继承的财产便为族中人所虎视眈眈。她不能容忍靠自己牺牲一切换来的遗产有朝一日被别人瓜分，也害怕族人对她再婚诽谤讥笑。她丧失了挣脱旧生活束缚的勇气，只能孤身生活下去。但是，在一次到上海银行取钱时，由于春日阳光的诱发，激活了她中意于年轻银行职员的潜意识。她终于禁不住压抑已久的情欲的诱惑，又回到银行，想重温一下银行职员那温柔的笑脸，然而年轻的职员却称她为"太太"。她发现自己所构想的年轻职员对她的情意，只不过是受雇职员对所有主顾的亲切而已。经过这虚幻的梦境之后，她只好匆匆地离开上海回家，仍往复于原来的生活轨道之上。

小说的重点是对婵阿姨渴望幸福和爱情的心态的描写。在冠生园吃饭时，对面桌上那幸福的三口之家，引出了她一直沉潜在心里而不敢升腾起来的烦闷。长期的性压抑和由此而产生的对性的强烈渴求，以及这种渴求的不可能实现，造成了婵阿姨作为"人"的尊严的失落、自我的沦丧以及性格的分裂和变异。她变得极其敏感和神经质，为自己面前只有一副碗箸而感到难堪。她不敢接触对面那一家三口的眼光，生怕别人看出她是死了丈夫的妻子、她的年纪以及她不像个母亲。那位手拿报纸的文雅男士终于没在她的对面坐下，也引起了她敏感的沉思："他是不是本想坐下来，因为对于我有什么不满意而翻然变计了吗？"转念一想，又自我安慰，但愿他是简单地因为自己是一个女客，觉得不太方便，所以不坐下来的，于是又后悔早晨到上海来没顾得上擦粉。

根据弗洛伊德的精神分析说，现实生活中，人对自己某一方面的丧失，必然会寻找一种替代性的补偿和超越性的逃避。婵阿姨就是这样，她在她困惑的内心构筑起一个虚幻的梦境世界。她"冥想有一位新交的男朋友陪着她在马路上过，手挽着手，肩并着肩"，尽情享受爱情的甜蜜与愉快，并假想和那位虽在她桌边逗留片刻却没坐下来的文雅男士的谈话：

——先生，借一张登载影戏广告的报纸，可以吗？
——哦，可以的，可以的，小姐预备去看影戏吗？……
——小姐贵姓？
——哦，敝姓张，我是在上海银行做事的。……

从她一问而男子一连三句回答的谈话中，折射出婵阿姨把自己设想为被热恋的对象的自尊与自怜！这一神经过敏的紊乱的心态，仿佛是一幅幅流动的画面，映照出婵阿姨的"白日梦"。在这个梦幻的世界里，她孤苦无告的心灵得到一丝的欢欣和快慰，她找回了自己失落的尊严。然而，银行职员一声"太太"的称呼便击碎了她的"白日梦"，愤怒和被侮辱的感情立刻奔涌在她的眼里。原来，她那个精心构筑的梦境是如此的孱弱，一遇到现实便如彩色的肥皂泡一般迸裂了。更可悲的是，虽然传统的伦理道德和浪漫的幻想之间的矛盾，曾一度使婵阿姨心烦意乱，焦躁不安，然而这种哀伤、悲愤情绪并没有在婵阿姨身上持续下去，她很快地冷静下来。在爱心与财权的交战中，她死死地固守着那份"牺牲了毕生的幸福"而获得的财产。尽管一大笔产业都归她掌管，她却如葛朗台一般吝啬。花两块钱吃一顿午饭，已觉得浪费至极。在归去的途中，她对自己的痛苦很快变得麻木而失去痛感，她还有心思认真地核算剩下的铜圆。正常的人性被金钱扭曲而变形，她唯有在护守财产中寻求精神的寄托，而这种寄托随时都有崩溃的可能，她也唯有沿着为财产而殉葬的道路走完她人生的苦旅！她身上佩戴的那块爱尔琴金表，是她黄金的"枷"，她不可能挣脱金钱的羁绊去追求幸福的爱情，而是又自觉地把自己重新纳入人性备受压抑的生活轨道上去。从这一点来看，婵阿姨的人生命运愈加悲惨而震撼人心！

然而，是什么原因使一个原本活泼、健康、富有朝气的女人变得如此麻木、吝啬、神经过敏？《春阳》这篇小说仅仅在于向读者展示一个中年妇女紊乱的心理流程图吗？

我认为，如果把婵阿姨的心理活动比作一面镜子的话，那么作品的目的就在于通过这面镜子来折射社会万象。人，作为社会的个体，其心理活动必然打上时代和社会的烙印，人的心理的变迁也必然反映社会的沉浮。作为"新感觉派"的主将，施蛰存创作一系列心理小说的目的一方面是开辟一条新的创作蹊径，即用弗洛伊德学说来解释人物的深层心理；另一方面在于通过人物心理的开掘展示人物心理背后所蕴藏的社会内容。施蛰存的一系列心理分析小说大都是写性爱与现代文明相冲突的主题。《春阳》中婵阿姨这位旧式的妇女面对着资本主义都市文明的"今天"，徒然地进行了一次注定要失败的抗争。尽管婵阿姨的抗争失败了，却向人们昭示出资本主义的都市文明对封建宗法制农村小镇的侵蚀，这种侵蚀势必造成封建宗法制社会的瓦解！我们知道，婵阿姨的抗争起源于正常的人性，她的性爱意识表面上是由春天的阳光诱发，实际上源于她中意于银行职员的潜意识。小说中，施蛰存并非要表现性爱本身高于一切，而是注入了丰富多样的人与社会关联的背景，使婵阿姨的心理渗进了社会变迁的历史内容。《春阳》从妇女解放的角度道出了用财产交换生命的可悲。婵阿姨被压抑的性心理，打上了中国半封建社会肌体上逐渐资本主义化的印迹，这里的社会变迁是隐含在人物心理变迁之内的。上海这个大都市的畸形繁荣以及与周围古旧保守的城镇农村关系的演变，被包含在春阳一日的变化之内，从而表现了作者对封建性的死水微澜与资本化的享乐世界的双重怀疑！婵阿姨作为旧式城镇市民苦闷女性的典型，她有别于茅盾、丁玲笔下那些充满蓬勃进取心的新女性。她只有暂时的挣扎而已，她是一个时代的落伍者，时代抛弃了她，她也远离了时代，她希图冲破人性的枷锁而最终未能冲破，客观上反映了封建宗法制社会对正常人性的禁锢。

　　总之，对人物深层心理的开掘和鞭辟入里的刻画，是施蛰存小说描写的深刻性所在。《春阳》这篇写于30年代的小说，我们今天读来，仍有其深刻的现实意义和强烈的艺术感召力。

二　论施蛰存小说中的反讽

施蛰存崛起于 20 世纪二三十年代的上海文坛，和穆时英、刘呐鸥、杜衡等一些志同道合的文学青年，以《无轨列车》《新文艺》《现代》等杂志为中心，形成了一个人数不多但能量却很大的文学流派——心理分析小说派。他的小说创作主要活跃在抗战以前，小说集有《上元灯》《善女人行品》《鸠摩罗什》《梅雨之夕》《将军底头》《小珍集》等。新中国成立后沉寂了三十余年的施蛰存小说研究到 80 年代成为热点。纵观十余年的研究，有的侧重他的心理小说艺术的评述；有的着重探讨他的小说向现实主义的回归；有的侧重创作分期的比较等等。本文试图从另一角度——反讽的叙事格调入手，重新切入施蛰存小说的思维空间，以获得对他的小说全新的审美感受和艺术把握。

反讽一词，源自希腊戏剧中那种使"高明"对手出尽洋相的"佯装无知"的角色，具有悖论、讽刺的性质，但其范围要广得多，一般表示文学作品内部各种不协调品质，互相干扰排斥、互相冲突抵触的协调结合。反讽主要有两种类型：一种是言语反讽，它存在于作品叙事的语调和态度之中；一种是情景反讽，它存在于作品的叙事结构之中。反讽的最根本点在于事实和表象的对照，受嘲弄者深信事情应该是那样，却不知它实际上完全不同。二者对照越强烈，则反讽越鲜明。到了西方新批评派手中，反讽已演变成语言艺术的基本原则，它颇受意象派诗人的青睐。

施蛰存是从诗歌创作走上文学道路的。在谈到他的创作历程时，他说："在文艺写作的企图上，我的最初期所致力的是诗。"[①] 在大学学习期间，他学习了英语和法语，阅读了大量的外国文学作品，受意象派诗歌影响很大，并曾在自己主编的《现代》文学月刊上，发表了一些"意象抒

[①] 施蛰存：《我的创作之历程》，转引自《一个未被遗忘的作家——施蛰存的意象抒情诗和心理小说》，《西湖》1983 年第 1 期。

情诗"，正是在这一点上，施蛰存不能不或多或少地接受西方意象派诗人惯用的反讽手法，自觉或不自觉地运用于他的小说创作之中。

当我们从反讽这一角度观照施蛰存的小说时，我们发现其中的反讽主要是体现于作品的叙事结构之中的情景反讽。

情景反讽有两种不同的性质，一种是以个别的人为反讽对象的个别情景反讽，它产生于人物的主观愿望与事情的客观发展之间的巨大差异之中。事情由于人物本身的行动而向着与人物的愿望相反的方向发展，使人物的计划、理想、企盼都不可挽回地成为幻灭的肥皂泡。这里，人物的艰辛努力和事情的逆反结果构成了强烈的反讽。《善女人行品》中的《特吕姑娘》就是个典型范例。秦贞娥小姐中学毕业后，升学无望，父母又都是染上鸦片烟瘾的人，家庭经济非常困窘。在邻居赵良士的引荐下，被聘为一家百货公司的店员，负责销售化妆品。初到公司，经理再三吩咐：

> 公司与店员的关系是一种企图双双繁荣的合作，一个店员应该常常想到公司营业，尽了自己的能力使它得到尽量的发展……一个店员对于主顾必须和气，诚实，而且显出商业上的殷勤态度来……

秦小姐恪守着这个信条，把经理的话当作标语记在心里，并付诸行动，每天都殷勤地招揽着顾客。她那聪颖而多情的微笑招来了许多青年绅士，为了提高营业额，在必需的时候，她用那妩媚的姿态，劝他们购买高价的化妆品。秦贞娥小姐只有一个目的："尽了我的努力使公司的营业得到无量的发展。"然而，尽管月底结算她卖了比别人高几倍的货物，结果却意外地收到了一张总经理的告诫书，吩咐她在应付主顾的时候要诚实，要态度端正，要顾全公司的名誉与信用，使营业繁荣起来。从此，那个在柜台前面带微笑的秦小姐脸上挂满哀怨的忧伤。秦小姐受雇于店主，从表面上看，她的带着几分妩媚的笑迎接顾客似乎是赢得店主欣赏和加薪的手段。殊不知，这种可笑的努力却置她于相反的境地，她不但没有受到称赞和奖赏，反而受到训斥和警告。经理第一次吩咐和第二次训诫大同小异，秦小姐便处于一种进退维谷之中。这里，人物的举动与事情的结果之间的悖反构成了反讽，这个旧社会受制于人的弱女子的迷茫和忧伤都蕴藏在这个意味深长的反讽之中。

《旅舍辑》中的《旅舍》也和《特吕姑娘》一样，具有相同的反讽效果。小说中的主人公丁先生是一个商业老板，无尽的奔波和忙碌导致了神经衰弱的病症。为了减轻自己的病，他便跑到一个偏僻的乡镇去疗养，由于旅馆设备的简陋及丁先生在夜间恐怖的幻觉，他在烦恼与恐慌中度过一个不眠之夜。他的病不但没有得到调养，反而更严重了。丁先生到乡间小镇去调养，本来是暂时逃避城市的喧嚣所造成的不幸，但却堕入了另一个他本人也想不到的情景之中。人物所企图得到的结果与实际结果出现了偏差。

个别情景反讽的另一种情况是：人物的努力虽然使事情朝着自己的愿望发展，但人物对事情的理解与事情的真相却正好相反。真相成为人物言行的反面陪衬和注解，反讽由此而生，嘲弄也由此加强。《善女人行品》中的《雄鸡》这篇小说就具有这样的反讽效果。兴发婆丢失了一只雄鸡，便怀疑是她的孤孀媳妇阿毛娘所偷。她对媳妇说：

> 不要自己偷捉了去讨好汉子，这许多日子眉来眼去，难道还瞒得住别人！……你要走就走，只不要在这屋子里出丑。今天一只鸡，明天一只猪，人家没有这许多家私帮你养老公。

当兴发婆不能真正地认定是媳妇所为时，又疑心是贫穷的生林的妻子偷了，于是跑到生林家的院子里东张西望搜寻开来。生林妻得知兴发婆到这儿来是寻丢失的鸡时，便大骂不休。一波未平，一波又起，阿毛娘竟因冤枉而气得上吊，幸亏别人及时赶到才幸免一死。这时兴发公公从集市上归来，原来雄鸡是被他大清早送到城里去了。兴发婆破口大骂的偷鸡贼原来是自己的丈夫。这种个人主观的臆断和事情的真相之间形成鲜明而强烈的对照，兴发婆这个受嘲弄者行动越盲目，反讽的效果也越明显。

《小珍集》中的《名片》叙述一个教育厅的抄写员为私印名片差点被撤职的故事。马家荣有收集名片的奇癖，他经常烦恼于自己"掏不出一张印着官衔的名片"，在名片大减价的招揽下，他印了标有"科员"头衔的名片，想让周围的人瞧得起自己。而名片仅用一次即被发觉，差点丢失饭碗。马先生是一个权力崇拜者，而本人又被这种权力所戏弄。在这不无反讽的描写中，作品嘲弄社会底层小人物的卑琐，描摹着等级制度的森严。

反讽如果以整个人类为对象，便具有了总体性，这可称之为总体性反讽。"反讽在其明显的意义上,不是针对这一个或那一个个别存在……它不是这一种或那一种现象,而是它视之为在反讽外观之下的整个存在。"①这时,小说中的人物面对的是那些根本性的无法解决的矛盾,诸如情感与理智、主观与客观、社会与个人之间的冲突,人物陷入自相矛盾的两难窘境,而窘境又是人类本身普遍存在的状况。因此,从这个意义来说,反讽情景就具有了象征的意味,反讽也就具有了"形而上"的性质。"反讽的形而上原则,存在于我们天性所含的矛盾里……反讽态度暗示,在事物里存在着基本矛盾,也就是说,从我们的理性的角度来看,存在着一种基本的、难以避免的荒谬。"②这时,受嘲弄的对象已不只是一个单独的个体,乃是整个人类。弗洛伊德的心理学把我们人类有意识的生活视为一个伪饰的外表,其后有一个迥然不同的真实"生活"在秘密地展开着,我们心底隐蔽的恐惧及愿望通常仅以伪装的形式诉诸意识。从这一点来看,人本身就是一个具有反讽性的存在。

施蛰存的历史小说《鸠摩罗什》就竭力从隐蔽深处来刻画主人公爱欲的潜意识与教义的意识之间的冲突。作品开头写高僧鸠摩罗什对表妹、他那天仙一般美丽的妻子难以忘怀的爱欲,并且为这爱欲与功德的冲突苦闷了十几年。妻子因急剧的热病死于他去秦国讲经的途中,他骄傲地自言,世间一切的诱惑都已看破,马上会成为"功德完满的僧人"。然而到了一个新的境地——讲经的大殿上,长安名妓孟娇娘的容色和媚态使他"全身颤抖了",以至第二天讲经时,在心情烦乱之中,禁不住要再次看看这荡女的脸。作家执意表现的是主人公下意识的心理,他本想热心地感化这灵魂陷入苦难的女子,然而却不由自主地投入了这个淫荡女人的怀抱。鸠摩罗什陷入了虔诚于宗教教义与迷恋于孟娇娘的色欲之间的"二重人格"的冲突。施蛰存的其他历史小说如《将军底头》写了种族和爱欲的冲突,《石秀》写变态性爱与信义道德的冲突。这些小说在展示人物的性格多元分裂之中演述着弗洛伊德关于人类本能情欲的基本问题。实质上,进入文明社会以来,人类自身的情感与理智、唯乐原则与唯实原则的矛盾冲突永远纠缠不休,情与理是人类难以超越的困境。在施蛰存的历史小说中,这些历史人物失去了应有的历史真实感而获得了更高的真实即总

---

① [英] D. C. 米克:《论反讽》,周发祥译,昆仑出版社1992年版,第100页。
② 同上书,第90页。

体性的象征与寓意。正是在这一契合点上，施蛰存的历史小说赢得了总体反讽的效果。

　　施蛰存小说中的反讽所引起的读者的审美感受是复杂的。我们所关心的可爱的人物被戏弄着、嘲讽着，一方面会让我们发笑，另一方面让我们又为之沉思。兴发婆那盲目的举动会使我们报以嘲讽的大笑，那个私自印科员头衔名片的马先生和《特吕姑娘》中的秦小姐又让我们的笑声戛然而止，激起我们沉痛的思索。

　　可以看出，作者对他笔下的人物大都采取一种居高临下的超然态度。他所嘲弄的对象大部分是现代都市的知识分子及小市民，他对自己所审视的都市世界似乎摆出一种"局外人"的姿态，当所嘲讽的人物被现实残忍地戏弄而茫然无措时，他却表现出无关个人式的冷静。我们知道，从江浙农村挤进都市的施蛰存始终把都市视为异己。施蛰存曾经讲过，在苦闷的现代人的眼睛里，中世纪是可以引发遐想的幻景。他的小说常以乡村文化的古朴反衬都市文明的畸形，因此，施蛰存对他笔下的都市人物大都持以嘲讽的态度。无论是《旅舍》中的丁先生，商店中的秦小姐，还是《名片》中的马家荣，当他们被现实拨弄需要人们投之以关怀的时候，作者却摆出超然静观的面孔。实质上，我们如果透过作者对城市文明的有色镜片，就可以看到作家那一双饱含忧郁的"乡下人"的眼睛，他对于古朴乡风是多么眷恋和珍爱，对畸形都市是多么排斥和担忧！施蛰存小说倾注了他对人类的终极关怀！

　　以上我们对施蛰存小说中的反讽作了一个粗略的评述。总之，渗透于他小说中的反讽可以在新的水平上拓展我们的审美视野。

三 故乡的失落与交流的阻隔

——鲁迅《风筝》主题意蕴新探

《风筝》是鲁迅散文诗集《野草》中的一篇,该篇并不像其他篇目那样晦涩难懂,使读者步入象征的森林难以窥其"哲学的堂奥"。从写作风格来看,《风筝》似乎更接近鲁迅的叙事散文《朝花夕拾》。也许正因为如此,以往的许多研究者在解读《风筝》时自觉不自觉地采用索隐式的阐释模式,常常把《风筝》看作鲁迅兄弟失和后悲哀心理的写照。其实,与《朝花夕拾》的写实性或现实性不同,鲁迅的《野草》更是"诗的"与"哲学的"。因而,解读《风筝》应把它置于《野草》的整体框架中考察,这正是我解读《风筝》的起点。

《风筝》的情节很简单,从叙述分层上可看作两个叙述层:第一个叙述层属于超故事层,叙述"我"的故事,"我"在北京的冬季,看到飘动的风筝回忆故乡春天的风筝时节,无论在久已逝去的儿时的回忆中,还是在现实的严冬中,"我"都感到无可把握的悲哀。这是一个自我内在心灵的故事。第二个叙述层是关于"我"和"兄弟"之间的故事。这一叙述层有两个叙事单元:其一,"我"曾经认为风筝是没出息的孩子的玩意儿,冷酷地折断了小兄弟偷偷制作的风筝;其二,20年后,已过中年的"我"意识到对于小兄弟精神的虐杀,"我"向兄弟忏悔以寻求他的宽恕,而兄弟却全然忘却了此事。

在一般人的记忆中,风筝应该是自由快乐的象征,而对于"我"却是一种惊异和悲哀,这是鲁迅式的独特的生命体验。那么,《风筝》的抒情主人公"我"是如何超越现实的悲哀呢?在回乡的冲动中,鲁迅的笔触开始灵动起来,叙述节奏也变得明快,语言也更富有色彩:"故乡的风筝时节,是春二月,倘听到沙沙的风轮声,低头便能看见一个淡墨色的蟹风筝或嫩蓝色的蜈蚣风筝","此时地上的杨柳已经发芽,早的山桃也多吐蕾,和孩子们的天上的点缀相照应,打成一片春日的温和。"但这派生机勃勃的故乡风筝时节的欢快描写只是一个瞬间乍现就凋落的温馨，抵挡不住肃杀的严冬所带来的寒威与冷气。鲁迅在这不足两千字的短文中两次用到相同的关于现实处境的描写，第一次是在文章的开始，"我现在在哪里呢？四面都还是严冬的肃杀"；第二次是在文章的结束："我倒不如躲到严冬的肃杀中去罢，——但是，四面又明明是严冬。"这一构成象征意蕴的环境无疑是抒情主人公悲哀、孤独心理的外化，那么，这种彷徨于无地的悲哀其实质何在？或者说，是什么导致了"我"无可把握的孤独和悲哀呢？解读这一点是探寻《风筝》思想意蕴的关键。

按照通常的解释，"我"的悲哀来源于对小兄弟精神的虐杀。由于多年以前傲然地踏毁了小兄弟私做的风筝，中年以后才知道游戏是儿童的天使，于是这沉重的一幕，忽地在眼前展开，使"我"的心很沉重地堕下去了。倘若鲁迅在《风筝》中只是表达一个彰而不隐的对于儿童天性精神虐杀的悔过主题，那么，他行文至此完全可以结束而不影响这一主题的充分表达。事实上，鲁迅却追加了对"精神虐杀事件"的意味深长的叙述。鲁迅接着又拟设了兄弟之间中年以后的一场对话。这一对话场景与其说是兄长向弟弟补过的方法，不如说是兄长的忏悔。在基督教中忏悔是基于人自身的原罪而起，出于罪的自觉，人的罪过只有在持续不断的忏悔中才会减轻并得以赦免，忏悔固然是由于对原罪的自觉，但毕竟是以罪的宽恕为前提。倘若忏悔得不到宽恕，忏悔便失去了其本质的意义，从而进一步强化了忏悔者的罪感。那么，兄长的忏悔得到宽恕了吗？当"我"和弟弟谈起儿时的旧事时，自说少年时代的这桩糊涂事，而弟弟却惊异地笑着说："有过这样的事么？"于是，鲁迅写道："全然忘却，毫无怨恨，又有什么宽恕之可言呢？无怨的恕，说谎罢了。"宽恕是以怨恨为前提的，当弟弟以"有过这样的事么？"去反问兄长时，实质上斩断了兄长"我"的忏悔之路，这原本设计好的一场握手言欢的兄弟对话与心灵沟通，却被弟弟轻描淡写的一句反问阻隔了。我们暂且不去探究弟弟是真正的忘却还是有意的阻隔，但无论如何，兄长"我"乞求通过沟通与交流以化解内心深处不能承受的"生命之重"却更加沉重了，因而，鲁迅感叹道："我还能希求什么呢？我的心只是沉重着。"

我认为，这追加的关于补过的兄弟对话才是理解《风筝》主题意蕴的关键之处，它道出了人与人之间即使是兄弟亲人之间也难以沟通的人类的永恒难题。其实，关于人与人之间心灵的隔膜、难以沟通的悲哀正是鲁迅在一系列文本中一再探寻的主题。《孔乙己》中咸亨酒店里的人们对孔乙己的哄堂大笑，《祝福》中鲁镇世界对祥林嫂悲苦命运的冷漠均描画了人与人之间难以理解和体认的悲凉。《故乡》中闰土"老爷"的一声称呼，道出了人与人之间早隔着一层厚障的悲哀，即使鲁迅把希望寄托在下一代的"宏儿"和"水生"身上，但这相互理解的希望也是极为渺茫的。因为，曾几何时，少年时代的闰土和"我"不也是能相互理解、平等相处吗？倘若说，鲁迅在《故乡》中探寻了现实对人与人之间难以交流的阻隔，而在《风筝》中却进一步探寻了人与人之间本质上难以沟通的孤独处境。

其实，抒情主人公的孤独和悲哀不但来源于交流的阻隔，也源于故园与童年的失落。许多研究者未曾详细探讨"我"设计的另一个补过方法：

> 我也知道补过的方法的：送他风筝，赞成他放，劝他放，我和他一起放。我们嚷着，跑着，笑着。

在拟设的和兄弟"嚷着，跑着，笑着"的嬉闹场景中，抒情主人公仿佛回到了"久经诀别的故乡"，也回到了失去已久的欢快童年。这一补过场景不但可以减轻"我"的心理重负，而且也可激起"我"回归精神家园的冲动。但现实总是粉碎"我"对童年与故乡的追寻，这一虚设的美妙情景乍现就凋落，作者又马上从幻想与追忆中回到现实："然而他其时已经和我一样，早已有了胡子了。"随着时间的流逝，"我"与故园的精神联系早已失去，童年不再，故乡永别。

为了进一步澄清《风筝》的主题意蕴，我们可以把鲁迅发表于1919年的《我的兄弟》与之进行比较。《我的兄弟》也是谈"我"儿时撕毁兄弟风筝一事，"我"后来认识到自己"撕风筝"的过错，本想得到兄弟的原谅，最后也得到了兄弟的谅解，他总是很要好地叫我"哥哥"。事隔六年之后，鲁迅再一次对这一素材进行了全新的改写。由原来的得到谅解到《风筝》中的得不到宽恕，鲁迅为何对"风筝"事件这么情有独钟、难以忘怀？关于《风筝》一文中的事实，最熟悉鲁迅青年时代生活的周作人在《鲁迅的青年》一文中明确说过："《风筝》里所说的是'诗与真实'合在一起，糊风筝是真实折风筝则是诗的成分了。松寿（周建人）小时候爱放风筝，也善于自糊风筝，但那是戊戌（1898）以后的事，鲁迅于那年春天往南京，已经不在家里了。而且鲁迅对于兄弟与游戏，都是很有理解，没有那种发怒的事，文章只是想象和假设，是表现一种意识的方便而已。"周作人所说的"意识"，即是鲁迅借"风筝"事件表达自己孤独人生的悲凉体验，以及人与人之间心灵难以沟通的悲哀。

值得注意的是，鲁迅写作《风筝》的日子是1925年1月24日，这一天正是旧历的春节，当许多人都在享受春节的欢乐与温馨时，鲁迅却品味着寂寞与孤独。这种悲凉孤独的人生体验有黑暗现实的投影，有兄弟失和的悲苦记忆，当然，更是鲁迅由社会人生的深刻洞察所引发的对人本处境的形而上追思。因此，《风筝》是鲁迅哲学的诗和诗的哲学。

四　文言白话之争下的文化隐喻
——关于《孔乙己》创作主题另一解

鲁迅的短篇小说《孔乙己》发表于1919年4月号的《新青年》杂志，在近一个世纪的文学接受中，《孔乙己》以其独特的艺术魅力感染了一代又一代读者。然而，纵观《孔乙己》解读的历史，对于其主题的解读要么把重心放在人物形象孔乙己的悲剧命运上，由此展开对于科举制度和封建教育的深刻批判的思想主题；要么把分析的重心投射到孔乙己生活的鲁镇世界以及周围的冷漠观众，以此展开对于周围庸众的文化批判和人性痼疾与麻木的国民性批判主题。我们如果把阅读的目光投向当时的文化语境，把文化语境与文本分析结合起来，就会探察到《孔乙己》隐而不彰的另一主题内涵。

考察《孔乙己》的主题内涵，我们首先应该回到历史，回到鲁迅创作该篇小说时的具体文化语境中去。值得关注的是：《孔乙己》刊发于《新青年》的同时，在小说后面附有鲁迅特意添加的《篇末附记》，这种独特现象在鲁迅此前及此后的其他小说创作中很少出现过。

鲁迅在该篇《附记》中主要阐明了其创作《孔乙己》的最初意图和排版刊发时的特殊语境：

> 这一篇很拙的小说还是去年冬天做成的。那时的意思，单在描写社会上的或一种生活，请读者看看，并没有别的深意。但用活字排印了发表，却已在这时候，——便是忽然有人用了小说盛行人身攻击的时候。大抵著者走入暗路，每每能引读者的思想也跟他堕落：以为小说是一种泼秽水的器具，里面糟蹋的是谁。这实在是一件极可叹可怜的事。所以我在此声明，免得发生猜度，害了读者的人格。一九一九

年三月二十六日记。①

在此，鲁迅讲得似乎很显明："那时的意思，单在描写社会上的或一种生活，请读者看看，并没有别的深意。"鲁迅这里所特意标明的那时是指1918年的冬天——这是作品的创作时间。既然作品的意蕴如鲁迅所言极其显豁，鲁迅为什么还要在作品排版付印的紧张时刻特意发表声明，引导读者向最初创作的意图解读？这分明是担心作品本身的丰厚的思想溢出作者的创作意图。按照常理，鲁迅不会不清楚一部作品的产生必定会因读者接受差异而产生不同的解读方式——这是作者大可不必过分担心的事情。如果联系到鲁迅对于不同读者阅读《红楼梦》的不同方式的论述②，我们会更清楚地理解这一点。按照鲁迅的说法，《孔乙己》的主题并无别的深意，只是描写社会上孔乙己这样一类人的生活而已，这是作者的原初意图。然而，文本一旦完成，文本自身作为一个有机的整体也必然会溢出作者意图的框架，形成与作者意图相异的文本内涵。换言之，文本内涵并非完全由作者的原初意图所决定，尤其是那些广袤幽深、值得反复品鉴与研读的优秀作品更是如此。因而，在我看来作者意图也即鲁迅希望读者向哪个方向阅读固然重要，而我更关注的是鲁迅担心读者会以怎样的方式阅读。换言之，鲁迅深怀担忧的解读方式也许正是《孔乙己》这部幽深的文本所蕴含的隐而不彰的另一文化主题。

那么，鲁迅最担心读者如何阅读《孔乙己》呢？鲁迅在《附记》中说得甚为清楚，当初写作之时是希望读者能够通过阅读《孔乙己》，了解"社会上的或一种生活"，但作品发表排印之时——"这时候，——便是忽然有人用了小说盛行人身攻击的时候"。"那时候"的思想主题极有可能被"这时候"的文化语境所挤压产生新的思想内涵。鲁迅所说的当时有人用小说进行人身攻击，指的是当时的文化守旧派林纾借小说《荆生》和《妖梦》影射攻击新文化运动者倡导白话的具体事实。让我们进一步回到林纾创作《荆生》和《妖梦》的文本细节以及刊发时的文化语境

---

① 《鲁迅全集》第一卷，人民文学出版社1981年版，第438页。
② "《红楼梦》是中国许多人所知道的，至少，是知道这名目的书。谁是作者和续者姑且勿论，单是命意，就因读者的眼光而有种种：经学家看见《易》，道学家看见淫，才子看见缠绵，革命家看见排满，流言家看见宫闱秘事……"见《鲁迅著译编年全集》（8），人民出版社2009年版，第26页。

中去。

作为一个别具特色的近代翻译大家，林纾西洋小说的翻译向中国民众展示了丰富的西方文化，开拓了人们的视野。林译小说牢固地确立了林纾作为中国新文化先驱及译界之王的地位。至此，林纾被公认为中国近代文坛的开山祖师及译界的泰斗，并留下"译才并世数严林"的佳话。但林纾后来尤其到五四时期思想观念愈加趋向保守，对当时北京大学胡适、陈独秀、钱玄同等诸位健将所倡导的以白话取代文言的新文化运动极力阻挡，曾以公开方式致信给北京大学校长蔡元培称："若尽废古书，行用土语为文字，则都下引车卖浆之徒所操之语，按之皆有文法"，"凡京津之稗贩，均可用为教授矣。"① 针对林纾来信抵制新文化、反对白话文的观念，蔡元培随即回信逐一批驳，指出"白话与文言，形式不同而已，内容一也"，并进一步提出了作为大学校长对于各种学说均应"循思想自由原则，取兼容并包主义"② 的积极主张。至此，林纾试图通过蔡元培采取行政干预方式阻止当时正蓬勃开展的新文化运动的想法落空。事实上，林纾在采取这一方式之前，已经开始用小说创作的方式影射批判乃至侮辱谩骂新文化运动倡导者诸君了。林纾的文言小说《荆生》连载于1919年2月17—18日的上海《新申报》，小说写到辛亥国变，京城达官迁徙他处，一名为荆生的伟男子持十八斤铜剑下榻京师陶然亭，正遇上三少年相约游山，"一为皖人田其美，一为浙人金心异，一则狄莫，不知其何许人，悉新归自美洲，能哲学，而田生尤颖异，能发人所不敢发之议论，金生则能《说文》。"研读小说中这三少年抨击孔学、废除汉字、力倡白话的言论，与当时积极倡导新文化、主张白话文学的胡适、陈独秀、钱玄同诸君的言论相互比照，其影射所指非常清楚。尤其令人不解的是林纾竟把倡导新文化者称为"禽兽自语"，并呼唤"荆生"出现以斩杀三生扭转乾坤，其对新文化运动的痛恨之情可见一斑。一月之后，林纾再度于上海《新申报》发表文言小说《妖梦》（1919年3月18—22日连载）抨击白话文学，小说中描写了白话学堂的校长元绪、教务长田恒，说田恒长相"二目如猫头鹰，长喙如狗"，白话学堂大门外有副对联："白话通神，《红楼梦》，《水浒》，真不可思议；古文讨厌，欧阳修，韩愈，是甚么东西。"白话学

---

① 《致蔡鹤卿书》，《公言报》1919年3月18日。
② 《答林君琴南函》，《北京大学日刊》1919年3月21日。

堂第二门门匾上大书"毙孔堂",一副对联云:"禽兽真自由,要这伦常何用;仁义太坏事,须从根本打消。"白话学堂明显映射北京大学引导下"一校一刊"的新文化运动,校长元绪、教务长田恒也隐隐指向了北京大学校长元培(蔡元培)、教务长陈独秀。最后,林纾让其笔下虚构的一只怪兽"张口圆径可八尺,齿巉巉如林,只扑白话学堂,攫人而食"。用心可谓险恶,也足以感受林纾对白话文运动的激烈反对态度。

据鲁迅的这篇《附记》称《孔乙己》写于1918年冬天,真正抄录完毕转到《新青年》的时间应该是1919年3月10日,鲁迅该日日记写道:"录文稿一篇讫,约四千字,寄高一涵并函,由二弟持去。"①《妖梦》的发表时间3月18日正是《致蔡鹤卿书》在北京《公言报》的刊发时间,《妖梦》3月22日在上海《新申报》连载完毕,鲁迅也正是在这个时间段读到林纾的小说《妖梦》,这个时间恰是《孔乙己》在《新青年》排印的时间,鲁迅的《附记》写于3月26日。

鲁迅急匆匆地刊发"附记",声明自己的小说不是影射小说。从另一个层面讲,鲁迅极为担心《孔乙己》这篇小说被读者看成与林纾《妖梦》一样的影射小说。那么,鲁迅为什么那么担心普通的读者也"发生猜度",极为担心读者会把《孔乙己》也可能看作是"泼秽水的器具"呢?尽管"一千个读者有一千个哈姆雷特",但读者的阅读和接受总是以文本为基础的阅读,可见,小说中分明暗含着某种引导这种解读的萌芽。

让我们回到《孔乙己》的具体文本,看看小说中可能存在着哪些让鲁迅非常担心的解读信息。

此前,现代文学研究界或者是语文教育界在解读《孔乙己》时总是抓住小说的细节——孔乙己在咸亨酒店引发的三次笑声进行细致阅读,由此开掘出小说批判周围庸众冷漠的思想主题。但是,如果我们进一步追问,周围的人究竟笑什么?孔乙己身上的哪些元素让周围人的哄堂大笑?小说文本中众人第一次哄笑是在酒店里争论关于窃书之事:

　　孔乙己便涨红了脸,额上的青筋条条绽出,争辩道,"窃书不能算偷……窃书……读书人的事,能算偷么?"接连便是难懂的话,什么"君子固穷",什么"者乎"之类,引得众人都哄笑起来:店内外

---

① 《鲁迅全集》第十五卷,人民文学出版社2005年版,第362页。

充满了快活的空气。

第二次是关于孔乙己未中秀才的询问：

　　他们便接着说道，"你怎的连半个秀才也捞不到呢？"孔乙己立刻显出颓唐不安模样，脸上笼上了一层灰色，嘴里说这些话；这回可是全是之乎者也之类，一些不懂了。在这时候，众人也都哄笑起来：店内充满了快活的空气。

第三次是与孩子们分茴香豆的场面：

　　孔乙己着了慌，伸开五指将碟子罩住，弯腰下去说道，"不多了，我已经不多了。"直起身又看一看豆，自己摇头说，"不多不多！多乎哉？不多也。"于是这一群孩子都在笑声里走散了。

　　仔细分析这三次笑声，人们并非冷漠地嘲弄孔乙己捞不到秀才的穷困潦倒，而是孔乙己满口"之乎者也"的言语方式，人们在公开场面逗引孔乙己是为了引出孔乙己这满口文言的话语方式，正是话语方式造成了人们一次又一次逗弄孔乙己——不论是酒店内众人恶意的哄笑，还是小孩子索要茴香豆的笑声，莫不来源于此。不仅如此，小说的叙述者小伙计"至今还记得"孔乙己的原因也是源于孔乙己"对人说话，总是满口之乎者也，叫人半懂不懂的。"甚至孔乙己的绰号也来源于描红纸上"上大人孔乙己"这半懂不懂的话。如果说语言是一种生活方式和生命方式，那么这半懂不懂的话正是孔乙己有别于周围人们的生命徽号。也就是说，是孔乙己用文言言说、引经据典的谈话方式引起了人们的快活的笑声。我之所以特意指出这一点非常重要，如果人们只是因孔乙己的落魄和困窘而嘲弄他，那么鲁迅以此开拓出国民性批判的文化思想主题是可以理解的，但嘲弄孔乙己的文言言说方式应该与国民性批判无涉。

　　孔乙己生活的年代应该在 1898 年之际，小说开始在介绍鲁镇酒店格局的时候，有一句叙述者的干预叙事："这是二十多年前的事，现在每碗要涨到十文。""现在"这个时间段非常重要，鲁迅提笔写作的时间 1918 年是故事写作的年代，故事发生的年代由此上溯到二十年前，当然应在

1898年前后，指出这一时间的关节点非常必要——探察孔乙己生活的文化语境不能不由此出发。这是一个什么样的文化语境？这是晚清帝国大厦将倾，朝野之间试图维新变法之时，也是近千年的科举制度接近尾声之时。在这样的历史文化语境中，鲁迅展开了对孔乙己生活和命运的书写。正是这种回忆的叙述语调营造了鲁迅对小说主人公特有的温情。孔乙己只是一个没有考取功名又不会其他营生的可怜的读书人，既没有能力挤进"学而优则仕"的"仕人阶层"，也没有进入幕府充当幕僚的雄才大略。孔乙己身上烙下了中国传统文化的烙印，他是中国传统落魄文人的写照，尤其是他的半文不白的话语方式。如果考虑到故事发生的年代是1898年左右，读者从小说中非常清楚地感受到晚清时期的普通民众对于文言言说方式已经开始嘲弄和反感，进而联系到鲁迅写作《孔乙己》的时间正是新文化运动与文学革命高涨之时，此时倡导白话批判文言的呼声正高，晚清时期即已遭到反感和嘲弄的文言言说方式在现代社会不是更应该加以唾弃么？尽管鲁迅当初创作《孔乙己》的意图是描写社会上的"或一种生活"，但凑巧的是：鲁迅恰恰在文本中塑造了一个满口充斥着文言的旧时代知识者形象，描摹出孔乙己虽让人同情可怜也极为陈腐可笑的一种生活窘态。

而更为不巧也尤为重要的是，文言文捍卫者林纾连续发表《荆生》《妖梦》两篇文言小说影射文学革命和白话运动倡导者，小说堕落为泼洒污水、发泄个人私愤的工具。鲁迅对这种运用小说进行人身攻击的手法甚为不满。更何况，作为新文化革命的主将，鲁迅对于白话文一往无前的支持态度促使他向一切文化的守旧者和文言的抱残守缺者进行猛烈批判。他在1919年1月16日致许寿裳的信中指出："主张用白话者，近来似亦日多，但敌亦群起，四面八方攻击者众，而应援者甚少，所以当做之事甚多，而万不举一，颇不禁人才寥落之叹。"[1] 明显表现出对白话语言的支持。《孔乙己》刊发之后，鲁迅在当年4月19日致周作人的信中敏锐地感受到新旧文化的冲突："大学无甚事，新旧冲突事，已见于路透电，大有化为'世界'的之意。"[2] 这里所谈的新旧冲突事，正是指1919年3月18日北京《公言报》刊载题为《请看北京学界思潮变迁之近状》的长篇

---

[1] 《鲁迅全集》第十一卷，人民文学出版社2005年版，第369页。
[2] 同上书，第373页。

报道，污蔑革新派，吹捧守旧派，同时发表了林纾的《致蔡鹤卿书》，接着，蔡元培写《答林琴南书》进行辩驳。事实上，鲁迅对于假借小说进行影射和污蔑的历史渊源是颇为熟悉的，在《中国小说史略》谈到唐传奇《补江总白猿传》时指出"假小说以施污蔑之风，其由来亦颇古矣"①。

如果进一步回到鲁迅写作《孔乙己》时的文化语境中，则更能感受到鲁迅对于新旧文化以及文言白话的明显态度。《孔乙己》写于1918年冬天。此时，鲁迅在《新青年》"随感录"发表的文章，其中主要对保存国粹派的批判，文章发表几乎就在酝酿写作《孔乙己》的同时，文章指出"要我们保存国粹，也须国粹能保存我们。""保存我们，的确是第一义。只要问他有无保存我们的力量，不管他是否国粹。"② 在鲁迅看来，是否国粹，大可不必争论，其评判的标准在于看它是否能够保存我们。《孔乙己》发表后，鲁迅专门著文批判语言守旧派是"现在的屠杀者"："明明是现代人，吸着现在的空气，却偏要勒派朽腐的名教，僵死的语言，诬蔑尽现在，这都是现在的屠杀者。"③ 该文批判了自命高雅的守旧派对于白话所谓"鄙俚浅陋"的攻击。以《镜花缘》中说酸话的酒保为例进行了批判，这不禁令人想起孔乙己的言语方式。满口"之乎者也"、受传统文化熏染的孔乙己可谓充满了"国粹"，正如鲁迅所言，国粹并未提供保存孔乙己生存下去的文化力量，反而愈加使其陷于生存的困境以至死亡的境地。

倘若把《孔乙己》与当时闹得沸沸扬扬的《妖梦》进行对照阅读，自然很容易让人联想到鲁迅似乎在通过小说创作与林纾论争较劲，《妖梦》中那只怪兽直扑白话学堂、大口攫食的场面隐现出林纾对白话倡导者的忌恨，也表明了林纾期望借助外在力量欲置白话倡导者于死地的险恶用心。《孔乙己》中孔乙己的死亡不但隐喻地宣告了一个旧时代知识者的终结，也隐喻地宣告了孔乙己的话语方式——文言的死亡。林纾视白话为"禽言兽语"，为不登大雅之堂的"贩夫走卒之语"，其鄙薄之意溢于言表；孔乙己则是满口"之乎者也"，却偏偏成为"贩夫走卒"们的笑料。林纾和孔乙己尽管不可能相互比附画上等号，但二者对传统文化的迷恋和

---

① 《鲁迅全集》第九卷，人民文学出版社2005年版，第74页。
② 《随感录三十五》，《新青年》5卷5号，1918年11月15日。
③ 《随感录五十七 现在的屠杀者》，《新青年》6卷5号，1919年5月15日。

文言言说方式的固守却如出一辙。

林纾借《妖梦》欲置白话倡导者于死地，鲁迅则通过《孔乙己》隐喻地宣告文言言说者的死亡，这两篇文本在当时的语境中形成富有意味的对话。如果读者这样对照阅读，这恰恰是鲁迅最为担心的，正是鲁迅所极为不满的运用小说进行人身攻击的影射手法，也正是因为担心读者会这么阅读才使鲁迅在小说发排的紧张时刻连忙以"附记"的形式进行必要的解释和声明。事实上，在当时新旧文化论战的语境中，鲁迅不但积极参与新文化、新文学与现代白话语言的建构，更时时关注守旧派的文化言论及文化立场，积极有效地参与了与守旧派的多次论争。对于林纾的守旧言论，鲁迅也同样及时关注并给予积极回应。的确如此，就在撰写《孔乙己》"附记"四天之后，鲁迅针对林纾的守旧言论写了《敬告遗老》一文：

> 自称清室举人的林纾，近来大发议论，要维持中华民国的名教纲常。这本由他自语，与我无涉。但看他气恼哄哄，很是可怜。所以有一句话奉劝："你老既不是敝国的人，何苦来多管闲事，多淘闲气。近来公理战胜，小国都主张民族自决，就是东邻的强国，也屡次宣言不干涉中国的内政。你老人家可以省事一点，安安静静的做个寓公，不要再干涉敝国的事情罢。"①

这篇小文一改鲁迅通常那种凌厉峭拔的语言气势，写得舒缓温润，似乎满含体贴地劝慰一个正在生气的老人。我想，这种平等宽容又饱含相互尊重的文化对话要比采用影射小说谩骂的方式会更易让对方接受吧？如果把《孔乙己》置入这样前后关联的文化场域，鲁迅担心小说影射不是没有道理。在我看来，正是鲁迅的担心和声明流露出作品所蕴含的隐而不彰的深层主题。一部作品一旦发表，作品与语境必然会形成某种互动、对话与关联，作品的思想主题都有可能在特定文化语境的激发下被读者进一步挖掘和阐释。《妖梦》刚刚刊发，《孔乙己》也应运而生，况且还有针对林纾的《敬告遗老》一文，这些不同文本在同一语境下似乎不可避免地构成了某种潜在的对话和论争。不然的话，鲁迅何必那么担心《孔乙己》

---

① 《每周评论》第15号，1919年3月30日。

发表会被读者读成一部具有人身攻击和影射的小说。鲁迅及时所写的《附记》也的确避免了当时一般读者向影射小说的狭隘路子上追踪，实现了鲁迅创作小说的最初意图。此后，在近一个世纪的小说阅读中，尤其是后来者逐步剥离出《孔乙己》出版发表时的历史场域，即便是鲁迅发表时的《附记》也鲜有人再进行深入考究。今天，我们重新回到《孔乙己》创作和发表的历史场域，认真体悟鲁迅因担心所写的《附记》，我认为鲁迅所极力避免的解读可能正是作品中早已隐含并且在语境的对话中进一步凸显的一个文本内涵。因而鲁迅才那么急急忙忙发表声明，他引导读者所避免的解读方式恰恰开启了我们进一步发掘和阐释的空间。

当然，从接受美学的视角观之，一个文本的内涵和意义可能是多元的，作为读者，也大可不必过分受作者意图的指引，我们通过文本和语境的互相参照探查出鲁迅以小说参与新文化运动的文言与白话论争，孔乙己的话语方式已经落伍并成为时人眼中的笑料，孔乙己的死亡则隐喻地宣告了文言在现代社会生活中颓败的历史趋势。因而，在一定层面上来讲，《孔乙己》是新文化运动时期文言与白话之争下的文化隐喻。鲁迅以孔乙己的死亡宣告了传统文化的无用，也隐喻地宣告了孔乙己所倚重的话语方式——文言的必将消亡。

五 《社戏》在当代中国的传播与接受

——以中学语文教材对《社戏》的主题解读为中心

鲁迅的《社戏》最初发表于 1922 年 12 月上海《小说月报》上，后收入小说集《呐喊》。此后，杨邨人在《读鲁迅的〈呐喊〉》一文中对收入集中的每篇小说一一进行了解读，在评论《社戏》时指出："这篇的前半段，不过是后半段的陪衬文字罢了，故没有多大精彩可说。后半段的 Description 优美极了！"，"我们在这篇之所得，是一件勾起我们儿时的回忆的诱惑。"① 此后，鲜有专门讨论《社戏》的评论文章。

新中国成立以后，《社戏》选入 1956 年初中《文学》课本第一册，选入时作了删节，把原文描写在都市看戏的情节全部删除，只保留了在乡村看社戏的情节。不知道教材编撰者的这一举措是出于何种考虑？是出于篇幅的限制还是接受者的理解程度？事实上这一删除强调了某一方面，也弱化遮蔽了一些内容。我们暂且不谈整篇《社戏》所蕴含的思想意蕴，先就节选在中学语文课本的《社戏》片段谈谈其在当代中国的传播与接受。

先看 1956 年初中《文学》课本对于《社戏》内涵的主题引导。与该套教材相配套的教参是这样概括的："鲁迅出身没落的地主家庭，小时候受封建教育，读的是难懂的古书，过的是受封建传统束缚的生活，他对这种教育这种生活发生了很深的反感。"当时的研究界也指出，《社戏》中"没有等级观念的作祟，一切都是淳朴的。孩子们同迅哥儿互相看作真正的朋友。这里也完全用不着封建等级的那套森严的家族制度。"② 即使从课文后设计的习题中也可以感受到当时的语文教学对小说主题的引导性解

---

① 杨邨人：《读鲁迅的〈呐喊〉》，《时事新报》副刊《学灯》，1924 年 6 月 13 日。
② 严家炎：《社戏》，《语文学习》1959 年第 8 期。

读。其中有两道课后习题是这样设计的:

1. 从双喜、阿发他们的活动里,可以看出农民孩子有哪些共同特点? 2. 六一公公的性格是怎样的? 从他的哪些言语和行动看得出来?

这一思想主题的引导一直延续到1978年的教材中。教参中这样概括:"体会作者热爱农村,热爱劳动人民,厌恶封建教育,向往自由生活的思想感情","通过回忆'我'童年时在农村看戏的愉快生活,赞扬了农民孩子的优秀品质,表现了作者对劳动人民的热爱,对自由生活的向往和对封建教育的不满"。

1992年版的语文课本,第二册选入了《社戏》,其关于思想主题的课后习题是这样设计的:

1. 联系下面两段话,回答问题。
我母亲的母亲是农村人,使我能够间或和许多农民相接近。(《集外集拾遗·英译本〈短篇小说选集〉自序》)

真的,一直到现在,我实在再没有吃到那夜似的好豆,——也不再看到那夜似的好戏了。(《社戏》)

你知道鲁迅一生理解农民,同情农民,关心农民的命运吗? 能不能举出一些例子?
鲁迅对农民的思想感情,与他小时候有机会接近农民有什么关系?
难道"我"仅仅是怀念那夜似的好豆和好戏? 其中还包括一些什么思想感情?

值得注意的是课文的预习提示:

这是鲁迅1922年写的一篇短篇小说。作品以少年时代的生活经历为依据,用第一人称写"我"20年来三次看戏的经历:两次是辛亥革命后在北京看京戏,一次是少年时代在浙江绍兴小村看社戏。课文节选的是看社戏的部分。这部分表达了作者对少年时代生活的怀念,特别是对农家小朋友诚挚情意的眷恋。

这则预习提示是新中国成立以后的教材中第一次指出《社戏》选入语文教材是以节选的形式,也提醒读者课文思想内容的概括是对节选"这部分"的概括。

2001年版人教版义务教育课程标准实验教科书《语文》七年级下册课后关于课文思想内容的研讨题是这样设计的:

课文结尾说:"真的,一直到现在,我实在再没有吃到那夜似的好豆,——也不再看到那夜似的好戏了。"对这个结尾应该怎样理解?你在生活中有这样的体会吗?

课文一改之前对文章主题的提示,强调学生自己的独特感悟和体验。课前预习也提醒学生主体性的参与:"读这篇文章,你是否感受到其中表现出的盎然情趣?是否回想起你童年生活的某些片段?"

《社戏》的主题内涵究竟是什么?鲁迅到底要通过《社戏》表达自身哪些生命体验?鲁迅在《呐喊》自序中都称之为"不能忘却"的"梦"和"回忆",是作者"欢欣"和"寂寞"的记录。《社戏》作为选进《呐喊》的篇目,其思想主题当然也可归入"欢欣"或"寂寞"的范围。为什么新中国成立以后的教材中,对于《社戏》主题的引导一直没有跳脱开"热爱劳动人民""抨击封建教育"的范围呢?我觉得首先是课文的节选造成的,节选之后,乡下看社戏成为课文的主体。其次,课文的阐释者总是抓住课文的细枝末节进行断章取义似的阅读:"但在我是乐土:因为我在这里不但得到优待,又可以免念'序序斯干,幽幽南山'了。"此后,许多阐释的文章总是以此判定鲁迅对于封建教育的不满,事实上免念"序序斯干,幽幽南山"的古书倒在其次,在乡下可以"得到优待"确是事实。再次,新中国成立以后的文化语境促使阐释者必然朝着意识形态所主导的方向解读。农民是中国革命的主体,对农民的歌颂也是共和国的主流意识形态使然。

让我们回到文本,进一步探讨《社戏》的主题内涵。

《社戏》写了两个世界，凸显出都市世界与乡村世界的对立。民国元年在北京看京戏，兴致勃勃地走进去，按照小说叙述者的说法是因受不了"咚咚的声响"和畏惧"狭而高的长凳"而跑了出来。第二次是因为没有耐心等到盖叫天就又走出了戏院。让我们深入作品的肌理，细细分析叙述者的声音，看看"我"为什么不喜欢都市的京戏。第一次事实上是"我"的迟到造成了"我"寻座位的艰难，好不容易挤到中间几个空座，听到有人说"有人，不行！"不知道过去的戏院看戏是否对号入座，如果对号入座，看戏者就不应该私自顺便找座，何况戏场中有专门的工作人员引座："一个辫子很光的却来领我们到了侧面，指出一个地位来。"与其是说因受不了"咚咚的声响"和畏惧"狭而高的长凳"，还不如说是"我"在寻座过程中所受到的冷遇导致敏感的"我"自尊心受到伤害。事实上，就连叙述者对自己走出戏院也"很以为奇怪"，认为原因也许是"戏太不好"，也许是"我在戏台下不适于生存"。第二次看戏仍然是没有找到座位，"人都满了，连立足也难"。不仅如此，因为不知道名角是谁问了旁边的绅士受到了鄙夷，最后走出了戏院同样醒悟到在戏院"不适于生存"了。而在乡村看戏呢？"我"则成为小伙伴和大人关注的中心。"和我一同玩的是许多小朋友，因为有了远客，他们也都从父母那里得了减少工作的许可，伴我来游戏。""我"是大家关注的焦点，在乡村世界里"我"的自尊得到极大的满足。小说看似与"社戏"无关的许多闲笔都是在叙述"我"在乡村世界所受到的礼遇。掘蚯蚓钓来的虾"照例是归我吃"，即使害怕黄牛水牛受到伙伴的"嘲笑"也都是一个受过教育的都市孩子有别于乡下孩子的"独异性"而存在，在某种意义上可能还是一种别样的优越性所在。夜晚在乡间看社戏完全是小伙伴们特意相互撺掇起来促成的——因为白天他们都已经看过，夜晚是特意陪伴"我"才去的。"我"照例受到特别的关爱，"年幼的都陪我坐在舱中"。这些看似与社戏无关的闲笔，其实都是凸显"我"在乡村世界所受到的厚爱，这是一个充满关爱的世界，与在都市世界所受到的冷遇和伤害形成鲜明的对比。

尤其是小说结尾六一公公对"我"的夸奖，把"我"在乡下人眼中的地位进一步提升。"我"的价值、地位、独异性、自尊在乡村世界得到确立。之前的教科书对于作品主题内涵的探讨指向了农民阶层，借以表达劳动人民优秀品质的主题。其实，《社戏》都是紧紧围绕"我"来描写，通篇写"我"在都市世界和乡村世界的不同感受，借以批判势利的都市世界，怀着眷恋之情回忆着已经消失的儿时世界。"我"不但在乡村人的世界里得到厚爱，儿时也更多得到母亲的呵护和细心的关怀。小伙伴出去看戏，却留下我。"这一天我不钓虾，东西也少吃。母亲很为难，没有法子想。到晚饭时候，外祖母也终于觉察了，并且说我应当不高兴，他们太怠慢，是待客的礼数里从来所没有的。""我"的不高兴既是出于想看戏得不到满足的心理发泄，也是一种在母亲和外祖母面前的撒娇心态。人只有可依赖的爱的对象才会撒娇。看戏出发前，母亲出来吩咐要小心，看戏归来，母亲在桥头等待张望，这都写出了母亲对于"我"的关怀备至，展现了一个充盈着爱的世界。

其次，《社戏》写出了都市文化与民间文化的对立。杨郸人把《社戏》描写都市看戏的前一部分仅仅视为后半部分的陪衬是有偏颇的。鲁迅当然把前后作了明显的对比，但对比之中不但凸显了乡村社戏的古朴、清新自有其风致的一面，同时也传达了鲁迅对乡野民间文化的礼敬和对都市文化的批判。民间文化自有其朴野的生命力，但这种凝聚着乡土朴野之气的文化一旦进入都市便呈现出其弊端来。"我"不喜欢在都市看戏，并非不喜欢戏本身，而是不太喜欢戏院内的环境。这是一种呈现着等级、充斥着势利、充满着欺骗的令人窒息的环境。对都市看戏的不满蕴含着鲁迅对于都会文化的批判。正如小说所言："中国戏是大敲，大叫，大跳，使看客头昏脑眩，很不适于剧场，但若在野外散漫的所在，远远的看起来，也自有他的风致。"戏本身都是一样的，鲁迅强调的还是演戏的环境。即便是儿时"我"在乡村看社戏，戏本身似乎并不太吸引人，因为"台上仍然是红红绿绿的动"，"铁头老生并未翻筋斗"，"最愿意看的蛇精和跳老虎也等不见"，"老旦只是踱来踱去地唱"。与都市看戏所不同的就是看戏的整个自然和文化环境。孕育社戏的乡村文化是一种充满温馨的熟悉的世界，是一种未被儒家文化熏染的乡野民间草根文化。因为"在小村里，一家的客，几乎也就是公共的"，"我们是朋友，即使偶尔吵闹起来，打了太公，也决没有一个会想出犯上这两个字来，而他们也百分之九十九不识字。"这里虽然有"行辈"，但却是朋友，这是一个"熟悉的社会"，一个没有等级的世界，"在一个熟悉的社会中，我们会得到从心所欲不逾规矩的自由。"① 正因为此，"我"才把这个靠种田打鱼为生的偏僻小村视为

---

① 费孝通：《乡土中国　生育制度》，北京大学出版社1998年版，第11页。

"我的乐土",可见,免念"序序斯干,幽幽南山"并非是对于所谓封建教育的批判,而是对民间自由文化的向往。相反,都市世界是一个"陌生的社会",人和人之间隔膜以至于冷漠,所以才会有在都市看戏遭到胖绅士的鄙夷,于是乎"我深愧浅陋而且粗疏,脸上一热,同时脑里也制出了决不再问的定章"。

再次,《社戏》表达了儿童世界与成人世界的断裂,以儿童世界的欢乐和美好衬托成人世界的孤独和寂寞。鲁迅《呐喊·自序》的开篇就谈及小说创作的缘由:

> 我在年青时候也曾经做过许多梦,后来大半忘却了,但自己也并不以为可惜。所谓回忆者,虽说可以使人欢欣,有时也不免使人寂寞,使精神的丝缕还牵着已逝的寂寞的时光,又有什么意味呢?而我偏苦于不能全忘却,这不能忘却的一部分,到现在便成了《呐喊》的来由。①

鲁迅的这段文字非常清楚地表明了他从事小说创作的最初动机——在对往昔的回忆中排遣现实的寂寞。当然,这种个人性的抒怀自有其毋庸置疑的"听将令"启蒙的内涵,但以往的研究可能过于看重鲁迅创作小说的启蒙性动机了,而对于鲁迅小说的个人性抒情显然不够重视。《社戏》作为呐喊系列中的一篇小说,可以明显感受到鲁迅在儿童世界的欢乐追叙中表达了成人世界的孤独和寂寞。大约与《社戏》的创作时间同时,鲁迅在《鸭的喜剧》中借俄国盲诗人爱罗先珂之口表达了身居北京的寂寞:

> "寂寞呀,寂寞呀,在沙漠上似的寂寞呀!"
> 这应该是真实的,但我却未曾感得;我住得久了,"入芝兰之室,久而不闻其香",只以为很是嚷嚷罢了。然而我之所谓嚷嚷,或者也就是他之所谓寂寞罢。②

这段带有写实色彩的文字以欲扬先抑的手法先是叙写自己并未感受到

---

① 《鲁迅全集》第一卷,人民文学出版社2005年版,第437页。
② 《鲁迅著译编年全集》(4),人民出版社2009年版,第612页。

爱罗先珂君的寂寞,再解释之所以没有感受到只是因习焉不察而已,事实上,自己所感受的所谓嚷嚷也是爱罗先珂所谓的切身的寂寞。

《社戏》结尾一句明显表现出叙述者对儿时看戏的留恋——"真的,一直到现在,我实在再没有吃到那夜似的好豆,——也不再看到那夜似的好戏了。"事实上,就看戏而言,儿时的社戏并没有什么特别美妙之处,因为"铁头老生并未翻筋斗","老旦只是踱来踱去地唱"。真正给"我"留下深刻印象的是与农家孩子一起夜晚偷烧蚕豆的快乐情景,那是不可多得和重复的儿时体验:

> "阿阿,阿发,这边是你家的,这边是老六一家的,我们偷哪一边的呢?"双喜先跳下去了,在岸上说。
>
> 我们也都跳上岸。阿发一面跳,一面说道,"且慢,让我来看一看罢,"他于是往来的摸了一回,直起身来说道,"偷我们的罢,我们的大得多呢。"一声答应,大家便散开在阿发家的豆田里,各摘了一大捧,抛入船舱中。①

在瞒着大人偷豆的过程中充满着刺激和童趣,尤其是阿发主张偷自家的提议既透露出孩子们特有的顽皮,也呈现了阿发的好客和热情,在突破小小的禁忌中收获着特有的乐趣。这一切都因为"我"的在场和加入而免受大人的责罚和批评。当六一公公得知因偷摘而踏坏了不少蚕豆,不但没有生气责骂,反而"非常感激起来",称赞"我"比较识货,"还对母亲极口夸奖我"。虽然六一公公第二天晚上又送来一碗煮熟的罗汉豆,"但我吃了豆,却没有昨夜的豆那么好。"还是同样的罗汉豆,因吃时的心境改变味道也不同。鲁迅在《朝花夕拾》的《小引》中说:"我有一时,曾经屡次忆起儿时在故乡所吃的蔬果:菱角,罗汉豆,茭白,香瓜。凡这些,都是极其鲜美可口的;都曾是使我思乡的蛊惑。后来,我在久别之后尝到了,也不过如此;惟独在记忆上,还有旧来的意味留存。他们也许要哄骗我一生,使我也时时反顾。"②鲁迅这种"时时反顾"的回眸姿态透露出怀旧的人生况味,正是在对往昔儿童世界深情的回眸中超越了现

---

① 《鲁迅全集》第一卷,人民文学出版社 2005 年版,第 595 页。
② 《鲁迅全集》第二卷,人民文学出版社 2005 年版,第 236 页。

实的孤独和寂寞。纵览鲁迅的许多作品，一旦涉及儿时的童真世界，笔触似乎变得灵动而明快——"我的脑海里忽然闪出一幅神异的图画来：深蓝的天空中挂着一轮金黄的圆月，下面是海边的沙地，都种着一望无际的碧绿的西瓜"，这是复活在记忆中儿时美丽的故乡，一旦面对现实，却是另一番模样——"苍黄的天底下，远处横着几个萧索的荒村，没有一些活气"，"我所记得的故乡全不如此"。鲁迅在满含深情的回忆中不乏清醒的意识："故乡本也如此，——虽然没有进步，也未必有如我所感的悲凉，这只是我自己心情的改变罢了"。[①] 与《故乡》的美好回忆类似，《社戏》中同样是看中国戏，因看戏的场景和时间不同形成迥异的价值判断。成人世界中的看戏，到处充斥着烦腻、鄙夷和不安，"我"在这样的成人世界中处处受到冷落与嘲弄，自尊心受到极大的伤害，这与童年世界的友爱和礼遇恰成鲜明的对照。

[①] 《鲁迅全集》第一卷，人民文学出版社 2005 年版，第 501 页。

六　论新感觉派小说的叙事语链

　　新感觉派小说家有意识地提倡叙事语链的陌生化，在语词的使用、组合及标点的运用等方面，常背离于成规，以收到与作品内容、人物感受、作者观点相和谐的特异的审美效果。

　　小说是以语言和叙事为基础的，离开了语言的书写也就不会有小说。因此，对新感觉派小说叙事艺术的考察就绝不能忽视对该派小说语言的研究和探索。热奈特就曾经指出，任何叙事文本都不过是"言语再现世界"的产物。① 他认为，我们陈述的句子其实是一篇简单的故事文本，而复杂的小说也不过是句子的拓展。这样，我们对新感觉派小说语言艺术的考察就落实到了它基本的叙事单位——"叙述语链"上。"所谓语链，也就是具有一定长度的句子链。"② 小说家对叙事语链的控制和操作，是他对整个文本进行控制的基础。我们知道，语言的交际法则是约定俗成的，人们对语言的传达活动总有一个大致稳定的交际图式。新感觉派小说中，叙事语言常常打破常规的交际规范，从而获得一种陌生化的艺术效果。请看下面的句子：

　　　　镜秋回头看见是青云一个人，手里拿着一大堆物品，被大百货店的建筑的怪物吐出在大门口。

　　　　那面交错的光线里所照出来的一簇蚂蚁式的生物，大约是从戏园里滚出来的人们吧。

　　　　爽直的烫纹，快镜，手杖，CAP，白绒的法兰西帽和两对男女一同地塞在车里。

---

　　① ［法］热拉尔·热奈特：《叙事话语·新叙事话语》，王文融译，中国社会科学出版社1990年版，第113页。
　　② 徐岱：《小说叙事学》，中国社会科学出版社1992年版，第298页。

在所引用的句子中，"吐"、"滚"、"塞"这些词都是语类上的跳槽现象。正是这种看似不恰当的词语的非逻辑使用，使叙事语链收到了意味深长的表达效果。通常来讲，"吐"、"滚"、"塞"这些词大都同物品相联系而不是同人；这种背离于成规的用法在此意味着在这个畸形的大都市中，人异化成了某种物品。这正是没有灵魂的现代人的真实写照，也正如《黑牡丹》中舞女无限感慨时所说的那样："我们这代人是胃的奴隶，肢体的奴隶。"物欲将人的灵魂吞噬，人只听凭物欲的统治。这些词非常规的使用与表达，给作品带来了陌生化的审美效果。

值得注意的是：新感觉派作家常常调动比喻、拟人等修辞手段，使语言富有出奇制胜的魅力。黑婴的《上海的sonata》中写道："夜静得断了气"，"悠长地，梦像一只碗跌到地板上似的，碎了！"在此，夜的静寂，梦的破灭，这种抽象的意义被作家赋予可视可闻的形象而具体感人。再如刘呐鸥的《赤道下》中所写："幻想跟着黑暗的椰林流出的微音抓住了我。"这里，声音也变成了能抓人的活物。这类语句的特点就是打破人们的常规思维习惯，在看似不相关的两个意象中间找出了可比的共同特点，并把它们组织在同一个叙述语链中，收到了反常化的审美效果。新感觉派的比喻十分奇巧，穆时英和刘呐鸥在小说中都曾把手杖当作女人或把女人当作手杖。"我把这位红色的小姐手杖似的挂在手臂上"，这是穆时英对红色女猎神的描写；"独身者，携着手杖当作妻子，摩着肩过去"，这是刘呐鸥对手杖的感受。这些描写不单纯是一种叙述语言上的炫奇斗巧，我认为更为重要的是源于作家对于都市生活的异化的真切感受。在这里，爱情不过是一场"游戏"，一个"方程式"，男女之间只是"消遣"与"被消遣"的对象，女人不过是一个男人的手杖而已。新感觉派作家不止一次地把城市庞大的建筑物比作都会的妖怪，"从船窗望去，雾里的大建筑物的黑影恰像是妖怪，大门口那两盏大头灯就是一对吓人的眼睛"。连现代化的电梯在他们眼里也变成了能吞吐人的怪物："电梯把他吐在四楼"。在这个大沙漠般"一切都死掉"的都市里，电梯——"楼腹内的这条直肠"也会"忽然闭塞起来，简直是比大便不通时更使人郁悴"。这些新奇的比喻浸润了作家强烈的反都市的情绪，极大地丰富了作品的表现力。

新感觉派作家是有意识地提倡叙事语链的陌生化的。正如穆时英所言，"写的时候是抱着一种试验及锻炼自己的技巧的目的写的"，"所关心的只是应该怎么写的问题"。① 新感觉派作家在运用语言时，有意识地对主观感觉进行物化处理，使抽象的意念变得可视可感。"要使作者的生命活在物质之中，活在状态之中，最直接、最现实的联系电源就是感觉。"② 正是作家独特而敏锐的感觉革新了小说的叙事方式，也同时带来了小说语言的陌生化。

新感觉派作家善于写人的感觉印象。事实上，在人的急速的意识流动中，在外界声色电光的种种刺激之下，人们的确有时会产生多种感觉相融汇、相复合的现象。"颜色似乎有温度，声音似乎有形象，冷暖似乎有重量，气味似乎有锋芒。"③ 描写人的多重的、复合的、刹那间的独特感觉印象，正是新感觉派诸作家所刻意经营的，因而出现了通感的现象。在他们的笔下，声音也有脚，凄清的声音可以懒懒地爬过屋脊，站在院子里那些青苔上面；声音也好像有温度和形体，小说中常描写声音是凉爽的、绢一样的；人物的语言具有甘蔗的味道，叹息如烂熟的苹果似的，那么轻轻地从人物的嘴里掉下来；香味也有了色彩，是泛着银绿色的。诸如此类的奇词丽句，无一不使人感到耳目一新，引起种种美妙联想，获得一种别致的艺术享受。

此外，新感觉派作家在小说中还有意识地使用复沓的叙事语链。在《上海的狐步舞》中，舞场中人们在调换舞伴之后，说的完全是同样的话："蓉珠我爱你呢！"舞客们"舞着，华尔兹的旋律绕着他们的腿，他们的脚站在华尔兹旋律上飘飘地，飘飘地"。在这篇小说中，同一叙事语链的重复运用，是为了描写舞女的厌倦情绪。《夜》中，全篇重复出现"哀愁也没有，欢喜也没有——情绪的真空"、"我知道有这么一天，我会找到她，找到她，我流浪梦里的恋人"等语句，是为了渲染作品的凄清空茫的氛围。在《夜总会里的五个人》中，交代各人不幸遭遇的结尾都用"嘴唇碎了的时候——"起句，跳舞时各人心中均感觉到"时间的足音……悉悉地响着"，这就突出了他们五人所共有的"老之将至"、"死之将至"、"一切都要终了"的紧迫感与惶恐感。

有时，新感觉派小说作家故意设计一些残缺不全的语句并把互不相连的事物放在同一叙事语链中，有意破坏句子的清晰度和层次感，甚至在百

---

① 穆时英：《南北极·自序》，《南北极·公墓》，人民文学出版社1987年版，第3页。
② [日] 西乡信纲：《日本文学史》，曹佩珊等译，人民文学出版社1978年版，第348页。
③ 钱钟书：《七缀集》，上海古籍出版社1994年版，第65页。

字长句中间不加任何标点。《上海的狐步舞》写道:"第一回巡视赌场第二回巡视街头娼妓第三回巡视舞场第四回巡视再说《东方杂志》《小说月报》《文艺月刊》第一句就写大马路北京路野鸡交易所……"阅读经验告诉我们:读者并没有因这类语句无标点而增添了阅读接受的困难;相反却加快了接受的进程,并感受到作品所传达的急速的紧张的节奏感和嘲讽味。为了强化这种感受,小说作者还选用不完整的语句,并将事物杂乱地组合叠加在一起。试看《夜总会里的五个人》对人物的描写:

> 白的台布桌边坐着的穿晚礼服的男子;黑的和白的一堆;黑头发、白脸、黑眼珠子,白领子、黑领结,白的衬衫、黑外褂,白背心、黑裤子……

看来这位没有灵魂的绅士已被肢解成了黑的和白的一堆了。这些陌生化的叙事语链,使其所描写的商业都会的人物变得支离破碎、滑稽可笑。

总之,新感觉派小说反常规叙事语链的出现,显示了一种感知生活的新的形态,同时也表明了该派作家对语言新形式的自觉追求。在这一点上,新感觉派的奇异叙事语链和俄国形式派所倡导的艺术反常化理论是不谋而合了。如果说艺术的意义之一在于使对象"陌生化",艺术承担了重新唤醒人情绪化感觉的义务,那么新感觉派小说用其新奇的叙事语言做到了这一点。它冲破了习惯的桎梏而再度激活人的感官活力,使读者对世界产生鲜活的感觉,这不也是对人的精神的丰富与提高吗?正是在这个意义上,新感觉派小说在叙事语言方面的追求是最值得我们重视并深入研究的。

七　叙事传统的颠覆和诗骚传统的回归

——从叙事角度看"新感觉派"小说

"所谓叙事，也即采用一种特定的言语表达方式——叙述，来表达一个故事。换言之，也即'叙述'+'故事'"①。因此，在某种意义上来说，小说就是讲故事，中国传统小说正是在有头有尾的故事讲述中吸引了读者，逐渐从文学的边缘位置挤进了文学的正宗殿堂。然而，这种以情节为中心的线性全知叙事模式到了近代却愈来愈受到严峻的挑战。倘若说中国现代小说叙事形态在20世纪20年代由于受到西方文学的巨大冲击，慌忙调整而显得手忙脚乱的话，那么到了30年代已经变得沉稳成熟起来。"新感觉派"在30年代文坛上的崛起正是这种成熟的标志之一。本文拟从叙事角度入手，对"新感觉派"小说进行粗略的把握和宏观的审视。

（一）叙事视角

叙述视角又叫视点。视点源于西方绘画中的透视术语，借用于小说叙事批评中是指叙述者与他所讲的故事之间的关系。大量的阅读经验告诉我们，一个相同的故事常常会因讲故事的方法不同而变得面目全非。中国传统小说的叙事手法是作者凌驾于读者和作品中的人物之上，如一位先知以全知全能的方式讲述故事，海阔天空，纵横捭阖，既可洞察人物的内心深处，又可跳出来发表议论，甚至叙述到紧张得意处还能和读者说上一句"列位看官"的话。然而，随着西方现代哲学思潮的出现，连人们心目中的全知全能的上帝也被尼采宣布已经死去。因此，小说中作者的全知叙事也受到极大的怀疑。作者没有权利统领一切，他知道的未必比读者多，于

---

① 徐岱：《小说叙事学》，中国社会科学出版社1992年版，第5页。

是乎限制叙述视角便应运而生。"新感觉派"小说作家中,以心理分析见长的施蛰存在这方面做出了可贵的尝试并取得了可喜的成就。

在施蛰存创作的一系列小说中,无论是以第一人称写成的《梅雨之夕》,还是以第三人称写成的《鸥》《春阳》《旅舍》等,叙述角度都是采用限制视角的内聚焦式。在这种叙述中,叙述者如同寄居在某个人物之中,借着他的意识与感官,视、听、感、想,叙述者所知道的和人物一样多。他可以就是某个人物本身,如《梅雨之夕》中那个雨中送少女的"我",他也可以不直接在作品里露面,但却始终黏附于某个人物的内心深处,成为小说中人物心灵的窥探者。叙述者通过人物内心世界这面镜子来反射外在的人与事。《梅雨之夕》写的是雨天的黄昏。"我"用一柄大伞送一位偶然相遇没带雨具的少女回家,一路上所产生的种种心理与思绪。由于这位少女的容貌与自己少年女友有相似之处,便认为她是自己每天都在想念中的"初恋的那个少女",陷入了以"她"为中心的漫无边际的遐想与回忆。"我"沉醉在作为"她的丈夫或情人"的假饰的幻想之中,尽情享受这隐秘的欢乐。读者如果想从这篇小说中读出情节曲折的故事来那只能是一种奢望。小说的目的不在于写人物的故事,而在于坦露人物深层的内心世界。施蛰存的创作受弗洛伊德的影响较大。在小说中注意挖掘人物本能的潜意识。当然,人物心理刻画这一手法无论是中国古代小说还是近代小说中都有所采用,然而古代小说中心理刻画是为了表现人物性格。总体上还是服从于以情节为中心的叙事模式,大多数情况下还是靠作者滔滔不绝地讲述故事。到了现代文学的第一个 10 年,随着西方文学作品的大量译介和心理学知识的输入,五四作家越来越关注小说中人物的心理描写,但是这种点缀在作品中的心理描写也只是片断的、零碎的,能像施蛰存这样以人物心理情感流程来营构全篇小说并体现在一系列创作中的作家,在五四作家中是少有的。如果说以鲁迅为代表的新文学作家的小说仍属于传统的叙事体文学的话,那么施蛰存心理小说则摆脱了传统叙事体模式而更多地接受了西方现代主义文学的影响。因为施蛰存作品中的心理描写,已不再是作家塑造人物形象、刻画人物性格、满足情节需要的辅助手段与陪衬,不是以人物性格和叙事为重心,而是转移到以人物内心、人的意识的多层次开掘为重心、为目的。同样是描写女性心理,丁玲的早期作品对处于激烈矛盾冲突中的人物(如莎菲女士)及其多样化性格的描写,使人物形象从单一走向复杂,这是丁玲心理描写的特点。而施蛰存的《李师师》《薄暮的舞女》《春阳》等小说对妇女心理的描绘则舍弃了事件、情节的交代,强调的是女性内在心理的直接描写和展示。这种小说叙述视角的内聚焦化不只是对中国传统小说全知叙事的反拨,而且也是对五四时期小说叙事艺术的推进。

如果说施蛰存心理分析小说视点人物较为固定的话,那么"新感觉派圣手"穆时英的小说视点人物则灵活多变。这正如摄像机一般,施蛰存用一个镜头紧紧地对着人物的心灵深处,靠人物心理来折射人生百态,而穆时英却用多个镜头、多种视角立体似的透视社会万象。穆时英的《黑牡丹》这篇小说讲述的是一个舞女的传奇经历。小说有两个主要生活场景,一个是舞场,一个是圣五的别墅。小说通篇采用第一人称限制叙事,小说中的"我"是整个故事的叙述人,圣五的叙述是黑牡丹逃到别墅后的情况,黑牡丹则叙述她从舞场到别墅的这段经历。三人都用"我"来讲述故事,视点人物却一直在变换。通过视点人物的灵活多变弥补了固定视点限制叙事的不足,扩大了作品反映生活的容量,同时也避免了传统全知叙事的平铺直叙。作为第一人称的限制叙事兴盛于五四这个抒情的时代,抒情的时代更需要第一人称"我"的直接参与来抒发自我心性。无论是鲁迅的小说《狂人日记》《伤逝》《故乡》,还是创造社诸作家的创作,第一人称叙述随处可见,但能够像穆时英那样靠视点的不停变换来多角度、多层次地表现叙述对象风貌的作家和作品实属罕见。《上海的狐步舞》的叙述方式更显得特别。作者选取上海的都市生活作为自己的叙述对象是固定的,而作者叙事镜头的焦距却不停地调整,推进、拉远、俯察、仰观,立体地透视上海的各个角落,展示了上海这个"造在地狱上的天堂"的病态文明。穆时英的叙述方式是客观的冷静的,没有传统叙事者那种跃跃欲试的激情奔涌。他自称这篇小说(《上海的狐步舞》)"只是一种技巧上的试验和锻炼"[1],这也许是作者自谦的说法,同样,施蛰存在《我的创作生活经历》中也说过:"我的小说不过是运用了一些弗洛伊德的心理小说而已,……也努力想在这一方面开辟一条创作的新蹊径。"[2] 正是他们这种对小说艺术的自觉的追求和训练,"新感觉派"小说家超越了他们前代作家的小说叙事艺术。也正是在这个意义上,"新感觉

---

[1] 穆时英:《公墓·自序》,《穆时英全集》(第一卷),北京十月文艺出版社2008年版,第234页。

[2] 施蛰存:《我的创作生活经历》,《上海师范大学学报》1990年第2期。

派"小说是对传统叙事的颠覆。

（二）情调模式

从叙述视角对"新感觉派"小说作一粗略的考察之后，我们发现：由于小说叙述视角的内聚焦化和视点的不停变换，读者想从小说中读出曲折动人故事的阅读期待被打破。传统小说中以情节为中心的情节模式和以性格、人物为中心的情态模式遭到冷落，代之而起的是一种传达某种生活体验的情调模式。"情调是人的一种情感特征。在心理学上通常指同感知觉密切联系着的某种情绪性体验。"① "新感觉派"诸作家的创作主旨不在于编织优美动人的故事，也不在于塑造典型性格的人物，而在于传达作者对都市生活的个人体验。在"新感觉派"小说中，故事虽然存在但并不在于构成情节，小说中人物已退居二线。小说讲述一些事件、介绍几位人物的目的在于营造一幅画面的场景，渲染一种气氛，最终捕捉到作家对都市生活的那一份感觉和情调。

我们来看一下穆时英的《夜总会里的五个人》这篇小说。作品写了"五个从生活里跌下来的人"：金子大王胡钧益、恋爱失意的郑萍、青春已逝的黄黛茜、满腹疑问的季洁、接到撤职书的缪宗旦。在介绍这五位人物的时候，小说用"嘴唇碎了"这个象征内心痛苦的意象将五个职业各异的人物连接起来。作家独具匠心地把人物置于一种充满都市情调的氛围之中：

　　《大晚夜报》！卖报的孩子张着蓝嘴，嘴里有蓝的牙齿和蓝的舌。他对面的那只蓝霓虹灯的高跟鞋尖正冲着他的嘴。
　　红的街，白的街，蓝的街，紫的街。……强烈的色调化装着的都市啊！霓虹灯跳跃着——五色的光潮，变化着的光潮，没有色的光潮——泛滥着光潮的天空，天空中有了酒，有了烟，有了高跟鞋，也有了钟……②

---

① 徐岱：《小说叙事学》，中国社会科学出版社1992年版，第236页。
② 穆时英：《夜总会里的五个人》，《公墓》，现代书局1933年版，第73页。

我之所以不厌其烦地摘录小说中的这些段落，旨在展示小说家那种刻意的对艺术氛围的营造。霓虹灯、高跟鞋、卖报郎、烟、酒、钟……这些都市生活景观纷纷挤进小说之中，建构了丰富多彩的都市生活意象。作家通过对这些意象的罗列、重合和组接，立体性地展现了都市生活的光怪陆离，扩大了小说表现生活的张力和读者阅读的弹性空间。

"新感觉派"小说也往往通过场景、音响、色彩等方面的对比来营构一种情调和氛围。穆时英的小说《街景》中把"温柔美丽的修女"、"一对愉快的恋人"和"一个又脏又丑的盲乞丐"这三幅画面组成一幅街景图：明朗的太阳照着秋天薄暮的街，修女温柔的话语、美丽的金黄色头发、青年恋人愉快的歌声，这一切又和老乞丐的穷困潦倒形成鲜明的对照。再加上月台上火车的轰鸣，小巷里卖花生的叫喊，构成了异彩纷呈的都市街景图。穆时英仿佛是一位高明的画师，他挥舞着那只画笔浓墨重彩地尽情地抒写自己对都市生活的感受，并把这种感受限定于自己的画框之中。从这一点看来，"新感觉派"小说故事性不强，主观抒情性却加强了。施蛰存的《梅雨之夕》堪称抒情一绝。这篇小说是一曲初恋的颂歌。街头下着小雨，"我"和一位美丽少女走在同一把伞下，把初恋之情写得清新优雅、撩人心扉。读这篇小说如同走进了戴望舒的"雨巷"。小说中充溢着朦胧的色调，淡淡的哀愁，丝丝的柔情，是小说的诗，是诗的小说。

由于抒情描景的需要，"新感觉派"作家大都对于色彩描写有一种特别的嗜好。施蛰存《魔道》中那段描写夕阳下村景景色的段落，朱红、金黄、浓黑多种色调互相对比，渲染出一派虚幻恐怖的情绪氛围。刘呐鸥《热情之骨》中对花圃的描写，以及对"金色的秋阳"、"蓝靛色的澄空"、"赭褐色的小径"、"碧油油的海水"的描绘给人一种视觉的华美印象，这种华美的色彩又反照人物欢快的心境，使小说充溢着情景交融的艺术境界。

从以上分析我们可以看出：当"新感觉派"在叙事视角上以全新的姿态崛起于文坛的时候，在对传统情节模式颠覆的同时却又回归了中国文学的另一个传统——以《诗经》《离骚》所开辟的中国文学的抒情传统。这是一种饶有意味的文学现象，正如陈平原在《中国小说叙事模式的转变》中所言："中国是一个诗的国度，……这种异常强大的诗骚传统不能不影响其他文学形式的发展。任何一种文学形式，只要想挤入文学结构的中心，就不能不借鉴诗骚的抒情传统，否则难以得到读者的承认和赞赏。"① 实质上，"新感觉派"对都市意象群的描写就是从中国古典诗词中汲取了营养，诸如"枯藤老树昏鸦，小桥流水人家"或者"骏马秋风塞北，杏花春雨江南"这些大自然的意象进入古典诗人的审美视野，而"新感觉派"作家把鞋店、酒铺、音乐铺、戏院、夜总会、跑马场、酒杯、女郎的高跟鞋这些代表都市生活的意象请进了小说之中，创造了丰富多彩的都市生活意象群。这也正是有些人把"新感觉派"称为"小说中的意象派"的原因②。从创作经历来看，"新感觉派"的主将施蛰存的创作是从诗歌开始的。他曾说过："在文艺写作的企图上，我的最初期所致力的是诗。"③ 他早在上中学时，就爱读唐诗宋词，30年代当他成为知名小说家的同时，仍未忘情于诗，并在他主编的《现代》文学月刊上发表意象抒情诗多首。因此，诗歌的创作不能不影响他的小说创作。当然，中国现代五四小说在借鉴外来文学的同时就深受中国古代诗骚传统的影响。从这一意义上讲，"新感觉派"小说又是对五四小说抒情传统的继承和发展。

---

① 陈平原：《中国现代小说叙事模式的转变》，上海人民出版社1988年版，第222页。
② 《上海师范大学学报》1993年第1期，第31页。
③ 《西湖》1983年第5期，第48页。

八　新感觉派小说叙事艺术论

20年代末到30年代初，在20世纪的中国文坛上崛起了一支以刘呐鸥、穆时英、施蛰存、叶灵凤为代表的小说流派——新感觉派。他们的小说，从文学倾向到艺术表达，都表现出与五四小说和同期小说迥异的艺术个性。新感觉派小说艺术形式上的新、奇、怪的确给新文学带来了新鲜的感觉。本文力图从叙事入手，分别从叙事角度、叙事时空、叙事结构诸方面进入小说的阅读空间，来捕捉并体味这种"新感觉"。

（一）叙述视角：人物视角的主观化叙述及视角的灵活多变

叙述视角又叫视点，视点来源于西方绘画中的透视术语，借用于小说叙事批评中是指叙述者与他所讲的故事之间的关系。"叙事视点不是作为一种传达情节给读者的附属物后加上的，相反，在绝大多数现代叙事作品中，正是叙事视点创造了兴趣、冲突、悬念乃至情节本身。"[①] 因此，较之故事本身，文学研究有理由更关心讲故事的方式。中国传统小说的叙事手法是以全知全能的方式讲述故事。然而，随着西方现代哲学思潮的涌现，连人们心目中全知全能的上帝也被尼采宣布已经死去。因此，小说中作者的全知叙事也受到极大的怀疑和挑战。于是乎，限制叙事便应运而生。五四时期，一些作家开始有意识地打破全知视角的束缚，采用人物视角与纯客观视角叙事。到了新感觉派诸家的小说创作中，更是大量地运用人物视角来叙述。

---

① ［美］华莱士·马丁：《当代叙事学》，伍晓明译，北京大学出版社1990年版，第159页。

所谓人物视角，就是以小说中某一人物充当叙述者，叙述限制在这个人物所见所闻所感的范围之内。人物视角既可采用第一人称形式，也可采用第三人称形式，运用人物视角的叙述带有明显的主观色彩，从而让人物隐秘的内心世界直接呈现在读者面前。新感觉派小说正是通过人物的主观感觉，再造了一个具有强烈主观色彩的颠倒错乱的世界，给人以新奇、真切的感受。

被誉为"中国新感觉派圣手"的穆时英，他的小说的主观化叙述特别强烈。在早期的小说集《南北极》中已初现端倪。该集子收入八篇小说，其中有五篇是采用第一人称的口吻叙述故事。作为穆时英前期的小说创作，《南北极》中的小说传统文学技巧的味道还是比较浓的，后来收入《公墓》《白金的女体塑像》《圣处女的感情》中的作品，已脱去了早期小说讲故事的外衣，逐步成熟起来。中国新感觉派小说最早的尝试者刘呐鸥在他的小说集《都市风景线》中也表现出较强的主观化叙述的色彩。《游戏》中对都市的感觉和叙述为我们展示了人物独特的感觉世界，通过这个世界真实地折射出主人公的孤独、寂寞和悲哀的主体情愫。

使用人物视角叙述，把叙述者从无所不知的上帝的宝座上拉了下来，使叙述者寄居在某个人物之中，借着他的意识与感官，视、听、感、想，叙述者所知道的和人物一样多。他可以就是某个人物本身，如施蛰存《梅雨之夕》中那个雨中送少女的"我"，他也可以不直接在作品里露面，但却始终黏附于某个人物的内心深处，作为小说中人物心灵的窥探者。叙述者通过人物内心世界这面镜子来反射外在的人与事。有人又称这种叙述为内聚焦式或同视界式。[①] 在新感觉派小说家中，以心理分析见长的施蛰存在这方面做出了可贵的尝试并取得了可喜的成就。人物视角的内聚焦化叙述手法贯穿于他一系列的小说创作中。收入《上元灯》的早期小说十篇中有八篇均用"我"的视角叙述故事。这些作品大多是以成年人怀旧的感情来回忆孩提、少年时代的一段经历、一次邂逅、一种温情，抒情气息很浓。但是这些尽管用第一人称"我"叙事，作品大都停留在一种外部的言状叙述上，还没有切入人物的内心世界。稍后创作的心理分析小说，小说的叙述者才真正黏附于人物的内心深处，把外部的言状叙述变为内在的心理分析，使人物内心世界的展示成为主要手段和基本色彩。

---

① 徐岱：《小说叙事学》，中国社会科学出版社 1992 年版，第 200 页。

新感觉派小说正是因为大多采用第一人称的主观叙述，使小说的叙述格调有着鲜明的"独语"姿态。这是超越了叙事层面而直接维系小说作者创作心理的美学因素，这同时也是小说作者的自我实现方式，正是借助于这种"独语"，小说家可以附身于地位显赫的叙述人而宣泄自己的愤怒、欲望、欢乐、痛苦和悲伤等种种人生意志。一方面，小说故事通过叙述人的"独语"而凸现了隐身其中的主题意旨，最终完成了对故事的铸造和实现；另一方面，主观叙述的强化，可使小说成为浇作者心中块垒的酒杯，"独语"可以说正是一种痛饮方式。穆时英笔下的叙述，人总是有着作者本人的情绪投影，是作家主体的精神寄托。穆时英本人也承认："我却就是在我的小说里的社会生活着的人，里面差不多全都是我亲眼目睹的事。"[1]

在叙述视角的运用上，新感觉派小说的另一个创新，便是叙述视角的灵活多变，即从不同的人物的视角进行叙述。"就象物体只有用双眼看才富有立体感一样，或者说，只有当游客从不同的角度观察，才能看透商山的全貌一样，一种叙述要显得明确无误，不让读者乱作判断，就需要作者在每一重要时刻，对场景和主人公的两个或数个角度作介绍。"[2] 传统小说大都只有一个固定视角，作者与读者均从一个视角来认识与评价事件。新感觉派小说叙述视角的灵活多变，正如摄影机的推拉、升降、俯仰的功用一样，可以多角度多层次地展现叙述对象的风貌。

最典型地采用多视角叙述的是穆时英的《五月》。在五月这一时空背景下，作者交替使用了蔡佩佩、刘沧波、江均、宋一萍等四个视角人物，叙述了人物间的感情纠葛。细腻地描画了每个人的情感流动，体现了人物不同的价值观、人生观与心态。作者在作品中不作任何解释和评议，读者不必通过作者这一中介而直接进入人物内心世界。施蛰存的《阿秀》也是频繁作视角转换的一个突出例子。小说分别通过阿秀与婢女的对话，阿秀的独白，母亲的独白，两个邻居的对白，交错使用不同的叙述视角，多角度全方位地展示了农家女子阿秀凄婉的命运。

30 年代以都市生活为题材的作品不计其数，左翼作家茅盾等人的创作均有对都市生活的观照和审视，但左翼作家与新感觉派作家的注意重心

---

[1] 穆时英：《公墓·自序》，《穆时英全集》（第一卷），北京十月文艺出版社 2008 年版，第 234 页。
[2] 张寅德编选：《叙述学研究》，中国社会科学出版社 1989 年版，第 418 页。

显然存在分野：前者注重对现实生活的客观反映，其创作呈现出明显的功利主义色彩；后者则注重作品形式上的探索，文学的本体性在他们这里得到相当的重视。"新感觉派是中国现代文学史上第二度提倡为艺术而艺术的流派。这种忠于艺术的原则，把中国小说一向过度注重群治与涉世的观念矫正过来，使文学产生独立学科的尊严，拥有独立超然的地位。"[①] 相对于新感觉派小说叙述视点的灵活多变，五四小说视点人物较为固定。20年代初夏丏尊先生是一个颇为重视叙述视角的理论家，但是他所强调的是固定的叙述视角："作叙事文须确定一种观察点，全面统一，不应摇动……作者对于各方面也要保持观察点的一致，不可随意变更。"[②] 我认为，新感觉派小说正是叙述视角的"随意变更"产生了与五四小说迥异的艺术个性。

其实，高频率的视角转换，绝不单纯是一种艺术技巧的创新。它本身体现着作家生活观的变化。小说高频率地转换叙述视角，正适合表现节奏快速多变的五光十色的现代都市社会生活与颓废病态的异化了的现代人，同时也恰好与作者多元化的生活观念相吻合。在这一点上，穆时英是最有代表性的一位。置身于畸形的都市，年轻的穆时英感到茫然无所适从的悲哀，"我是生命的底线上游移着的旅人，二十三年来的精神上的储蓄猛地崩坠下来，失去了一切概念，一切信仰，一切标准、规律、价值全模糊了起来。"[③] 这真实地道出了穆时英出现信仰危机时迷茫的心态。因此，在某种意义上，小说创作的高频率视角转换正是作家多元化的生活观、思想观的反映。

（二）叙事时空：大幅度跳跃与交错

传统小说是一种体现时间一维性的直线式的叙事，读者的阅读期待也被牢牢地拴在"欲知后事如何，且听下回分解"的一连串悬念之中。这种谨遵自然顺着时针走动的线性叙事，一旦成为一种模式延续下来必然会

---

① 施蛰存：《沙上的足迹》，辽宁教育出版社1995年版，第163页。
② 《夏丏尊文集·文心之集》，浙江文艺出版社1983年版，第31页。
③ 穆时英：《白金的女体塑像·自序》，《穆时英全集》（第二卷），北京十月文艺出版社2008年版，第3页。

带来自己的不足和缺憾。"从某种意义上说,叙事的时间是一种线性时间,而故事发生的时间是立体的,在故事中,几个事件可以同时发生,但是话语则必须把它们一件一件地叙述出来,一个复杂的形象就被投射到一条直线上。"① 这正是叙事性作品所面临的难题:作品描述的时间与事件发生的时间明显存在着错位。晚清小说家吴趼人已开始在《九命奇冤》中尝试用时间"倒拨"的手法,人所共知的鲁迅的《祝福》也是从祥林嫂的死写起,这种对叙事时间的处理,在叙述效果上起到了强调和设置悬念的双重作用。这种对叙事时间的处理方法,尽管比传统小说大大推进了一步,但是在读者接受过程中,我们可以较为自觉地把作者有意打乱的次序轻易还原成一个按时间先后发生的故事。而新感觉派小说的创作,由于人物视角的运用,自然的时空顺序被打破了,时空大幅度跳跃、颠倒、过去、现在、将来、梦幻等不同的时空单位被复杂而巧妙地组合起来。

施蛰存的一系列小说,由于人物视角的内聚焦化,在叙事时空上也常常表现出大幅度的非逻辑性的跳跃。传统小说讲求叙述的连贯性,整部小说的情节展开总是一环套一环的,时空如流水般绵延,对于必要的时空转换总是要交代得清清楚楚。在新感觉派小说中,时空常常被切分为一个个富有形象感的分镜头,用大幅度的蒙太奇手法加以剪辑组合,原来用于起交代和穿线作用的叙述省略,各个场景是靠分镜头的单元来连接,而这种连接是跳跃的情感与感觉,而非传统小说的线性因果关系。

时空的大幅度跳跃,显示了新感觉派作家自由转换时空的特长。但如果处理不当同时会产生上下文之间的情节突兀,为了避免这种弊端,小说作者采用了电影艺术中的"相似蒙太奇"的组接方法,即"将前后两个需要连接的镜头加以处理,在上一个镜头的末尾,与下一次镜头的开头,找其相似点,然后加以连接。"② 为了弥补小说中上下文之间自由转换时空而造成的严重脱节,新感觉派作家穆时英对都市景观的组接很得心应手地找到了一个合适的组接点。

《上海的狐步舞》在描写舞场情景时,插入了一个作家被引诱的情节镜头,场景是在一条偏僻的小胡同里,为生活所迫,婆婆帮媳妇拉客的情景。作者为了把小胡同的景观与舞场有机连接在一起,就采用了电影中的

---

① [法]兹维坦·托多罗夫:《叙事作为话语》,选自张寅德编选《叙述学研究》,中国社会科学出版社1989年版,第294页。
② 朱玛:《电影剧作基础》,四川省社会科学院出版社1985年版,第178页。

"相似蒙太奇"手法。作者用"笑"这个组接点把僻静的小胡同和喧闹的舞场浑然天成地连接在一起。把前后两个不同时空的画面有机组合在一篇小说中,共同承担起表现都市生活各侧面的任务。

除了画面与画面组接之外,穆时英也采用了音响的组接。《街景》中浮现在老乞丐眼前的是两幅场景:一幅是军阀混战的血腥屠杀,伴随着大炮的轰鸣;一幅是宁静而美好的家园图景。两个截然不同的场景通过音响"轰轰"连接起来,两幅场景的有机叠合更衬托了老乞丐贫困潦倒、濒临绝境的惨状和对家乡的思念之情。

当然,新感觉派小说叙述时空的交错与跳跃,是与人物视角的灵活运用密切相关的。由于采用人物视角,叙述时空随人物主观感觉与心理的渗入而扭曲变形,从而构建起一个新的艺术时空——交错的大幅度跳跃的知觉时空。这正如人们对任何事物都可作客观的分析与主观的感知一样,对时间长短的处理也是如此。法国哲学家柏格森从心理学角度提出"物理时间"与"心理时间"的概念,前者是可以用客观的方法进行度量的时间,而后者则是从人的主观方面,通过人的感官来感知的时间。我们平常有时光如梭、度日如年的说法,可见时间的长短会因人主观体验的不同而发生变化。新感觉派小说在叙事时间的处理上就体现了这一点。穆时英《上海的狐步舞》写到一场发生在街旁的工伤事故,一根突然倒下的木桩夺走了施工工人的生命。本是一瞬间发生的事情,而作者却将叙事节奏放慢,对事故发生的过程进行了细致的描绘,精心描画了受难者临死前的各种闪念,为了表达这幅地狱般的惨景图,作者有意将短暂的事态发生的时间充分延长。在这里我们似乎看到了一个徐徐落下的木桩,重重地压在施工工人的身上,工人倒下时想起了他的光着身子的孩子,想到了捡煤渣的媳妇。在此时间仿佛是一条橡皮筋,一头被牢牢钉住,而另一头则被作者拉长、拉长……施工工人死亡的刹那间的想法被作者放大、定格如慢镜头般展现在读者面前,从而使受难者生命之光的黯然消逝转化为读者对死亡的痛苦体验。

康德认为:时间和空间是人类认识世界的基本形式。小说叙述时空变化是社会生活与人们心态变化在文学上的反映。在殖民地都市中,古老的秩序化的封建文明被打破,代之以动荡喧嚣错乱的所谓现代文明,人们的心态也失去了自然经济状态下的单纯明晰与宁静。在这种情况下,原来的用来反映单纯有秩序的生活与心态的顺序式的时空被打破,时空的颠倒与交错拓展了小说的空间，更便于反映现代社会生活与现代人的心态，也正适合于表现疯狂律动的都市气息与氛围，以及现代人烦躁不安、瞬息万变的内心情绪与感觉。

（三）叙事结构：心理—情绪的结构模式

从叙述视角和叙述时空对新感觉派小说作一番粗略的考察之后，我们发现：传统小说以故事为中心的情节模式和以人物、性格为中心的情态模式遭到冷落，代之而起的是传达某种生活体验的心理—情绪模式。这些小说不在于勾起人们渴望紧张曲折和戏剧性的审美情感，而在于以一种心灵的直接呈现在读者中形成情绪上的共鸣，它所传达的是作者对都市生活和人生的某种情绪性的体验。"是现代人在现代生活中所感受的现代的情绪。"①

在新感觉派小说中，故事虽然存在但并不为了构成情节，小说中的人物描写已退居二线。尽管情节模式仿佛还在小说中投下一抹淡淡的影子，但小说讲述一些事件、介绍几位人物的目的在于营造一幅幅画面和场景，渲染某种气氛，最终捕捉到作家对都市生活的那份独特感觉。因此，为了传达他们对都市的感觉，新感觉派小说家对人物深层心理现实的逼视是他们刻意追求的。通过对人物心态透视和感觉的摹写，来表示一种现代都市生活的情绪体验，折射都市人生与世界万象。在新感觉派作家那里，心理呈现是小说反映世界的轴心，是建构小说心理—情绪结构的基本框架。正如施蛰存所述，"我的小说不过是应用了一些Frendism的心理小说而已"，②他尽可能淡化小说叙事情节，刻意描摹人物繁复的意绪、丰富的感觉、复杂的心态。施蛰存在他的一篇小说《残秋的下弦月》中借作品中人物之口道出"现在是，只注意情节的小说已经不时兴了"，施蛰存的《魔道》就是一篇典型的心理营构小说，已摆脱了传统小说的情节模式。楼适夷曾认为施蛰存的《魔道》等篇"无疑是中国文学上一个新的展开，

---

① 《又关于本刊的诗》，《现代》4卷1期，1933年。
② 施蛰存：《我的创作生活之历程》，选自《创作的经验》，上海天马书店1935年版，第82页。

这样意识地重视着形式的作品，在我的记忆中似乎并不曾于创作文学里见过"。①

穆时英的《PIERROT》也是靠人物心理来营构作品的。小说中大段大段的内心独白，以表现潘鹤龄的内心痛苦、人格分裂和自我斗争。刘呐鸥的《残留》已不再注重情节的纵向推进，在这里我们看不到作者对外部环境的交代。作家仿佛带领我们走进了主人公霞玲的内心世界，她的遭遇和经历、愿望和追求、失望和忧郁都在主人公自己的意识流动中浮现出来。小说的叙述进程是靠人物的心理推进，主人公霞玲意识流动到哪里，小说的叙述就演进到哪里。

这篇小说向我们展示了人物细腻微妙、目迷五色的心理和幻觉，如一幅人物的心态流程图置于读者面前。这篇散漫的小说用人物的心理主线串缀起来，每一个片断如一张张活页纸，读者可以从中抽出任何一张来读，并不影响对小说的理解与接受。流淌于小说空间的总是那种寂寞惆怅、孤独难当的人物情绪。这种情绪是贯串心理流程的主线，如一个不断膨胀的气球几乎要撑破小说的空间。

小说"向内转"，由情节结构发展为心理结构，是世界文学史上小说叙述结构的一个演进趋向。20世纪西方哲学和文学思潮特别强调和关注主体人在行动过程中的复杂作用，对人的内心世界的关注成为小说的焦点。中国传统小说对于外部世界的描写胜于心理的展示。五四时期，随着西方文学作品的大量译介和心理学知识的输入，五四作家越来越重视小说中人物的心理描写。但是这种点缀在作品中的心理描写也只是片断、零碎的，而新感觉派作家的人物心理描写，已不再是塑造人物形象、刻画人物性格、满足情节需要的辅助手段与陪衬；不是以人物和故事为中心，而是转移到以人物内心、人物意识的多层次开掘为重心为目的；不仅仅是一种描写手法，更重要的是一种结构方式。

如果说新感觉派小说的心理意识流动的展示是构筑心理—情绪结构的主要因素，那么小说中的感觉化的情绪渲染则强化了这种结构模式。"《现代》中的诗是诗，而且是纯然的现代的诗，他们是现代人在现代生活中所感受的现代的情绪，用现代的词藻排列成的现代的诗形。"② 施蛰

---

① 楼适夷：《施蛰存的新感觉主义》，《文艺新闻》1931年第33期。
② 《又关于本刊的诗》，《现代》4卷1期，1933年。

存这段对现代诗形表达"一种情绪"的论断,事实上也完全适用于他们自己的小说创作。

刘呐鸥的《赤道下》在恋爱的浪漫外衣下抒写的是大海一样的愁思,哀伤的情绪充溢其间。穆时英的小说自始至终就被一种孤独、哀怨、寂寞的情绪所包裹。穆时英自己也曾经说过"每一个人,除非他是毫无感觉的人,在心的深底里都蕴藏着一种寂寞感,一种没法排除的寂寞感"。①《被当作消遣品的男子》是"写一种被当作消遣品的悲哀,和一种忧郁的气氛"。② 穆时英自认为"带着早春蜜味"③ 的《公墓》也无不浸润着一种淡淡的哀伤和忧愁的情绪,在清新婉约的雨巷式的情调之下也掩盖不住那难言的寂寞。黑婴曾经说过:"第一次读到穆时英的《公墓》,很喜欢他那抒情的,带着淡淡哀伤的情调。"④

新感觉派小说不但在整体框架上具有心理情绪的特质,即使在每一个瞬间印象里,也浸润着作者浓烈的情绪特质。"垂在天花板上的摩沙玻璃灯一亮,一个改变了式样的房间里充满着的新鲜的气息颤震地流动起来"。⑤ 这是舞女素雯的感受,但感受中分明裹挟着向命运抗争失败后随即妥协的无可奈何和对命运把握不定的惶惑,这种种复杂情绪的交融,使得这一场景在灯光一亮的过程中,流溢着重浊的情绪暗流。

当我们超越对作品具体感觉细节的浸入和关注,从总体上把握新感觉派作品时,我们发现新感觉派作家为我们营造了一个骚乱扰动的情绪氛围。这为小说的心理—情绪结构注入了新的表征。这种骚乱而喧嚣的情绪氛围是来自都市化的现代社会本身,作者显然是把它突出和放大了,它是一种笼罩在作品中的现代都市的工厂噪音,舞厅爵士乐,霓虹灯的闪烁,旋转着的舞客,投机者的疯狂,汽车的喧嚣……它展示给我们的只是一种感觉,一种都市氛围的情绪外化,这种情绪使人狂躁不安,心神不定,甚至难以忍受。

我们从以上三个侧面粗略探讨了新感觉派小说的叙事艺术,作为中国

---

① 穆时英:《公墓·自序》,《穆时英全集》(第一卷),北京十月文艺出版社2008年版,第234页。
② 同上。
③ 同上。
④ 黑婴:《我见到的穆时英》,《新文学史料》1989年第3期。
⑤ 施蛰存:《薄暮的舞女》,《心理分析派小说集》上册,百花洲文艺出版社1990年版,第183页。

第一个具有现代主义色彩的文学流派,从文学格局上看,在当时他们的现代主义先锋性质的尝试尚不能在一个大范围内被普遍接受,即使在文学圈内也得不到普遍的认可,这固然与时代的、民族的文化传统和思维习惯等因素所决定的艺术兴趣有关,但实际上,从更为广大的意义上看,作为现代主义的一次实验,其无论为中国现代主义的确立,还是对中国小说叙事艺术的发展都有不可低估的价值。从后起的路翎等七月派的小说叙事话语中可以看出新感觉派的某些影响和痕迹。当代作家王蒙的意识流结构的小说创作和莫言小说的感觉化叙述同样能窥见新感觉派小说的影子。就新感觉派作家艺术形态的尝试和探索范畴而言,是现代主义在中国的初步实验,其失误和偏差在所难免。作为一种可行却又行之未远的文本探索,它在 20 世纪中国文学的新纪元中,无论从多元化这个"现代"的价值要求,还是从小说内部多种繁荣的途径来看都有其不可忽视的重要位置。

九 论晚清小说的叙事艺术

中国近代小说的发展是近代政治的产物，晚清大批文人出于救国的政治需要，加入了小说作者与读者的队伍，从而造成小说的急剧膨胀，促进了小说的繁荣与发展。严复、夏曾佑的《附印说部缘起》及梁启超的《论小说与群治之关系》的发表，对"小说界革命"起到了推波助澜的作用。"欲新一国之民，不可不先新一国之小说"，"小说为文学之最上层"。[①] 小说的地位得到空前提高，它不再是"盖出于稗官，街谈巷语，道听途说者之所造"的"小道"，[②] 从而在根本上改变了鄙视小说的传统观念。观念的更新自然使近代关心政治的文人成为小说的主要读者与作者。梁启超曾叙述文人当时阅读小说的盛况："举国士大夫不阅学之结果，《三传》束阁，《论语》当薪，欧美新学，仅浅尝为口耳之具，其偶有执卷，舍小说外殆无良伴。"[③] 小说作者队伍的增加使小说的创作数量空前繁荣，同时也为小说艺术的革新提供了契机。"小说界革命"自觉地以西方的小说作为变革的参照系，从而使晚清小说不但扩大了题材的选择范围，而且也打破了中国传统小说僵硬的程式化的叙述模式。本文仅从小说叙事入手，探讨晚清小说叙事艺术的变革。

（一）全知叙事模式的突破

众所周知，中国古典小说大都采用单一的第三人称全知叙述模式，小说的叙述者是一个无所不知的万能的上帝，他凌驾于读者之上，滔滔不绝

[①] 梁启超：《论小说与群治之关系》，雷达编：《百年经典文学评论（1901—2000）》，长江文艺出版社2004年版，第2页。
[②] 《汉书·艺文志》。
[③] ［美］塞米利安：《现代小说美学》，陕西人民出版社1987年版，第53页。

地讲述一个又一个故事，不厌其烦地传播一件又一件奇闻。这种全知叙事体制起源于中国古代都市中的"说话"艺术，是说书艺人根据当时需要而采取的特殊手段，经过说书人反复的实际运用，被逐步地确定下来成为一种固定的格式。到了明清，虽然说话艺术已经衰落，但明清的文人模拟宋元话本创作了大量的拟话本小说，使小说的审美方式由原来的"听觉艺术"（听说书）转变为"视觉艺术"（看话本），但在根本上并没有摆脱"说书体"小说的旧模式。我们并不否认全知叙事自有它的优越性，在有头有尾的故事讲述中，这种叙事模式能够包容更加广阔的生活领域，更能开阔我们的生活视野。但这种叙事模式却表现出特有的虚幻性，故事叙述者不可能既了解一切事情的现在，又同时知道它的过去与未来。到了晚清，全知叙事受到应有的挑战，由于小说样式的自身发展和欧洲小说的重大影响，近代小说的叙事体制发生了根本性的变化，成为近代意义上的"小说化"小说。

在晚清小说家中，吴趼人在这方面表现出来的探索精神最强，取得的成果也最大。

中国古代文学中，诗文是文学的正宗，它处于文学的中心地位，而所谓"不登大雅之堂"的小说只能处于整个文学结构的边缘。古代文人在表达思想、抨击时弊、抒发感情时，都是以诗文作为自己宣泄的突破口，诗文中第一人称的叙述随处可见。然而，除了唐传奇《游仙窟》以及沈复的《浮生六记》是采用第一人称叙述之外，很难再找到其他用第一人称叙事的小说了。吴趼人的《二十年目睹之怪现状》是较成功地运用第一人称叙事的范例。它是"以号称'九死一生'者为线索，历记二十年所遇所见，所闻天地间惊听之事，缀为一书。"[1] 作家力图把故事限制在"我"（九死一生）的视野之内，靠主人公的见闻来展现故事，借"我"的眼光来剖析生活，由于从"我"这一特定角度出发，耳闻目睹，亲身感受，令人感到真实可信。同时，用第一人称的口吻叙述，读者似乎在同作者交谈，令人倍感亲切。真实感的强化必然引起小说读者的共鸣，也才能充分发挥小说"薰""浸""刺""提"[2]的教化力量。

此外，言情小说家苏曼殊的《断鸿零雁记》也是采用第一人称的写

---

[1] 《鲁迅全集》第八卷，人民文学出版社1957年版，第243页、第246页。
[2] 梁启超：《论小说与群治之关系》，雷达编：《百年经典文学评论（1901—2000）》，长江文艺出版社2004年版，第2页。

法，在哀艳悲切的故事讲述中，表达了缠绵的相思之情，可以看作是"郁达夫自叙传式小说的先驱"作品。①

在晚清小说中，如果说第一人称限制叙事还较少的话，第三人称限制叙事却相当普遍。近代小说家之所以选择第三人称限制叙事，是在借鉴西方小说的一人一事贯穿始终的布局技巧的同时，运用中国传统的游记笔法，尽量把故事纳入贯穿始终的主人公视野之内，把心理描写局限于旅人一个人，把景物呈现依从于旅人的脚步，由此形成晚清小说家独特的第三人称限制叙事。如《老残游记》《上海游骖录》《邻女语》《剑胆录》等，均以一个人的游历为线索，作者的笔跟着人物走，作者无权抛开游人自己讲述故事。小说中的叙述者知道的与书中人物一样多，人物不知道的事叙述者无权说出，按照托多罗夫的说法即是"叙述者等于人物"。吴趼人的《上海游骖录》描写一个因受官府迫害而逃往上海的湖南书生辜望延的故事，反映了当时的社会现实，揭露了维新派与革命派的论争。作者始终借用主人公辜望延的眼睛来观察社会，并以他的头脑来思考问题，以主人公的思想变化过程作为贯穿全书的线索，即由对革命党的崇拜到最后的失望，所有描写都以此为中心。作者在叙述故事时极为谨慎，他只叙述辜望延在场时的人物和故事，如果要叙述主人公不在场的其他事情，作者采用让小说中其他人物转述的方法。

刘鹗的《老残游记》也是运用第三人称限制叙事的典型例子。《老残游记》"借铁英号老残者之游历，而历记其言论闻见。"② 该书前十四回都是叙写老残这个江湖医生在山东的游历过程，随着老残的足迹所至，一一展现给读者的是该地的风俗人情、奇闻逸事、湖光山色。无论对大明湖美景的描绘，黄河敲冰的交代，还是白妞说书的渲染，作者都力图把描写局限在视角人物的视野之内，尽管小说中也有不时的"叙述越位"，如第十三回交代翠环受到老残的体贴关怀之后的一大段心理描写，按说作者无权知道翠环的心理。但总体上作者基本上采用限制叙事，只有对老残在场的事情才一一详细介绍清楚，无论是靠老残的观察，还是靠第三者叙述而听来的故事均出自老残的人物视角。总的来说，《老残游记》"已脱掉传统的小说家那种说故事的外衣，又把沿袭下来的说故事的所有元素，下隶于

---

① 陈平原：《中国小说叙事模式的转变》，上海人民出版社1988年版，第79页。
② 《鲁迅全集》第八卷，人民文学出版社1957年版，第246页。

个人的识见之内"。①

当然，在传统审美习惯的制约下，晚清小说家在叙事角度方面与西方近代小说还保持着很大的距离，相对来说，变革是细微的，而与传统的联系还是根深蒂固的。比如《二十年目睹之怪现状》，尽管是第一人称叙述，对作者所观察的周围的现实生活，官场上的"豺狼虎豹"，商场上的"魑魅魍魉"，洋场上的"蛇虫鼠蚁"，尽管勾画出了他们贪赃枉法、腐化堕落、媚敌卖国的投机钻营的种种丑态，真实而深刻地刻画了晚清的社会风貌，但是却极少展示主人公自己的心态，看不到作者对个人内心情感的审视和描画，而且很少像西方第一人称那样着重反映人物的心理情感，展现个人对社会、人生的主观感受及内心体验。

第三人称限制叙事也是如此，就拿《老残游记》来讲，作品后半部越来越忽略了它的视角人物老残，比如在第二十回"浪子金银伐性斧，道人冰雪返魂香"中，作者撇开老残不管，自己随心所欲地叙述吴二赌输之后的情景，似乎又返回到全知叙事的老路上去了。之所以产生这样的现象，我认为一方面作者借鉴西方小说的叙述技巧只是处在一个浅尝辄止的阶段，并没有自觉地追求；另一方面中国古代小说的全知叙事毕竟有它的优越性，受西方影响是浅层的，作者骨子里还是非常喜欢中国传统的全知叙事的。这正是晚清小说家的矛盾心态，"一方面想学西方小说限制叙事的表面特征，用一人一事贯穿全书，一方面又舍不得传统小说全知视角自由转换时空的特长；……一方面追求艺术价值，靠限制视角来加强小说的整体感，一方面追求历史价值（补史），借全知视角来容纳尽可能大的社会画面"②。

需要补充的是：晚清小说家第一人称限制叙事之所以忽略了对人物本身的刻画和关注，也与小说家所倡言的小说观念相联系。晚清小说家提倡小说的目的在于改良社会，多从教化国民的角度谈小说，小说"其大要归于惩恶而劝善"，小说创作的主要动因是"愤政治之压制"，"痛社会之混浊"，而"哀婚姻之不自由"③，刻画人物则是次要的事，因此在一定程

---

① 夏志清：《老残游记新论》，载刘德隆等编《刘鹗及〈老残游记〉资料》，四川人民出版社1985年版，第477页。
② 陈平原：《20世纪中国小说史》第1卷，北京大学出版社1989年版，第232页。
③ 王钟麟：《中国历代小说史论》，初刊《月月小说》第1卷第11期，清光绪三十三年印行。又见朱一玄编《金瓶梅资料汇编》，南开大学出版社2002年版，第671—672页。

度上忽略了对人物本身内在心灵的刻画和关注。

（二）传统叙事结构的超越

　　一般地讲，小说的结构是指小说本身的组织形式和内部构造，也是作家在构思和创作过程中，对自己所要表现内容的总体规划。纵观中国古典长篇小说，从外部形式来看，其总体结构一般分为楔子、故事主体和结尾。在短篇中也几乎无一例外地有诗词、入话、头回等"附加物"。到了晚清，无论是长篇还是短篇很少再有这种作为开场白的"附加物"。古典小说前面的"楔子"是说话艺术的产物，这种形式在当时自有它的优越性："使先到的听众不会感到寂寞难耐，后来者也能听到完整的故事。"①随着近代印刷业和出版业的发达，说书艺术逐渐变为书面的写作，晚清小说家清楚地认识到由听觉艺术到视觉艺术的转变，因此在创作中，除个别作家还沿袭话本小说的开头方式外，绝大部分作品要么是开头发几句与作品内容紧密相关的议论，要么是开门见山，直接进入情节的叙述和交代。《老残游记》尽管也有楔子，但与传统的楔子不一样。传统的话本小说的初级阶段，它的入话部分大多只是起纯粹的开场作用，其内容与正话部分联系较少，而《老残游记》的开头部分已和小说正文融为一体，是整部小说的有机组成部分。

　　古典话本小说的结尾，多采用"下场诗"的方式，如《错斩崔宁》的结尾就附有"有诗为证"，而晚清小说一般没有类似的"下场诗"，许多作品在结尾处不带任何议论，戛然而止。之所以产生这种区别，我认为古典小说作者引诗入小说，一方面是炫耀自己的诗情才情，另一方面也是有意识地要把"不登大雅之堂"的小说与处于文学正宗地位的诗歌发生联系，以此抬高自己的身价。而晚清小说家则不然，因为"小说为文学最上层"，小说作者没有必要再引诗歌入小说来提高自己的声誉。

　　在故事主体的叙述方面，晚清小说更显示出与传统迥异的特色。

　　从叙事时间上来看，中国古典小说特别重视有头有尾的故事讲述，小说的叙述是直线的和顺时的。应该说，这种线性叙事是和中国史传的编年

---

① 《明清小说研究》1991年第2期。

体例相关的。到了晚清,倒叙的手法突然多起来,并被许多小说家普遍接受并采用。有人曾经作过统计:"晚清四大小说杂志共刊登采用倒叙手法的小说五十一篇,而其中侦探小说和含有侦探要素的占四十二篇。"[1] 我们应当承认,倒叙手法的普遍运用不能不得力于西洋侦探小说的译介。侦探小说往往一开始就把故事的结局摊在读者面前,故事的结局一旦发现,它必然诱使读者对导致这种结局(大多是悲剧结局)的前因后果、来龙去脉进行细致的探究。对于习惯讲故事的小说作者来讲,小说家也更容易把这个故事讲得扑朔迷离,对于习惯听故事的读者来说,倒叙更易产生神秘感和吸引力。

《九命奇冤》一开始就描写了令人高度紧张的犯罪场面,而这场罪行的原因直到后来才被揭示出来。吴趼人用一连串嘈杂而激动人心的对话揭开小说的序幕,使读者惊悸之余不禁产生了无数疑问,之后便转入倒叙,"要知道这件奇事的细情,待我慢慢地一回一回的表述出来,便知分晓。"悬念的加强更能吊起读者的胃口。凌贵兴的犯罪事实已经明了,但它进一步引导读者去探究"罪犯如何惩治"这一结局。在这一点上与"西方侦探小说的力图发现谁是罪犯形成鲜明对比"。[2] 我认为这一审美习惯及阅读期待与中国人的传统文化心理有关,中国人历来主张因果报应,总希望正义得到伸张,恶人受到惩罚。当然,这部由层层悬念和倒叙构成的小说终于使故事引向一个圆满的结局:凌贵兴及其所有帮凶都处以死刑,贪赃枉法的官吏也受到应有的惩罚。

梁启超的《新中国未来记》第一回描述"西历二千零六十二年,南京举行维新五十周年大庆典,上海开设大博览会。"这也是采用倒叙的突兀手法。《老残游记》中,尽管整体结构上以老残的游历先后为顺序,但中间叙述老残侦破齐东村十三条人命案,也同样采用倒装的叙述技巧,靠不断制造悬念来推进情节。

应该说,中国古代小说中用"原来"一词引入的"插入叙述"已经孕育了倒叙的技巧。有时为了简要介绍故事中刚刚出现的人物的身世和他们过去的活动,或者在其他情况下为了扼要说明尚未加以解释的过去的场景,就自然地使用了这种"补白式"的倒叙。当然古代小说中,片断的

---

[1] 陈平原:《中国小说叙事模式的转变》,上海人民出版社1988年版,第49页。
[2] [捷克] 米林娜编:《从传统到现代》,伍晓明译,北京大学出版社1991年版,第129页。

倒叙是服从于总体上的线性叙事的。只有到了近代，才出现类似于《九命奇冤》整体结构是逆时性的作品。

中国古典小说多以情节为结构中心，即使刻画人物，也只有靠行动和语言的白描手法，较少对人物的心理进行大胆的观照。晚清小说中，吴趼人的《恨海》"关心个性胜过事件，它的情节主要靠动态的心理描写而非行动。"①《恨海》开头写道："这段故事，叙将出来，可以叫得做写情小说。我平常立过一个议论，说人之有情，系与生俱来，未解人事以前便有了情。"情是"先天种在心里，将来长大，没有一处用不着这个情字。"我们暂且不管吴趼人对"情"的见解对否，但作者在《恨海》中对人物情感、人物命运的高度关注却是事实。小说运用了大量的心理描写和内心独白。作品第二回中，作者是这样描写棣华的心理的：

> 却说伯和一骨碌坐了起来，棣华暗吃一惊。他起来做什么？他叫我睡虽是好意，却不要因我不睡，强来相干，那就不成话了。

伯和看她不睡，拖着有病的身子走出去，这一行动又引起了棣华一连串的联想：

> 棣华暗怒：我们还是小时候同过顽笑，这会离别五、六年不止了，难得他这等怜惜我，自己病还没大好，倒说怕我熬夜，避了出去，他这个病，是为回避我，在外面打盹熬出来的，今夜怎可再去累他。欲待叫时，又羞于出口，欲不叫，于心又不忍。②

这一大段心理描写，直接展示了棣华对伯和的那种由爱引起的情与理冲突的矛盾心态。如果说作者对伯和的塑造着重外部行为描写的话，对棣华更多的则是内部心理的观照。作品中棣华的内心独白比比皆是。对于棣华与伯和失散的沉思，作者这样写道："他今年才十八岁，便遭了这流离之苦，将来前程万里，正未可知。说不得夫荣妻贵，我倒仗了他的福了。"在这种描写中，叙述者的语言和人物思想几乎没有明确的界限，整

---

① ［捷克］米林娜编：《从传统到现代》，伍晓明译，北京大学出版社1991年版，第167页。

② 吴趼人：《恨海》，通俗文艺出版社1955年版，第70页。

部小说仿佛是以棣华为视角而写成的一部内心独白的心理小说。尽管中国古典小说也不乏心理描写的例子（如《红楼梦》《金瓶梅》中作者也非常重视心理的描写），但唯有在《恨海》中是动态的刻画而非静态的描摹，写出了人物性格成长、发展的历史，特别是写出了伯和的每一步堕落给棣华所造成的巨大心理影响。小说的情节是人物性格变化的故事。

此外，《老残游记》中，第十二回写老残对着雪月交辉的景致的内心活动，首先想到的是谢灵运的诗句，进而抒发"岁月如流""年华已逝"的感慨，又由《诗经》的诗句联想到国是日非，"不觉滴下泪来"，真有点"意识流技巧"的笔法了。其他如苏曼殊的《断鸿零雁记》、徐枕亚的《玉梨魂》也非常重视人物的心理描写。

总之，晚清小说运动作为中国近代化的开端，不管它本身具有多么大的局限，毕竟是中国小说发展史上不可缺少的一环，对中国小说的发展起着承上启下的作用。中国古代小说是以故事情节为主的全知叙事模式，晚清小说第一人称限制叙事的采用，增强了小说的主观抒情色彩，加上心理描写的增多，客观上造成了情节淡化，在一定程度上表现出对传统小说叙事模式的背离与超越。同时受西方小说的影响，中国晚清小说有意无意地借用其叙事技巧，寻求新的表现形式，并对中国现代小说的形成和发展产生了深远的影响。

十 风俗美学：历史文化的民俗还原

高有鹏的长篇历史小说《清明上河》系列小说《春潮》《春歌》两卷于2010年4月由广州花城出版社出版了，这是他继《袁世凯》之后出版的又一部力作。《春潮》《春歌》两卷，作者以恢宏的巨笔书写了宋代改革的历史，令人感佩。高有鹏是一位民俗学家，在民俗的学术园地里辛勤耕耘之余又精研宋史，正是因为长期的史学训练和历史素养，其呕心沥血二十余年，潜心研读历史文化，曾千里跋涉，寻访古战场，加之他在开封——曾经辉煌的宋都汴梁的文化体验和感同身受的现实际遇，终于触发了高有鹏对于宋代历史的文学书写，他以如椽的巨笔刻画出包拯、欧阳修、王安石、苏轼、苏辙、曾巩、司马光、黄庭坚、米芾等一群灿烂的文化巨星，以及他们人生命运的大起大落、大喜大悲、大爱大恨。现在呈现在我们面前的两卷只是他系列巨作的冰山一角。

（一）历史风云的展现与描摹

作为一种特殊的小说文体，历史小说创作取材于历史较之一般小说创作实属不易。近人早已发出历史小说创作困难的感慨："作小说难，作历史小说更难，作历史小说而欲不失历史之真相尤难。作历史小说不失其真相，而欲其有趣味，尤难之又难。"[①] 因为每一个历史小说家必须要过"历史的关口"，只有熟悉历史，了解历史，才能够深入历史进而书写历史。古今中外，没有哪一个伟大的历史小说作家不读历史，不尽力跨越历史这一难关的。历史小说作家二月河曾经精研清代历史，他对于清代雍正年间的日常生活历史乃至一个馒头的价格有如数家珍的描述与理解。正惟

---

① 魏绍昌：《吴趼人研究资料》，上海古籍出版社1980年版，第145页。

其如此，才有脍炙人口的《落霞三部曲》的诞生。当然，也有"戏说"类的所谓历史小说，哪怕知道历史的一点影子，也可著成长篇。鲁迅曾经说过历史小说有两类，一类是言必有据者，一类是根据历史的一点事实随意点染者。照这样的分类，高有鹏的《清明上河》也应该属于鲁迅所说的很难组织、言必有据的"教授小说"类型。看看《清明上河》对宋代历史的展现与描摹吧。

《春潮》开篇写延安郡王赵佣私出宫门被寻他的随从们找回，其父皇赵顼身患重病，看到孩儿回宫，感慨万千。小说用富有深度的心理描写，通过赵顼的眼睛展现了古都汴梁的历史风貌："他俯首望去，可以清晰地看到从东华门到西华门之间，大内分为南北两大片：那是宣德门内的大庆殿，前有大庆门，两侧有左右日精门、左右太和门，再后是端拱门；那是文德殿，前有端礼门、文德殿门，文德殿门内又有钟鼓楼和左右嘉福门，文德殿左右有上阁门，殿后有后阁……再往外看，南有朱雀门、保康门、新门，北有景龙门、安远门、天波门，东有宋门、曹门，西有郑门、闾阖门，五丈河、金水河、汴河、蔡河如龙贯穿城内外……"① 如果没有对宋代古都汴梁的精深了解和对于汴京城历史地理烂熟于心的记诵，历史小说怎能呈现千年以前古城的历史风貌？通过小说阅读，我感受到了高有鹏作为一个优秀的历史小说作家所必备的历史素养。高有鹏说，为了写作这部历史小说，他不但阅读了全宋史，翻检了宋代历史疆域地图，而且还亲自绘制了历史地图。小说《春潮》卷写到吕公著与苏辙谈论开封府、汴京城每年的收入与消费，对于当时的人口、宫廷的俸禄、汴河的粮运、官吏的铺张细算了一笔账，这笔翔实的账目透露出宰相吕公著对于国库将空、国家危难的隐忧，也显示了作家高有鹏进入历史细节的能力。可以说，高有鹏以其多年的历史修养顺利地渡过了历史这一关口。

当然，历史细节的渲染与描摹也增强了《清明上河》的历史品格。小说对于宋代人们的服饰有精到的描述，从衣服的颜色到衣带的样式，从裙幅的数量到帽檐的宽窄，均一一道来，显示出不同人物的身份、地位、年龄及职业，历史小说的厚重感由此而生。

---

① 高有鹏：《清明上河·春潮》，花城出版社2010年版，第6—7页。

（二）宋代民俗的还原与烘托

历史总是在后人的叙述和追忆中才不断彰显其动人的魅力，不论有多少众说纷纭的历史流派和历史观念，但迄今为止，我还没有发现哪个史学流派声称自己所叙述的历史是虚假的，即使是以解构和颠覆正统历史学派著称的后现代史学，其所主张的一切历史都是叙事，也并不是要人们放弃对于真实历史的逼近和追求。那么历史文学的叙事也是如此，虽然也时常看到有些作者在小说扉页上故意声称"本小说纯属虚构"的提醒，但切不可把这些提醒当真。著名作家废名曾经说过让历史学家大跌眼镜的妙语："历史都是假的，除了人名；小说都是真的，除了人名。"即便一般的小说也对其真实性孜孜以求，遑论历史小说。当然，高有鹏的《清明上河》这一历史画卷更是宋代生活的历史史实，其对于历史性的追求，除了历史风云的展演之外，有意强化了民俗事项的还原与历史氛围的烘托。《春潮》卷"菊英缤纷"一章，作者饱含着对历史的敬意用抒情的笔触为我们描画了秋风时节，汴京城内的民俗视像：沿街摆放的菊花在怒放，一群浮浪少年追逐着花团锦簇的歌妓，且声声呼喊着各种菊花的名字，大相国寺门前的人山人海在观看百戏表演，街面上重阳前夕人们端着吉祥辟邪的"狮蛮重九糕"奔走。尤其对汴京人吃河蟹的习俗描写如数家珍，妙趣横生——"东京人吃螃蟹有讲究，多是等菊花盛开到极盛时，捉了河蟹，先是在铁瓦上烤几刻；烤得蟹渴极，再让它放在菊花酒中汲进酒汁儿，反反复复。最后，将活活的蟹蒸了，味道也就格外鲜美。"[①] 这也可谓是对于当时的饮食文化了如指掌了。最有意味的还是小说中对于汴京街市满城灯火映照中的市井叫卖声的描写了，作为一位民俗学家，高有鹏先生对于市井生活和民情民俗有精深的造诣，加之他一贯秉持的"礼失求诸野"的民间文化立场，他对于民间生活有天然的爱好，他对于叫卖声高低缓急的描绘给我们展现了原汁原味的宋代生活：

"卖烧——鸡儿——咧"

---

① 高有鹏：《清明上河·春潮》，花城出版社2010年版，第22页。

这是一个精瘦的汉子在喊，他鼓起两腮，用力张大嘴巴，额头上明晃晃的，把声音吐向夜空，当他喊道"鸡儿"的声调时，猛地将原本平缓舒畅的调儿迅速提到顶端，又尖又亮堂，满街市的灯盏一下子明亮了许多。喊到"咧"字时，则又恢复了原来的平缓，悠悠扬扬，渐渐消失在平静之中①。

这样的描写不仅是作家深入生活的结果，更是作家钟爱民间的文化视野所造就。

作为一个优秀的民俗学家，对于民俗的了解使高有鹏在小说中游刃有余，通过民俗场景的展示直接表现了宋代的日常生活和民俗。《春歌》卷第一章为我们描摹了一组宋代汴京闹酒曲的热烈激情场面：他们且闹且舞，传递着酒坛，舞动着身躯，酣畅淋漓地唱着酒歌。

作家为了推进小说的故事情节进程，有时在小说中适时地穿插一些民歌与民谣。古都汴京的春天是孩子们的歌谣呼唤出来的：

汴河响，柳花开，黄鹂儿来，抽蒜薹！燕子来，割韭菜！麦秫花儿，我发财！②

孩子们欢快的歌谣声引发了王安石母亲和夫人的乡关之思以及小说对于王安石家世的追述，小说叙述显得转换自由，了无挂碍。同样，在《春歌》"颍王府"一章，在嘉祐八年的初春，京城的孩子们沿街奔跑、高声呼喊："天苍苍，地茫茫，京师居大丧！"在孩子们一浪高过一浪的叫喊声中，呼唤出了赵祯皇帝驾崩、曹皇后垂帘听政的历史叙事，诸如此类的歌谣不但凸显了民俗，增加了历史的神秘，也是作者苦心经营的叙事方式。

（三）主体情感的介入和投射

历史小说尽管叙写的是已经过去的久远的历史，但历史情景并没有完

---

① 高有鹏：《清明上河·春潮》，花城出版社2010年版，第70页。
② 同上书，第25页。

全销声匿迹，它总是以各种相似的面目出现在当下，由此构成了当下与历史的对话。就宋代的变法而言，主张改革要求吐故纳新的改革派王安石与因循守旧的司马光构成了尖锐的冲突，当然，即使在朝廷内部也有垂帘听政的曹太后与任用王安石的赵顼的对立。高有鹏是一位社会关怀与当代意识极其强烈的作家，因而，即使在书写历史，他也总是在历史中探测到与当下生活和历史精神的相似性，在久远的历史时代中注入自己强烈的主体情愫和生命激情。客观的历史书写中打上了作家个人情感的烙印，鲜明的抒情性成为《清明上河》的又一大特色。

主体情感的文本介入有多种不同的方式，可以直抒胸臆，也可以从某一人物的内聚焦视角，从某一人物的眼中思考问题，抒发情感。高有鹏的小说二者兼而有之。《春歌》卷第一章"惺惺惜惺惺"写包拯会晤王安石，二人一见如故，包拯力荐王安石做开封府界诸县镇公事，这使有雄才大略、早有报国之志的王安石心潮澎湃：

  啊，春江，两岸都是茂密的修竹，是参天的巨木，是铺满锦绣般的百花：江水悠悠，涌动的鸭声鹅影，有几只船儿飘过来，飘过去，如片片自天而落的羽毛，挑起一阵又一阵涟漪。春江，绕过临川的云烟，汇入了赣江，聚向鄱阳湖万顷春潮，又奔向长江，奔向大海，去洗浴东方金灿灿的太阳！①

这是小说中即景抒情的常见方式，小说贴近人物的内心，以回忆的目光叙写春江涌动的勃勃生机，借以抒发王安石的一腔报国之情。这种手法在作品中俯拾即是。本章写胸有宏图、渐进老态的欧阳修望着英气逼人、才思敏捷的王安石悲喜交加、回忆往昔："他想还如前些年一样，在梦中走进如花的岁月，但总觉得自己太奢侈。那繁花似锦的春光，都流在江南的风中，都化作东南旖旎的湖光山色。如今，如今应到哪里去寻找呢？"②《春歌》卷最后一章"杯中的阳光"描写赵顼任用王安石变法七年来，收获新法，成效显著，但却不时遭到守旧派的攻击和陷害，皇帝赵顼站在观稼台上，屹立风中，思绪万千，小说以赵顼的眼观天下，以赵顼的心回味

---

① 高有鹏：《清明上河·春歌》，花城出版社 2010 年版，第 9 页。
② 同上书，第 13 页。

变法以来的风风雨雨,这些地方的叙写真可谓达到了王国维所谓的"以我观物,故物皆著我之色彩"的"有我之境"了。

　　古典诗词的穿插也增强了小说浓郁的抒情性。《清明上河》以片段的叙事方式展现了宋代文化巨星与宋代社会变革的互动,呈现了他们各具特色、刚毅卓绝的文化品格和坎坷的历史命运。高有鹏以这些文化巨子的诗词入小说,不但还原了诗词写作的文化历史背景和宋代文人的生命体验,也把诗词内在地嵌入小说的情节结构之中成为小说中不可或缺的有机整体,既推进了小说故事的展开,又增添了历史小说的抒情品格,使原本可能显得有些枯燥和单调的历史叙事显得典雅与细腻,体现了学院派作家小说创作的雅化品格,加之民俗视像的点化与呈示,使《清明上河》显露出雅俗的互动与合流。如《春潮》卷第五章苏轼苏辙兄弟在灯火辉煌的汴京夜市上行走,忽听得樊楼里面传来阵阵歌声,原来是歌妓在演唱苏轼为纪念亡妻所作的《江城子》:"十年生死两茫茫,不思量,自难忘,千里孤坟,无处话凄凉。"闻曲思古人,苏轼想到自身在汴京城所受到的陷害,悲从中来,不能自已。诸如此类的诗词嵌入,无疑增强了小说的抒情性。

　　也许是因为作者是一位民俗学家的学术职业习惯使然,精深的民俗学和文化素养为小说带来了令人欣喜的文化厚重感。高有鹏也许太爱民间故事了,有时他不由自主地让他笔下的人物滔滔不绝地讲述民间传说与故事。向皇后服侍病中的赵顼,突然回忆起三月里民间敬祀狗皇的传说;出身民间的莺儿为宫廷中长大的赵顼皇帝讲述"狼外婆"的故事,讲王莽追刘秀的故事;孟氏姐姐给孟皇后讲述王屋山田道人符水降魔的故事。高有鹏在小说中借人物之口讲述民间传说与民间故事不仅仅能够增添读者阅读的兴味,而且,作者为营造逼真的历史氛围让大臣大段大段朗读奏章更使得作品形成特殊的意蕴。历史小说首先是小说,其次才是关乎历史的,因而艺术的想象与历史精神的发掘则是必需的,作家不必亦步亦趋地追随历史,必要的历史氛围的营造是应该肯定的,这一切都应该从属于文学的审美品格。许多地方的处理妙趣横生,能够抓住读者的阅读兴味。《春潮》卷"汴水东流"一章写出宫多年的润王赵颜假扮道士为汴京少年讲述汴京有"六路三带四城"的说法,使小说显得跌宕起伏,曲折动人。

　　这样的作品或许只有在今天这样一个强调文化复兴的时代,才能出现;更重要的是作者的厚积薄发:如此一个曾经以《中国民间文学史》

《中国现代民间文学史论》《中国庙会文化》《庙会与中国文化》《保卫春节宣言》等著述而享誉中外的学者，写出洋洋洒洒百万字长篇历史小说《袁世凯》，如今又写出如诗如画的《清明上河》，一切都有顺理成章的意味，这更是可遇而不可求！总之，《清明上河》以其历史描写的厚重、民俗事项的还原取得了令人瞩目的成就，我们有理由相信：这部历史系列小说必将在当代历史小说发展史上留下自己的独特贡献。我相信，这是继姚雪垠、唐浩明之后，又一代历史小说作家的一个高峰！

十一　是控诉，还是忏悔？

——论乔叶小说《认罪书》的叙述策略与道德救赎主题

乔叶的小说《认罪书》一经发表，迅即引起了人们的热切关注和一致好评。有人认为《认罪书》是她本人也是整个"70后"作家走向成熟的标志；就文本而言，有评论家指出《认罪书》内在的幽深和旁及的宽阔形成互动互映；还有学者认为这部作品隐藏了一位女作家向历史迂回进军的雄心。作家李佩甫认为这是一部具有心理扫荡意义的小说，是乔叶在个人创作中具有里程碑意义的作品。这部小说的确不孚众望，于2013年度获得人民文学长篇小说奖。之所以产生如此的反响和热议，不仅在于以上所述的诸种要素，在我看来，这部小说的魅力还在于一个"70后"作家以关注当下的方式回溯历史——尤其是那段在共和国历史上乃至在世界历史上也堪称独异的不堪回首的"文化大革命"历史，作者采取了富有意味的叙述策略进入历史记忆，使家庭伦理题材与"文化大革命"历史记忆以及当下的社会事项交互汇聚，小说文本回荡着历史拷问、现实批判和道德救赎的多重声音，由此形成了这部小说的广袤和幽深。

（一）小说的叙述策略：历史记忆如何可能？

对于作家而言，或许越是非常辽远的历史才越能提供一个想象和驰骋的空间。作为一个"70后"作家，叙述"文化大革命"历史似乎隔了一层。对于乔叶而言，进入"文化大革命"历史则需寻找一条恰切的小心谨慎的途径。乔叶说《认罪书》是她"写得最辛苦的作品"。我想这辛苦不仅仅是一个长于散文写作的作家转向长篇小说创作所面对的文体转变——诸如对于小说情节的构思、人物的塑造、语言的锤炼、结构的经营等，更为重要的是一个"文化大革命"后的作者如何有效地进入"文化大革命"历史书写？在这方面，乔叶精心营构的小说叙述提供了一条进入"文化大革命"历史书写的便捷而有效的途径。

历史能够留存，一是靠口头讲述，一是靠文字书写。《认罪书》在叙述机制上刻意经营，不但达到对"文化大革命"历史的书写意图，也严厉拷问了在极端历史情境中庸常人的卑琐人生和丑陋人性，小说的批判锋芒直逼当下那种阴魂不散仍弥漫着历史气息的国民心态。

小说开头的叙述以"编者按"的形式交代了这部书稿的来历，可谓是作者以假乱真、煞费苦心的叙事，在中国现代经典作家的小说叙述方式中并不鲜见。现代第一篇白话小说《狂人日记》的开端"小引"，鲁迅就首先交代了日记得来的途径，正文中展示狂人的十三则日记，通过狂人之口由此展开了对中国封建家族制度振聋发聩的猛烈批判。茅盾的日记体长篇小说《腐蚀》开篇也是采用了类似的叙述：

> 这一束断续不全的日记，发现于陪都某公共防空洞；日记的主人不知为谁氏，存亡亦未卜……整抄既毕，将付手民，因题"腐蚀"二字，聊以概括日记主人之遭遇云尔。[①]

这种有意向读者交代文本来历的叙事方法，是对于古典小说中上帝式全知叙述的一种挑战，因为叙述者是一个有限的个体，他/她知道的仅限于自身的生命经历，同时，这种得来的文稿或听来的故事也造成了一种似真的假定历史情境，以便引领读者顺利进入文本。

《认罪书》开篇的"编者按"以一个编辑收到一位已经死去的作者的文稿，开始了故事讲述。这位作为叙述者的编辑从文稿的定名《认罪书》，到书中陌生词语的注释都做了参与写作的工作。需要指出的是这位编辑对这部作品的评价和感受："虽然把它当成了小说来出版，但在读的时候，我是按照自传来读的。这里面所写的一切，我都不得不相信是真的。……总而言之，这部作品超出了我的阅读常规。我只能说：如果这是个自传的话，那就是个很特别的自传。如果这是个小说的话，那就是个很特别的小说。"作为读者，我们非常清楚：这是作者在自己谈论对自己这

[①] 《茅盾全集》第五卷，人民文学出版社1984年版，第3—4页。

部小说的阅读感受，这种类似于元小说的叙事观念事实上是作者与读者未读之前达成的一个阅读契约，一种把虚构的小说作为真实的自传来读的"似真"契约。借此，我们才会打破阅读常规，尽情享受阅读的乐趣。同时，也正是有了这样的阅读契约，读者才会跟作家所操纵的叙述者进入历史书写，从而获取历史记忆。

《认罪书》的文本可以从文字的书写和表述中划分三个组成部分，主体宋体字部分是金金的自传，"编者"的手写体字迹是编者听从金金的要求对陌生词语的注释，另外是金金原稿中与主线部分相对游离的文字，文本中以"碎片化"手写体字标明。就小说文本中的注释而言，中国现当代小说早已有之。周立波反映东北解放区土地改革的小说《暴风骤雨》因运用了许多生僻的东北方言，在小说正文中每每以页下注释的方式详细解释方言土语的内涵，以免造成其他地域读者的阅读障碍。韩少功的《马桥辞典》则是以词条的形式营构文本，政治及地域词语的注释本身即是小说的主体内容。阎连科的《受活》也以"絮言"的形式主要对小说中地域方言以及对历史专有名词进行了必要的注释。但《认罪书》却别具深意，与前此判然有别，我认为这是一个值得考究的划分。如果历史可以分层的话，中国历来就有正史与野史的划分，当下所谓宏大的历史和日常生活的历史的划分庶几近之。照此分层，《认罪书》的主体部分金金的自传是对一般民众的日常生活的历史书写，而"编者注"部分则是关乎历史、政治、语言（社会方言和地域方言）等近乎正史的历史宏大叙事，"碎片化"的文字则是金金以个体独特化的心理视角对历史、社会、人生等反思性的省察，三者共同构成了对历史整体性的把握和叙述。"编者注"和金金的主体叙述之间构成了一个相互补充、相互阐释的互文本关系，二者共同推进了向历史深处开掘的多种可能性。金金和梁知第一次正式在咖啡厅见面，梁知为金金找到了在图书馆当图书管理员的工作，金金对于梁知的好意心存疑虑，二人就天上会不会掉馅饼展开了富有意味的对话，日常生活场景的对话中却聊出了1975年驻马店大洪水这样的特大历史灾难，直升机给灾区空投食物——可谓是天上掉馅饼。小说叙述至此，"编者注"对1975年8月的洪水进行了详尽注释：

【编者注：1975年8月，河南省驻马店地区在一次猝然降临的特大暴雨中，包括板桥水库、石漫滩水库在内的两座大型水库、两座中型水库、数十座小型水库、两个滞洪区在短短数小时间相继垮坝溃决。近60亿立方米的洪水肆意横流。1015万人受灾,死亡人数超过8.5万,成为世界最大最惨烈的水库垮坝惨剧。有专家认为,酿成惨剧的主要原因是:一、设计失误;二、预报失误;三、忽视忠告。】

这段镶嵌在小说主体故事中的叙述,像一把锋利的刀子直逼历史深处,发掘出造成历史惨剧既是天灾更是人祸的深层缘由,在看似客观冷静的历史叙事中回荡着严厉而激越的审判声音。诸如此类的编者注构成了现实与历史的对话,同时也是对历史记忆的打捞,通过在故事情节的自然发展中引入注释,使小说叙述如行云流水、了无雕琢之印痕。不要小觑这种近乎碎片化的注释,它在小说文本中不是可有可无的叙述点缀,如果把这些"编者注"集中排列阅读,简直可以称之为一部凝练的共和国小史,其中关乎合作社运动、"大跃进"、"三年自然灾害"、"文化大革命"等已经发生过的宏大历史事件。随着时间的不断推移,这些在当时引起社会极大动荡、引发人们心灵极大震荡的历史事件逐渐地被遗忘、涂抹乃至改写。如果说忘记历史意味着背叛,那么,《认罪书》对历史的书写则意味着作者打捞历史记忆的忠诚!当然,作者打捞的不只是那些枯燥乏味、压抑人性的宏大历史事件,也有对民间日常生活场景的书写,比如对60—80年代女孩子们最喜欢的翻花绳和抓子儿游戏注释,在怀旧情调的书写中隐现出诗意的温馨。

正如小说开端所言,如果说《认罪书》的"编者注"对历史的书写可以直接借助"中华解词网"从而避免作者"文化大革命"历史经验不足的弊端,那么小说主体部分关涉"文化大革命"的日常生活书写,作者通过叙述人称的不断转换采取了有效的"文化大革命"历史的叙述策略。

《认罪书》以一个看似俗套的"始乱终弃"的叙述模式起步,然而随着阅读的深入,跟着金金复仇的脚步,这个在中外文学中已经习见、几乎烂熟的叙述模式逐渐转换成一个带有侦探和悬疑色彩的小说类型。这种抽丝剥茧、层层推进的叙事方式不但增强了长篇小说的故事性/可读性,使小说回归到讲故事的原初状态,与那种故弄玄虚、玩弄技巧的所谓"先锋性"叙述相比,这种最朴素的写实主义的叙述仍显现出其持久的魅力。当然,《认罪书》与传统意义上的批判现实主义小说的叙事并不相同,乔叶非常机智也富有创造性地采取了复调式的多声部叙事，在一个故事的多种讲法中实现了对历史多面性、丰富性、深邃性的开掘和揭示。

梅梅的故事在不同叙事者的口中各有侧重，一个故事却呈现出不同的叙述。

在梁新的叙述中妹妹梅梅和哥哥梁知是一般的兄妹关系，梅梅民办教师清退以后就去外地打工。梁知的叙述则是超越了一般的兄妹之情，梅梅清退民师后到南方打工去了。两个兄弟的叙述都有意省略了梅梅在钟潮家做保姆被侮辱被损害的经历。而在老姑的叙述中，梅梅和梁知开始情投意合，后来梁知考上大学，梅梅未能考上，顿觉在梁知面前矮了一截，孕育了后来的悲惨结局。作为"文化大革命"的亲历者，老姑对"文化大革命"的叙事显然具体翔实。而当事人钟潮的叙述又是另一番面貌，梅梅并非是民师清退，而是张小英为了儿子梁知晋升科级特意为钟潮送的一份软礼，在钟潮的软硬兼施下，梅梅的妥协也是出于对梁知的爱。作为"文化大革命"的造反派，钟潮第一人称叙述了梅好为救父亲所经受的非人折磨，不但展现了那个时代的疯狂，也弥补了作者对"文化大革命"生活经验的匮乏。而婆婆张小英的叙述则是另一种说法，梅梅和梁知的关系是梅梅主动勾搭的结果，把梅梅送到钟潮家做保姆也是为了以后给梅梅找个好工作，对于梅梅被损害的结局，张小英则认为梅梅太精明，一心想当市长太太。小说中即便是对梅梅死亡方式的叙述也有病死和跳楼的不同说法。

一个故事却有着面貌各异的多种叙述，每个亲历者都站在自己的立场上要么回避、要么辩解、要么修饰、要么强调。如果说曾经发生的原生态的历史具有客观实在性的话，那么，对于历史的叙述则呈现出众说纷纭的主观性。历史难道真如后现代史学所声称的那样——一切历史都不过是叙事而已？在我看来，《认罪书》在多声部众声喧哗的叙事中则是一步步逼近历史的真相。每一个叙述各异的片段相互拼接共同完成了历史的叙事。小说中不时回荡着作者关于历史哲学的深入思考："据说人都是在为历史服务，可历史的主体到底是什么？不还是无数的人么？人是在为历史服务，历史不也是在为人服务么？"这是主人公金金的沉思，也隐含了作者自己对历史的考量。人与历史的关系问题，也关乎历史实在与历史书写的历史哲学命题，同样关涉一个国家民族乃至个体如何面对历史、当下与未来的时间绵延性问题。小说中金金与申明的对话透露出作者对历史书写如何可能的资格性探寻，金金质疑没有"文化大革命"经历的申明主办"我们"专栏、谈论"文化大革命"历史的合理性问题，申明则反唇相讥：亲身经历固然是认识历史的优势，但同时也可能是劣势，需要付出克服自身局限性的努力。申明对追问历史意义的强调进一步凸显了历史进程与个体生命成长类似的同构性关系："历史其实也是当下和未来。历史虽然死了，但是也一直活着，而且活得比什么都长久。""每个国家，每个民族，每个人，都不是从石头缝里蹦出来的，都是由一段一段的历史累积成现在这个样子的。"事实上，金金的追问可能是隐含读者的质疑，申明长篇大论的申述正是作者乔叶谈论"文化大革命"、追寻历史的合法性申辩，这种带有元小说的叙事机制使小说中人物与人物之间、读者与文本之间，乃至作者、文本、人物及读者相互之间构成了饱满充盈的张力。

我们前文已经论及，凭借口头传承或文字书写使历史记忆得以留存。但历史还可能以另外一种滑稽样式出现，这构成了历史的反讽。旅游新景点拾梦庄的开发就具有这种历史的戏谑性。原本是惨烈的"文化大革命"历史，如今却成为人们开发利用、嬉笑谈资的生活作料，人们谈论起"文化大革命"武斗的死亡人数，不但没有丝毫的忧伤悲戚，眉梢和眼角却闪烁着自豪的微笑，这在一定程度上歪曲了历史，也颠覆了历史，实质上是对历史记忆的涂抹和遮蔽。

从小说的情节主线来看，金金寻求真相的过程也是作者直逼历史、恢复历史记忆的过程，小说通过以上所述的一些叙事机制实现了对"文化大革命"历史记忆如何可能的独到性思考。

（二）历史中的人性：道德救赎何以实现？

人本主义的历史观念总是把历史看成是人类的作品，看成是人类意志和心智的产物。如果我们遵循并信奉这样的历史哲学，那么，我们就不能回避：一个独特生命体验和具有独立意志的生命个体如何在社会历史境遇中进行自由选择和责任担当问题？既然历史是人类的作品，而每一个个体总是特定历史条件下的产物，那么如何处理个人与他人、个人与社会、个人与自我之间的关系，也是每一个生命个体必须思考并加以合理解决的问题。否则，人们在这个普遍沉沦、日益浮华的尘世中就会屡屡犯错而不自知。

　　以此作为参照，《认罪书》中塑造的这些庸常的小人物尽管没有犯下滔天的大恶，但也在有限的生命历程中犯下了阿伦特所谓的"平庸的恶"。我们先看看作为小说主人公的金金，自从遭到周围人嘲弄她为"野种"，便狠毒地大骂自己的亲生母亲"怎么那么不要脸"。小小年纪开始说谎话，欺负女生，甚至要把自己的生父"哑巴"推入井中；为了找到合适的工作，以自己的身体为资本主动与不爱的男子上床，诱惑梁知并偷偷怀孕逼梁知在这个并不道德的婚外情上乖乖就范。一个个精心算计和谋划失败之后，又和梁知的弟弟梁新结成不伦之婚姻，想以此折磨梁知，逼使他走向万劫不复的痛苦深渊。当梁新得知真相之后，羞怒之下出车祸而死，梁知也割腕自尽。金金诱惑梁知这一小小的举动，就像那最先倒掉的一张多米诺骨牌，引起了此后所有的倾覆。以此看来，金金每个毛孔都似乎充满阴戾之气、流淌着复仇的欲望。

　　小说中的其他人物同样犯下了庸常人的恶。梁知梁新既是受害者，也是害人者和罪恶制造者，他们兄弟俩不是用绝情的方式同样把自己的妹妹梅梅推向了死亡的窗口么？梁文道和张小英也是眼睁睁看着梅好走进群英河，不去阻拦，不去施救，这冷漠无情的灵魂麻痹症同样折射出人性深处的恶。钟潮在"文化大革命"中参与侮辱梅好，后来又诱奸霸占梅好的女儿梅梅，可谓是孽债累累，罪恶深重。即便金金的四个哥哥，也为了抢占母亲临终托付给金金的房产采取了处心积虑的策划。

　　金金进入梁家的过程是自身复仇的开始，既是探秘的过程，也是发现罪恶的过程，当然，作者的用意不在于一味地揭开伤疤、展示罪恶。罪恶已经产生，面对每一个庸人所犯下的罪恶，我们是沉浸在无休无止的谴责、控诉、声讨、以牙还牙上，还是每一个独特的生命个体开始反躬自省，回归良知、自我归罪并走向忏悔救赎之路？答案当然是后者，哪里有罪恶，哪里就有忏悔和救赎的可能；没有罪恶，也就根本谈不上忏悔和救赎。

　　与基督社会中所说的原罪不同，《认罪书》中人物的罪过是庸常人在社会生活自己主动犯下的罪恶，有许多罪过原本是可以避免的。人虽然是一定社会历史条件下的产物，但每一个个体有自己的独立意志和自我选择的能力。张小英完全没有必要一定让梅梅到钟潮家做保姆，她之所以要这样，完全出于个人的私欲的考虑——拆散梅梅和梁知的恋情，通过讨好钟潮使梁知获得晋升。梁知梁新兄弟得知孤苦无告的梅梅在钟潮家饱受欺凌侮辱，不但不为妹妹伸张道义，却以绝情的方式扭送梅梅到南方打工了事。之所以要这样，是因为梁知在源城要保住自己的局长位置，梁家要保住外表华丽的面子。金金即使和梁知恩断情绝，也完全可以选择另外一种属于自己的人生，没有必要非得嫁给梁知的弟弟梁新；之所以要这样做，是复仇欲望的驱使，她点燃的仇恨的烈焰烧死了梁知和梁新，最终也埋葬了自己。

　　罪恶并不可怕，关键是施恶者对待罪恶的态度。金金坠入自己亲手制造的罪恶深渊，在窥见自己及他人所犯的一系列罪孽中幡然醒悟："要认罪，先知罪"。梁新的死打开了金金和梁知忏悔和救赎的大门："我，和梁知，我们就是杀死梁新的凶手。那辆别克就是我和梁知所开。我和他都是驾驶员，都是发动机，都是滚滚向前的轮胎"，"我们隐形，让他以最迅疾最决断的方式，成为我们生命中的别克。"当梁知双膝久久地跪在弟弟梁新的坟前直到夜幕四合，他暧昧不明的良知已经发现，开始踏上道德救赎的自新之路。梁知卸下人生的伪装和人格面具，在和金金、安安享受见山是山、见水是水的本真生活中获得了生命的片刻宽慰，他割腕自尽，最终以死亡偿还了人生的债务，在肉体的涅槃中得到灵魂的进化与提升。

　　并不是所有的犯罪者都会自我归罪，走向忏悔自新的救赎之途。这才是最让人担忧和可怕的事情。没有悔过，罪恶不但难以避免和消除，且历史的罪恶的幽灵还会以同样变本加厉的面目在人间徘徊游荡。《认罪书》中金金是一个彻底的审视自己的罪恶，并向世人公开自己罪恶的悔罪者，也许是"人之将死，其言也善"。在生命的弥留之际，她还去看望寂寞的梁远、孤独的老姑、梅梅的遗孤未未，并最终在众目睽睽之下为自己的哑巴父亲立碑献花和祭奠，金金以自己的行动展演了"忏悔—赎罪"的逻辑历程：由犯罪施恶到人性发现、归罪忏悔，再到赎罪拯救最终得以人性升华。小说中其他人物对待自身的恶，不但没有如金金那样走向自新和救赎，有的要么对自己造成的恶或辩解，或隐瞒，或推脱责任，或依然故我。那个叫王爱国的阴鸷女性，以满身的暴戾和凶残虐待梅好，是造成梅好发疯致死的罪魁祸首。但多年以后的王爱国们，有的避谈"文化大革命"，有的忙于赚钱，那个下岗之后打扫厕所的王爱国无疑是"文化大革命"时期王爱国幽灵的复活——霸道蛮横、欺软怕硬、尖酸刻薄。与王爱国一道，在"文化大革命"时期参与折磨虐待梅好的甲乙丙丁们，死去的已经死去，活着的要么矢口否认自己的罪过，把自己也打扮成一个受害者，要么以集体的名义推卸历史责任，得过且过，心安理得地享受着人生。钟潮目睹了王爱国们失去人性的暴行，在事后的追忆中不但没有丝毫的忏悔，仅以所谓"没有对错"、本能驱使的借口轻轻打发掉本应该担当的历史责任。也许正因为没有历史的担当和反省，没有对罪的自觉认知，才使他在多年以后以近乎命运循环的形式使梅好的女儿梅梅又沦落到他亲手制造的罪恶渊薮。这种对罪的推脱、辩解、遗忘乃至否认，正是小说作者严厉拷问的道德主题。乔叶在一次访谈中曾经指出："《认罪书》的本质和道歉有关，和忏悔有关，和反思有关"，"我最想让小说里的人和小说外的人认的'罪'，也许就是他们面对自己身上的罪时所表现出来的否认、忘掉和推脱。"作为沉沦在世的庸常之人，完全杜绝犯罪似乎难以达到，重要的是如何直面罪过，否认、忘掉、推脱则是另一种不可饶恕的罪过。正是因为人类是一个具有灵肉二元的合体，动物的兽行欲望本能与人的向善的神性总是发生永无休止的交战。为此，中外文化史上对人身上充溢着的恶都有具体的规训和警醒。中国文化传统中并不像学界有人声称的那样缺乏忏悔因子，从孔子的"过则勿惮改"到曾子的"一日三省吾身"，从儒家的"返身而诚"到佛教的"忏悔""自陈过"，无不蕴含着忏悔的萌芽。尽管和基督教世界中的忏悔观念不尽一致，但忏悔都是以坦白公开的形式，以认罪和悔罪为主要内容的一种主动性行为，无论其遵循的价值尺度的终极根据是指向神圣的宗教世界——佛祖或耶稣，还是日常生活的世俗社会，忏悔的精神一直灌注在古今中外的文明之中。

　　忏悔是达到道德救赎的必要途径，灵魂的忏悔是一种自觉自愿的主动性行为，不是旁人呼吁胁迫的结果，也不是因惧怕报应轮回的个体性救赎，真正的忏悔应该是超越了末日审判的恐惧，对世道人心有了深刻领悟。真正的忏悔者不是审判他人，而是严厉地坦露解剖自己，是直面灵魂深处的责任担当，是悲天悯人身怀大爱的彻悟和洞明。照此观念，则金金的忏悔是一种主动性的认罪，可谓达到了基督教神学所说的"完全性忏悔"。而梁知的忏悔最多只是一种"不完全性忏悔"。梅梅的故事是一个被杨家乃至社会其他人共同遮蔽的故事，金金这个梁家局外的闯入者逐步揭秘并发现了这个故事。随着历史记忆的逐步发掘，梁知才被迫承认自己把梅梅推上了绝路，这种认罪显然有迫不得已的成分。即便梁知初识金金，涌动起从与梅梅长相相近的金金身上找回赎罪的冲动，但这虚伪肤浅的赎罪行为却滋生起新的更大的罪恶，旧罪未认，又添新罪。"解铃还须系铃人"。可见，主动性的忏悔和个体担当才是抵达灵魂提升和道德救赎的必备之途，正如《认罪书》作者的题词："要认罪，先知罪"，"要认知，认证，认定，认领，认罚这些罪"。"认"就是主动承认，主动领受，主动受罚。因为这主动不但关系到历史，也同样关乎我们当下的时代，有人呼唤"这个时代，我们要自己解毒"，诚哉斯言！

如果我们进一步追究《认罪书》中人物作恶的性质，每一个人的为恶并非是恶贯满盈、十恶不赦，而是一种阿伦特所谓的"平庸人的恶"，它有别于"极端的恶"或"根本的恶"，"平庸人的恶"可以用自私、贪婪、渴望、权力欲望、怯懦等个人的罪恶动机来解释，面对邪恶的沉默与不抵抗也是一种恶。因而，"平庸人的恶"不是从政治体制的社会结构功能来追究历史罪责，而是从人性层面来拷问政治领域的道德集体和个人的责任。作家乔叶似乎非常认同"平庸人的恶"这一概念，她手持人性的解剖刀冷静而锐利地解剖着人性的软弱和丑陋、自私与卑劣。倘若我们以历史的"了解之同情"去观照并追溯《认罪书》中人物的恶的根源，我们就会发现金金的恶与她早年身份认同的焦虑不无关联，作为世人眼中的一个"野种"，她的内心也许早已斩断了与父亲连接的纽带，这种带有原罪的"弑父情结"的恶的种子已经深深植入了幼小的心灵中。就此而论，她在杨庄的被嘲弄、被侮辱并非是她自己的罪过。那么，为何要让一个无辜的孩子内心萦绕着挥之不去的创伤性噩梦？这，才是金金此后"平庸的恶"的根源。照此推断，自身的恶并不必然地由自身所导致，他人的恶也会导致另外一些人的恶。在此，我并非刻意为庸常人的恶进行道义上的辩护，我试图强调的是：在一个良知毁灭、伦理颠覆的时代乱相中，每一个人都可能有意或无意间成为自身的或他人"平庸的恶"的制造者。就此而论，我们对于他人的恶的拷问和历史的反思必须从自我开始，这也是小说中人物金金的发现："我发现了他们的罪。但是，现在，我居然也发现了自己的罪。我一直觉得自己是在与他们为敌"，其实"我是在与自己为敌，在与自己的内心为敌。"如果每一个人都与自己的内心为敌，忏悔和救赎就不只是仅仅停留在个体的内心层面，而应成为一种普遍的被社会认可的时代风潮。只有这样，我们每一个个体才有可能抵达救赎的彼岸，历史的悲剧才不会重演。我想，这正是《认罪书》带给我们的反省和思考。

十二　乡村的发现与乡土空间的建构

——从文学地理学视角观照20年代乡土文学

无论何种类型的文学——现实主义的，浪漫主义的或现代主义的，总是与特定地域的空间社会生活密切相关。中国20世纪20年代乡土文学的勃兴和受人瞩目正是其反映了不同作家各自的不同地域生活。无怪乎鲁迅有这样的评价："蹇先艾叙述过贵州，裴文中关心着榆关，凡在北京用笔写出他的胸臆来的人们，无论他自称为用主观或客观，其实往往是乡土文学。"[①]鲁迅的这段论述常被乡土文学研究者征引，用以论证乡土文学作者与其出生地域难以割舍的文化关联。这种看法固然正确，但鲁迅在《〈中国新文学大系〉小说二集序》的长文中，非常敏锐地捕捉到作者文化地域空间的迁移与文学生产的内在关联，鲁迅这样看待文学生产的思路却没有引起人们应有的重视。请看鲁迅论及乡土作家的几段文字：

> 许钦文自名他的第一本短篇小说集为《故乡》，也就是在不知不觉中，自招为乡土文学的作者，不过在还未开手来写乡土文学之前，他却已被故乡所放逐，生活驱逐他到异地去了，他只好回忆"父亲的花园"，而且是已不存在的花园，因为回忆故乡的已不存在的事物，是比明明存在，而只有自己不能接近的事物较为舒适，也更能自慰的——我所说的这湘中的作家是黎锦明，他大约是自小就离开了故乡的。在作品里，很少乡土气息，但蓬勃着楚人的敏感和热情。
>
> 尚钺……他创作的态度，比朋其严肃，取材也较为广泛，时时描

[①] 《〈中国新文学大系〉小说二集序》，《鲁迅著译编年全集》（18），人民出版社2009年版，第105页。

写着风气未开之处——河南信阳——的人民。

……

概而言之，蹇先艾、裴文中、许钦文、李锦明以及尚钺的小说描写了不同地区的地理与人文景观，同时读者对这些不同地域的了解也借助小说的再度建构得以完成。地域与作家之间的影响是互动的，地域提供了作家书写乡土的源源不断的生活素材，但被故乡放逐之后的作家，随着空间的转移，重新获得了一种观照故乡的新的眼光。正是这种由于空间迁移之后的目光照亮了原本隐晦不明的故乡一隅，使乡土文学写作获取了乡土启蒙批判或乡土牧歌之恋的不同文学景观。

（一）乡村风俗的发现与乡村空间的建构

所谓乡村的发现，是指五四以后的启蒙知识分子带着启蒙的目光观照乡土的人与事，物与景，在启蒙目光的投射下，原本自在自为的乡村世界及其生于斯长于斯的人们的亘古不变的日常生活方式也变得可疑起来。于是，原本自足的乡村世界出现了裂隙。五四启蒙作家对乡村的发现与日本学者柄谷行人提出的风景的发现极为相似，柄谷行人用"风景的发现"这一比喻试图探讨日本现代文学的起源，他认为"所谓的风景与以往被视为名胜古迹的风景不同，毋宁说这指的是从前人们没有看到的，或者更确切地说没有勇气去看的风景"，"所谓艺术不仅存在于对象物之中，还在于打破成见开启新思想即除旧布新之中。"[①] 也即是说，乡村空间作为一个"物自体"可以视为一个客观自在物，乡村空间的书写与表达是被外来的目光注视的结果，因目光不同，造成书写各异。

中国是一个乡土社会，城镇与都市的起步与发展相对较晚。但值得注意的是：中国古典四大名著写家族、写江湖、写战争、写神魔，唯独对于乡村图景的描摹则远远不够。即便是晚清，写狭邪，写黑幕，写历史，对于乡村世界的发掘极为不足。

---

① ［日］柄谷行人：《日本现代文学起源》，生活·读书·新知三联书店2003年版，第1—2页。

进入现代社会以来，尤其是五四以后，知识者重新发现了民间和乡村，"走向民间"的呼声和口号成为一股强大的社会思潮影响了一代又一代知识者。正是这样的看待乡土、眼睛向下的目光，使五四一代的启蒙知识者重新发现了与他们的生命印记千丝万缕相连的乡村。

鲁迅是五四启蒙作家的重要代表，他的"鲁镇"系列小说引领了此后乡土小说的创作潮流。《风波》中开始的两节描写鲁镇：

> 临河的土场上，太阳渐渐的收了他通黄的光线了。场边靠河的乌桕树叶，干巴巴的才喘过气来，几个花脚蚊子在下面哼着飞舞。面河的农家的烟突里，逐渐减少了炊烟，女人孩子们都在自己门口的土场上泼些水，放下小桌子和矮凳；人知道，这已经是晚饭的时候了。
>
> 老人男人坐在矮凳上，摇着大芭蕉扇闲谈，孩子飞也似的跑，或者蹲在乌桕树下赌玩石子。女人端出乌黑的蒸干菜和松花黄的米饭，热蓬蓬冒烟。河里驶过文人的酒船，文豪见了，大发诗兴，说，"无思无虑，这真是田家乐呵！"①

这段描写鲁镇乡村夏日晚景的图画，镜头从远而近，从晚阳、乌桕树到树下摇着芭蕉扇的老人及或飞跑或赌玩石子的孩子，镜头徐徐拉近可以看到蓬蓬冒烟的蒸干菜和松花黄的米饭，可谓一幅动静有致的乡村田园晚景图。颇有意味的是，叙事者有意插入的一段文豪大发诗兴的叙述："无思无虑，这真是田家乐呵！"果真是田家乐么？小说接着写道："但文豪的话有些不合事实，就因为他们没有听到九斤老太的话。"由此展开了对于七斤剪辫的"风波"的描写，展示乡村世界一潭死水下的小小涌动，搅动了人性的幽暗与冷漠，揭示了社会的停滞与溃败。皇帝要登基做龙庭的传言播散到鲁镇，已经剪去辫子的七斤让七斤嫂感到有些不妙，有遗老气味的赵七爷忽然穿起了他的竹布长衫，只要赵七爷一穿长衫，一定是与他的仇家有恙了——因为"两年前七斤喝醉了酒，曾经骂过赵七爷"。赵七爷幸灾乐祸的恫吓，七斤嫂不负责任的迁怒，九斤老太"一代不如一代"的慨叹，村人们面对七斤冷漠的窃喜……平静的乡村画面却激起了展示人性幽暗的涟漪。

---

① 鲁迅：《风波》，《鲁迅全集》第一卷，人民文学出版社 1981 年版，第 467 页。

鲁迅开始对乡村风景的描摹是对中国传统田园诗的反仿性写作，中国古代田园诗歌要么书写农事稼穑的艰辛，要么抒发诗人对田园生活的向往，但这种书写都是外在于田园生活的。鲁迅没有刻意描画鲁镇七斤一家的生活之苦，而是以反讽的笔触解构了文人雅兴似的田园讴歌，接着围绕七斤的剪辫挖掘乡村世界的精神的病态和不幸，直逼乡村人物的灵魂深处。鲁迅对于中国乡村风景的发现迥异于中国传统文人，他的笔触不在于发掘农村乡土场景的恬适娴静，更不在于反映乡村生活及劳作的艰辛，而是要在看似平静的乡村风景中展现国民的病态心理和精神的麻木——鲁迅所谓的"所以我的取材，多采自病态社会的不幸的人们中，意思是在揭出病苦，引起疗救的注意。"[①] 风景掩盖下的人性痼疾的诊断与治疗才是鲁迅乡土小说的重要思想命题。

此后，在鲁迅的引领之下，20年代的乡土作家也大都承续了鲁迅的乡土批判主题。

塞先艾的《水葬》描写了贵州偏远的乡村惩戒小偷的传统习俗，可谓传统中国乡村世界一道独特的"风景"：

> 他们送着骆毛去水葬，因为他在村中不守本分做了贼。文明的桐村向来就没有什么村长……等等名目，犯罪的人用不着裁判，私下都可以处置。而这种对于小偷处以"水葬"的死刑，在村中差不多是"古已有之"了的。[②]

作者的叙述语言明显带着反讽的语调，这种"古已有之"的处置小偷的传统习俗，在此遭到作者的质疑，"古已有之"就对么？这种批判性的质疑之声回荡着鲁迅笔下的狂人的声音："从来如此，就对么？"在一个封闭自守的传统乡村，任意处置小偷"水葬"的死刑似乎天经地义，但五四以后的"人的文学"开始重视个体生命的存在价值和平常人的生命尊严。正是五四以后"人的解放"的思想浪潮逐渐冲决传统思想的堤坝，开启了作家重新观照世界、审视乡村的"认识装置"，这一"认识装置"把原来所谓合理的习俗加以颠倒，发现了这一习俗的野蛮与残忍。

---

① 鲁迅：《我怎么做起小说来》，《鲁迅选集》（下册），开明书店1952年版，第720页。
② 严家炎选编：《中国现代各流派小说选》（第一册），北京大学出版社1988年版，第278页。

更为意味深长的是，原来以水葬处置小偷的杀一儆百的方式，在蹇先艾的笔下也成为乡民们一次狂欢的节日，作者用客观冷静的笔致描摹了这些看客的丑态。骆毛被水葬之后，作者有一段关于乡村风景与物象的描述：

> 天依旧恢复了沉寥的铅色，桐村里显得意外的冷冷落落。那黄金色的稻田被风吹着，起了轻掀的很自然的波动。真是无边的静谧，约略可以听见鹁鸪的低唱，从掩映着关帝庙那一派清幽的竹林中传来。①

这段老中国乡村风景的描写再平常不过，倘若没有深入乡村内部，仅从乡村的风景看来——"黄金色的稻田"，"鹁鸪的低唱"与"清幽的竹林"可谓是一派和乐宁静、古朴雅致的乡村图画。但风景置于整个小说的结构中就具有了意味深长的内涵。乡民们一路挨挨挤挤观看骆毛处以水葬的热闹场面与骆毛死后的静谧风景形成了鲜明的对照。尤其是对关帝庙这一传统乡村民间信仰空间的展示更是别有意涵。

关帝信仰是中国民间信仰体系中重要的一脉，关帝的忠贞、勇猛与仁义体现着民间社会对完美人格的追求，据说，自从宋代以后关羽被尊奉为财神，关帝庙在传统中国甚为普遍，竹林掩映下的关帝庙这一民俗事项在小说中的呈现，与骆毛的偷窃以及乡民对骆毛残酷的处置方式恰成鲜明对照，隐喻地宣示了关帝庙的形同虚设与关帝信仰的溃败。作家蹇先艾以五四启蒙知识分子的眼光重新打量乡土社会，他进入乡土社会的肌理，看到了乡土社会内在的裂隙，以礼俗训导和伦理教化为主导的表层下隐含着非人的残酷与野蛮。

关帝庙作为民间信仰空间的发现和重新书写隐喻地宣告了民间社会素朴空间的解体，而祠堂的重新书写则显示了现代启蒙作家对乡土社会的隐忧。许杰的《惨雾》则惊心动魄地展示了宗族之间因土地问题发生的伤亡械斗事件。值得注意的是，这场械斗的策划与鼓动是在宗族的祠堂前进行的。祠堂是中国乡土社会常见的建筑物，是祭祀祖先或先贤的空间，族亲们有时为了商议族内的重要事务，也利用祠堂作为聚会场所。祠堂也是族长行使族权的地方，凡族人违反族规，则在这里被教育和受到处理，直至驱逐出宗祠，所以它也可以说是封建道德的法庭，祠堂也可以作为家族

---

① 严家炎选编：《中国现代各流派小说选》（第一册），北京大学出版社1988年版，第281页。

的社交场所。在以宗法制占据主导的乡土中国，祠堂起到了教化宗族、凝聚族群、强化认同的重要功能。但这一规训空间在启蒙作家的眼中却发生了"风景之逆转"，它成了残害个体生命与人性的野蛮象征物，是专制与愚昧的代名词。

如果说现代启蒙作家在20年代的乡土小说中展示了祠堂隐含的野蛮与愚昧，30年代的作家则看到了祠堂文化所代表的宗法社会的风雨飘摇与破败。吴组缃的《一千八百担》的副标题是"七月十五日宋氏大宗祠速写"，通过宋氏义庄管事柏堂召集族人在宋氏大宗祠商议如何处置一千八百担稻谷之事，展示了族人对这些稻谷各怀心事的自私心理，最有讽刺意味的是，这些稻谷最后被罢佃的农民一抢而光。祠堂这一汇聚人心的场所已经失去了它曾经的内涵，也宣告了祠堂所代表的宗法社会的溃烂和破败。小说一开始就展现了大宗祠的狼藉不堪：

> 祠堂前门是一片旷荒的废基。那是洪杨乱后的遗迹。日长月远，早被垃圾泥土所盖没，变成一块高低不平的大草场。平时猪羊牲口在上面懒散地啮着草，野狗在上面咬着一块破布条，或是什么的，发狂地奔跑着，打着滚；小孩子在上面放风筝，会节时在上面唱戏谢神，放暑假回家闲得没事做的年轻学生们在上面露天讲演；……现在却一个人影也没有。远远突兀地挡住眼前的，是一座几根没去皮的杉木柱和几条桥板几片竹箪搭成的高棚子。这是半个月前搭起的龙王台。台上神座里摆着只瓦缸，急乱的斜雨打上去，发出沉闷的丁丁声响；远远听去，好像关在缸里的那条"真龙"正在有所诉说。龙王台下面，没遮没盖地蹲着一位癞痢头孩子模样的菩萨，浑身淋着雨，脸上含着一种似乎觉得"糟糕"的苦笑，样子怪狼狈。龙王台左右，零乱地插着些雨旗。旗上写着的那些什么"风调雨顺"，"沛然作雨"，"油然作云"，"五谷丰登"，……之类祝词，已经狼藉不堪。①

作为宗法社会与家族文化的神圣象征物，祠堂的荒芜和狼藉不堪也意味着宗法社会体制的风光不再与逐渐解体。

值得关注的是，鲁迅对乡土中国的礼俗文化与宗法观念则呈现着某种

---

① 《文学季刊》1卷1期，1934年1月1日。

暧昧性。应该说，鲁迅对于中国传统宗法观念的吃人性有着高度的警觉和强烈的批判意识，怎么又说鲁迅表现出某种暧昧呢？《祝福》中鲁镇家家每年的迎神接福的隆重大礼虽说不是在家族的祠堂进行，但祭祀的场所是在堂屋中央，是家族中每年最大的事件——"这是鲁镇年终的大典，致敬尽礼，迎接福神，拜求来年一年中的好运气的。杀鸡，宰鹅，买猪肉，用心细细的洗，女人的臂膊都在水里浸得通红，有的还带着绞丝银镯子。煮熟之后，横七竖八的插些筷子在这类东西上，可就称为'福礼'了"。对于这庄重的祭祀礼仪，鲁迅的态度显然是否定与批判，"横七竖八的插些筷子在这类东西上"，这样的叙述语言是对宗法社会神圣礼仪的嘲讽与解构。正是在这种看似祥和、礼仪和温情的祝福中，祥林嫂却在人们的冷漠与麻木的嘲弄下悲惨地死去。在《故乡》中，叙述者"我"回忆三十年前的祭祀礼仪，满含着怀旧的温情——"那时我的父亲还在世，家景也好，我正是一个少爷。那一年，我家是一件大祭祀的值年。这祭祀，说是三十多年才能轮到一回，所以很郑重；正月里供祖像，供品很多，祭器很讲究，拜的人也很多，祭器也很要防偷去。"正因为祭祀的缘故，闰土来管理祭器与"我"相识了，"我"才从闰土那里知道那么多新鲜事。在此，叙述祭祀的语言显得欢快而灵动，"祭祀"与其说是乡土中国礼俗社会的神圣仪式，还不如说是"祭祀"开启了"我"儿时美好回忆的通道。

　　传统中国的乡土社会既有着宗法社会特有的等级与礼俗，也散发着清新朴野的民间活力。如何观照这片交织着欢欣与苦难的土地，不同的作家自有其不同的眼光，即便是同一个作家如鲁迅本人，在叙述乡土社会时，也有不同的笔墨。鲁迅有时带着启蒙理性的批判目光审视在他看来愚昧而麻木的农村世界，有时则带着诗意的抒情与温馨的回忆观照他梦中的乡土。鲁迅的《社戏》中把孕育社戏的乡村文化看做是一种充满温馨的熟悉的世界，是一种未被儒家文化熏染的乡野民间草根文化。因为"在小村里，一家的客，几乎也就是公共的"，"我们是朋友，即使偶尔吵闹起来，打了太公，也决没有一个会想出'犯上'这两个字来，而他们也百分之九十九不识字"。这里虽然有"行辈"，但却是朋友，这是一个"熟悉的社会"，一个没有等级的世界，"在一个熟悉的社会中，我们会得到从心所欲不逾规矩的自由。"[①] 正因为此，"我"则视这个靠种田打鱼为生

---

① 费孝通：《乡土中国　生育制度》，北京大学出版社1998年版，第11页。

的偏僻小村为"我的乐土",可见,免念"序序斯干,幽幽南山"并非是对于所谓封建教育的批判,而是对民间自由文化的向往。相反,都市世界是一个"陌生的社会",人和人之间隔膜以至于冷漠,所以才会有在都市看戏遭到胖绅士的鄙夷,于是乎"我深愧浅陋而且粗疏,脸上一热,同时脑里也制出了决不再问的定章。"

鲁迅所开创的乡土文学传统本身就是繁复多样的,既有启蒙眼光观照下的乡土批判,也有儿童回忆中的温馨怀旧。前者开启了中国现代文学乡土批判的先河,后者开启了中国现代乡土文学诗意抒情的一脉。

在20年代乡土文学中,乡土批判占据了主导地位。王鲁彦的《菊英的出嫁》写的是浙东乡间"冥婚"的习俗。"冥婚"在我国的起源其实很早,早在先秦时代,人们就已经开始广为流传了。"冥婚"是在幽冥的阴世间为死者举行的一种悼念式的婚礼。小说重点叙述了菊英母亲省吃俭用、含辛茹苦要为死去多年的女儿操办冥婚的过程。小说既写出了母爱的伟大,也批判了冥婚陋俗的铺张与愚昧。

台静农的《红灯》讲述一位母亲在盂兰盆节为因做了强盗而死去的儿子超度亡灵、祭放河灯的辛酸故事,得银娘生活的孤苦与艰难通过七月十五鬼节这一民俗节日得以展开。民俗节日不但展现了乡土中国的日常礼仪与民间信仰,也剖析了周围世界人性的丑陋和冷漠。

(二) 方言土语与乡土文化地理的展示

我们过去论及20年代的乡土文学,总是冠名为"乡土写实"的称谓。事实上,这种以启蒙眼光观照之卜的乡土,与其说是真实的乡土,还不如说是被启蒙与批判眼光再度发现的乡土。因而,这种乡土空间是作者建构的产物。在此,需要重申的是"文学作品不能视为地理景观的简单描述,许多时候是文学作品塑造了地理这一过程"[①]。乡土地理空间的展示和建构必然借助于一定区域的语言,我更为关注的是20年代乡土文学中方言书写之于乡土空间建构的功能。

---

① [英]迈克·克朗:《文化地理学》,杨淑华、宋慧敏译,南京大学出版社2003年版,第55页。

这些年来，随着人们对于学术创新的热切吁求，跨学科研究和多学科交叉日渐成为学术研究的新范式。文学地理学研究是中国文学研究界寻求跨学科创新的一个重要方法。综观近些年文学地理的研究成果，的确让人耳目一新，实现了以文学的空间形态为重心重构了之前以文学的时间形态为核心的文学研究样态。我认为，这种引入空间形态的研究范式如果能够引入语言的维度，就更能贴近文学地理学研究的实际。

乡土文学总是与具体的地理场域相连，特定的地域也总是与特定的语言相关，因而，把方言书写引入乡土文学研究也许更能触摸到乡土文学之根。

应该说，中国现代乡土文学的生成与勃兴和新文学家的理论倡导密切相关。周作人1923年发表《地方与文艺》强调文学创作应该忠实于自己生长的土地，写出自我的个性："人总是'地之子'，不能离地而生活，所以忠于地可以说是人生的正当的道路"，"须得跳到地面上来，把土气息泥滋味透过了他的脉搏，表现在文字上，这才是真实的思想与文艺。"[1]同年，王伯祥发表《文学与地域》，该文从考究文学流变的角度指出"文学的发生和进展，与当地的社会背景有很密切的关系，不但纵的方面一时代有一时代的精神，而且横的方面也一地域有一地域的特色"，"一地的社会背景自然产生一地的特种文学"[2]。这些或倡导地方文艺或强调地域文学的理论文章既是对乡土文学的理论提升，也是对乡土文学创作实践的进一步引领。

中国现代作家又大都来自乡土或与乡土毗邻的乡村小镇，这些不同地域总有各自不同的文化、风情、物象乃至语言，乡土文学是地方性知识的表达，正如当代作家刘恪所言："地方性决定了人与语言的独特性"，"地方的丰富性决定了语言的丰富性"。[3] 乡土文学对不同地域文化地理的描摹与书写是通过作家各自的语言加以呈现的。中国地域辽阔，以农耕文化"安土重迁"为主导的传统乡土社会中形成了相对封闭自守的地理环境，所谓"十里不同风，百里不同俗"正是这种现状的写照。由于相对封闭固守，除却因战乱和灾荒不时引起人口的迁移之外，农耕社会的自给自足的自在环境中形成了不同区域的各自方言。尽管近代以来的社会交往逐渐

---

[1] 《周作人文类编》第3卷，湖南文艺出版社1998年版，第81页。
[2] 《文学》周刊第89期，1923年9月24日。
[3] 刘恪：《中国现代小说语言史》，百花文艺出版社2013年版，第100页。

打破了各自封闭的空间，但语言的顽固性总是根深蒂固地根植于不同区域的文化地理空间。美国人类语言学家萨丕尔曾经指出，语言的背后是有东西的，而且语言不能离开文化而存在，所谓文化就是社会遗传下来的习惯与信仰的总和，由它可以决定我们的生活组织。

中国现代作家大部分来自不同的乡村世界，他们后来大多因读书求学或谋求生计离开了生于斯长于斯的乡土，离开了积淀着文化与历史记忆的乡土，即便是来到都市，他们的眼光也总是频频向家乡遥望，不管是隐现着诗意的乡愁还是流露出理性的批判，不管被故乡放逐到何处，他们灵魂的影子总是被故乡的一切所浸透，一旦诉诸书写，作为人的生命胎记与文化之根的语言便呈现出各自的文化地理图景。

我们探讨乡土小说呈现的不同地域的文化地理景观，主要考察作家通过小说文本语言建构与展示的某一地域的"精神的气候"——人们的日常生活、文化心理、宗教信仰与生存样态等。

早期乡土派小说的重要作家台静农是安徽霍邱人，他的作品大多反映皖西北乡间小镇极端闭塞落后的生活方式。小说《天二哥》以倒叙的手法回溯了天二哥的一生：

> 天二哥在这南栅门外一伙中算最能喝酒的，他自小就会喝，他活了三十多年，从没有同酒离开过。他自己说：他爹会喝，他爹的爹也会喝，这酒瘾是从他娘胎里带下来的老瘾。
>
> 他近几天身上有些不舒服。昨天下午的时分，觉着心里比平常还难过。于是他凑了四百文，都买了烧酒喝。酒便是良药，可以治大小病，这是他爹的爹传下来的。①

最为愚昧的是酒醉的天二哥，竟然动用了他爹爹传下来的解酒的老法子——以饮尿解酒，他"左歪右斜踉跄地跑到棚门口的尿池前，连连舀喝了两大碗清尿，顺便倚着墙坐在尿池的旁边。"酒后的天二哥无事生非，调笑辱骂卖花生的"小柿子"，反被小柿子打了两拳，在周围一群看客的目光中，天二哥恼羞成怒摁倒小柿子，"狠狠地在小柿子背上连三连四的捶"，在人们痛快的喝彩声中，"显过好身手的天二哥，很光荣很疲

---

① 《莽原》半月刊 1 卷 18 期，1926 年 9 月 25 日。

倦地坐在原先的板凳上"。天二哥的性格类似鲁迅笔下的阿Q，第二天，天二哥便离开人世。小说写了老中国安徽乡间时间仿佛停滞的一种生活方式，小镇上演的一幕几乎"无事的悲剧"。小说开始写到天二哥死后周围人们对他的评论："烂腿老五"焚烧纸钱祷告祈求天二哥不要吓他，开饭店的"王三"说自己深夜听到了三声鬼叫，"吴二疯子"夜晚赌钱归来看到了天二哥的鬼魂，说书的"吴六"先生认为天二哥的死是阎王爷生死簿圈定的结果……小镇上弥漫的迷信、宿命与愚昧构成了人们普遍的心理状态，上演着一代又一代日常生命中毫无意义的生生死死。在不到三千字的小说中，台静农写了各式各样的人物，除了以上提及的，还有"油匠胡子二哥"，妓女"一点红"，"蒋大老爷"、村人"汪三秃子"等，小说力透纸背地写出了小镇上人们的精神与心理的麻木状态，展现了小镇的文化症候。

　　需要注意的是：小说对人物的命名带有浓厚的乡土中国的文化意味，"一点红"、"天二哥"、"汪三秃子"、"烂腿老五"，这些以宗族排行或以外貌身体缺陷为标示的人物命名方式显示出浓郁的乡土味道和生活气息。这可与鲁迅小说的人物命名媲美，如"红鼻子老拱""庄木三""鲁四老爷""单四嫂子""蓝皮阿五""六一公公""赵七爷""八一嫂""九斤老太""王九妈"等。在传统的中国乡村社会，人物命名往往以家族中的辈分排行而定，以体力劳作为主的农耕社会，更看重家族的人丁兴旺，多子多福成为普遍拥有的思想观念，在文化程度较低的语境下，人物命名以排行确定加以姓氏是再方便不过了。辈分也体现了宗法社会中的等级和权利关系，长辈在家族关系的网络中处于核心，在乡土社会中也处于乡村权利的顶端。乡土小说中的人物命名，有时则根据人物的体貌特征加以分别，带有地域的徽记和方言特色。在熟悉的乡土社会中，人物的绰号多由村中众人根据被命名人的长相、性格或一些典型的事例在私下所起，天二哥的命名就是源于一个类似阿Q精神特征的事件：

　　　　说来姓天，这也是他的光荣。几年前，他在王三饭店里推骨牌，遇着警察来查店，警察很不客气地要拿他。先问了"你姓什么？"他说，"我姓天！"他趁着这当儿，打了警察两个耳光就迅速地跑了。从此以后，他们就称他叫"天二哥"。

　　"天二哥"的命名背后揭示的是乡土世界中庸常人物盲目自大的心理

状态。

彭家煌乡土小说人物的方言命名也呈现了特有的地域文化风貌。小说《陈四爹的牛》描写了一个孤苦无告的乡民"猪三哈"悲惨的一生：

> 猪三哈本叫周涵海，因为种种的缘故，他的真名姓从人们的口里滑啦；滑啦之后才补上一个"猪三哈"。

他之所以被人嘲弄称之为"猪三哈"，源于他老婆因嫌弃他而与人私通一事，在委曲求全中受人嘲笑。忍辱负重的周涵海以致后来被人称之为"黑酱豆"，"黑酱豆"是豆子经过发酵腌制而成的一种略带臭味的酱菜，周涵海失去了老婆和家产，"他流浪了，挨饿，受冻，囚首垢面，真是一身膨臭，像牛屎一样。"周涵海因不小心丢失了陈四爹的一头牛而投水自尽，人物的命名与人物的命运息息相关，这是作家彭家煌的独创之处。彭家煌小说被茅盾誉为那一时期"最好的农民小说之一"，在我看来最重要的一点就是彭家煌从农民的视角写农民，乃至以农民的眼光和语言写农民的日常生活状况和庸常心理状态，尤其以湖南方言写湖南地域的文化风貌和地域风情，如湖南山民通过骂山歌取笑对方的日常行为：

> 有一天下午，他牵着牛到山里去，不料对门山上也有两个看牛的，他们瞧见了猪三哈就高声唱起骂歌来了。
> "对门山上有颗——呵喝呃——黑酱豆，我想拿来——呵喝呃——喂我的狗。
> 对门山上有只——呵喝呃——哈巴猪，
> 舔着黄牛——呵喝呃——的屎屁股。
> ……
> 桐子树上——呵喝呃——好乘凉，
> 对门牙子——呵喝呃——没婆娘！
> 看我三年四年——呵喝呃——讨几个，
> 咧咧拉拉，——呵喝呃——接你的娘。"
> ……[1]

---

[1] 严家炎选编：《中国现代各流派小说选》（第一册），北京大学出版社1988年版，第225页。

山歌形式和对骂语言作为一种地方性文化知识和民俗文化实践，凸显了当地山民病态的文化心理和欺弱凌小的行为习惯。彭家煌的小说无论是人物对话还是作者的叙述语言，都散发着一股浓浓的地域风味：

> 她常对着他指鸡骂狗，杯盘碗盏无缘无故在他手里奔奔跳，拍拍响；尤其当他晚上上床睡觉的时候，她不知从哪里找来的由头，动辄翻江闹海的咒：
> "你这个死东西呃！——一身膨臭的，教莫死到河里去冲一冲，懒尸！这副模样也配上床来享福呀！——滚，滚，滚，——赶快给我滚开些！……"①

彭家煌小说的语言有强烈的乡土写实性，人物对话充满地方风味，融方音、乡调为一体，即便是作者的叙述语言也力避当时充斥文坛的欧化之风。可以说，彭家煌是用农民的语言、从农民的视角将乡土风情和地域人物——客观地展示给读者的。彭家煌小说的语言常常运用湘北的地方方言词汇，如"打野景"（四下闲看）、"煞黑"（傍晚）、"昂实"、"教莫"、"抖起来"等，还有一些地方俗语俗话的运用如"堂客"，堂客是湖南方言，湖南人把结了婚的女子都叫"堂客"，称自己的老婆前面不加姓，直接叫"堂客"。

台静农的小说《拜堂》也有意运用皖西方言土语书写安徽小镇的风土人情。如小说中"屋里人"（妻子）、"磕头"（拜堂）、"牵亲"（傧相）、"牵头"（儿女）、"黑夜头"（深夜）、"安了家"（娶了妻子）等的词汇都是安徽西部的方言土语。为了使小说中人物对话呈现出写实逼真性，作者还有意运用方音记录人物对话。比如，皖西方言"还要"的"还"发 ha 音，小说中只要遇到这种情况，一概运用"哈"替代"还"，如"哈要买两张灯红纸，将窗户糊糊"，"大娘，你开开门。哈在纺线呢。""要是有花，哈要戴几朵。"小说中诸如此类的方言与方音的书写，收到了"如见其人，如闻其声"的艺术效果。

---

① 严家炎选编：《中国现代各流派小说选》（第一册），北京大学出版社 1988 年版，第 218 页。

第二部分

史料与问题

一 跨学科研究的史料问题
——关于寻求中国现代文学研究新的生长点的思考

（一）"方法热"的回顾与反思

改革开放以来的中国现代文学研究，取得了令人瞩目的成就，同时呈现出不断开创新的研究视域的态势。记得20世纪90年代初的一次现代文学年会上，樊骏先生曾经满怀信心地指出："我们的学科，已经不再年轻，正在走向成熟！"

那么，一个学科成熟的标志是什么呢？

我认为，一个学科是否成熟不但牵涉到学科时间的长短、研究成果数量的多寡这些外在因素，更重要的还取决于这一学科研究成果的内部质量和总体研究水平的高低。同时，具体到现代文学学科而言，是否在学科史料方面完成了伟大而系统的工程，是否形成了从事本学科研究所必须遵循的学术研究范式，更是衡量这一学科成熟与否的标尺——而这常常被许多研究者所忽视。

以此为参照，让我们简要回顾一下改革开放30多年来中国现代文学研究行进的曲折历程，探讨现代文学研究的得失，在此基点上寻求中国现代文学研究新的增长点，使我们的学科真正成熟起来。

80年代的现代文学研究是一个"解构的时代"，随着对极"左"文艺思想的清算和政治体制改革的逐步推进，新中国成立之后独霸学界的阶级论批评话语遭到了质疑和批判。于是乎，西方各式各样的理论便潮水般地涌入中国——精神分析批评、英美新批评、接受美学、结构主义、原型批评乃至于系统论作为自然科学的研究方法也让现代文学研究界着实兴奋了一阵，中国现代文学研究在吸纳国外异彩纷呈的研究方法之后日益摆脱政治对文学研究的直接干预和宰制，使文学研究回归到文学自身。应该承认，80年代以降形成的"方法热"确实给中国现代文学研究带来了春风扑面的新鲜气象和巨大活力，也产生了令人欣喜的研究成果。但毋庸讳言的是，由于对引进的新方法缺乏沉潜往复的理解、消化和吸收，许多目不暇接、"各领风骚三五天"的方法更替并没有带来真正意义上的学术创新和学科推进，相反，这些所谓的"新方法""新观念"却被一些对学科发展深表隐忧的研究者视为"T型台前走动的服装模特"——表面看来是一副新面孔，其实不过是模特更换了一套服装而已。

与80年代解构与纠偏的研究心态不同，一方面，90年代以来的现代文学研究呈现出多元化的研究态势——地域文化与文学、稿酬制度与文学、大学文化与文学、宗教文化与文学、出版机构与文学等等，不断拓展出新的研究领域，并收获了一批颇为丰厚的研究成果。但另一方面，让人遗憾的是，那种在80年代即已形成、一味撷拾西方理论的研究境况到了90年代并没有得到明显改观。面对现代文学研究的这一局面，有学者就深怀忧虑地指出："现代文学研究要想成为真正的学术，必须遵循严格的古典学术规范。"这里所谓的古典化，就是要强调现代文学研究所必备的历史感、客观性和从事常规科学研究应当恪守的学术规范。

的确，经过了目迷五色的"新观念"花样翻新之后，人们不无遗憾地发现：作为学科奠基的现代文学的文献问题仍然是一个促进学科健康发展并走向成熟必须解决的基础问题。值得欣喜的是：近几年来，建立现代文学文献学的呼声愈来愈高，比如，2003年12月清华大学召开关于"中国现代文学的文献问题"座谈会；2004年10月河南大学的相关会议继续了这一主旨；作为现代文学专业的权威期刊《中国现代文学研究丛刊》从2005年起开始刊出史料专号。这一系列的信息无不透露出现代文学研究界对文献问题的高度重视。杨义先生曾经提出做学问的"五学"门径，其中有三项涉及文献史料问题。就现代文学学科而言，前人已经做了大量的史料建设工作，内容广涉学科诸多方面，如作家全集、文集的编撰、收集、校勘、辑佚与整理，作家年谱、传记的编撰与写作，中国现代文学期刊目录汇编，中国现代文学总书目的编撰，作家研究资料的整理、学科研究史、报纸的文学副刊的编目等等，但学科史料建设工作仍有许多有待开掘的空间。

（二）跨学科的史料问题

现在是一个高扬创新的时代，究竟什么是创新？现代文学研究该如何创新？这些问题，并非不言自明而是应该进一步加以追问的。陈寅恪先生曾经谈及学术上的创新，他指出："一时代之学术，必有其新材料与新问题。取用此材料，以研求问题，则为此时代学术之新潮流。治学之士，得预于此潮流者，谓之预流。其未得预者，谓之未入流。此古今学术史之通义，非彼闭门造车之徒，所能同喻者也。"[①] 这段话每每被学人所引用。但需要我们进一步关注的是，陈寅恪把新史料的发掘与利用置于创新的首要地位，他在此并未言及新理论和新方法，更值得注意的是，陈寅恪先生并不是专指历史学科，而特别指出此乃"古今学术史之通义"。

史料的发掘和整理对于现代文学研究的重要性的确是不言而喻的，我主要从自己近几年的研究实践和个人体验，谈谈关于跨学科研究中的史料问题。

跨学科研究蕴含着研究者走出封闭的学科格局并力图实现创新的研究期待，也许正是不同学科之间的相互交叉与碰撞激活了本学科内部原本觉察不到的新的生长点。事实上，很多看似不同的学科之间本来就没有壁垒森严的学科界限，而是存在着剪不断的内在关联，因而，研究当中不应该也没有必要固守某一学科的领地，跨学科研究不但提供了研究创新的契机，也引发了新学科的诞生。

就现代文学研究而言，跨学科的研究成果并不鲜见。杨义先生近些年来一直积极从事的"重绘中国文学地图"的研究实践，就是借鉴了人文地理学的学科成果和研究范式得出了富有创见性的结论。当然，其他如中国现代文学与出版制度、现代文学与现代汉语等等的研究都可以视作跨学科性质的研究，均拓展与深化了中国现代文学研究视域。

文学跨学科研究应该涉及两个方面，一是相关的学科为文学研究提供新的理论视角和研究方法，一是相关的学科所涉及的文学研究方面的史

[①] 陈寅恪：《陈垣〈敦煌劫余录〉序》，《金明馆丛稿二编》，生活·读书·新知三联书店2001年版，第266页。

料。在现当代文学研究领域,我们每每谈到跨学科的研究,一般总是侧重于相关学科在研究理论、研究方法或研究视角方面给予现当代文学研究的启示,对于后者——相关学科涉及的史料问题,似乎重视不够。

我这几年从事"语言运动与现代文学"的研究课题,深切体会到相关学科的史料对于深化现代文学研究的重要性。中国现代文学的语言问题,近几年来许多研究者一直保持着持续的兴趣和研究热情。许多研究者主要是借助西方语言学理论,而对于语言学科的相关史料却很少涉及。正是基于这样的思考,我在从事该课题研究时,力争多占有材料,不但大量研读新文学倡导者关于语言的论述,还旁及语言学家、文字学家等关于中国现代文学语言的研究。就刊物而言,以往的中国现代文学的研究者很少涉及与现代文学有密切关联的刊物《国文杂志》《国文月刊》《语文》《教育杂志》,就我的阅读所及,目前在现代文学研究领域中,很少有人看重这些刊物。研究者不是不知道这些刊物,也许只是把这些刊物看作是和语文教学或语文研究有关,实质上,中小学国文教学与现代文学有紧密关联——这一问题钱理群先生曾经著文论述过。如果仔细翻阅《国文杂志》《国文月刊》《语文》《教育杂志》等刊物,其间有许多论述关涉中国现代文言与白话问题。

关于中国文学语言的现代转型以及 20 世纪前半期文言与白话的诸多思考,就史料的发掘而言,不能仅仅停留在文学刊物的层面,还必须旁及国文教学刊物、语言学刊物乃至语言学家如王力、吕叔湘、张世禄、罗常培等的相关论述,这些论述不仅为我的研究提供了理论背景和研究方法,同时也拓宽了史料发掘的视野,深化了对于中国现代文学语言问题的认识。因而,我所强调的跨学科研究,主要侧重跨学科研究中的史料发掘问题。正是出于这样的考虑,我通读了许多与现代文学研究有密切关系、但并不被研究者所关注的一些刊物,除上面已经提到的期刊外,还系统翻检了《中学生》、《国语》周刊、《国语》旬刊、《国语》月刊、《歌谣》周刊等多种刊物,在大量阅读原始文献的基础上,我对于中国现代文学的语言问题有了进一步认识,并从语文教学的角度,以三四十年代"中学生国文程度"讨论为中心,考察了国文教学中的文言与白话问题。

（三）寻求突破的尝试
——以一个研究个案为例的学术思考

中国现代文学的语言问题一直是学界研究的热门话题，但有一个问题却迟迟没有得到令人满意的梳理和解决——为什么白话文在20年代的文学领域就已经占据创作主流，而在40年代的报纸、书信、电报等诸多应用文体方面却依然是文言占据绝对优势？此前的研究者要么只在文学内部讨论这一问题，要么纳入30年代的文化复古和文言复兴的文化背景中予以探讨，这些思考并未真正触及所谈问题的根本。

事实上，如果把研究的史料视野稍稍扩大，关注一下国文教材的编撰和国文教学，这些问题就会得到彰显和解决。白话文未能占领应用文市场，与国文教材的编撰和教学关系重大。这关涉到五四以来国文教学的内容安排——是以胡适主张的纯文学教育为主还是以梁启超等主张的应用文教育为主。胡适的中学国文教学观念极为重视"纯文学"教育，这自然与"文学的国语，国语的文学"的思路有关，胡适试图通过中学国文教学大力推进"国语的文学"创作。早在1920年，胡适谈到国文教材的制定，就主张学生要多"看小说"、多读"白话的戏剧"：

> 看二十部以上，五十部以下的白话小说。例如《水浒》、《红楼梦》、《西游记》、《儒林外史》、《镜花缘》、《七侠五义》、《二十年目睹之怪现状》、《恨海》、《九命奇冤》、《文明小史》、《官场现形记》、《老残游记》、《侠隐记》、《续侠隐记》等等。此外有好的短篇白话小说，也可以选读。[①]

梁启超并不认可这种"纯文学"的教育观念，提出了截然不同的看法：

---

① 胡适：《中学国文的教授》，《新青年》8卷1号，1920年。

有人主张拿几部有名的小说当教材。我认为不妥。因为教授国文的目的，虽不必讲什么"因文见道"，也应该令学生连带着得一点别的智识，和别的科学互相补助。像那纯文学的作品，《水浒》《红楼》之类，除了打算当文学家的人，没有研究之必要。此其一。要领略他文章妙处，非全部通读不可。如此庞大的卷帙，实不适学堂教科之用。此其二。体裁单纯，不够教授举例。此其三。①

把胡适的主张与梁启超的观点相互比照，很容易看出二人对于中学国文教学的不同思路，更何况梁启超后来有进一步申述："学生须相当的有欣赏美文的能力，我是承认的；但中学目的在养成常识，不在养成专门文学家，所以他的国文教材，当以应用文为主而美文为附。"梁启超从传播知识、培养人才出发重视各体文章的学习和训练，胡适则更多考虑刚刚站稳脚跟的白话文学如何在中学国文教学中进一步得到巩固。作为新文学的积极倡导者，胡适希望白话文学在中学国文中"抢占领地""安营扎寨"让人容易理解，但应用文体的教学问题，胡适确实关注不够，这一不知是有意还是无意的疏忽直接导致了白话文体不能迅速运用在应用文方面，也为此后文言复兴者攻击白话语言能力不足留下了口实。

应用文训练的欠缺在此后"中学国文程度"的讨论中得以彰显。新文学家朱自清承认中学生文艺性文体写作取得了一些成绩，但也看到了应用文训练的不足。他对那些一味沉迷于纯文学创作的中学生提出了提高应用文写作水平的建议：

现在的学生只知注重创作，将创作当作白话文唯一的正当的出路；就是一般写作的人，也很少着眼在白话应用文的发展上。这是错的。白话已经占领了文学，也快占领了论学论政的文字；但非得等到它占领了应用文，它的任务不算完成。因为现在学生只知注重纯文学的创作，将论学论政的杂文学列在第二等，将应用文不列等，所以大多数不能将白话应用在日常人事上，也无心努力于它的程式化。他们不长于也不乐于写作说明文和议论文，一半也是这个缘故，这样学习

---

① 梁启超：《中学以上作文教学法》，《改造》4卷9号，1922年。

白话的写作，是不切实的。①

事实上，中学生重视纯文学创作而忽视应用文训练的不良偏好并不能只让中学生负责，这与新文化运动胡适积极推行的纯文学教学理念直接相关。

郭绍虞也认识到"文言文之所以有其残余势力者即在社会上犹有应用的需要，而新文艺尚不足以应付这需要的缘故。"他进一步指出文学发展史上的通例：

> 大抵文学史上每一种文学革新的运动，方其初，无不注意在应用方面，但是此种革新运动之成功却不在应用而在其艺术，在其文艺的价值；到最后，使此革新运动奠定其巩固的基础者，则又必适合应用的需要，才能说此种运动的成熟。②

白话文在文艺上的成功的确有目共睹，但要真正走向成熟必须走上应用的路径。事物的发展总会让人始料不及，当初提倡白话文学运动、废文言倡白话的一个重要目的就在于通俗教育的普遍推行，倘若新文艺不能尽快走上应用的路径必将影响这一目标的实现。到了40年代，许多教育界及新文学人士都清楚地看到了白话文在应用方面的不足。

如果联系到新文学运动初年趋新人士对于"应用文"文体和"纯文学"文体的不同态度，我们更能深切理解白话在应用方面的缺憾。刘半农关于两类文体的比喻颇值得玩味：

> 应用文与文学文，性质全然不同，有两个比喻：（1）应用文是青菜黄米的家常便饭，文学文却是个肥鱼大肉；（2）应用文是"无事三十里"的随便走路，文学文乃是运动会场上大出风头的一英里跑。③

蔡元培论及国文时说道：

---

① 朱自清：《中学生的国文程度》，《国文月刊》1940年第1期。
② 郭绍虞：《新文艺运动应走的新途径》，《文学月报》1939年第5期。
③ 刘半农：《论应用文之教授》，《新青年》4卷1号，1918年。

国文分两种：一种实用文，在没有开化的时候，因生活上的必要发生的；一种美术文，没有生活上的必要，可是文明时候不能不有的。①

　　把二人对于应用文和文学文的表述放在一起，你不能不感受到二人对应用文体的看法惊人一致，应用文和文学文之间仿佛有了初级和高级的价值等级区隔。这种思想可能也多少影响了学生的选择，加之当初白话文的发展偏于文学一面，应用的白话文发展缓慢，教材编写对于应用文选材就相当困难，学生不喜欢应用文就在情理之中了。对于这种状况，做过多年中学国文教师的朱自清感同身受："课程标准里定的说明文和议论文的数量不算太少，但适当的教材不容易得着。……教材里所选的白话文说明文和议论文多半是凑数的。学生因为只注意创作，从教材里读到的说明文和议论文又很少合他们的脾胃或程度的，也就不愿意练习这两体的写作。"正是白话应用文的训练不足，为文言留下了应用的空间。

　　既然社会上应用文仍坚持文言，这很容易给攻击白话文者以口实：

　　语体文在社会上就没通行。你们看，上自宪法法律政治公文，下至合同契约日用便条，那一件不是用文言去写？现在凡用语体文写的东西，多半是浮浅的创作或小说，这些都是不合于应用的哟！不是我们要反对语体文，实是语体文自己没站在不叫人反对的地位上。②

　　这样的论述的确打中了白话文的要害，当时的白话文推行者也认识到这一问题对国语推动的阻碍："国语文不能见信于社会，不为一般社会所欢迎，官场文字都用文言文，也是一个重要的原因。因为一般民众，日常接触的文字，除信件便条而外，便是告白公文等，他们见这些都不改用国语文，自然就会怀疑国语文了。"③

　　因而到了 40 年代，新文学作家叶圣陶、朱自清等在编纂国文教材时，开始有意识地强化白话文的应用训练，文言教学在 40 年代教材中比重的

---

① 蔡元培：《论国文的趋势及国文与外国语及科学的关系》，《蔡元培语言及文学论著》，河北人民出版社 1985 年版，第 189 页。
② 杜聿成：《杜聿成致钱玄同信》，《国语》周刊 1925 年第 24 期。
③ 杜子观：《官场文字与国语文》，《国语》周刊 1925 年第 24 期。

增加也只是出于提高中学生的文化素养和经典训练的目的。此时的中学国文教学超越了以前白话/文言的两极对立，获得了更为清明的理性。文言/白话之间的冲突已逐渐缓和，中国现代作家的语言观念呈现出走向综合的思考路径。

也许，20世纪的文言白话问题乃至语言的现代转型，并不是在文学内部就可以解释得清楚的。我从国文教学的窗口透视中国现代文学的文言与白话问题，从另一个层面丰富了对于现代语言转型的认识，我相信，研究中所涉及的跨学科史料对于拓展与深化现代文学研究具有重要意义。

当然，史料发掘只是研究工作的第一步，浩如烟海的文献史料有时自身能够"说话"，有时则必须靠研究者的问题意识才能被"唤醒"。因此，研究者对于史料既应该入乎其内，又需要出乎其外：入乎其内，才能在触摸历史中进入历史细节、感受到历史的纷繁复杂；出乎其外，方能摆脱历史枝节的缠绕而不至于迷失在文献史料的汪洋大海中。因而，跨学科研究不仅是史料范围的扩充，同时也是相关学科新的"质素"的引入和不同问题和观念的碰撞。也许正是在不同学科史料的交叉与碰撞中引发了新的问题意识，丰富了研究者对研究对象的多元化理解，也孕育着开启新的研究空间的可能性。"凡一种学问能扩张他所研究的材料便进步，不能的便退步。"[①] 在人文学科之间的联系越来越密切、边界越来越模糊的今天，现代文学研究要想寻求新的突破与创新，那么，破除学科界限、扩张史料范围，或许正是一条切实可行的有效路径。

[①] 傅斯年：《历史语言研究所工作之旨趣》，《傅斯年全集》（第三卷），湖南教育出版社2003年版，第6页。

二　问题与视野

——关于"语言运动与中国
现代文学"研究的思考

20世纪90年代开始，人们在回眸五四白话文运动的同时，不无遗憾地发现中国现代文学在语言问题上的断裂。尤其是前些年海外汉学家顾彬以似乎有些愤激的情感指斥中国当代文学，事实上，顾彬的批评仍然是着眼于中国当代作家的语言问题。这种内外反省与批判的声音也促使中国当代学人进一步把研究的目光投向中国现代文学的语言问题上。当然，文学是语言的艺术，研究文学不可避免地要直视文学语言。因而，语言问题多年来一直是中国现代文学研究的热点。

对中国现代语言问题的研究，这些年来国内外学人贡献给学界一批相当优秀的学术成果，有的研究者借助语言本质"道器论"的理论眼光着重考察语言变革与中国现当代文学的转型；有的研究者从语言哲学的视角探讨中国现当代作家的语言观念和文体试验，把精深的理论概括与细腻的文本分析相结合；有的研究者借助巴赫金的语言理论考察汉语形象与汉语的现代性问题，进而更新了现代文学的阐释框架；有的研究则从话语与权力的关系入手剖析中国现代文学中的语言问题。这些不同的学术成果呈现了研究者对现代文学语言问题的多元思考和各自特色。

在学术研究中，问题意识相当重要，没有问题意识就失去了研究的方向。中国现代语言问题犹如一座巍峨的高山，耸立在我们面前，我们如何走进这座神秘的大山以窥其真实的面貌？不同的路径自然会发现不同的风光。

如果从1915年《新青年》杂志创刊开始的新文化运动算起，回首遥望百年中国文学走过的道路，其中最大的一个变化是语言的变化：白话语言替代文言成为文学和文章书写的正宗。这百年来中国文学的进程也是中国语言的现代建构过程。中国现代语言是如何建构起来的？语言的变化从来都是渐进的过程,文言退潮与白话崛起绝非一蹴而就,双双经过了一系列的论争与较量。即便是白话语言自身也经过了一场又一场历史的淘洗,从五四的文言白话论战到30年代初的大众语论争,再到40年代左右的民族形式论争,每一次论争都牵涉语言问题。白话语言和口语的关系如何,白话与方言的关系怎样?中国现代语言如何建立?它如何处理与古代文言、地方方言土语与域外语汇及语法的关系?除此之外,中国现代语言运动也是一场全民族口语一致的普通话统一运动,如何造就口语的标准?语音标准如何确立?词汇及语法如何规范?如何造就国民的口语?截至目前,人们对上述这些问题的探讨显然有些薄弱。

事实上,如果带着这样的问题意识回到中国现代文学语言发生的历史现场,就会真切而强烈地感受到中国现代文学语言问题,并非只是单一的语言学内部问题,它涉及文化、思想、制度、教育等方方面面。因而,研究中国现代文学的语言问题,应该把语言、文学与教育结合起来,尽力打破之前学界把三者相互分割的研究局面,尤其应该把语文教学纳入中国现代语言转型的文化场域加以观照。中小学语文教学是国语运动家和新文学作家共享合谋的合法性"实验基地",也是趋新与守旧各种社会力量相互博弈、争夺交汇的"文化场域"。通过对中小学语文教学和教材编纂问题的探讨,不仅可以领略到国语运动的理念如何通过课程纲要和课程标准落实到国语教学实践活动中,也可以进一步了解新文学进入语文教材的合法性和经典化过程。语文教学对于学生国语口语训练和作文写作能力的培养,既有效促进了语言运动提出的"国语统一"的目标,也加快了胡适所谓的"国语的文学"目标的形成。不同领域的互相参证,可以大大拓展中国现代文学语言研究的学术视野,不至于使研究视域停留于"见树木不见森林"上,这些个同领域有着极为密切的内在关联,对于解决某一具体的学术问题意义更为重大。

国语运动家通过制定标准语音、写定词汇、编纂辞典、规范语法不但为国语教育提供了可以参照的教学标准,同时也为现代作家的创作实践提供了应当遵守的语法规范。国语教学通过课堂的口语训练和国语演讲造就了能够说"口语的国语"的新型国民,逐步向"国语统一"的目标迈进。语文教学通过作文训练,不但传播了白话文学的观念,而且培养了学生欣赏新文学的能力和白话文写作水平,并逐步实现了国语运动和现代文学同声相应的"言文一致"理念。国语运动既需要国语家在书斋斗室内精心细致地做大量研究性工作,也需要为了普及国语而走向街头的狂飙突进式的倡导与呐喊,但这些工作都必须最终落实到中小学的教育教学实践中。因而,语言运动必然走向语文课堂教学实践,二者之间的关联不言而喻。语文教学与现代文学的关系通过语文教材的编纂而建立,现代文学作家的作品进入中小学语文教材,宣告了现代文学和白话文教学的合法性,促进了现代文学的经典化过程。语文教学一方面连着现代语言运动,一方面连着现代文学,可谓是二者之间的桥梁。基于此,语言运动与现代文学的研究就不能不涉及语文教学。

民国时期的语文课程标准和语文教材的编撰都呈现出对学生国语口语交际能力的强调,语文教学通过课堂的口语训练培养了新一代能说国语的新型国民,课外由学校和社会组织的国语演讲比赛则进一步提升了学生的国语口语水平,有力地促进了国语运动的展开。学生的国语演讲扩大了国语的传播和影响,国语的成熟也不断推动演讲的普遍、深入和提高。当时学生通俗易懂的演讲文稿可谓率先实现了胡适所预设的"文学的国语,国语的文学"的语言目标。

无论是国语运动家的语言运动,还是现代文学的发动者都试图建立一种汉民族统一的现代语言,语言问题也贯穿了现代文学发展的始终。中国现代文学发展史上的语言论争也并非是文学内部的形式问题,它关系到中国语言的现代化问题。就方言与国语而言,新文学作家由于看重文学的审美功能,自然重视方言在神理气韵方面的修辞功能,而国语运动家为了丰富国语,必须借助方言调查以扩充国语词汇。无论是新文学作家,还是国语学家都必须面对方言问题,但方言的地方性与国语的普遍性毕竟有难以弥合的紧张。在30年代初的大众化讨论中,以瞿秋白为代表开始对五四白话语言进行批判和对国语标准进行质疑,因而引发了后来的大众语论争,大众语讨论既是新文学界反对文言复活的保卫战,又是新文学界对白话语言的自我反省和批判,同时也是国语运动界对如何建立未来中国统一语的不同道路的探索。此后的语文通俗化问题的讨论既是在国语运动"龟走"时期语言文化界试图进行文化普及的一次有效的理论探讨和有益的语言实践运动,也是现代文学和文化界为抗战宣传的需求重新回到自身文学传统的文体尝试。接踵而来的民族形式问题的讨论是中国现代文学发展到一定历史时期对于自身的清理,在讨论中对于中国民间文学、文人传统的旧文学、外国文学乃至五四以后的新文学秉持一种海纳百川的包容态度,就语言层面而论则体现出了语言观念的新综合倾向——吸纳古语、采纳方言、借鉴外来语言。

总之,研究中国现代文学的语言问题,应把精深的学术问题与广博的历史视野相融合,以综合呈现国语运动、语文教学、现代文学三者互动共生、相互勾连的复杂景观,通过三者的综合考察展现和回答中国现代汉民族共同语言如何艰难创制,也就是回答国语运动最初提出的"国语统一""言文一致"的目标如何实现的问题。正是国语家的艰辛努力、现代作家的文学创作、国语教学的语言实践三方合力,综合推动了"文学的国语,国语的文学"的形成。新中国成立之后逐步推广的普通话运动也将在享受这一成果的同时,沿着国语运动与现代文学所开辟的道路向前迈进。

三　徘徊于史实与虚构之间

——中国现代历史小说观念探寻

鲁迅创作于1922年的《补天》（原名《不周山》）开启了中国现代历史小说创作的先河。新文学第一个十年，历史小说还只是刚刚萌发，如一股涓涓细流。从30年代开始，许多作家纷纷从历史撷取题材，形成了颇为壮观的历史小说创作热潮。相对于其他文类的研究，中国现代历史小说研究显得较为寂寞。80年代以前的研究，大多止于单个作家作品的分析，少有综合的、系统的研究成果。近年来，王富仁和韩国的柳凤九合著的《中国现代历史小说论》（该文连载于《鲁迅研究月刊》1998年第3—7期）是较有分量的研究论文，该文侧重在梳理中国现代历史小说发展演变的基础上，进行创作题材的分类。李程骅是研究中国现代历史小说较早的一位，他的《传统向现代的嬗变——中国现代历史小说与中外文化》（广西教育出版社1996年版）一书，着重考察了中国现代历史小说与中外文化的关系。

以往的研究，缺乏对中国现代历史小说观念作宏观的透视与把握。本文拟在大量占有并发掘史料的基础上，结合创作的得失描述并评析中国现代历史小说的创作观念。笔者认为中国现代历史小说创作取向上要么借古人的酒杯浇自己胸中之块垒；要么是借古鉴今或借古讽今；尤其是40年代的强烈的现实关注，使历史小说创作思想性、战斗性有余，而艺术审美不足。在历史小说理论批评方面，过分纠缠于历史事实与想象虚构之间，也正是在这一点上，显现出现代历史小说理论批评的古典化特征。即使在批评理论上有真知灼见者，也往往在批评与创作之间出现错位与裂痕。

早在1902年，有人就试图为历史小说下定义："历史小说者，专以历史上事实为材料，而用演义体叙述之。"[①] 这里明显看出定义者对历史事

---

① 《中国惟一之文学报〈新小说〉》，《新民丛报》1902年第14期。

实的强调与依傍。1908年，周作人在批评旧的历史小说观时申明了他对历史小说的看法："或曰：此历史小说乃小说取材于历史，非历史而披小说之衣也。"① 可见，周作人看重的是历史小说的小说性。1918年，胡适在一次讲演中，谈到创作历史小说应注意的问题："凡做'历史小说'，不可全用历史上的事实，却又不可违背历史上的事实。全用历史的事实便成了'演义体'……没有真正'小说'的价值。"② 胡适对传统的演义体历史小说的批评与不满是显而易见的。周作人和胡适都强调历史小说的虚构与想象，也就是说"历史小说"首先是小说，其次才是关于历史的。相比之下，郁达夫的历史小说概念详尽多了："历史小说是指由我们一般所承认的历史中取出题材来，以历史上著名的事件和人物为骨子，而配以历史的背景的一类小说而言"③。郁达夫之所以强调小说中的背景描写，是因为在他看来小说的背景描写可以左右事件的进行，可以决定人物性格的发展，而且从读者接受的角度来看，"容易使读者得到实在的感觉，又容易使小说美化"④。可见，郁达夫较为强调历史小说的审美品格，在理论上是非常自觉的。

然而，当真正地投入历史小说的创作实践，郁达夫又呈现出怎样的姿态呢？翻开他的历史小说《采石矶》，清代诗人黄仲则那孤傲、敏感、怀才不遇的身世，那蔑视权贵、敢于叛逆的思想性格，分明是郁达夫个人的写照。尽管是一篇历史小说，倘若把黄仲则的名字改成"零余者"、"于质夫"，说是其反映现实人生系列的小说也未尝不可。同是创造社成员的郑伯奇早就指出黄仲则是郁达夫自己的化身与投影。⑤ 过分沉溺于个人情绪的主观宣泄，使郁达夫已无暇顾及小说的艺术审美。饶有意味的是郁达夫为增强这篇小说的历史真实感，在小说中不时地插入清人黄仲则的诗句以强化历史的真实。对于读者来说，这种大量插入的诗句对烘托主人公的性格并没有太大的帮助，倒增添了阅读的障碍。同样，在他的另一篇历史小说《碧浪湖的秋夜》中，他仍然没有摆脱这个弊病。小说的第三部分

---

① 周作人：《论文章之意义及其使命因及中国近代论文之失》，《河南》1908年第5—6期。
② 胡适：《论短篇小说》，《新青年》4卷5号，1918年。
③ 郁达夫：《历史小说论》，《创造月刊》1卷2期，1926年。
④ 郁达夫：《小说论》，载严家炎编《二十世纪中国小说理论资料》（第二卷），北京大学出版社1997年版，第445页。
⑤ 郑伯奇：《〈寒灰集〉批评》，《洪水》3卷33期，1927年。

全部是历史人物厉鹗的诗《悼亡姬十二首并序》，这无非是为他的这篇历史小说寻求一个历史实证而已。

　　鲁迅早在郁达夫之前就谈到对历史小说创作的看法。1921 年，鲁迅翻译了日本作家芥川龙之介的历史小说《罗生门》。在译者附记中鲁迅指出："这一篇历史的小说（并不是历史小说），也算是他的佳作，取古代的事实，注进新的生命去，便与现代人生出干系来。"① 在这里，鲁迅已经谈到了他对历史小说的分类。"历史的小说"是用现代人的眼光去观照沉寂的古代历史题材，使历史在现代意识的观照下鲜活起来。它不重在历史事实描摹的逼真，而重在于古老的历史中发掘新的历史意蕴。而"历史小说"则不然，它较多地为历史所束缚，追求逼真的历史风貌，全用历史的真实。当然，鲁迅的这种对历史小说分类的描述过于简略。1935 年底，他进一步阐述了他对历史小说的分类。一类是"博考文献，言必有据者"；一类是"只取一点因由，随意点染，铺成一篇"。② 从《故事新编》来看，大部分篇目应该归于他所说的"历史的小说"创作之类。他曾指出郑振铎的《桂公塘》"太为《指南录》所拘牵，未能活泼"③ 的缺点，这也可看出鲁迅对历史小说创作想象与虚构的偏爱，对历史小说艺术审美的重视。

　　应该说，鲁迅的许多关于历史小说的精辟见解是在翻译日本文学时逐渐迸发出来的。他在《现代日本小说集〈关于作者的说明〉》中谈到田中纯对芥川龙之介的评论："他想从含在这些材料里的古人的生活当中，寻出与自己的心情能够贴切的触著的或物，因此那样古代的故事经他改作之后，都注入新的生命去，便与现代人生出干系来了。"④ 很明显，这用于评述鲁迅的历史小说创作也较为恰切。鲁迅曾这样描述他创作《奔月》和《铸剑》时的心境："一个人住在厦门的石屋里，对着大海，翻着古书，四近无生人气，心里空空洞洞……这时我不愿意想到目前。"⑤ 也即是说，鲁迅正是在极其孤寂的情况下，走进历史，把自己刻骨铭心的悲凉的人生体验投射到历史人物身上，达到古今相通、杂糅交融的效果。的

---

① 鲁迅：《〈罗生门〉译者附记》，《晨报》副刊，1921 年 6 月 17 日。
② 《鲁迅全集》第二卷，人民文学出版社 1981 年版，第 342 页。
③ 《鲁迅全集》第十二卷，人民文学出版社 1981 年版，第 414 页。
④ 《鲁迅全集》第十卷，人民文学出版社 1981 年版，第 221 页。
⑤ 《鲁迅全集》第二卷，人民文学出版社 1981 年版，第 341 页。

确，鲁迅不是沉溺于古史之中"发思古之幽情"，但"不愿意想到目前"却未必能做得到。强烈的现实关注以及大大小小的人生俗事扑面而来，他不能不被现实所困扰，他那支"刨祖坟"的笔又指向了当下的现实。请听听他创作《不周山》时的表白："首先，是很认真的，虽然也不过取了莽罗特说，来解释创造——人和文学的——的缘起。不记得怎么一来，中途停了笔，去看日报了，不幸正看见了谁——现在忘记了名字——的对于汪静之君的《蕙的风》的批评……当再写小说时，就无论如何，止不住有一个古衣冠的小丈夫，在女娲的两腿之间出现了。"① 鲁迅小说中插入的大量的现代细节与"影射"笔法，被鲁迅视为"油滑"，它破坏了鲁迅历史小说原本自足浑融的有机统一，使那种古今生命交融、弥合无间的历史小说文本出现了一道道裂痕。鲁迅历史小说中大量的"油滑"笔墨对于增强小说的现实批判性自不待言说，它将读者从遥远的历史直接拉回当下的现实，然而却消融了读者审美想象的空间。翻开《故事新编》，几乎每一篇都或多或少呈现出不同程度的"油滑"。《奔月》中对高长虹的讽刺随处可见。鲁迅历史小说最富有光彩的《铸剑》仍不乏"油滑"之笔，小说"近来特别不喜欢红鼻子的人"一句，显而易见是鲁迅借宴之敖的口说出自己对顾颉刚的不满。就是宴之敖的取名也深义存焉。许广平曾谈及此："先生说，'宴从家，从日，从女；敖从出，从放；我是被家里的日本女人逐出的。'"② 可见，1923年以后的兄弟失和在鲁迅心中留下永远的痛楚，即使在创作历史小说中仍不忘怀于修复内心的创伤。其实，鲁迅对自己的"油滑"也多有不满之处③，那是他在创作中早已意识到的。

鲁迅的《故事新编》出版不久，1936年10月郭沫若也出版了历史小说集《豕蹄》。在序文中他阐明了自己的历史小说理论主张，写作历史小说"目的注重在史料的解释和对现世的讽喻"④，这和他20年代初的观点有一脉相承之处，"要借古人的骸骨，另行吹嘘些生命进去"。⑤ 郭沫若自称"我应该说是写实主义者，我所描画的一些古人的面貌，在事前也尽

---

① 《鲁迅全集》第二卷，人民文学出版社1981年版，第341页。
② 《许广平文集》第二卷，江苏文艺出版社1998年版，第46页。
③ 《鲁迅全集》第十三卷，人民文学出版社1981年版，第299页。
④ 郭沫若：《从典型说起》，《质文》2卷1期，1936年。
⑤ 郭沫若：《孤竹君之二子·幕前序话》，《创造季刊》1卷4期，1923年。

了相当的检查和推理的能事以力求其真容"。① 其实郭沫若所谓的写实并非鲁迅所说"博采文献，言必有据"的历史事实的写实，而是侧重在思想意义方面作一些崭新的尝试，对历史故事重新解释或翻案，他凭借他的科学知识去掘发人性的底蕴。也许郭沫若过分夸大科学的作用，太急于为历史人物下结论了。他断言："我们有充分的理由可以相信，孔子一定博大，孟子一定瘦削，秦始皇一定是内向性，楚霸王一定是外向性。"② 郭沫若的结论下得似乎太绝对，他以他所学的心理学知识为古人贴上标签。他的《孔夫子吃饭》中的孔子也不过是他心目中的孔子而已。作为历史小说创作这本无可厚非，而郭沫若并不这样认为，他认为他"描画的一些古人的面貌，在事前也尽了相当的检查和推理的能事以力求其真容"。问题恰恰出现在这里。客观的历史真相有时的确难以把握，人类只是无限地接近客观的历史而已，即使是求历史之真容也不应该是历史小说家的事。正是因为郭沫若把历史小说创作作为讽刺现实的手段和工具，他才过分强调"现实的立场，客观的根据，科学的性质"③。这似乎是对学术研究者的要求，哪像是从事小说创作应遵循的艺术规则？

　　茅盾在30年代也创作了《豹子头林冲》《石碣》《大泽乡》等历史题材的小说。他的《豹子头林冲》截取林冲生活的一个片断，惟妙惟肖地描写了林冲一夜之间的矛盾心理。相比之下，《大泽乡》却写得较为枯燥、单调，完全是历史故事的复述，还谈不上是真正的历史小说，只能算"用故事形式演述历史"④ 的历史小品。茅盾对《大泽乡》也颇为不满，他后来曾讲道："这是一天写成的，当时也觉得还可以，就送出去了，登出来后我自己再读一遍，很不满意，从此我一直不喜欢它。"⑤ 茅盾只把写不好的原因简单地归结为时间的仓促，在我看来，这更是过分依傍历史事实造成的。当然，茅盾非常清楚历史小说创作亦步亦趋地遵循历史所付出的艺术上的代价，他深有感触地指出："另有作者，则思忠于事实。务在爬罗剔抉，显幽阐微，还古人古事一个本来面目。这也是脚踏实地的办

---

① 郭沫若：《从典型说起》，《质文》第2卷第1期，1936年。
② 同上。
③ 同上。
④ 茅盾：《科学和历史的小品》，《文学》4卷5号，1935年。
⑤ 《茅盾全集》（第九卷），人民文学出版社1985年版，第540页。

法。这在艺术的能动的作用上，自然差些。"①

在茅盾的历史小说观念中，倘若还兼顾到艺术审美品格的话，巴金则更为关注历史小说的教训。巴金于1934年出版了小说集《沉默》，收反映法国大革命时期的历史小说三篇：《马拉的死》《丹东的悲哀》《罗伯斯庇尔的秘密》。在序言中巴金自述其创作宗旨："写三篇小说，将百数十年前的旧事重提，既非'替古人担忧'，亦非'借酒浇愁'，一言以蔽之，不敢忘历史的教训而已。"② 因为强调历史的教训，巴金苛求历史小说的写真也就顺理成章了，"《马拉的死》里面的描写除最末一段全有依据。材料取自米席勒诸人的书。从这里我们可以看出马拉的真面目来"。③ 这种过分拘泥历史事实的观念使历史小说创作虚构与想象的空间大大缩小，小说艺术品位的降低就在所难免。这与其说是历史小说，不如说是历史故事更为恰当。

的确，把历史小说几乎写成历史故事的倾向在30年代末及40年代更为突出。1937年4月，上海开明书店出版了宋云彬的历史小说集《玄武门之变》，其收入的16篇小说都是为当时的《新少年》半月刊写的，所以故事写得晓畅平易，倘若把故事发生的先后年代排列起来，可"扩充而成为一部故事体的中国史"。④ 宋云彬是借历史小说来传播历史知识，他对历史小说的认识作用格外重视，仿佛又回到了世纪初历史小说观念的老路上去了。当初吴沃尧发大宏愿编撰历史小说就是基于对历史小说认识作用的看重，"使今日读小说者，明日读正史如见故人，昨日读正史而不入者，今日读小说而如身亲其境"。⑤ 针对宋云彬把历史小说写成历史故事这一弊端，郑振铎及时地向他提出了建议："新的历史故事，我以为至少不是重述，而是'揭发'与解释。不知云彬以为何？"⑥

与宋云彬不同的是，廖沫沙的历史小说更强调历史小说抨击现实的作

---

① 茅盾：《〈玄武门之变〉序》，载吴福辉编《二十世纪中国小说理论资料》（第三卷），北京大学出版社1991年版。
② 《巴金全集》（第十卷），人民文学出版社1989年版，第170页。
③ 同上。
④ 茅盾：《〈玄武门之变〉序》，载吴福辉编《二十世纪中国小说理论资料》（第三卷），北京大学出版社1991年版。
⑤ 吴沃尧：《历史小说总序》，《月月小说》1卷1号，1906年。
⑥ 郑振铎：《〈玄武门之变〉序》，载吴福辉编《二十世纪中国小说理论资料》（第三卷），北京大学出版社1991年版。

用。《鹿马传》写于皖南事变以后,当时国内严峻而复杂的社会现实促使他在历史古籍和宋明时代的史料笔记中选取题材。虽然他自云受鲁迅《故事新编》写法的影响,但大都是拘泥于史实的小说,其中的一篇《鹿马传》只是把历史上"指鹿为马"的故事叙述一遍罢了。《东窗之下》写南宋时秦桧诬陷岳飞的冤狱,以古喻今,说明"皖南事变"中新四军同岳飞一样,蒙受了千古奇冤。廖沫沙选取的历史题材与现实斗争有极强的相似性,也正如他所说的"指的是和尚,骂的是秃驴"。[①] 他不是为了传播历史知识,也不是为了重新解释历史,而是通过历史事件的再度描绘去鞭挞与历史极为相似的丑陋现实。当时,这些小说发表之后,颇引起一些人的共鸣,我们现在读起来却很少有这样的情绪的感染与震动,小说那内在的打动人的情感力量已随历史情景的改变而慢慢减弱。应该说,这是"讽刺"、"影射"类历史小说共有的弊病。尽管如此,我们还是能够理解作者在错综复杂的历史环境中以笔为武器的救亡心态,作者在一定程度上忽视小说艺术的精雕细刻也就不足为过了。

在历史小说的创作中,艺术上能够孜孜以求的是施蛰存。他30年代出版了历史小说集《将军底头》。有研究者指出施蛰存的历史小说创作把古人弗洛伊德化了[②],却没有注意到施蛰存创作历史小说背后的文体实验的观念。"我想写一点更好的作品出来,我想在创作上独自走一条新的路径"。[③] 施蛰存如是说。他的《鸠摩罗什》是花费半年多的预备,易稿七次才得以完成的。与茅盾用一天时间创作《大泽乡》相比,施蛰存在艺术上的精勤与执着是不待言说的。打开他的历史小说,我们就会走进鸠摩罗什、花将军、石秀这些历史人物的内心深处,体悟到人物二重人格的分裂与撕扯。施蛰存已不再关心历史事件的真实与否,在他那里,历史只是一个背景。描写人物是施蛰存历史小说的核心,他塑造了一个个心理内涵极其丰富而能立得住的"圆形人物"。他自述其创作历史小说的目的与方法,"虽然它们同样是以古事为题材的作品,但在描写的方法和目的上,这四篇却并不完全相同了。《鸠摩罗什》是写道和爱的冲突,《将军底头》却写种族和爱的冲突。至于《石秀》一篇,我是只用力在描写一种性欲

[①] 《廖沫沙文集》(第四卷),北京出版社1986年版,第447页。
[②] 参见严家炎《中国现代小说流派史》的有关论述,人民文学出版社1989年版。
[③] 施蛰存:《我的创作生活之历程》,载《十年创作集》,华东师范大学出版社1996年版,第803页。

心理，而最后的《阿褴公主》，则目的只是简单地在于把一个美丽的故事复活在我们眼前"。① 很显然，施蛰存创作历史小说既不是借鉴历史的教训，也不是讽喻影射，以古喻今，他对于小说艺术本体的重视与描写方法的多样化追求，无疑刷新了现代历史小说创作的框架，为现代历史小说的门类增加了一个新的品种。当然，在政治风云急骤变化的30年代，施蛰存艺术上的独特追求难免有唯美颓废之嫌，但他对于中国现代历史小说文体创新的努力是值得称道且功不可没的。

与施蛰存创作《阿褴公主》只简单地复活一个美丽故事的愿望稍有不同，冯至在历史小说《伍子胥》里，把伍子胥浪漫出亡的故事注入了更浓郁的诗意和深邃的哲理，把自己对现实人生的体验与感受升华到诗与哲学的境界。虽然小说中掺入了许多琐事，反映出一些现代中国人的痛苦，"有许多地方是借古讽今的"，② 但作者靠的不是历史与现实的简单比附。对于创作《伍子胥》的过程，冯至是这样描述的："伍子胥逃亡的故事，我青年时代就在脑子里萦回着，什么江上的渔父呀，水边的浣衣少女呀，充满了诗情画意，使人神往。"③ 随着生活阅历的丰富，伍子胥为父报仇的人生遭遇使抗战时期流离转徙的冯至找到了生命体验的契合点，小说传达出冯至孤独个体生命体验与存在体验的哲学沉思，即冯至所概括的"在停留中有坚持，在陨落中有克服"④ 的抛掷状态。本来，这篇历史小说的成功在很大程度上得力于作者不受历史传统的约束，给故事增添了许多新的内容，大胆的想象与虚构正是冯至创作历史小说值得称道之处，而冯至恰恰在这个地方为自己的虚构作了多余的辩护。他针对自己小说中虚构的"宛丘"和"延陵"两章作了以下的解释："这虽然是我的捏造，但伍子胥从那个地方经过，也不是不可能的。"⑤ 这正是冯至面对历史小说创作虚构的矛盾之处，一方面为了小说艺术氛围营造必须进行大胆的想象与虚构；一方面又唯恐这种虚构会导致历史的失真。

通过以上的考察，我们可以看出：现代历史小说在创作的价值取向上

---

① 施蛰存：《〈将军底头〉自序》，载《十年创作集》，华东师范大学出版社1996年版，第793页。

② 冯至：《诗文自选琐记》，《冯至选集》（第一卷），四川文艺出版社1985年版。

③ 同上。

④ 冯至：《伍子胥·后记》，《冯至选集》（第一卷），四川文艺出版社1985年版。

⑤ 同上。

已逐渐摆脱了中国传统演义体历史小说补正史之余的陈旧观念，而理论批评方面却较多地与传统相连，批评思路上呈现出古典化的特征。尤其是在历史小说创作上，史实与虚构之间的考辨，本就是古典演义体历史小说批评家早已讨论的话题。无论是金圣叹"以文运事"和"因文生事"的论述，还是毛宗岗对历史小说"据实指陈，非属臆造"的强调；无论是谢肇淛对《三国演义》"事太实则近腐"的批评，还是袁于令对历史小说"传奇贵幻"的提倡；以及李渔的"虚则虚到底"、"实则实到底"和金丰"实则虚之，虚则实之"写作原则的确立，都是想在历史小说创作的虚实之间寻找一种理想的平衡。现代历史小说批评家同样在这一问题上徘徊与沉迷！

　　的确，作为一种特殊的文类，历史小说毕竟与一般小说创作有所不同。近代早就有人慨叹："作小说难，作历史小说更难，作历史小说而欲不失历史之真相尤难。作历史小说不失其真相，而欲其有趣味，尤难之又难。"[①] 鲁迅对此也有深刻的体会："对于历史小说，则以为博考文献，言必有据者，纵使人有讥'为教授小说'，其实是很难组织之作。"[②] 勃兰兑斯评价司各特的历史小说创作时，也谈到了不可逃避的窘境与尴尬："历史小说尽管具有自身一切优点，实质上是不伦不类的——有时候，它过分拘泥于史料，以致情节不可能有诗意的发展；有时候，它又过分随心所欲地解释历史，以致真实和虚构的成分相互掺杂，形成了一个极不调和的整体。"[③] 这难道真是历史小说创作不可摆脱的宿命？中国现代历史小说理论正是过多地纠缠于"虚实之辩"，在一定程度上忽视了对历史小说理论的其他层面作深入细致的探讨，以致中国现代历史小说理论始终在传统的阴影下徘徊游移，难以产生超越前人的宏大而精深的理论体系。

---

① 魏绍昌：《吴趼人研究资料》，上海古籍出版社1980年版，第145页。
② 《鲁迅全集》第二卷，人民文学出版社1981年版，第342页。
③ 文惠美：《司各特研究》，外语教学与研究出版社1982年版，第94页。

四 《无望村的馆主》的版本问题
——从"福建本"增加的"跋"谈起

师陀的《无望村的馆主》初版本于1941年7月由开明书店出版（以下简称"开明本"），署名季孟，修改本于1983年7月由福建人民出版社出版（以下简称"福建本"）。从写作体例上看，"开明本"除开头的"小引"及最后的"结尾"之外共有十三节。"福建本"保留了"开明本"的体例，小说主体部分十二节，比"开明本"增加了"跋"，篇幅上也增加了两万多字。

修改后增加的"跋"意味深长。"跋"的增加改变了小说叙述者与故事之间的关系。在"福建本"的"跋"中，小说叙事者"我"以说书人的口气向读者交代了故事的来源："读者可能问我为什么对宝善堂和陈世德知道的这样清楚，现在让我老实招供：有一部分是我听来的，但主要部分是在家里等着我的那个人——梦喜庄的百合花告诉我的。"很显然，"听来的故事"（而且是从故事的亲历者妻子那里听来的）无疑强化了所叙故事的真实可靠性，赋予叙事者以叙事的权威。"我"在"开明本"中只是一个外在于故事的旁观者，小说的叙事风格显得超然与静观。"开明本"的叙事者"我"更像一位无所不知的说书人，常常以上帝式的口吻叙说无望村的人事变迁，以悲悯的目光静观宝善堂一家三代的兴衰。"福建本"的叙事者"我"，不仅是小说中一个可靠的权威的叙事者，同时也是故事的参与者，这位叙事者本身即是故事中的一个人物——百合花后来的丈夫。由于叙事者与人物的关系发生了变化——由一个相对超然物外的故事的局外人变为充满主体情感的故事的参与者，原来"开明本"所造成的悲悯的距离逐渐被"福建本"充满道德义愤的激情填充，如果说"开明本"中叙事者对陈世德的命运结局还带有悲悯之情，那"福建本"更多的是对陈世德道德罪孽的无情鞭挞。

同时，"跋"的增加彻底改变了小说中人物百合花的性格及命运结局。"开明本"第十三节重点写陈世德和妻子百合花的最后会面。身心承受巨大折磨的百合花孤苦无告地躺在病床上,生命已奄奄一息,"她的残败的布满着皱纹的脸蛋是灰黄色,嘴唇微微张着,仿佛它正在竭尽微弱的力量呼吸空气;她的眼睛看起来比先前更大,它们像垂熄的灯火。"这是一个忍辱顺从、受封建伦理道德残害的弱女子。"开明本"这一悲剧结局的处理,既符合特定历史情形及人物性格发展的内在逻辑,也更能收到震撼人心的美学效果。"福建本"的"跋"对百合花形象进行了全面改写。百合花不再是回到娘家躺在病床上等死的弱女子,而是躲进自己的房间念经、练字,开始用怀疑的目光打量周围的世界,似乎成为一个带有阶级论色彩的"思想者"。下面是百合花与小说叙述者"我"婚后的一段对话:

"比如梦喜庄俺娘家,算得上一家规矩地主吧?"
我点点头,承认她说得对。她接下去说:"可是他们全家不下地干活又雇着佣人,吃喝穿戴从哪里来的? 从佃户……"

百合花对自己所属的地主家庭进行大胆的质疑,这无疑是百合花阶级意识觉醒的宣言。两个版本对百合花性格的处理截然不同,人物性格的转变也有些突兀。在"福建本"中师陀让叙事者"我"是百合花儿时私塾六年的同窗,后来成为百合花的丈夫,以大团圆的喜剧收场改写了"开明本"的悲剧结局。

也正是因为"跋"一节的增加带来人言人殊的评论。[1] 师陀却自有他的道理:"我对梦喜庄的百合抱着充分同情的……她的结局太悲惨,反而引不起读者的同情。现在我把她的结局改了。《跋》是我加进去的,使这个在旧社会受尽欺凌的女孩子有一线生机。"[2] 师陀对百合花命运结局的修改一方面出于个人对人物的同情,另一方面为一个在旧中国受尽欺压的善良无辜的美丽女子寻求出路也是共和国文学的主流意识使然。支持师陀

---

[1] 唐弢认为由于"改变了悲剧结局,客观上又不免减少了他(笔者注:陈世德)的罪孽,他的恶孽反而不如原来写法的深重了"。唐弢似乎不太满意小说结局的安排。见唐弢《致师陀信(1984年3月12日)》,刘增杰老师提供。而叶兆言则认为:"师陀的《无望村馆主》,尤其结尾部分,新版和旧版相比,完全是神来之笔,显然比旧作增色许多。"见叶兆言《围城里的笑声》,《收获》2004年第4期。

[2] 师陀:《〈无望村的馆主〉序言》,写于1981年7月21日(据师陀手稿,该文由刘增杰老师提供)。

对该小说进行全面修改的一个重要理念是作家对作品人物的感情与看法发生了变化（当然，这与作家对主流意识形态的自觉认同不无关联），师陀曾谈及修改缘起："由于我是憎恨一切地主的，百合花最后讲三从四德，要埋进陈家的老坟，这就冲淡了读者对陈世德（地主的一种代表人物）的憎恶，我把她改为离婚，嫁给她私塾的以前同学，学新知识，准备日后到外面做事。"① 比起原作"开明本"，新版"福建本"更强调作品的社会认识价值与教育价值。胡乔木指出："这部书对于认识中国近代地主社会有一定的价值。"②

综观"福建本"对"开明本"的修改，主要有以下几方面。

首先，叙述者的身份发生了变化。"开明本"小说叙述者的身份相当模糊，"小引"中只是偶尔提及"这正是腊月末，我准备回到家里和我的父亲过年。""福建本"中，叙述者的身份较为清晰，个性更为鲜明。在"小引"及"跋"中增添了大量的篇幅叙述自己的家境和身份。通过叙述者的讲述，读者被告知："今年暑假我大学毕业了。爱国心不许我做官。……幸亏顺德府有个中学校长是我的前辈同学，他原来聘定的一位国文教员要去做官，临时来到北京来母校求救，才找到了我。我总算没有失业。"值得注意的是叙述者对自己家庭出身的详尽交代："我们家并不富裕，只有十来亩地，七八间破茅草房"，"我父亲是清朝最后一榜的秀才"，"思想却开通得很！"这些笔墨让人联想到20世纪70年代的政治思想汇报。在此，叙述者"我"无非是想极力表达自己清白的政治出身与进步的阶级意识，故事通过具备这样身份的人讲述，不但赋予叙述者的叙事可靠性，也保证了叙事立场的正当合法性。由于叙述者获得了进步的阶级立场，因而"福建本"对"开明本"涉及对普通大众或劳动人民的批判性描写进行了全部修改。"开明本"第二节谈到无望村的人们对陈世德母亲的逢迎，叙述者评论道："请想想'她是有福的！'说这话的人多么阿谀，多么卑贱！""福建本"改成"说这话的人多么会奉承！"前者流露出作者忧愤深广的国民性批判的锋芒，而后者相对温和。"开明本"第二节叙述幼小的陈世德在无望村到处被欢迎和阿谀的情形："他是当真像一个小王子一样，到处被接纳，到处被阿谀；年老的人把他当成他们的主人，少妇们

---

① 《师陀致刘增杰信》，载《师陀全集》（8），河南大学出版社2004年版，第19页。
② 胡乔木：《序新版〈无望村的馆主〉》，《人民日报》1984年9月5日。

希望她们将来有这样一个儿子,少女们都有一种特别感情,她们自己也说不出为什么,她们对待他像对待一个小情人一样特别关心。"这段描写在"福建本"中全部删除,被置换成这样辩解式的叙述:"他们不敢不欢迎,不敢不奉承,纵然他们心里恨死了三千两,也不敢得罪他的宝贝儿子。假使他们胆敢,那就不仅要被赶出吴王村,甚至要被弄得家破人亡。""开明本"对孕育并导致陈世德堕落的文化环境进行了客观的揭示,"我"在相对超然的叙述中寄了了深刻的文化批判与浓厚的文化反思。当然,这种对文化环境及国民性的批判,在新中国建立以后的历史语境中,有可能冒着为腐朽地主阶级开脱罪责的嫌疑,作者把丑化及贬抑普通民众的句子、段落删除,强化了阶级压迫和阶级对立的主题,这是新社会劳动人民当家作主的历史语境使然,也是历次政治运动对作者思想改造的一个见证。①

其次,人物形象的改变。"福建本"除以上论及的对百合花性格、命运结局作了彻底修改之外,对小说主要人物陈世德也进行了较大的修改。"开明本"小引中是这样描述陈世德的:

> 现在我已经能将这人看清楚,他的疲弱的手上和腿上,他的像蜡一样黄一样透明的脸上,尤其是鼻子两边有着很厚的泥垢,正像油坊的烧火夫,它们完全把他蒙蔽起来了。他的手和腿是说不出的龌龊,并且是龟裂的,上面裂来许多小口,淡黄色的血水正从里面沁出来。……他的耳朵跟贝壳一样可爱。

作者对陈世德的描写较为客观、冷静,这里展示给读者的是一个曾经在"温柔乡"里"四体不勤"如今已沦为乞丐的浪子形象,甚至外貌上也不乏可爱之处。而"福建本"的描写则充满激愤之情,厌恶之感强烈地透射出来:

> 现在我看清楚了。原来这个人没有鼻子,脸上、脖子上、腿上生出许多像赤豆样的东西,从里面分泌出黄水,外加身上散发出来的腥

---

① 师陀20世纪60年代末在一篇思想汇报中深刻检讨了"自己过去不认真自我改造,写出了大量毒草,给国家和人民造成了无可计量的损害。从'文化大革命'后,靠革命群众的帮助,认识了自己的罪行。我下决心争取彻底改造自己",见《师陀全集》(8),河南大学出版社2004年版,第467页。

臭，闻着简直教人恶心想吐。他显然害着极严重的梅毒，他的鼻子是烂掉的。

与"开明本"相比，这里站在读者面前的是一个浑身散发着恶臭的梅毒患者。苏珊·桑塔格指出，"梅毒不仅被看作是一种可怕的疾病，而且是一种羞耻的，粗俗的疾病"①。任何疾病都蕴含着一种附加上去的超越疾病本身的文化语码，从"病"的隐喻看来，梅毒指涉着淫物、卑贱与丑露，也指涉着梅毒作为原罪的丑恶本性。当师陀把"梅毒"之病"强加"给陈世德时，潜在地表达了师陀对于人物一种强烈的伦理批判倾向。就此而论，师陀"福建本"对陈世德罪恶的鞭挞比"开明本"要有力得多，并不是如唐弢先生所言减轻了人物的罪恶。

"开明本"中的陈世德性格较为复杂，"福建本"则相对单薄。"开明本"中当陈世德得知新婚的妻子百合花是自己曾经怂恿满天飞强暴过的女子之后，对百合花充满矛盾情感，"陈世德倘使要休弃他的太太，没有人能够阻止，他自然能够办到。可怕的是他的太太生的是出众的美丽。这美丽吸引着他，它使他从心底里痛苦，不知道是否应该放手。"陈世德一方面喜欢太太的姿色，百合花的所谓"缺陷"又使他懊恼。当陈世德荡尽所有的家产，把五十亩的卖地契约交给胡大海时，疲倦、空虚的陈世德走进了凄凉、静寂的坟园，他回想起自己多年来的所作所为："眼泪渐渐的涌满了他的眼睛，温暖的从他脸上滚下去了。"此时的陈世德内心充满痛苦忧伤甚至带有一丝忏悔。"福建本"把这些充满人道主义的温情之笔全部删去。全文改动较大的是陈世德与百合花相会的一段情节，这里许多研究者对此都做过精到的论述。然而，许多研究者未曾注意的是："开明本"更强调对人物命运的悲悯情怀——不管是对罪恶的制造者陈世德，还是对悲苦命运的承担者百合花。"开明本"有这样一段话，"福建本"全删去了："现在连司命老人也可怜陈世德，也向他发慈悲了。'哭罢，现在哭罢！'他热心的在陈世德心里怂恿着说。'眼泪是一种宝贵东西，它能够将分散的胶合起来，将仇敌化为朋友，使无辜的人感到幸福。'"从个人生命的独特体验出发，师陀不能不对地主阶级的破落抱有黯然神伤的同情与哀悼，他讲道："我出身于破落地主家庭，我的祖父由富农上升

---

① [美]苏珊·桑塔格：《疾病的隐喻》，穆魏译，上海译文出版社2008年版，第54页。

为地主。家庭上的破落，完全是由于父亲讲兄弟友爱，不善于经营。"①不管出于何种原因的破落，"破落"本身足以激起感同身受的挽歌情怀。这种悲情显然与共和国文学的主流意识形态不相协调，因而，师陀把诸如此类的情节删除也很自然。作为在"文化大革命"期间受到极大冲击的作家，师陀甚至到了"文化大革命"结束之后的70年代末，对国家意识形态及主流政治的认同仍较为积极，在一本书的序言中，他心存感激地指出："作为一个旧知识分子，我深深感谢解放，是它挽救了我；是它使我的生活安定；是它使我有机会学习马列主义和毛主席的著作，投身各种运动，改造思想。"②师陀在新中国成立后实际的生活状况是否安定暂且不论，③不管是思想上自觉的认同还是被动的改造，作家对其作品的修改为后人留下窥其文学创作规范、审美原则、思想演变或隐或显的痕迹。"开明本"对宝善堂的陨落与衰败寄寓着人生无常、世事难料的命运叹息，对陈世德沦为乞丐的结局在悲悯中夹杂着善恶报应的伦理批判。原文的结尾部分有这样一段议论："这个无望村的王子的骄纵和残暴已经得到他应得的报偿，正像我们后来看见的，司命老人失望之后便不再搅扰他的安静，他把他的英雄交给时间判断。""这些全是意想不到的结果；这种结果，当初陈世德的祖先们在尽量购买田地的时候可曾想到过吗？……他们自然都不曾想到，然而这些事情现在全实现了。"这里回荡着繁华不再、人生无常、世事如烟的命运感慨，这些极富感情色彩的叙事干预从宝善堂沉落的具体层面上升到人类生存的形而上层面，使具形的社会文化批判提升到对人本处境的形而上思考。这正应和着"开明"本小引最后的评论："然而岁月过去了，这些都成了使人惆怅的幻梦。……这好像是一种对于人生的嘲笑，所有的金钱、名誉、骄傲、尊贵、华丽全成空虚。"在"福建本"中，此类的叙事干预已经删去，笼罩着整个文本的是对陈世德罪恶的无情鞭挞与道德堕落的有力控诉。

早在40年代初，戏剧家柯灵就改编了师陀的《无望村的馆主》，取

---

① 《师陀致刘增杰信》，载《师陀全集》（8），河南大学出版社2004年版，第21页。
② 师陀：《从我的旧笔记而想起的及其他（代序）》，《山川·历史·人物》，上海文艺出版社1979年版。
③ 胡乔木于1987年2月3日致时任中共上海市委副秘书长谭大同的信中，要求对老作家师陀的困难宜尽快设法解决。师陀至少两次向胡乔木谈起住房狭小的问题，在一次谈话中"希望能帮助解决全家三代仅有住房两间的迫切困难，以便继续写作"，后又写信"再次要求增配一套房子"。该信收入《胡乔木谈文学艺术》，人民出版社1999年版，第344—345页。

名为《末路王孙》,《末路王孙》保留了小说原作舒缓恬淡的叙述方式和朴实生动的人物对白,将原有的故事情节处理得更为明晰紧凑。出于电影这一艺术门类面对普通观众的通俗要求,"末路王孙"的题名改编更为简洁明了,这一题名也体现了改编者对主人公陈世德命运的独特思考——对陈世德曾经富有、如今失落的悲悯。1986年这个剧本收入《柯灵电影剧本选续编》时,柯灵有意再次改动了题目,他谈到了修改的缘起:"'王孙'一词,自然是借用,但'末路王孙'的现成题名,却很容易使人联想起杜甫的《哀王孙》,有可能误解是为地主少爷唱挽歌,现在收入这未经掇制的脚本,并改名《浪子行》。"① 这段自述颇耐人寻味,从40年代的《末路王孙》到80年代《浪子行》的题目演变,潜隐着作家为地主阶级唱挽歌的心理焦虑。作为改编者到了80年代对题目命名尚且如此咬文嚼字、顾虑重重,而原作者师陀对该小说内容的大量修改也就容易理解了。

与"开明本"相比,"福建本"更强调对传统封建伦理道德的批判,这主要体现于对百合花形象的修改。"开明本"中百合花还是一个忍辱顺从、受"三从四德"熏染的弱女子,她甚至乞求能留在宝善堂里做丫头,对堕落的陈世德一直心存希望,"她唯一的希望是将来他能来一趟,她愿意死后能埋葬在姓陈的地里。"而"福建本"中百合花却是一个知书达理、处事干练、阅读进步书刊《新青年》的知识女性。师陀本人也极为清楚对百合花的过多同情所带来的人物性格塑造的改变,修改过程中,他不时为人物性格作一些多余的辩解。这些辩解可以与"开明本"作互文式的对照阅读,"福建本"第"十二"节写道:"她所以求陈世德让她当宝善堂的丫头,与其说是为了服从'三从四德',其实倒是因为回梦喜圩娘家太难堪。既然非回去不可,她也明白陈世德讲的有一天会来接她回去是一句空话;况且即使不是空话,她想起陈世德的为人就恶心,想起宝善堂就恶心,坚决不回那个教人呕吐的人家去了。"这里与"开明本"形成鲜明的对比,百合花对陈家已没有丝毫的留恋。"福建本"把百合花修改成一个具有鲜明阶级意识的新女性,师陀甚至让百合花用改造过的佛家观念质问剥削阶级的不合理:"出家人以慈悲为本,总是佛家的信念。地主们眼看着自己的佃户挨饿,我且问你:这合不合乎'慈悲'?"为了达到

---

① 柯灵:《银海浮沉录》,《柯灵文集》(二),文汇出版社2001年版,第56—57页。

对封建制度的伦理批判和道德解构,"福建本"有时直接让叙事者站出来评论,三千两死后,陈家匆忙地为陈世德准备婚礼,"福建本"中增加了这样的评述:"所谓'父母死后三年不同房';只不过是骗人的鬼话,否则三千两刚死,家里人就不会急急忙忙给陈世德成亲了。"

为了强调阶级对立的模式,"福建本"在处理陈世德与其他女性的关系上,也做了较大修改。"开明本"在凸显陈世德猎艳能力的同时,也写出了乡下女人对陈世德的羡慕乃至主动的"诱惑","在这里你可以看出那个少妇如何感到光荣,她放荡的向你们——其实仅仅向他,向陈世德笑,眼睛里焕发着活动着一种光彩,一种淫欲。"叙事者明显表现出对乡下少妇的批判,而"福建本"则把这种"相好"关系处理成陈世德对她们的强暴,"佃户人家中凡是年轻的、有几分姿色的妇女,尤其是姑娘,大半都被陈世德强奸过。"这里师陀增添的描述无疑强化了陈世德的"罪大恶极",也强化了地主与佃户之间的阶级分野所造成的二元对立的小说人物关系模式。最明显的修改莫过于陈世德与缀子之间的关系,"开明本"中缀子是陈世德的相好,是佃户的女儿,缀子以与陈世德相好为荣。而"福建本"中缀子的身份也做了修改——她是破落寨的赌棍的女儿,她遭受陈世德的蹂躏并被奸猾的父亲怂恿,缀子成了一个被侮辱被损害的典型。

此外,"福建本"在语言上也作了许多修改。有的是由于时代变革对于称呼的演变,比如把"先生"改为"教师","婢女"改为"丫头","太太"改为"少奶奶"等。相对于"开明本","福建本"有意采用了大量的方言、俚语及行话。作者可能担心广大读者对这些具有鲜明地方色彩的语言和专业术语难以理解,采用在页下加注的方式详加说明、解释。关于这一方面的注释,"福建本"有三十多处。比如对小说中运用的北方方言(主要是河南方言)及俗语"陪送"、"二婚头"、"填房"等在页下都有详细的注释;对民间传统戏曲演出的专业术语诸如"打炮戏"、"道引"、"身金"等也加注阐释。师陀在语言方面的修改固然是对当时流行的文艺大众化写作模式的认同,也有出于丰富文学语言表达的自觉。在给沙汀的一封信中,师陀深有感触地说:"希望你多加注脚。白话文用语不够丰富,需要方言土语俚语市话。"[①]"福建本"语言上这方面的修改,使

---

① 《师陀致沙汀信》,载《师陀全集》(8),河南大学出版社2004年版,第44页。

小说更具浓郁的生活实感和鲜明的地方色彩。胡乔木对此颇为赞赏："作者做了不少的修改，并对一些为现在的青年读者和南方读者不易了解的故事和词语作了很多注释"，"以新的面貌出现在读书界，我以为是值得高兴的。"①

以上对师陀《无望村的馆主》两个版本进行了简要的对照与描述，从中可以看到师陀80年代"福建本"对40年代"开明本"增删修改的许多关节，法国当代著名的文学批评家塔迪埃在谈到作家对创作手稿删节的类型学时指出："被删除的内容之间存在着有机的联系；只有那些重要的删节才能从某种意义上不约而同地使文本面目一新，使情节面目一新。"② 师陀80年代的修改可以说构成了塔迪埃所谓的"重要的删节"，两个版本（也可视作两个文本）尽管在同样的故事框架内演绎着宝善堂一家三代的命运变迁，但由于两个文本所产生的写作空间的文化语境不同及作家心态的变化，使两个文本在人物形象、主题意蕴、叙述个性、结构技巧诸方面均发生了悄悄的位移与深刻的变化——文本与情节面目一新的变化。一部作品的不同版本在一定层面上构成了一部"文学作品的传记"材料，从不同版本的历时性变迁中，不但可以探寻国家意识形态话语及整个文化语境是如何渗透于作家具体的创作与修改中，同时也可以发掘这些具体的版本或文本是如何呈现或潜隐着作家的思想情感、创作规范和审美原则，对于深化中国现当代文学研究具有重要意义。

---

① 胡乔木：《序新版〈无望村的馆主〉》，《人民日报》1984年9月5日。
② ［法］让-伊夫·塔迪埃：《20世纪的文学批评》，史忠义译，百花文艺出版社1998年版，第321页。

五　1917—1927：中国现代文学批评理论资源的引进

中国现代文学发轫于中外文化的碰撞及交流之中，考辨中国现代文学批评及文学研究的理论资源便不可忽视外国文艺批评理论输入这一背景。五四更是一个吸纳新潮、脱离陈套的时代，中国文学亟须吸收异域的营养以更新自己的血液。正是出于这种求变、求新的焦灼与期待，不但外国文学作品的翻译空前高涨，而且外国文艺理论、文艺思潮也纷纷输入。仅仅十年之间，"西欧两世纪所经过了的文学上的种种动向，都在中国很匆促地而又很杂乱地出现过来。"① 大量的对于外国文艺批评理论的翻译与介绍不但催生了中国现代意义上的文学批评，而且也影响了中国现代文学批评实践与文学研究，同时为此后中国现代文学批评众声喧哗的多元格局奠定了基础。

五四初期中国文坛之所以大量译介西方的文学理论及文学批评是基于这样的心态：他们深感于中国太缺乏文学批评。要在中国兴起文学批评的热潮，必须从译介外国文学批评开始。较早介绍西方批评理论的胡愈之与胡梦华就代表了这种普遍的心态。胡愈之指出："'文学批评'这一个名词，在西洋已经有过几千年的历史了，可是我们中国还是第一次说及。中国人本来缺少批评的精神，所以那种批评文学在我国竟完全没有了。我国文学思想很少进步，多半许是这缘故。"② 胡愈之把文学批评看作是文学创作的向导，认为没有了文学批评就如同船没有了舵。胡梦华认为西洋文学批评自亚里士多德以降，代有闻人。而中国有的只是刘勰、钟嵘之类的评点之学，"诗文杂评亦多散载于私家笔记论著；但求其有系统之批评，

---

① 郑伯奇：《〈中国新文学大系·小说三集导论〉》，载《中国新文学大系》（小说三集），上海良友图书印刷公司1935年版。

② 胡愈之：《文学批评——其意义及方法》，《东方杂志》18卷1号，1921年。

著为长篇阔论者,不可多观。"① 不论是胡愈之还是胡梦华,他们均是深感中国文学批评的不发达、不系统而竭力介绍西洋文学批评的。五四后第一个十年对外国文学理论的翻译与介绍其眼光是宏阔的,不但有对日本、欧美文艺思想文艺理论的介绍,而且俄罗斯及欧洲其他一些弱小民族的文艺理论也尽量吸纳。

《中国新文学大系》对欧美文学理论的介绍占了较大的比重,既有文学流派、文艺思潮的引进,也有文学史及文学原理的论述及翻译。从《中国新文学大系·史料索引》所提供的"专著"目录可知,关于文学史方面的论著有周作人的《欧洲文学史》、蒋方震的《欧洲文艺复兴史》、陈衡哲的《文艺复兴小史》、谢六逸的《西洋小说发达史》、郑次川的《欧美近代小说史》、李璜的《法国文学史》、袁昌英的《法兰西文学》、王维克的《法国文学史》、张传普的《德国文学史大纲》及王希和的《意大利文学》等。但从学术史的眼光观之,这种写作与编纂对以后的中国新文学史写作不能不产生一定的影响并提供可资借鉴的材料。更为可贵的是对文学史写作方法的理论自觉,在20年代初已经开始,黄仲苏翻译的法国文学史家巨斯大佛·郎宋(G. Lanson)的《文学史方法》于1924年在《少年中国》第4卷10期、11期连载。该文在译介说明里指出郎宋的文学批评"一方推索客观的理智,一方又重视主观的印象,方法严密,态度谦恭"。尽管黄仲苏强调译该文的目的在于国人"有志于整理国故,或研究外国文学者,大可借鉴",但它作为一种文学史的写作方法对此后的新文学史编纂也提供了理论借鉴。郎宋认为文学史写作有三大困难:其一,文学史写作既不能保留太多个人的主观但又不能完全摒弃主观;其二,在普遍的事实里努力追寻研究对象的独特性;其三,要把研究对象的个性放在历史发展的程序上,视作环境的产物。郎宋一再强调在文学史写作中,在不排斥个人主观印象主义批评的基础上,应努力加以控制与限制。"我们要知道怎样的保持印象主义,只须辨别他,估量他,控制他,限制他,这便是引用印象主义的四个条件。要言之,切勿以'了解'与'感觉'相混乱。"② 从根本上来说,郎宋的文学史写作观念极为看重书目考据与客观实证的方法,"我们既需要真确的思想,我们不得不求证据,

---

① 胡梦华:《文艺批评概论》,《东方杂志》21卷4号,1924年。
② [法] G. Lanson:《文学史方法》,黄仲苏译,《少年中国》4卷10期,1924年。

不得不加审查。"① 应该说，郎宋的文学史写作方法的探讨现在看来也有其内在的合理性与科学性，其重视考据与实证的写作理念与中国传统的乾嘉学派多有契合之处。

　　对于欧美文学原理和文学流派、文学思潮介绍的论著主要有王希和的《西洋诗学浅说》与《诗学原理》，黄忏华的《近代文艺思潮》，郁达夫的《文学概说》，潘梓年的《文学概论》，傅东华的《文学常识》，周全平的《文艺批评浅说》，潘大道的《诗论》，郁达夫的《小说论》及《戏剧论》等等。② 除了介绍的文字之外，也有一些直接翻译的原著，傅东华翻译的亚里士多德的《诗学》和美国批评家蒲克的《社会的文学批评论》、景昌极和钱堃新翻译温彻斯特（Winchester）的《文学评论之原理》、胡愈之等译述的《文学批评与批评家》等等。除了这些专著之外，在当时的报刊上大量登载关于欧美文学理论的文章更是数不胜数。大量的欧美文学理论的介绍与翻译，一方面使中国现代批评界对文学艺术的根本观念、基本性质及文艺的本源与社会功能有一个通透的了解，为中国现代文学批评实践提供了可资借鉴的理论，对于中国现代文学批评格局的奠定与范式的建立产生影响。

　　对于不同批评理论的介绍与翻译是和对批评家的介绍同步进行的。因此，欧美的代表不同批评流派的许多批评家都被介绍过来。郭沫若对英国近代的批评大家瓦特·裴德（Walter Pater，1839－1894）的批评理论较为认同，称他是"承阿诺德的鉴赏批评的滥觞，开王尔德唯美主义的先河"的"广义的文化批评家"。③ 郭沫若指出裴德的批评最重感觉的要素而轻视知识的要素，以满足感受性的程度作为批评的尺度，以赋予快乐分量的多寡判定作品的价值。同时郭沫若又把代表裴德审美批评的论著《文艺复兴论》的序论部分翻译出来，以便人们对裴德的审美批评观及批评方法有一个概观的了解。梁实秋虽然对英国文学批评家喀赖尔（Carlyle）的批评方法与批评原则并不完全首肯，他还是详细地介绍了喀赖尔的批评观。梁实秋指出："喀赖尔认定文学批评有三个方法：（一）解说

---

① ［法］G. Lanson：《文学史方法》，黄仲苏译，《少年中国》4卷11期，1924年。
② 参见阿英编选《中国新文学大系·史料索引》专著编目，上海良友图书印刷公司1936年版。
③ 郭沫若：《瓦特·裴德的批评论》，《文艺论集》，人民文学出版社1979年版，第132—133页。

的方法；（二）传记的方法；（三）历史的方法。"① 梁实秋进而对这三种方法进行了细致的解释与论述，认为"解说"的方法是批评家在从事批评时以品味为标准的"同情"了解的态度；而"传记"的方法即是研究作家的人格与生平；"历史"的方法则须研究作家的环境与时代。值得注意的是，梁实秋在介绍喀赖尔的文学批评观的同时也阐述了自己的文学批评观："批评家须要的不是普遍的同情，而是公正的判断。批评的任务不是作文学作品的注解，而是作品价值的估定"，"纯正的批评方法，乃是严谨的判断。"② 华林一用较大的篇幅介绍了安诺德的文学批评理论，他的《安诺德文学批评原理》③ 的长文分别介绍了安诺德的文学批评态度、文学批评的功用及原则、文学批评的方法等。安诺德把文学批评的价值看作与文学创作一样重要，认为文学批评并非求得绝对的真理，而只是走在通向真理的路上。文学批评的规则在于"不志乎利"的不偏不私、特立独行的批评态度。华林一又介绍了安诺德对文学批评的划分方法即"裁判法"、"印象法"、"历史法"，指出安诺德本人在批评实践中往往三种方法并用，而没有专注于任何一种方法，他批评的方法是"以个人批评的能力为中心，加以相当之学问，再拿别的大批评家的言论，来作参考，自由的批评文学价值的高下。"④ 陈嘏对欧洲著名的文艺批评家布兰兑斯（今译勃兰兑斯）也作了系统的介绍，他译述的《布兰兑斯》一文收入《东方杂志》创刊20周年纪念刊物《文学批评与批评家》一书中，该书1924年4月由商务印书馆发行。陈嘏从五个方面分别介绍了布兰兑斯文学批评的实绩及在现代欧洲文坛的地位，重点介绍了他的批评巨著《十九世纪文学思想之主潮》。

在介绍欧美富有影响的文学批评家工作中，《小说月报》是最得力的刊物，"海外文坛消息"及后来"现代文坛杂话"这些栏目的开辟无疑拓展了关注外国文学的空间，也提供了透视海外批评家批评方法的视角。莫尔顿、法朗士、圣佩韦、波特来耳等批评家不同的批评理念与批评方法一并介绍过来，中国新文学倡导者及翻译家们实质上是把西方历时的、甚至不同地域的各个流派的批评观念饥不择食地吸收过来，并置在一个共时

---

① 梁实秋：《浪漫的与古典的·文学的纪律》，人民文学出版社1988年版，第56页。
② 同上。
③ 载《东方杂志》19卷23号，1922年。
④ 华林一：《安诺德文学批评原理》，《东方杂志》19卷23号，1922年。

的、现代批评匮乏的中国语境之下，因而所造成的驳杂与矛盾是可以想见的。如对于法朗士的印象主义批评周作人情有独钟，而梁实秋、成仿吾却多有批评与不满。但正是驳杂与矛盾孕育了多元化的现代文学批评格局。

　　胡愈之、胡梦华等人对外国的文学批评理论介绍较早。胡愈之在其《文学批评——其意义及方法》一文中，详细考辨了文学批评的概念。他把文学批评分作两种，一种是"文学的"批评，一种是"文学"的批评。他认为"文学批评乃指讨论文学趣味或艺术性质的批评而言"[1]，而把那些哲学的、政治的、科学的批评都不算作纯正的文学批评。在回顾西洋文学批评历史的基础上进行批评方法的归类与划分。他根据莫尔顿的分类法，把近代批评分作归纳的批评、推理的批评、判断的批评、自由式主观的批评四种。并详细论述了每一种批评方法在批评实践中的具体操作。胡梦华的《文艺批评概论》首先对西洋诸家的文艺批评观念进行了梳理，进而对文艺批评的意义、目的与方法作了较深入的探究。总的看，胡梦华更赞同阿诺德"不含功利思想"的批评观及独立自由的批评态度。他把西洋文学批评方法分为考订的、历史的、比较的、解释的、训诲的、唯美的六种方法[2]。

　　值得一提的是华林一对西方批评流派的介绍与翻译。他先后发表了《表现主义的文学批评论》[3]、《印象主义的文学批评论》[4]、《判断主义的文学批评论》[5]三篇长文分别论述了每一种批评流派的批评观念及方法。《表现主义的文学批评论》是对斯滨加（J. E. Spingarn）《新的文学批评》一文的翻译，华林一非常看重斯滨加的批评理论，他认为"中国文学批评，尚极幼稚，吾人苟欲图谋发达，自当以西洋对于此方面之研究为参考；而最足以资吾之参考者，吾以为非亚里斯多德之《诗学》，乃最近之表现主义的文学批评论也。故予介绍西洋文学批评原理，自斯滨加始。"[6]这篇长文分上下两部分，上篇主要对西洋文学批评的历史作了简要回顾，并论列了法朗士、布轮退耳（Brunetiere）、蒲伯（Pope）等不同的批评观

---

[1]　胡愈之：《文学批评——其意义及方法》，《东方杂志》18卷1号，1923年。
[2]　胡梦华：《文艺批评概论》，《东方杂志》21卷4号，1924年。
[3]　载《东方杂志》23卷8号，1926年。
[4]　载《东方杂志》25卷2号，1928年。
[5]　载《东方杂志》25卷7号，1928年。
[6]　华林一：《〈表现主义的文学批评论〉附识》，《东方杂志》23卷8号，1926年。

念。下篇则重点对表现主义的批评进行翔实的论述，认为表现的原理及把文学视为表现的观念由来已久，表现主义的文学观念其特征就是反叛，打破一切旧日的规则、文学种类的分别；打破道德的判断及对作品民族、时代、环境的批评；打破文学进化的观念，视创作与鉴赏合为一物，没有分别。《印象主义的文学批评论》一文，是对法朗士《论人生与文学》一书序文的翻译。在这篇文章中法朗士阐明了作为印象主义批评家的态度与主张。法朗士认为我们知道事物，是因为事物给我们的印象，只要影像就足够了，完全没有证明客观性的必要，并进而指出"客观的文学批评，和客观的艺术一样，没有存在的余地，妄信不把一己的人格放到他们的著作里边的人，简直是自欺。"[1] 在法朗士看来，文学批评是鉴赏者在作品中"灵魂的冒险"，通过谈论作品来谈论自己，强调个人的体验与直觉。印象主义批评与中国传统的鉴赏方式实有内在的契合之处，因而也受到许多中国现代批评家的认同。周作人在五四时期可谓是印象主义批评的代表，30年代由李健吾发展到极致。《判断主义的文学批评论》是华林一翻译白璧德的《近世法国文学批评大家》一书的结论。白璧德是美国新人文主义的代表人物，在文学批评上强调批评的标准与以理节情的主张，与强调主观体悟的印象主义批评相反。白璧德心目中理想的批评家是具有精深的观察力的人，认为鉴赏是少数人的事情，"不应当以平常一般的人为衡量一切事物的标准，因为这是把天生和努力的分子都忽略了"[2]。白璧德的文学批评观明显带有"天才论"倾向与贵族气息，这在一定程度上也影响了他的中国学生梁实秋。

翻译和介绍外国文学批评理论系统的是傅东华。他翻译的美国著名批评家蒲克（Gertrude Buck）的《社会的文学批评论》，1925年在《小说月报》上连载，该论著共有四章。第一章"批评学说之一团纷纠"、第二章"比较宏大的批评说"、第三章"批评的标准"、第四章"批评家的职务"，分别刊登在《小说月报》16卷6号、7号、10号及11号上。除此之外，邓演存译英国批评家黑德生（W. H. Hudson）的《研究文学的方法》也是较有分量的批评理论文章，在《小说月报》14卷1号、2号、3号及5号连载。这些批评方法的系统介绍作为一种理论资源，无疑会潜在

---

[1] 华林一：《印象主义的文学批评论》，《东方杂志》25卷2号，1928年。
[2] 华林一：《判断主义的文学批评论》，《东方杂志》25卷7号，1928年。

地影响中国现代文学批评的走势。

以上所介绍的是欧美文艺理论、文学批评在中国现代文学第一个十年的输入概况。我们再看一看对日本及俄罗斯文学理论的译介情况。

五四时期对日本文学理论的介绍与翻译也占了相当的比重，甚至有不少俄罗斯及弱小民族的文学理论也是由日文转译而来。这与五四前后中国大部分出国留学生的赴日学习有关，再加上日本明治维新之后的文学界极力与世界进步文艺思想潮流保持一致，这不但为中国留学生提供了接触日本文学的机会，也激发了中国文艺界学习日本勇于接受世界文艺新潮的精神，从而以此来消除中国文化思想界固守传统的恶习。对日本文学理论的译介论著有：谢六逸的《日本文学》、罗迪先译厨川白村的《近代文学十讲》、樊仲云译厨川白村的《文艺思潮论》及鲁迅、丰子恺分别译介的厨川白村的《苦闷的象征》、汪馥泉译本间久雄的《新文学概论》等。① 冯雪峰最初对俄罗斯文学理论的介绍也是经日文转译来的，他翻译的《新俄文学的曙光期》及《新俄的演剧运动与跳舞》都是日本作者升曙梦的译本。

对俄罗斯文学理论的翻译介绍，还有任国桢译的《苏俄的文艺论战》、谢普青译的《托尔斯泰学说》以及蒋光慈、瞿秋白合著的《俄罗斯文学》。郑振铎的《俄国文学史略》最初在《小说月报》上连载，后由商务印书馆出版。《小说月报》12卷号外是"俄国文学研究"专号，不但广泛介绍了近代俄罗斯文学的30位作家的创作概论，还刊登了一些文艺理论与文学批评的译介文章，如郭绍虞的《俄国美论与其文艺》、张闻天的《托尔斯泰的艺术观》、沈泽民译克鲁泡特金的《俄国的批评文学》等。周作人称赞俄罗斯文学所表现的思想"正是现在世界上，最美丽最要紧的思想"，② 之所以称之为"美丽"与"要紧"是因为俄国文学理论中极力强调文学与社会人生及现实斗争的密切关系。郭绍虞在其《俄国美论与其文艺》中对别林斯基、车尔尼雪夫斯基及杜勃罗留波夫的现实主义文学理论作了初步介绍。认为别林斯基"艺术观念比较的近于醇正"，"由纯艺术的赞美者一变而为写实主义的宣传者"；指出车尔尼雪夫

---

① 参见阿英编选《中国新文学大系·史料索引》，上海良友图书印刷公司1936年版，第361页。

② 周作人译：《陀思妥耶夫斯奇之小说》，《新青年》第4卷第1期，1918年1月。

斯基的"美论即是筑于写实的基石上面"。① 耿济之1921年翻译出版了托尔斯泰的《艺术论》,他看重的仍然是托尔斯泰关于艺术与人生关系的深刻探讨。的确,托尔斯泰《艺术论》中有关艺术与人生关系的论述对中国新文学理论的建设起过不可忽视的积极作用,尤其是对以后的"人生派"批评家的现实主义批评观念的形成产生了更为直接的影响。

总之,五四后,在新文学的第一个十年里,通过外国文学理论的译介,使中国新文学界不但了解到外国作家关于文艺的基本理论、根本职能的论述,对外国文学发展与流变有了进一步认识和把握,而且为中国新文学批评家突破传统的文艺理论框架,加强同世界进步文艺思潮的联系,促进中国现代文学批评范式的形成,作了理论上的准备。

---

① 郭绍虞:《俄国美论与其文艺》,《小说月报》第12卷号外,1921年9月。

六　1917—1927：中国现代诗学理论的崛起

新文学运动首先从诗歌这一文体打开了缺口，新诗的创作是五四新文学的开路先锋。中国现代诗学理论的崛起正是伴随着对中国新诗的形式探索逐步完成的。

（一）白话自由诗理论的探讨

早在1915年，留学美国的胡适就在一首诗里表达了他的诗歌的基本主张："诗国革命何自始？要须作诗如作文"；随后的刘半农在《我之文学改良观》中竭力主张"今后当以白话诗为正体"。这些最初的中国新诗理论的探讨均是从诗歌的形式问题开始的，与当时以白话代替文言、言文合一的文学革命主张相呼应。他们把新诗作为整个文学革命最重要的一翼来看待，把白话诗推上了诗歌的正宗地位。

在新诗革命之初，主要是强调诗歌语言的变革，即以白话来代替文言。其实，倘若仅仅由白话取代文言，若不解放诗体不破除旧形式给诗歌造成的束缚，白话诗就不可能得到进一步的发展，"言文一致"的主张很难落到实处。新诗革命之初，胡适、沈尹默、俞平伯诸人的诗歌创作不同程度地存留着旧诗的痕迹，即胡适所谓的"旧时代的血腥气"，当时还鲜有人彻底主张白话诗应该向着自由诗方向发展。钱玄同的《〈尝试集〉序》可称得上是对白话自由体诗所作的最早的理论支持。他从语言的音与形的关系之演变阐明新诗的"尝试"是中国诗歌领域用今语传达今人情感的先导，并且指出胡适的《人力车夫》《老鸦》等诗都是"长短无定"的极自然的句调。但总体上钱玄同还是强调语言文字的改革，阐述提倡白话文学的必要与可能，显示其提倡白话文学的自信心。

随着新诗的不断涌现,新诗的创作实绩也促使初期新诗的理论批评由破坏逐步转入建设。胡适在《谈新诗》中明确指出:"新文学的语言是白话的,新文学的文体是自由的,是不拘律的","形式上的束缚,使精神不能自由发展,使良好的内容不能充分表现。若想有一种新内容和新精神,不能不先打破那些束缚精神的枷锁镣铐"①。胡适把中国的新诗运动称为"诗体的大解放",并断言律诗不能容纳丰富的材料,绝句决不能写出精密的观察,七言五言决不能委婉传达高深的理想与复杂的感情。康白情对新诗的形式也做了积极的探讨,他指出:"新诗在诗里既所以图形式底解放,那么旧诗里所有的陈腐规矩,都要一律打破。最戕贼人性的是格律,那么首先要打破的就是格律。"并进而指出"新诗和旧诗,是从形式上分别的"②。也许康白情单从形式上来分别新诗与旧诗的提法不无偏颇之处,但对新诗摆脱旧体诗词的形式束缚,趋向质朴而不尚雕琢的自由诗具有重要意义。在极力主张诗的形式应当自由方面,郭沫若无论在诗歌创作实践还是理论上均做了更为积极有益的探索,《女神》的出版无疑奠定了中国现代自由诗的一座高峰。郭沫若曾致信给宗白华自述其对新诗形式的看法:"我也是最厌恶形式的人,素来也不十分讲究他。我所著的一些东西,只不过尽我一时的冲动,随便地乱跳舞的罢了。"③郭沫若认为诗的创作贵在生命与情绪的自然流露,不应当掺以丝毫的矫揉造作,这是新诗的生命力之所在。"诗的本职专在抒情。抒情的文字便不采诗形,也不失其诗。"④一句话,只要能便于抒发感情与表达情绪,诗形对于郭沫若来讲只处于次要的地位了。可见专注于诗歌的抒情职能,郭沫若在诗学理论上才大胆地强调形式方面"主张绝端的自由,绝端的自主"⑤。

五四时期对自由诗理论的探讨分两个层面,其一是如上所论及的以胡适、康白情等为代表对无韵自由诗的大力提倡,另外以宗白华、李思纯为代表强调诗歌音节自然的和谐。宗白华的《新诗略谈》就如何创作新诗的问题,从训练诗艺的途径与诗人人格的养成两方面发表了自己的看法。他是这样为诗下定义的:"用一种美的文字……音律的绘画的文字……表

---

① 胡适:《谈新诗》,《星期评论》1919年10月10日。
② 康白情:《新诗底我见》,《少年中国》1卷9期,1920年3月。
③ 田寿昌、宗白华、郭沫若:《三叶集》,上海亚东图书馆1920年版,第45页。
④ 同上书,第46页。
⑤ 同上书,第49页。

写人底情绪中的意境"。① 在宗白华看来，诗由"形"与"质"构成，"形"即诗歌选用的恰当的文字（音节和词句），"质"即诗歌表达的意境（诗人的思想情绪）。文学有"音节的作用"、"绘画的作用"，新诗的创造就是要用自然优美的音节、谐和适当的词句抒写天真的诗意与诗境。在此，宗白华注意到诗歌应当具有音乐的美，这对其后的"格律诗"论也有一定的影响，闻一多的"三美"主张把这一点发挥得更为系统与深入。李思纯对宗白华的观点有所呼应，他在《诗体革新之形式及我的意见》一文中明确表示了对新诗创作现状的不满。他列举新诗创造的单调、形式上的幼稚，对音节的过分漠视等艺术上的根本缺点，指出"新诗的音节，固然可以不必像旧诗那样铿锵，但自然的音节帮助他的适当之美的音节，却不可不要的"②。并主张从欧洲及中国古代诗词中吸取营养，以矫正新诗当初的弊病，创造"深博美妙复杂的新诗"。李思纯对新诗音节的重视与宗白华对自然音节的强调如出一辙，这些问题恰恰是新诗发展中值得重视的问题。俞平伯早在1919年就阐明了他对白话新诗的音节的重视，他认为"现在句末虽不定用韵，而句中音节，自必力求和谐。否则做出诗来，岂不成了一首短篇的散文吗？"③ 俞平伯把音节谐适作为白话诗的必备条件之一，认为做白话诗的人对于声气音调顿挫之类应当认真考求，万不可随便动笔。就连一味强调形式绝端自由自主的郭沫若也并没有完全舍弃诗歌音节的自然和谐，郭沫若认为尽管自由诗破坏一切的旧形式，但"于自然流露之中，也自有他自然的谐乐，自然的画意存在，因为情绪自身本是具有音乐与绘画之二作用故。"④

刘半农对中国现代新诗诗体的革新功莫大焉。他是最先提出诗体革新的诗人。他在比较了英诗和法国诗歌在音韵上的区别后，极为推崇英国的无韵诗，认为新诗要发展，就必须破除戒律。他大胆地提出了"破坏旧韵，重造新韵"，以及从"输入"、"自造"两条途径"增多诗体"的观点，并进而提出"于有韵之诗外，别增无韵之诗"⑤ 的主张。关于"自造"这一路径，是更多地吸取民歌的养料以催生新诗的萌发，刘半农的

---

① 宗白华：《新诗略谈》，《少年中国》1卷8期，1920年2月。
② 李思纯：《诗体革新之形式及我的意见》，《少年中国》2卷6期，1920年12月。
③ 俞平伯：《白话诗的三大条件》，《新青年》6卷3号，1919年3月。
④ 田寿昌、宗白华、郭沫若：《三叶集》，上海亚东图书馆1920年版，第47页。
⑤ 刘半农：《我之文学改良观》，《新青年》3卷3号，1917年5月。

《瓦釜集》就是采用民歌及江阴方言创作而成。"输入"主要是借鉴外国诗歌的有益成分以丰富诗歌的创作,也正如周作人所言要"真心地先去模仿别人。随后自能从模仿中,蜕化出独创的文学来"。①

尽管胡适、康白情等极力倡导无韵自由诗,但他们并没有完全忽略音节这一诗歌构成的重要因素。只不过不再像旧诗词那样过分强调平仄以及句脚用韵而已。胡适在《谈新诗》中指出了人们对新诗音节方面的偏见:"现在攻击新诗的人,多说新诗没有音节。不幸有一些做诗的人也以为新诗可以不注意音节。这都是错的。"② 新诗人应该讲究自然的音节。"诗的音节全靠两个重要分子:一是语气的自然节奏,二是每句内部所用字的自然和谐","至于句末的韵脚,句中的平仄,都是不重要的事。"③ 根据这一观点,胡适认为沈尹默的《三弦》在音节运用上"可算是新诗中一首最完全的诗",④ 指出《三弦》是用双声叠韵的方法造成和谐的。他对周作人的《小河》一诗也大加称赞:"周作人君的《小河》虽然无韵,但是读来自然有很好的声调,不觉得是一首无韵诗。"⑤ 康白情虽然在诗体形式探索方面偏重于无韵自由诗,但他并非一概不重视音节的自然和谐。他认为"诗要写,不要做;因为做足以伤自然的美。不要打扮,而要整理;因为整理足以助自然的美。做的是失之太过,不整理的是失之不及。新诗本不尚音,但整理一两个音就可以增自然的美,就不妨整理整理他。"⑥ 应该说,他们对新诗音节所进行的有益的探讨为日后格律诗派的音节理论打下初步的基础。

(二)"格律诗派"的诗学主张

对新诗形式作系统、深入研究并取得显著实绩的是现代"格律诗派"。该派在理论批评上有较高成就的是"新月"社成员,他们主要以

---

① 周作人:《日本近三十年小说之发达》,《新青年》5卷1号,1918年7月。
② 胡适:《谈新诗》,《星期评论》1919年10月10日。
③ 同上。
④ 同上。
⑤ 同上。
⑥ 康白情:《新诗底我见》,《少年中国》1卷9期,1920年3月。

《晨报·诗镌》为阵地掀起了一场旨在纠正自由体诗情感放纵、形式芜杂之弊端的新诗形式运动。闻一多的《诗的格律》是现代格律诗派的理论集大成者。当然，早在闻一多之前，已经有人在这一方面实验了。朱自清在《中国新文学大系·诗集导言》中指出"第一个有意实验种种体制，想创新格律的，是陆志伟氏。"1923年7月陆志伟出版了诗集《渡河》，该诗集中就有许多字数划一的诗。他的《我的诗的躯壳》就是为自己诗集《渡河》作的序言。在该文中他认为诗的躯壳就是诗的形式，希腊人的理想是美的灵魂藏在美的躯壳里，诗歌也是如此。他注意从中国古典诗歌形式中汲取营养，认为"自由诗有一极大的危险，就是丧失节奏的本意。"没有节奏，必不是好诗。他认为节奏千万不可少，押韵并非可怕的事。他自述其做诗"我做无韵的诗要比有韵的诗格外留意几分。好几次写成了自由诗，愈读愈不能自信，又把它们改写为有节有韵的诗。"这表明了陆志伟对新诗形式的重视与格律诗创作的自觉努力。刘梦苇对五四初期的白话自由诗的忽视艺术锤炼也多有不满："有人说诗是自由的，平民的，人道主义的。他们自由得连裤子都不想穿。"① 刘梦苇认为，要促使新诗的进步，必须建设一种诗的原理和批评的工作。新诗要有真实的情感，丰富的想象，美丽的形式及音节、词句。饶孟侃对新诗的音节也极为看重，认为一首诗需要有两件东西，"一件是我们能够理会出的意义，再一件是我们叫得出的声音。"② 新诗的创作除了题材上的新的试验外，也是音节的冒险。他对初期新诗的创作实绩不太满意，认为一般写诗的专门讲求字面上的堆砌，对于音节却没有相当的自觉。饶孟侃所谈的诗的音节，包括格调、韵脚、节奏和平仄诸问题。格调是讲每段的格式要调和、均匀，其用意与闻一多所谈句的匀称相类似，这与胡适、康白情诸君所谈的只重视音节的自然和谐是有区别的。

闻一多的《诗的格律》代表了"格律诗派"的主要诗学主张。饶孟侃《论诗的音节》主要从诗的听觉方面着眼，较早谈到诗的音乐美的宗白华也是从诗的听觉方面探讨诗的音节问题。闻一多把这些探讨又推进了一步，指出"诗的实力不独包括音乐的美（音节），绘画的美（词藻），并且还有建筑的美（节的匀称和句的均齐）。"③ 闻一多的这一提法概括了

---

① 刘梦苇：《中国新诗的昨今明》，《晨报副刊》1925年12月10日。
② 饶孟侃：《新诗的音节》，《晨报副刊·诗镌》1926年4月22日。
③ 闻一多：《诗的格律》，《晨报·诗刊》1926年5月13日。

诗的听觉及视觉两个方面。闻一多认为诗的音乐性是产生诗的节奏的重要条件，诗之所以能激发人们的情感与节奏的功能密切相关。初期白话诗人大都强调语言本身的自然节奏，认为节奏取决于情感的变化。而闻一多则认为节奏也来源于相应的格律，甚至认为"节奏即是格律"。他主张格律对于诗歌来说是绝对必要的，诗人应戴着格律的镣铐跳舞，即按照诗的格律的要求来创造诗歌。在此，闻一多主张的"戴着格律的镣铐跳舞"与郭沫若的"随便地乱跳舞"形成鲜明的对照与极大的反差。应该说，闻一多的诗学理念是有意对白话自由诗过分自由的一种纠偏。他对"格律"这一概念作了具体的阐述，指出格律既属于视觉方面的，又属于听觉方面的。闻一多提出"绘画的美"主要强调辞藻的重要性。所谓"建筑的美"也就是指"节的匀称和句的均齐"，他认为旧的律诗可能也有建筑美，但永远只有一个格式，而新诗的格式层出不穷，诗人可以随意创造，故而具有"精神和形体调和的美"。他特别提倡每行有四个音尺构成，其中必有两个"三字尺"的格式，并断言此种格式可使新诗进入一个新的时期。

（三）"纯诗"理论的探索

当中国现代格律派诗人乐意戴着镣铐跳舞去实现闻一多"三美"主张的时候，创造社后期年轻一代的诗人穆木天、王独清等却借着法国象征主义诗歌的精神开始了他们"纯诗"的探索，这些探索无疑丰富了中国现代诗学理论，对于中国现代新诗的创作与新诗理论批评的多元化具有重要意义。

"纯诗"这一现代诗学概念是穆木天首先提出来的。他在寄给郭沫若的一封信中谈道："我们的要求是'纯粹诗歌'。我们的要求是诗与散文的纯粹分界。我们的要求是'诗的世界'。"[1] 他所要求的"纯粹诗歌"其实就是象征主义的诗歌，他所要求的"诗的世界"就是超现实的先验世界，表现人的内在生活即心灵律动的象征主义的诗歌世界。倘若说"格律诗派"的诗歌探索主要偏重于诗歌的形式之美的话，而穆木天的"纯诗"的理论则更关注诗歌内容的朦胧与暗示。他指出"诗的世界是潜

---

[1] 穆木天：《谈诗》，《创造月刊》1卷1期，1926年3月。

在意识的世界。诗是要有大的暗示能。诗的世界固在平常的生活中,但在平常生活的深处。诗是要暗示出人的内生命的深秘。诗是要暗示的,诗最忌说明的","诗越不明白越好。明白是概念的世界,诗是最忌概念的。"①穆木天认为新诗要有统一性和持续性。一首诗所反映的思想、心情要统一,不能散漫无章;它因为是内生命的真实象征,而内生命是有序而持续不断的,因而诗的象征也应有序而持续不断。

与此同时,作为对穆木天《谈诗》观点的赞同与支持,王独清的《再谈诗》一文重申了象征主义诗歌理论的主张。他指出"常人认为'朦胧'的,诗人可以看出'明了'来。这样以异于常人的趣味制出的诗,才是'纯粹的体'。"②与穆木天强调暗示一样,王独清也把诗意的朦胧作为作诗的"趣味"所在,以此体现象征诗的美学原则。穆木天认为诗最忌说明,王独清比他更为激越,认为"不但诗是最忌说明,诗人也是最忌求人了解!求人了解的诗人,只是一种迎合妇孺的卖唱者,不能算是纯粹的诗人!若果诗人底诗篇引动了民众底鼓掌,那只是民众偶然能相当的了解诗人底诗篇,却并不是诗人故意求民众了解。"③无论是穆木天的强调诗歌的暗示还是王独清执着于诗歌的朦胧不求别人了解,这都是对丰富诗歌艺术内在表现力的可贵追求,同时也是对五四初期浅白直露、缺乏艺术表现的诗歌的反叛与纠正。

当穆木天、王独清孜孜以求地建构自己的"纯诗"理论时,已经早有人在努力实践并取得了较大的成绩,这即是象征派诗人李金发的《微雨》及《食客与凶年》的出版。作为象征派的代表诗人,李金发同样主张诗歌应当具有"朦胧之美"④。钟敬文对李金发诗歌的朦胧与晦涩是颇有感触的,他"觉得虽每一篇作品,重读过两三次,还是不能大懂,可也不知为何的,只是愿意拜读,绝不生出一点憎恶来。"⑤他明确指出李金发的诗是受法国象征派诗人魏尔伦的影响,认为李金发的诗"不在于明白的语言的宣告,而在于浑然的情调的传染。"⑥钟敬文虽然觉得象征

---

① 穆木天:《谈诗》,《创造月刊》1卷1期,1926年3月。
② 王独清:《再谈诗》,《创造月刊》1卷1期,1926年3月。
③ 同上。
④ 李金发:《艺术与诗的将来》,《美育》第3期,1929年10月。
⑤ 钟敬文:《李金发的诗》,《一般》1卷4期,1926年12月5日。
⑥ 同上。

诗不太好懂,但他却认为这样的诗是表现力极强的作品,在冷漠枯寂的文艺界里,能引起人深切的关注。

周作人也对新诗的"朦胧"与"象征"作了一些有意义的探求,他早期的诗歌《小河》就明显带有象征的色彩。周作人在为刘半农的《扬鞭集》写的序文中谈到了他对新诗艺术手法的看法:"新诗的手法我不很佩服白描,也不喜欢唠叨的叙事,不必说唠叨的说理,我只认抒情是诗的本分,而写法则觉得所谓'兴'最有意思,用新名词来讲或可以说是象征。"① 这里周作人所谈到的白描、唠叨的叙事与说理正是初期白话诗的主要表现手法。他是想以含蓄蕴藉的象征来纠正白话诗过于浅白直露的毛病。周作人认为中国新诗的"正当的道路恐怕还是浪漫主义——凡诗差不多无不是浪漫主义的,而象征实在是其精意。这是外国的新潮流,同时也是中国的旧手法;新诗如往这一路去,融合便可成功,真正的中国新诗也就可以产生出来了。"② 应该说,穆木天、周作人等对象征派"纯诗"理论的探索在一定程度上也反映了人们迫切要求新诗艺术进步的普遍愿望。新诗运动之初,李思纯就指出:"神秘的象征的作品,固然太少,便是罗曼的作品,也不多见,质言之,新诗的创造,还免不了单调两个字。"③ "纯诗"理论的探讨的确打破了中国新诗单调的格局,使中国新诗沿着多元化的方向发展,这对于三四十年代的诗歌创造与诗歌理论批评实践也具有深远的影响。

---

① 周作人:《扬鞭集·序》,《语丝》第 82 期,1926 年 6 月。
② 同上。
③ 李思纯:《诗体革新之形式及我的意见》,《少年中国》2 卷 6 期,1920 年 12 月。

七 1917—1927：现代文学批评范式的初步确立

随着西方文学批评理论的大量译介，五四以后的文学批评很快形成了以周作人、沈雁冰、成仿吾、梁实秋为代表的各具特色的批评范型与批评风格，初步确立了中国现代批评的范式，这对于现代文学批评实践与文学研究起了重要作用。

（一）周作人："自己园地"的"趣味说"

五四时期周作人在融合外国文学批评与继承我国古典文学批评方法的基础上，形成了自己独特的批评个性和批评风格。其文学理论与批评的核心是坚持文学是个人思想与情趣的表现，主张创作自由与批评的宽容原则并尊重读者与批评家个人的趣味。周作人的这一批评个性主要体现在1923年结集出版的文学论集《自己的园地》中。所谓"自己的园地"意在倡明作家独特的人格品性在创作中的自然流露与体现，人生艺术的要点在于"以个人为主人，表现情思而成艺术，即为其生活之一部，初不为福利他人而作，而他人接触这艺术，得到一种共鸣与感兴"。[1] 正是因为周作人把文学看作是个性的表现，文学创作是纯属"自己的园地"，那么强调文艺批评的宽容原则也就顺理成章了。周作人认为"文艺的生命是自由不是平等，是分离不是合并，所以宽容是文艺发达的必要的条件。"[2] 宽容就是不滥用权威去阻遏他人的自由发展。周作人文艺批评宽容原则的

---

[1] 周作人：《自己的园地·雨天的书》，人民文学出版社1988年版，第8页。
[2] 同上书，第9页。

提出不但对旧文学压迫新文学是一种针砭，而且对于新文坛出现的党同伐异之风也是一种警醒。的确，周作人在批评实践中也真正做到了宽容的原则。当郁达夫的《沉沦》受到守旧文人"淫浮"的指摘与"不道德"的训斥，是周作人首先站出来为《沉沦》辩护；当汪静之的爱情诗集《蕙的风》被批评界视为有"不道德的嫌疑"，周作人却从"人性"与"现代性爱"观念的角度赞扬其对诗坛解放的贡献。

周作人同样把文学批评视作"自己的园地"，尊重读者与批评家个人的爱好和"趣味"。他评论他所喜爱的作品常常将自己的主观体验与性格浸润其中，极讲究个人的主观印象与体悟。在这一方面，周作人似乎更多地与注重个人感觉与顿悟的中国传统文学批评相连，同时又汲取了西方印象主义的一些观点，把二者有机地结合起来形成独具特色的文学批评观。周作人认为："真的文艺批评，本身便应是一篇文艺，写出作者对于某一作品的印象与鉴赏，决不是偏于理智的论断。"[①] 他特别赞赏法国印象主义批评家法朗士的名言："好的批评家便是一个记述他的心灵在杰作之间冒险的人。"基于以上的观点，周作人对"趣味"的强调就不难理解了。他认为"趣味"是一切文学鉴赏批评的基础，无论是读者还是批评家总是凭自己的个人"趣味"去评论作品，"趣味"因人而异，随时而变，没有固定的统一的兴趣。因此也不可能有永久不易的条文作评定文艺好坏的标准，不能以自己的"趣味"去痛骂异己的"趣味"。

作为现代中国文学理论批评的先驱之一，周作人的重主观体验与印象感悟的批评观影响了五四文学批评的基本趋向，在当时普遍西化的历史背景下，他所遵循的现代与传统有机结合的批评理路具有不可忽视的意义。

（二）沈雁冰："为人生"的现实主义批评原则

在现代文学批评史上，沈雁冰的批评实绩是有目共睹的。在批评旧文学"载道"与"游戏消遣"的同时，"文学为人生"、"指导人生"的观念是他一以贯之的标准，也是他考察新文学作家与作品得失成败的尺度。

[①] 《文艺批评杂话》，收入《自己的园地·雨天的书》，河北教育出版社 2002 年版，第 119、123 页。

茅盾明确提出"文学是为表现人生而作的。文学家所欲表现的人生，决不是一人一家的人生，乃是一社会一民族的人生。"① 正是出于这样的文学观念，沈雁冰在评论具体作家的作品时，极重视作品时代背景的真实描绘和作家对时代生活的认识程度。

在评价许地山的小说《换巢鸾凤》时沈雁冰谈道："这篇小说，是广东一个县的实在的事情。所叙的情节，都带有极浓厚的地方的色彩（Local Color）。广东的人一看就觉着他的'真'。"② 他批评中国当时文坛缺乏写实的毛病，认为鲁迅先生的几篇创作才是"真"气扑鼻。他认为《阿Q正传》对于辛亥革命的描绘"正是一幅极忠实的写照，极准确的依着当时的印象写出来的。"③ 茅盾在评论郁达夫的小说《沉沦》时指出小说成功的原因在于"主人翁的性格，描写得很是真，始终如一。"④

沈雁冰一再强调并看重文学对社会生活的真实描写与反映，是与他信奉的丹纳的艺术哲学与左拉的自然主义学说分不开的。丹纳所主张的决定文学形成的三要素即种族、环境与时代的因素，沈雁冰更为重视的是环境与时代。他认为"真的文学也只是反映时代的文学"，"表现社会生活的文学是真文学，是与人类有关系的文学，在被迫害的国里更应该注意这社会背景"。他指出创作家最重大的职务，不但要描写社会的真实背景，而且要"隐隐指出未来的希望，把新理想新信仰灌到人心中"，"应该把光明的路指导给烦闷者，使新理想重复在他们心中震荡起来。"⑤ 也即是说，文学不但要含有对黑暗社会的暴露，还必须显现对于未来光明的向往与追求。他之所以称赞鲁迅小说《故乡》的结尾，是因为"作者对于将来却不曾绝望"，对于未来的"新生活"寄予了理想与盼望。

沈雁冰是一个深受社会历史批评方法影响的批评家，但他同样重视艺术审美的标准。在沈雁冰看来，好的文艺作品至少当以下列数条为原则来判定："（一）文字的组织愈精密愈好。（二）描写的方法愈'独创'愈好。（三）人物的个性和背景的空气愈显明愈好。"⑥ 他所列出的这三条鉴

---

① 载《东方杂志》17卷1号，1920年1月10日。
② 茅盾：《落花生小说〈换巢鸾凤〉附注》，《小说月报》12卷5号，1921年5月10日。
③ 茅盾：《对〈沉沦〉和〈阿Q正传〉的讨论——复谭国棠》，《小说月报》13卷2号，1922年2月10日。
④ 茅盾：《读〈呐喊〉》，《文学周报》第91期，1923年10月8日。
⑤ 茅盾：《创作的前途》，《小说月报》12卷7号，1921年7月10日。
⑥ 茅盾：《杂谈》，《时事新报·文学旬刊》第65期，1923年2月21日。

赏文艺作品的标准几乎都是侧重于艺术审美的角度。

作为一个目光宏阔的文学批评家,沈雁冰重视社会—历史的现实主义批评原则对五四以后的文学批评产生了一定影响,尤其是他所开创的"作家论"这一批评文体常被他以后的文学批评家与文学研究者所借鉴。

(三)成仿吾:从"表现说"到"社会—审美"的"反省的批评"

成仿吾是五四后不可忽视的文艺批评家,在创造社诸作家中,成仿吾的理论与实践代表了这一文学团体的批评实绩。从1922年12月《创造季刊》1卷3期上发表的《学者的态度》开始算起,不过短短四年的时间,他写下了大量的批评文章。有的侧重对文学理论及文学批评本体论的探讨,有的侧重对具体作家作品的评论。

一般研究者都把成仿吾看成是主张"自我表现"的批评家。成仿吾认为一个文艺批评家在从事文艺批评的时候,"他只是用了全部的生命在做'文艺的活动',所以文艺以外的问题,他决不会想起","真的文艺批评家,他是在做文艺的活动。他把自己表现出来,就可以成为完全信用的文艺批评。"[①] 然而,他又坚决反对印象主义批评所恪守的批评是"灵魂在杰作内的奇遇"的信条,认为"我们的批评家应当屏绝不合理的独断与浅薄的印象,而追求更真实的基础以至于无穷。"在另一篇文章中,他又大谈新文学的使命,"我想我们的新文学,至少应当有以下的三种使命:(1)对于时代的使命。(2)对于国语的使命。(3)文学本身的使命"。在此,他的"表现说"早已注入了社会功利性的因子。他激昂地宣称:"文学是时代的良心,文学家便应当是良心的战士。"[②] 就在同一篇文章中,当他谈起文学自身时认为"除去一切功利的打算,专求文章的全(Perfection)与美(Beauty)有值得我们终身从事的价值之可能性。""我们要追求文学的全!我们要实现文学的美!"成仿吾似乎有意弥合文学的审美品格与社会功利性之间的缝隙,力求建立一种"社会—审美"的理

---

① 成仿吾:《批评与批评家》,《创造周报》第52号,1924年5月。
② 成仿吾:《新文学之使命》,《创造周报》第2号,1923年5月。

论批评范式。到了 1926 年初,当他用康德的理论阐释文学批评的"主观"与"客观"时,重新调整了他以前的"表现说"。"从批评的作用上说起来,它的目的决不止于表现自己,它并含有要求一般人承认的性质。我们对于仅仅表现自己的文学,只能称为感想。所以普遍妥当性实是批评的生命,所谓客观的不外是普遍妥当的别称。"① 这说明他已经开始告别早期的"表现说",向以后所倡导并主宰新文学文坛的时代的阶级的审美标准靠拢。

成仿吾的文学批评从"表现说"发展到"社会—审美"批评,再到转换方向后的"全部的批判",这与他本人所一贯倡导的"反省的批评"原则密切相关。他认为正当而积极的富有建设性的批评,不但要有建设的意识,还"要常为自我的批评","批评的工作是在对象中的不断的反省,自我批评是在反省中的反省,我们可以称它为再反省。没有这种再反省的批评决不能是正确,对于真理的阐明相去尤远。"② 这种反省的观念的确造成了他批评理论的驳杂与矛盾,但这种反省的努力是为了达到一个普遍妥当性的结果,以求得一个科学的统一的标准。在 1927 年出版的文艺论文集《〈使命〉序》中,他仍然坚持"文艺批评为一种再反省的努力,而关于文艺批评的考究是第三次的反省","这种追求便是我所谓建设的努力。我相信由这种努力可以解决文艺批评上种种纷纠的议论。"③ 一个批评家真要达到这种"不断反省"的"建设的努力"的确不太容易。在成仿吾看来,"批评家要有十分的学识,要有十二分的同情,要能超越一切的偏见。"要真正做到批评委实不易,一是"要有十分的感触力,来捉住作品所描写的现象";一是"要有十分的想象力,来构成一个具体的整个。"④ 只有这样,批评家与作者才能并肩而立,一同面对作品这一建筑大厦。成仿吾对郭沫若的《残春》的批评,就体现了他的批评的"同情"这一观念。他的分析与批评在一定程度上对郭沫若带有意识流倾向的创作方法给予了学理上的支持,这对于繁荣新文艺创作手法的多样性具有理论上与实践上的意义。

---

① 成仿吾:《文艺批评杂论》,《创造周刊》1 卷 1 期,1926 年 1 月。
② 成仿吾:《建设的批评论》,《创造周报》第 43 号,1924 年 3 月 9 日。
③ 成仿吾:《〈使命〉序》,《使命》,创造出版社 1927 年版。
④ 成仿吾:《批评与同情》,《创造周报》第 13 号,1923 年 8 月。

(四) 梁实秋：执着于"常态人性"
标准的新人文主义批评

把"人性"作为文学批评的核心及出发点，并非梁实秋的独创，这不过是吸收了他的美国老师白璧德的观念而已。在新人文主义大师白璧德看来，人性是善恶并存的，人性中永远存在着欲念与理智的冲突，放纵的欲念导致恶，只有在理智控制与引导下的欲念才会向善。白璧德对西方非理性主义思潮极为警惕，对弗洛伊德的学说更是大加拒斥，他反复强调以理性的节制维护普遍与固定的人性，健全伦理道德观念。这种思想表现在文学观上，便是对放纵情感的浪漫主义的不满，自觉地向新人文主义的滥觞古典主义认同。

应该说，梁实秋对新人文主义的接纳吸收与中国儒家传统文化的伦理观念密切相关。传统儒家的"克己复礼"与新人文主义的"以理制欲"的观念有相契合之处，他用传统儒家的中庸观念来阐释亚里士多德的《诗学》，指出亚里士多德的"悲剧之用在求情感之排泄，盖亦求情感之中庸；悲剧英雄不应全善全恶，盖亦求性格之中庸。在亚里士多德全部的批评精神，我们可以看出中庸的精神无往而不在。"[1] 梁实秋反复称道的中庸即是为了强调文学创作与文学批评中理性的重要性，只有理性的节制方可传达健全而常态的人性。

基于以上对理性的重视，梁实秋对重视主观体验的印象批评多有指责。他认为中国文学批评大半即是"灵魂的冒险"，很少有人把文学批评当做一种学问去潜心研究，没有一个客观的标准来衡论文学的根据，全凭个人兴趣与印象，多是谀颂或谩骂的"读后感"之类。他援引阿诺德倾向于古典主义的批评观以矫正鉴赏式批评的弊病，认为"凡不以固定普遍之标准为批评的根据者，皆不得谓为公允之批评。"[2] 梁氏指出只有发扬阿诺德"无所为而为"的超然静观的批评精神，才有可能达到客观的

---

[1] 梁实秋：《亚里士多德的〈诗学〉》，《浪漫的与古典的·文学的纪律》，人民文学出版社1988年版，第76页。

[2] 梁实秋：《文学批评辨》，《浪漫的古典的·文学的纪律》，人民文学出版社1988年版，第101页。

判断的批评。梁实秋也同样反对科学的批评，"文学批评根本的不是事实的归纳，而是伦理的选择，不是统计的研究，而是价值的估定。"① 因此，他认为作家传记研究、作品与作家关系这些归纳考据的工作不是纯正的文学批评，文学批评的任务在确定作品的价值，而不在说明文学作品的内容与外界的关系。他认为以"心理分析"为文学批评的方法是假科学的批评的最下乘。他对丹纳所开创的"社会的文学批评"也多有批判，认为文学批评绝不要仿效这一方法。

梁实秋紧紧站在常态人性标准的价值立场上，把普遍的人性作为一切伟大作品的基础，把文学批评也看成是对至善至美的人性的叙说，正是过分执着于自身的理论基点，使梁实秋缺乏对印象主义批评、社会学及心理学批评应有的宽容与理解。当然，梁氏的新人文主义批评观对印象主义浮泛的针砭、对社会学庸俗化倾向的指责与"泛性心理"分析的批评都是切中要害、击中时弊的。

通过对以上各具特色的四大批评家的考察，可以看出中国现代批评范式已见雏形并逐步确立。周作人的"趣味说"是对法朗士印象主义批评的吸纳以及对中国传统文学批评的创造性转化，这一批评范式被30年代京派批评家李健吾发挥到极致。沈雁冰所奠定的社会历史的批评方法一直是此后中国现代文学占主导地位的批评范型。梁实秋站在常态人性标准之上的新人文主义批评提供了以理节情、超然静观的批评范式，与以上两种批评范型构成了互补。成仿吾身为创造社具有代表性的批评家，他对批评理论的发展可视为创造社前后批评理念变化的写照与缩影，同时又是"左翼"文学批评家批评方法的先导。以上四大家所奠定的批评范型表征着中国现代批评范式的确立，为以后中国现代文学批评的成熟打下了基础。

---

① 梁实秋：《文学批评辨》，《梁实秋全集》（第一卷），鹭江出版社2002年版，第123页。

八　在研究方法的更新中拓展与深化
——京派小说研究述评

对京派作为一个文学流派的研究，应该说是始于20世纪80年代，虽然"京派"在30年代初的京海派论争中早已被人熟识。当然，对京派的单个作家如沈从文、废名等的研究与评论起步较早，几乎是与作家的创作同步进行的。

在此，我主要梳理80年代以后关于京派小说的研究概况。

（一）京派的界定

对于京派研究，研究者首先需要面对的是京派的边界问题，也即京派的作家队伍和京派与中国现代文学史上起止时间问题。

早在1980年，京派理论家朱光潜就以历史见证人的角度回忆道："他（沈从文——笔者注）编《大公报·文艺副刊》，我编商务印书馆的《文学杂志》，把北京的一些文人纠集在一起，占据了这两个文艺阵地，因此博得了所谓'京派文人'的称呼。"[1] 朱光潜主要从这两个刊物的集结力谈论京派文人的。姚雪垠也曾回忆说："当时住在北平的有两位作家威望很高，人们称做'京派作家'。老一代的作家以周作人为代表"，"年轻一代的'京派'代表是沈从文同志"。[2]

吴福辉对京派的研究起步较早，他的《中国现代讽刺小说的初步成熟》[3] 论述了"左联"青年作家和京派作家的讽刺艺术，对京派的活动时间与作家队伍有初步的探讨，行文中他显然把老舍也视为京派的一员。吴

---

[1] 朱光潜：《从沈从文先生的人格看他的文艺风格》，《花城》1980年第5期。
[2] 姚雪垠：《学习追求五十年》（一），《新文学史料》1980年第3期。
[3] 该文载《北京大学学报》（哲学社会科学版）1982年第6期。

福辉在随后的《京派小说选·前言》对京派的历史轮廓与作家成员进行了较早而详尽的勾勒:"'京派'的文学倾向导源于文学研究会滞留在北方而始终没有参加'左联'(包括'北平左联')的分子。显然与'左翼'有社会政治和文学观念的双重分野,又决不与右翼文学认同。逐渐地,清华、北大、燕京等一些大学师生组合成一个松散的群体,先后出版了带有初步流派意识的《骆驼草》、《文学月刊》、《学文月刊》、《水星》等刊物。特别以1933年沈从文执掌主编《大公报·文艺副刊》为流派确立的标志。……1937年5月,朱光潜为商务印书馆主编《文学杂志》。此刊为抗战期间被迫停办,1947年6月复出,京派壁垒更为分明。"①吴文又列举了京派的成员:"即便持一种狭义的观点,以《大公报·文艺副刊》、《文学杂志》周围聚集起来的作家为主来加以认定,也便有小说家:沈从文、凌叔华、废名、芦焚、林徽因、萧乾、汪曾祺;散文家:沈从文、废名、何其芳、李广田、芦焚、萧乾;诗人:冯至、卞之琳、林庚、何其芳、林徽因、孙毓棠、梁宗岱;戏剧家:李健吾;理论批评家:刘西渭(李健吾)、梁宗岱、李长之、朱光潜等。"②吴福辉只是以狭义的观点谨慎地开列了京派作家的名单(名单中没有老舍,吴及时订正了自己的观点),这些名单的开列还是较为符合历史事实的,此后的许多研究者也基本承袭着这一说法。

戴光中选编的《大学名士的清谈——"京派"作品选·前言》所开列的京派作家成员与吴福辉的提法大体相近,但京派起止时间与吴文略有不同,戴光中认为"'京派'起自1930年5月《骆驼草》创刊,终于1937年8月《文学杂志》停刊。"③更为不同的是,戴光中把曹禺的《日出》、《原野》收入了他所编选的京派作品中,很显然把曹禺也拉进了京派的队伍。应该说,曹禺与京派主要作家的交往极少而写作旨趣也大不相同。戴光中之所以把曹禺也列入京派的成员,大概是出于如此的考虑,曹禺的《日出》于1937年在沈从文主持下,荣获《大公报》文艺奖,这是三个奖项中的其中一项,另两项分别是何其芳的《画梦录》、芦焚的《谷》,这次评奖进一步扩大了京派的影响。

---

① 吴福辉:《京派小说选·前言》,载《京派小说选》,人民文学出版社1990年版。
② 同上。
③ 戴光中编:《大学名士的清谈——"京派"作品选·前言》,《大学名士的清谈——"京派"作品选》,华东师范大学出版社1994年版。

严家炎在1985年发表的《中国现代小说流派史漫笔》① 中开列了包括京派小说在内的十个小说流派,他认为京派小说以沈从文、凌叔华、废名、萧乾等为代表,40年代的汪曾祺也被视作京派的传人。80年代末,他又从小说流派发展史的角度详尽探寻了京派小说,他指出"京派成员有三部分人:一是20年代末期语丝社分化后留下的偏重讲性灵、趣味的作家,像周作人、废名(冯文炳)、俞平伯,二是新月社留下的或与《新月》月刊关系较密切的一部分作家,像梁实秋、凌叔华、沈从文、孙大雨、梁宗岱;三是清华、北大等校的其他师生,包括一些当时开始崭露头角的青年作者,像朱光潜、李健吾、何其芳、李广田、卞之琳、萧乾、李长之等。"② 严家炎较为明晰地梳理了京派作家的成员,与其他研究者相比,第一次较为翔实地考辨了京派的源流,他从1933年至1934年中国文坛上发生的"京派"与"海派"的论争谈起,通过大量翔实的历史材料论证京派是文学史上的一种客观存在。值得注意的是,严家炎针对京派研究问题提出应避免的两种不良倾向:"第一是不要不承认事实","第二是不要任意夸大京派的队伍"。③ 就现有的研究视之,目前研究者大都认为京派作为一个文学流派的历史存在,而任意夸大京派队伍的现象倒是一个常见的事实。

香港的文学史研究家司马长风认为京派作家"包括闻一多、沈从文、老舍、周作人、巴金、李健吾、朱光潜、朱自清、郑振铎、梁宗岱、梁实秋、冯至、废名、吴组缃、李广田、卞之琳、何其芳、李长之等"。④ 把老舍、巴金、郑振铎、吴组缃、朱自清列入京派就未免太宽泛了些。这种任意夸大京派队伍的研究,在国内现代文学研究界并不鲜见。有研究者认为以老舍为代表的"京味小说"是"京派"文学逐渐演化的结果,是"京派"作家群中的"派中之派"。⑤ 老舍虽然与京派作家有联系,但其文艺思想及创作风格与京派判然有别,把老舍列入京派,实在没有太多学理上的根据。

---

① 该文载《北京大学学报》(哲学社会科学版)1985年第5期。
② 严家炎:《中国现代小说流派史》,人民文学出版社1989年版,第205页。
③ 同上。
④ 司马长风:《中国新文学史·跋》,《中国新文学史》,昭明出版社1978年版。
⑤ 参见殷国明《中国现代文学流派发展史》,广东高等教育出版社1989年版,第378—379页的论述。

90 年代以来着力研究京派的高恒文在前人研究的基础上向京派研究的纵深处开掘,他把京派成员分成两类,一是"'京派'老一辈作家,一方面来自《语丝》分化出来的留在北平的作家,他们于 1930 年 5 月以社刊《骆驼草》作为一个团体出现于文坛;另一方面则是《新月》分化出来的在北平的作家,如闻一多、叶公超、林徽因、梁实秋等。"① 他认为老一辈京派作家主要以《骆驼草》与《学文》为中心,而新一代京派作家则通过两个文学沙龙(一是朱光潜的客厅,二是林徽因的"太太的客厅")沟通了新老两代人的文学观与情感。高恒文在后来出版的专著《京派文人:学院派的风采》对京派文人团体的活动历史有更为详尽的叙述与分析,尤为独到的是他对梁实秋与京派关系的翔实考证与深刻探讨。显然,高恒文认为梁实秋"虽然是一个著名的批评家,但他始终不是'京派'的一员。"② 在京派的终止时间上,高恒文认为 1937 年 8 月以后《文学杂志》的突然停刊,标志着京派的终结,他认为"'京派'是 30 年代北平高等院校那种特殊文化环境中的产物,没有了这种水土及其相宜的环境,就不会有'京派'"。③ 也许高恒文过分看重了北平的特殊文化及其环境,1947 年 6 月《文学杂志》的复刊在吴福辉看来是"京派的再起,而且流派壁垒更加分明"。高恒文却认为是"因为水土并不相适,在新的时代气氛和文化环境中",京派旧梦难圆。正是因为高恒文把京派的终结定为 1937 年《文学杂志》的停列刊,因而 40 年代被一般研究者视为"最后一个京派"的汪曾祺并没有进入高恒文开列的京派队伍之中。倘若从京派文学本身的影响及师承的角度,汪曾祺得益于沈从文确实不少。沈从文在西南联大任教时,汪曾祺是其为数不多的得意的弟子之一,在公开或私下,沈从文都谈到过这一点。在一封私信中沈从文指出"新作家联大方面出了不少,很有几个好的。有个汪曾祺,将来必有大成就。"④ 沈从文在西南联大开过各体文写作、创作实习及中国小说史等课程,汪曾祺选修了沈从文的全部课程,也颇能领会沈从文习作课的精髓,"沈先生经常说的一句话是:'要贴到人物来写'。很多同学不懂他的这句话是什么意

---

① 高恒文:《"京派":备忘与断想》,《文艺理论研究》1995 年第 4 期。
② 高恒文:《京派文人:学院派的风采》,上海教育出版社 2000 年版,第 174 页。
③ 同上。
④ 《沈从文复施蛰存信》,《沈从文全集》第 18 卷,北岳文艺出版社 2002 年版,第 391 页。

思。我以为这是小说学的精髓。"① 多年以后，汪曾祺仍自豪地谈起："沈从文曾把我二年级的作业拿给四年级学生去学去看，他也公开说我是他最得意的学生。"② 把汪曾祺视为京派作家无论从师承关系还是文学创作风格本身都是令人信服的，这也是许多研究者的公论。因而，是否把汪曾祺归为京派不但涉及京派的终结时间问题，同时也关涉到对沈从文、卞之琳等京派作家在西南联大时期的文学活动问题。有研究者就认为西南联大这所特殊时期的特殊学校，是"京派文化的大本营"。③

杨义认为无论是京派还是海派，都没有成立一个稳固的社团，它们的流派特征主要表现在文体特征，以及在以文会友过程中因趣味相投而形成的群体意识上，他认为"京派的成员主要是五四时期的文学社团——文学研究会，语丝社和现代评论社滞留在北京的部分成员，比如周作人、俞平伯、废名（冯文炳）、杨振声、凌叔华、沈从文，以及一批后起之秀如林徽因、萧乾、芦焚（师陀）、何其芳、李广田、卞之琳，以及理论批评家朱光潜、梁宗岱、李健吾（刘西渭）。"④ 杨义认为1947年6月朱光潜主编的《文学杂志》复刊"标志着京派在抗战胜利后的复出。"⑤ 杨义在京派队伍及起止时间上与吴福辉观点大体相似。

周仁政把京派分为前期或后期，他认为京派前期的理论家以周作人为代表，这一看法是循着萧乾的思路而来的，萧乾"始终认为1933年为京派一个分界线。在那之前（也即是巴金、郑振铎、靳以北来之前），京派是以周作人为盟主。"⑥ 周仁政认为后期京派的理论家以朱光潜为代表，他认为京派"这一群体的活动不是以抗战爆发为终结，而是在被迫脱离其特定地域环境后因作家的战争体验而发展和深化。从战前和战后的北方各高校，到战时的西南联大及朱光潜等任教的成都大学、武汉大学等，这一群体在自发肩负起培养文学新人的使命中也不断壮大了自身的力量。"⑦

---

① 汪曾祺：《沈从文先生在西南联大》，《汪曾祺全集》第3卷，北京师范大学出版社1998年版，第465页。
② 《汪曾祺全集》第8卷，第69页。
③ 范培松：《京派文学的再度辉煌》，《钟山》1994年第6期。
④ 杨义：《京派和海派的文化因缘及审美形态》，《海南师范大学学报》1996年第1期。
⑤ 杨义：《京派与海派比较研究》，太白文艺出版社1994年版，第206页。
⑥ 《萧乾致严家炎信（一九八九年十二月十日）》，傅光明编《萧乾文集》第10卷，浙江文艺出版社1998年版，第405页。
⑦ 周仁政：《京派文学与现代文化》，湖南师范大学出版社2002年版，第155页。

他把袁可嘉、穆旦、冯至等都列入了京派队伍，认为他们为京派的后起之秀。

以上简要勾勒了80年代以后研究界对京派成员及京派终止时间的界定。在终止时间上，大体有两种不同的看法，其一是吴福辉为代表，把京派的终结时间定位于1947年《文学杂志》的复刊；其二以高恒文为代表，认为抗战以后，由于京派作家离开了北平特有的文化地域环境，京派就此落下了曾经辉煌的一幕。我个人更倾向于前种看法，京派本身即是一个较为松散的学院派式的文人团体，由于文学观念及审美情趣创作态度的相同或相近，以几个刊物集结在一起，尽管抗战爆发造成了《文学杂志》的停刊，也造成了京派作家群体的分散，但早已形成的创作观念及审美情趣并没有马上改变，而是以各种各样的方式在延续、深入或发展。不必说沈从文在西南联大任教时期所影响及培植的一批文学新人，即便是到了40年代末，京派文人的文学观念及审美情怀仍痴心不改，1948年11月14日天津《大公报·星期文艺》第107期刊登了《今日文学的方向——"方向社"第一次座谈会纪录》，这是京派文人在历史和个人人生都即将面临大转折前夕较为重要的一次聚会，朱光潜、沈从文、废名、常风、冯至等都参与了这次联欢会。无论是朱光潜关于文学与政治关系的发言，还是沈从文关于文学创作不需要自由、不需要红绿灯的思考，都承继着先前的文学理念与创作诉求。不独文学观念上如此，即使是当时的创作实践上，1946年至1948年间，平津文坛出现了一个以"新写作"为标志的文学实验潮流，这潮流的源头可以追溯到沈从文、废名等京派文人的文学探索活动。[①]

关于京派的成员问题，我以为应该从历史事实入手，从作家的创作实践、文学观念与审美情趣以及与京派核心人物之间的交往乃至师承关系等诸方面综合分析。研究界对于京派的主要成员总体上达成了共识，但真正明确地划清京派的边界、详尽地开列一份京派文人的名单不但非常困难，同时也没有强行划出的必要。杨义曾经说过："流派似乎有两种：一种是'社团—流派'；一种'文学形态—流派'。前者以社团和刊物为联系流派的纽结，后者则在同人刊物中创造一种文学风气和文学形态，因此流派纽

[①] 参见段美乔《论1946—1948年平津文坛"新写作"的形成》，《中国现代文学研究丛刊》2001年第1期。

结处于有形与无形之间。前者以凝聚力著称，后者以扩散性见长。"① 京派所具有的扩散性特点造成了边界划定的模糊状态，也许正是这种模糊性为我们留下了许多有待研究的空间。关于京派队伍的研究，有一个常常被研究界忽视或没有深入探讨的问题，即如何处理流派成员对自己派别归属的否定性论述。比如芦焚曾公开宣称自己并非任何派别："我自知从来没有加入过什么'派'，在文学上也从不尊奉什么派。"② 多年之后，师陀仍否认自己属于京派，"我不记得朱光潜、刘西渭曾讲过我属于'京派'，如冯至、吴组缃等，全不属于京派。"③ 萧乾也曾经从根本上反对将京派作为一个文学流派来研究，更反对将自己列入其中，"我的创作状况，同习惯上所说的'京派'作家又有很大不同"。④ 而时隔不久，萧乾又详谈京派的形成，"就其背景来说，我认为 30 年代的京派是两个流派的产物，即文学研究会与新月派"。⑤ 如何处理这种流派归属与认同的种种矛盾现象，不只京派研究独然，也应是其他流派研究不应回避的问题。

（二）京派小说研究的多向度开掘

虽然京派作家在小说、散文、诗歌及文学批语诸方面都取得了较高的成就，但京派小说的研究成果最为丰厚。纵观 80 年代以来的京派小说研究，论题主要集中在以下几个方面。

(1) 京派与海派小说比较研究

这方面的研究以吴福辉和杨义为代表。京派在某种程度上即是与海派的论争中逐渐凸现出来的，因而采用比较研究的视角无疑会更进一步揭示京派独有的艺术风貌与文化品格。80 年代中期，是学术研究方法更新、文化研究热方兴之时，吴福辉的《京派海派小说比较研究》⑥ 正呼应了这

---

① 《杨义文存》第四卷，人民出版社 1998 年版，第 486 页。
② 刘增杰编：《师陀研究资料》，北京出版社 1984 年版，第 108 页。
③ 《师陀致杨义函，1988 年 1 月 26 日》，见杨义《〈中国现代文学史〉书简录》，《新文学史料》1991 年第 1 期。
④ 参见王嘉良、马华《京师访萧乾》，《浙江师范大学学报》（哲学社会科学版）1989 年第 4 期。
⑤ 《萧乾致严家炎信（一九八九年十二月十日）》，《萧乾文集》第 10 卷，第 405 页。
⑥ 载《学术月刊》1987 年第 7 期。

一研究热潮。吴文从京派、海派小说各自形成的文化背景入手，层层剖析由城乡两类文化所衍生的小说风貌。京派小说家将知识者与"乡下人"合为一体的乡村文化审视心理，使他们以自己独有的乡镇视角透视20世纪中国的动荡，在凝滞中发现旧的美，更多地表现人生的"常"态。"京派小说家代表了'五四'以后回归到民族文化来的一部分知识分子的心理"，而海派则不然，作为现代都市之子更多地表现都市的"变"态，在混乱的城市感觉里表现病态的都市疯狂。吴文不但比照了京派小说与海派小说的区别，也探讨了二者的一致性。"京、海两派小说与世界文学潮流密切相关，都表现出文学的开放性、现代性"，"他们的城市人性均遭到扭曲，而社会在这里扮演的都是压制人性的不光彩角色"。吴文最后从小说文体的角度总结京派与海派的区别："京派的审美体验偏于纯情、蕴藉，而海派追求的是逆反屈折的多变力度，追求驳杂新奇。人物的心理描述，京派是静谧型的情感流淌，表现真心情，真个性；海派是动荡的心灵感应。"

李俊国的《"京派""海派"文学比较研究论纲》[①] 是一篇颇有深度的研究论文，该文从地域文化的视角考察了京派与海派由不同的文化形态形成的文学分野，以"同情之了解"的历史态度辨析了所谓"上海气"与"北平风度"。前者"是指上海作家身处现代中国社会变革的中心区域和前沿地带的大上海，本着与时俱进的文化态度所形成的思想上的前卫意识，创作上的趋俗意识，和艺术表现的先锋意识。"而后者则意味着京派作家"隔膜于时代旋流之外"，"循着伦理构想（包括道德和审美的重建）的文化态度，所持有的处在文学异动之际而不偏不倚，从容不迫的文学态度"。在探究京、沪两类城市文化形态差异的基础上，该文进而指出京、海派作家文学审美的差别，"上海作家受制于都市旋流的推涌，表现出求新鲜、突兀、奇俏的审美风尚，北平作家恪守京城的风度，表现出重和谐、'节制'与'恰当'的审美意识。"李文对京派与海派作家的文化构成与职业状况的分析较为新颖、具体，他认为京派是文人学者型作家，而海派则有战士型作家（主要指左翼作家——引者注）、书商型作家、现代都市青年型作家，他指出不同的文化身份不但造成京、海派之间文学意识及审美情趣的对立与分野，也形成了海派内部纷繁驳杂的文学景观。论文

---

① 载《学术月刊》1988年第9期。

最后指出京、海派文学各自的艺术局限性，左翼作品艺术性不足，鸳鸯蝴蝶派文学夹杂大量陈腐的观念和低级趣味，京派文学缺乏富有时代感的阳刚气和生命力。李文把左翼作家视为海派值得商榷，而认为京派文学缺乏生命力则有欠思考，沈从文湘西小说中对原始生命力的张扬随处可见。

杨义的《京派与海派的文化因缘及审美形态》① 是京、海派比较的又一篇重要文章。论文指出北京文化和上海文化的巨大反差，深刻影响了两地的文学艺术形态。上海文化的洋化程度使海派的文学选材明显带有先锋性；京派的文化选材既是平民的，又是贵族的。京派小说家高品位文人而自居为"乡下人"，而海派作家的文化角色则是"敏感的都市人"。在审美追求上，京派重乡土民俗，海派重洋场声色；京派使自然人性带上浪漫情调的神性，海派使现代都市意识蒙上死亡的阴影。尤为独到的是，杨义对孕育京派、海派的地域文化母题进行了历史的考辨、对京派和海派作为相互对比的流派名称的溯源，发前人所未发。论文针对京派"乡下人"与海派"敏感的都市人"文化角色进行了深入的探究，这都是前人早有提及而语焉不详之处。杨义把文化角色与各自的文体追求进行有机的结合，他认为京派的"乡下人"角色的体认在题材选择上退回到回忆深处的乡土世界，不但意味着京派小说家"乡土中国"的价值标准，也指涉着诚实坚韧的写作态度。而海派"敏感的都市人"角色不仅敏感于现代都市生活形态，而且在于现代主义技巧形态。杨义对京海派审美追求进行了两极性的对比，虽然凸显各自的流派风貌，却也在一定程度上忽视了二者在文学开放性及文体实验方面的共通性所在。在此文之前，杨义曾出版过《京派与海派比较研究》② 的专著。杨义以其特有的对文学文本的感受能力，在精细的文本分析中比照了京派与海派的不同文化风貌及艺术审美情趣。杨义既有对京、海两派所形成的文化渊源的史的宏观透视，也有对文学文本微观的诗性感受，文中以其灵性圆润的笔触描述了对京、海两派不同的审美体验："在京派中坚作家笔下，我们领悟到大陆性原始人生的和谐；在上海现代派作家笔下，我们感受到沿海性异化人生的裂变（前者静谧得有若群山间一泓深潭，后者喧闹得有若海岸边一束飞沫。前者如竹篁清溪，翠色可餐；后者如霓虹灯广告牌，斑驳眩目。）"③ 杨义对京派

---

① 载《海南师院学报》1996 年第 1 期。
② 1994 年 9 月由太白文艺出版社出版。
③ 杨义：《京派与海派比研究》，太白文艺出版社 1994 年版，第 36 页。

作家创造的乡土抒情诗和人生抒情诗的小说文体置入中外文化背景中进行剖析:"京派人生抒情诗小说的表现手法,是由中国古典诗词的'境界说'和西方审美心理学的'移情说'共构而成的,情景互应",① 认为"京派作家上承屈赋陶诗和晚明小品的灵性,外借哈代、艾略特和拉马丁的山林河海的意趣。"杨义对京派作家同是在"人性的和谐与庄严"的主题下的不同人生体验进行了透彻的分析,认为废名是从华中领略到"美在自然中"的哲学,沈从文是从湘西体验到"神在生命中"的哲学。

杨义的《京派海派综论》(图志本)② 是对《京派与海派比较研究》的扩充、完善与修订,主要观点及研究方法二书并无二致。图志本在体例上的创新之处在于全书上编是对京派与海派文化图像和审美动态的探讨,注重从学理上对京派与海派的流派特点及地域文化背景对流派的影响做出深入分析,下编是运用更为直观的图的形式展示北京、上海的地域文化背景及人生色彩。在研究视角上,杨义的方法意识更为自觉,"主要采取的学术视角融合着文化人类学(包括地域文化学)、比较文化学和生命诗学,体现着一种'大文学观'。"③

杨义的流派研究方法论值得重视,这是许多流派研究者没有顾及或并不自觉的。杨义的流派研究的方法论核心基点是"现象还原和文化定位"④,所谓现象还原即是首先做个案研究,从细读原版书刊,从具体作家作品开始,还原出文学现象的原汁原味,然后仔细清理每部作品的文化意义、审美趣味及历史取向,把每个作家的社会态度、文化基因、精神脉络置于尽可能开阔的世界文化视野,在古今中外文化交融、碰撞、转动的坐标中,寻找作家作品的流派归属。杨义的这种研究方法,究其实仍然是把文学的内容研究与外部研究相互打通的研究理路,既避免了纯文学研究的狭小格局,又避免了文学的文化研究可能带来的大而无当、漫无边际。

文学武的《各具异彩的文学景观》⑤ 从比较角度探寻京派和海派小说在精神特征、表现内容和美学意蕴诸方面各自不同的特点。他指出海派小说重点描写现代人的人性异化与堕落,京派小说重在挖掘纯朴原始的人性

---

① 1994年9月由太白文艺出版社出版,第103页。
② 由中国社会科学出版社于2003年1月出版。
③ 杨义:《京派海派综论·论文提要》,中国社会科学出版社2003年版,第3页。
④ 同上书,第8页。
⑤ 载《文学评论》1998年第4期。

人情美；海派小说努力追踪着现代都市的节奏变化，京派小说重在描写乡村社会田园诗般的恬淡色彩；海派小说追求现代性，倾向现代主义的艺术表达，京派小说更多地表现出对中国古典文学的承继，富有东方神韵。文学武的比较研究选取的都是京海两派相异的文化成分与审美差异，在比较中凸显差别与个性。他认为京派与海派小说尽管同样淡化传统小说的情节结构，但京派注重意境的建构，而海派则注重心理化的结构。

吴中杰认为，由于海派和京派所处的经济、政治、文化环境不同，因而他们的艺术追求也迥然各异。海派明显带有商业化特色，京派文学则具有超政治的艺术情趣。[①] 吴文在褒扬京派作家对艺术态度的精致追求的同时隐含着对京派小说社会价值的潜在批判，他指出，"废名的小说，回避社会斗争"，"看不到生活的激流，感受不到时代的脉搏"；沈从文的小说"远离当时的社会斗争"；萧乾"也没有写更复杂的社会背景"。黄德志认为在阶级斗争和民族矛盾日益激化的 30 年代，当革命话语占据主流和极力张扬之时，京派作家和海派作家都强调文学的独立性与自由性。他们既无法接受民族主义右翼作家的权利话语，也难以认同左翼作家的"左"倾流行话语，"曾经对立一时的京派作家与海派作家，在左翼作家和民族主义右翼作家话语霸权的争夺中无意中站在了反抗话语霸权的同一立场上"。[②]

比较研究能够突出各自的个性与差异，这是一切研究领域常常遵循的研究思路。然而，京派小说与海派小说的比较很可能会陷入这样的误区——单纯地为比较而比较或只是为突显差异性而比较，研究者在这种先验的预设统领引下，拿海派的都市题材小说与京派的乡村题材小说进行比较，这种比较所得出的结论也许只是由题材差异本身造成的不同审美情趣及美学风貌，因为即便是京派作家在处理乡村题材与都市题材时也采用了不同的审美原则。倘若仅仅停留于这样浅层次比较的层面，就很难真正探寻到由两类不同文化衍生的不同美学风貌。

（2）京派都市题材小说研究

京派小说以其乡土题材为许多研究者所重视，一般研究者常常论及沈从文的湘西世界，废名的黄梅乡村，师陀的中原村落，当然，能充分体现

---

① 吴中杰：《京派、海派与文学上的中间路线》，《山西师范大学学报》1996 年第 4 期。
② 黄德志：《论 20 世纪 30 年代京派与海派作家的话语立场》，《文艺争鸣》2002 年第 4 期。

京派特色的无疑是那些乡土题材小说。许多研究者对京派小说的研究也大都关注其对诗意乡土的描写与建构。乡土小说并非"京派"小说创作的全部,京派作家同时也创作了数量可观的都市题材小说,而这一研究领域相对薄弱。

张鸿声的《与乡村对照中的都市》① 一文重点考察了京派都市题材小说创作。张鸿生认为京派小说表现城市生活的独特视角在于以乡民生命价值为尺度,立足乡村立场,反观都市人生。对于都市文明,他们还没有上升到一种现代理性去认识。京派小说反映的都市,只是一个与乡村对立的抽象意义上的存在,缺乏完整的形态,其抽取的都市共性,使人看不到近代中国不同都市转型期特有的文化特质。京派的都市小说只能在城乡文化的比较系统之中,作为乡土小说的对比性补充,附丽于其整个乡土文学形态之中。张鸿声是用审视与批判的学术眼光看待京派都市题材小说的,他运用新心理分析学派创始人阿德勒的理论,独到地剖析了京派作家从乡村进入都市的独特的文化心理体验。京派作家沈从文等为克服出身乡村下层带来的自卑,力图寻求一种更高层次的文化构成,以超越教授、绅士为代表的都市文化,在他们曾经体验过的乡村生活中寻找到了乡村精神。

刘淑玲的《乡村梦影里的城市批判——京派作家城市小说论》② 与《象征与反讽——京派作家的城市小说》③ 两文均对京派作家的城市小说进行了探讨。刘淑玲认为京派作家的城市小说是笼罩在他们的乡村梦影里的,明显呈现着两极形态:乡村的美丽、静穆与城市的堕落、混沌。指出京派作家对城市的观照缺少动态的历史审视,京派作家在传达都市的体验时,采用了象征与反讽的艺术方式,他们避去了文字表面的热情,一方面用富有深意的象征传达了自己的审美观感,另一方面通过反讽来审视城市人性。

王爱松的《都市的五光十色——三十年代都市题材小说之比较》④ 一文,把京派城市题材小说与现代派都市小说、左翼都市题材小说互相对照,指出京派都市题材小说构筑的是一幅相对稳定、缺少变化的都市图,在文体风格上既没有现代派都市小说的浮华佻佻,也没有左翼都市小说的

---

① 载《郑州大学学报》(哲学社会版)1993 年第 1 期。
② 载《河北学刊》1995 年第 6 期。
③ 载《河北师范大学学报》1996 年第 2 期。
④ 载《文学评论》1995 年第 4 期。

嚣张凌厉，而体现为温婉沉静、外圆内润的讽刺。

（3）京派小说主题探寻

京派小说主题的探讨关涉到对京派作家思想倾向的评价问题，80年代以后的研究侧重从自然人性、生命哲学、道德重建等角度探寻京派小说的现代性的思想主题。

严家炎先生指出，"京派所谓批判现代城市文明，并非否定工业化带来的现代文明，揭露资本主义生产关系所带来的人的异化现象，特别是拜金主义对正常人性的扭曲"，"京派小说对人性异化现象的揭露，出发点是人本主义或人道主义，这是一种地道的现代思想，而不是倒退回中世纪的思想。"[1]

高锋在《精神超越与审美介入——试论京派文学的主题》[2]一文中指出京派作家精神远离尘嚣、回归故里，对现实城市和乡村的双重超越，并且审美地介入人生，以期革新民族精神。高锋对京派作品中多次出现的"树荫"意象进行了富有新意的解读，认为这一意象积淀为作家的集体无意识，在不满现实又无力改变时，从社会退入内心，思考生命，把自我圈限于审美世界。京派作家揭示社会变革时代美的失落与道德的沦丧，以文学形式重建道德与美的社会图式，他们始终在"历史"与"道德"、"超越"与"介入"中徘徊。该文文本分析稍嫌单薄，联系文本也较少。

孙振华在《生命的礼赞与悲悯》[3]中对京派小说主题进行了较为深入的探析。该文从独特的文化视角入手，认为对生命的思考、探索是京派小说创作的出发点，这一创作主题是对五四文学主题的承续和发展。京派小说创作崇尚力的美、粗粝的美是健康的生命的表现，而对文明社会里道德对人性真情的压抑、道德面具背后的堕落以及对人格的麻木，给予了悲悯的描述。

文学武认为京派小说主题的核心是人性思想，京派作家"试图用人性这一抽象的理性价值沟通人与人之间的隔膜，匡正日益暴露的社会弊端，重振民族的希望"。[4]京派小说在乡村风情与都市文明两个对立的世界中展现了人性美与人性恶两种对立的人性。同时也指出京派小说家人性

---

[1] 严家炎：《中国现代小说流派史》，人民文学出版社1989年版，第242—244页。
[2] 载《南京师范大学学报》（社会科学版）1992年第1期。
[3] 文学武：《论京派小说的人性思想》，《江海学刊》2000年第2期。
[4] 同上。

理想的偏颇与不足，认为京派小说所描绘的理想社会恰恰与人类社会进程的现代化相悖，显示一种文化保守主义与复古守归的心态。

（4）京派小说艺术研究

关于京派小说艺术的研究主要从两个方向展开，一是强调京派小说的古典传统及东方神韵；二是探寻京派小说艺术的现代性。前者重在探寻京派小说在意象运用、意境营造、语言表达诸方面与中国传统文学、文化的有机关联，后者着意挖掘京派小说文本中的现代性因子或京派作家与外国现代派作家的联系。80年代的研究大多强调传统及民族性的一面，90年代以后对京派的现代性探讨的文章逐渐增多（这与90年代以后不断高涨的以现代性视角透视20世纪中国文学的研究热潮不无关联）。

李俊国的《三十年代"京派"文学思想辨析》[1]较早地从地域文化角度，对京派文学形成的背景及原因进行了考察，尤其剖析了京派的文学思想、人生态度、政治态度、文化心态诸多方面的复杂性。论文对京派讲求"纯正的文学趣味"的文学本体观的论述新意颇多。论文指出"纯正的文学趣味"首先表现为"超然于文学的政治色彩之外的文学态度"，"又表现为厌弃商业化文学观"，"在文学与政治、文学与商业化关系方面的超然意识，在文学与实际人生和民族前途方面的介入意识"。在文学审美意识方面，表现为崇尚"和谐"、"节制"和"恰当"。认为30年代京派的"和谐"的美学意识，表现出比较明显的古典色彩。该文也指出了这种美学风格的局限，如不能表现愤怒的抗争时代和悲壮风格，过分追求"和谐"对作家自身艺术个性的束缚等。这是否构成了京派艺术审美的局限值得商榷，京派作本身追求的是纤秀之美，而非悲壮之美，我以为没有必要拿壮美的艺术风格去匡正京派秀美的艺术个性。

李德重点考察了京派小说所呈现的民族特征。他认为京派抒情小说"描绘具有民族特色的风景画和风俗画"，"塑造具备传统美德的人物形象"，"借鉴民族文学的传统艺术技巧"[2]，同时又指出京派小说在执着地追求民族性的同时，所暴露出的认识生活的局限性，过于忠实于纯艺术的创造，过于偏爱原始的古朴的生活，对时代气氛和时代矛盾反映不够深入。这一批判理路延续的仍是胡风当年对京派的批评，认为人与人的争斗，阶级与阶

---

[1] 载《中国社会科学》1988年第1期。
[2] 李德：《论京派抒情小说的民族特征》，《中国文学研究》1988年第2期。

级的冲突，民族与民族的搏战，是"'京派'看不到的世界"。[①]

严家炎先生对京派小说的艺术风貌和特征进行了极为精到的概括：他认为京派小说"着力赞颂纯朴、原始的人性美和人情美"，"把写实、记梦、象征熔为一炉，使抒情写意小说走向一个新的阶段"，"总体风格上平和淡远隽永"，"语言简约、古朴、活泼、明净。"[②] 严家炎将京派小说的类型归结为现代性灵小说，认为京派小说中表现了作者的性灵，类似于中国过去诗文要表现作者的性灵一样。

李俊国、李德较为关注京派文学古典与传统的一面，而严家炎同时也注意到京派现代性的一面，认为京派虽然不是一个现代主义的流派，但现代主义的文艺思想对他们也有影响。如沈从文小说受弗洛伊德的影响，萧乾小说中有现代派的手法，废名小说有意识流影响。此后，严家炎在《京派小说与现代主义》[③] 中对京派小说的现代性进行了细致的分析与全面的考察。他认为"京派并不像有些人理解的那样从根本上与海派相对立"，而是"在文学现代化乃至文学具有民族特点方面则是和海派互补，并且殊途同归的。"这些见解深刻独到，持论公允，应该能经得住文学史的检验。

在艺术上，许多研究者侧重京派的东方神韵与古典化色彩，史书美却看到了京派小说的现代性问题。她在《林徽因、凌叔华和汪曾祺——京派作家的现代性》[④] 一文中指出林徽因的小说具有蒙太奇和片断的叙事艺术，凌叔华的小说反模仿女性文学传统，而汪曾祺以"散"的美学使小说自由变换叙述视角，小说语言融中国古典山水诗和西方现代主义诗歌为一体，这一切都共同体现了京派作家的现代性特征。论文并没有对沈从文、废名、萧乾等京派其他重要作家的小说文本进行进一步分析。

计红芳、邓根片的《京派．传统乎？现代乎？》[⑤] 一文从京派小说的思想主旨和叙事技巧两个层面探讨其现代性。该文对京派小说思想主题的概括几乎都在重复严家炎的观点。该文稍有新意之处在于指出了京派小说叙事视角、叙事结构多样化探索的现代性品格。

---

① 胡风：《"京派"看不到的世界》，《文学》4卷5期，1935年。
② 严家炎：《中国现代小说流派史》，人民文学出版社1989年版，第227—239页。
③ 载《文艺述林》第2辑，上海文艺出版社1997年版。
④ 载《天中学刊》1995年9月增刊。
⑤ 载《常熟高专学报》2000年第1期。

游友基的《京派与现代派的遇合——汪曾祺早期小说论》① 一文重点探讨了作为京派小说家的汪曾祺小说的叙述模式，人物的符号化、象征化及意识流手法与散文化结构等方面的现代主义特征，这些研究虽然是京派作家的个体研究，在一定程度上也深化了京派文学的现代性探求。

对京派小说深有研究的杨义则认为京派作家以独特的方式，沟通着古代和现代，城市和乡土，在"心灵下乡"中隐含着心灵的开放。京派小说"是唐人绝句，宋人小令。或者渗进了几分陶渊明的清脱，李商隐的婉丽，和明人小品的清新"，京派作家"对善于描绘自然风光、带点隐逸倾向，或者善假微妙的心理体验、甚至印象主义的外国作家，投以羡慕和青睐。他们以消融西方艺术表现方式的途径，超越中西文学的某种隔膜"。② 杨义既探讨了京派小说高雅和谐的古典美学趣味，也分析了京派小说在文体探索方面使时空错乱、潜意识发掘等具有现代主义色彩的表现手法。

张慧敏在《京派小说的童真特色》③ 一文中指出京派小说共具的重要特色是对童心世界的描述与向往，京派小说的散文性结构与孩童的思维特色相契合。该文并没有进一步探究京派小说的童心世界与现代其他作家的童心世界相比所具有的独特性所在，论述稍嫌空泛。

查振科的《京派小说风格论》④ 一文指出，京派小说向乡村历史深处延伸和抒写个体生命的神性，追求传奇性结构与传奇人物的统一，追求表现人的神性和生命悲剧性的统一。应该说，这一论述独辟蹊径，富有卓见，也的确抓住了京派小说一些典型传奇文本的独特魅力所在。该文指出即便是京派作家自传体色彩较浓厚的小说中也具有新奇而有趣的传奇叙述。同时对京派小说"微笑的悲剧"意识内涵进行了深刻的探寻，指出这是作家关于人的存在的悲剧意识创作心态，人的悲剧存在的审美方式。在如何处理京派小说的传奇性与悲剧性的关系时，该文并没有作更深入的论述，比如京派小说描写日常生活，平凡故事的悲剧很难纳入传奇性范畴。

---

① 载《福州大学学报》2002 年第 2 期。
② 杨义：《京派小说的形态和命运》，《江淮论坛》1991 年第 3 期。
③ 载《人民日报》（海外版）1992 年 4 月 7 日。
④ 载《文学评论》1996 年第 4 期。

阎浩岗把京派小说的艺术风格定位于"和谐蕴藉的浪漫主义",① 他认为在文体类型上,京派小说独树一帜的审美追求具体表现为"和谐优美而非紧张崇高","含蓄蕴藉而非汪洋恣肆","疏离政治而非干预政治"。并进而指出这一鲜明特色是由其创作方法的内在结构所决定:其创作宗旨是净化灵魂、美化人生,描绘社会现象与"写梦"结合而以后者为主导,以描绘健康自然的人性为主体。这一概括忽视了京派小说乡村写实类与都市讽刺类作品。

此外,关于京派小说文体研究也是京派小说艺术探讨中常常涉及的。李晓宁的《京派叙事态度与小说文体》② 指出京派小说在叙述中融入诗意的抒情,在写实中弥漫着浪漫的气息,以古典的清幽的意境和风景画式的散文笔致融合成一种独特的文体。文学武认为"京派小说在文体上的一个重要特征就是发展了五四以来的抒情小说体式,促进了小说与诗、小说与散文的融合与沟通,强化了作家的主观情绪","其次,京派小说讲究内在的韵律及对意境的创造,意境模式构成了其文体表现功能的重要特点","再次,京派小说还注意在客观景物的描写中采用象征暗示的方法"。③ 语言最能体现文体特征,文学武指出京派小说发展了小说叙述语言的精练、含抒情的功能,语言不拘一体、变化多端,既有古典诗词的清丽、雅正,又有民间语言的通俗、自然。文学武从京派小说的抒情方式、艺术风格、文体语言诸方面进入京派小说的文本空间,分析较为细致。但有些提法值得讨论,京派小说是否强化了作家的主观情绪仍有待进一步论证。

(三) 研究方法的拓展与深化

以上对京派小说研究状况进行了初步勾勒与描述。应该承认,80年代以后由于学术环境的进一步宽松与自由,对于京派——这个曾经隐而不显,即便是当事人也躲躲闪闪不愿意承认的流派的研究,已经取得了长足的进展和较为丰硕的成果。不管对京派的界定在作家队伍与起止时间上存

---

① 阎浩岗:《京派小说:和谐蕴藉的浪漫主义》,《南开学报》2000年第2期。
② 载《吉首大学学报》1994年第4期。
③ 文学武:《京派小说的文体特征》,《学术月刊》1998年第11期。

在多大的差异，至少京派存在这一事实已经是无可争议的了。正是对京派存在事实的承认，才会引发对京派这一学院化的文人团体进行多方面的深入探究。仅就创作实践而言，除了以上所述的对京派小说的研究之外，范培松对京派散文进行了较为深入的开拓。① 刘峰杰、黄健对京派文学批评观念与文学理论进了多方面的探究。② 京派研究的内容涉及方方面面，研究视角也走向多元。

文学武从文化心理结构入手探寻京派小说家"入世"和"出世"既对立又统一的文化性格，他认为中国文化的内倾性格导致了京派小说家中庸、和谐、节制的文化心态。③

杨洪承把京派纳入现代中国文学社群文化整合的语境中，侧重它的文化生存时空的群体本源形态的考察，认为京派在乡村与都市的地域转换的生存时空中，呈现为"虚"与"实"的原生态。地域的概念对于京派群体主要是自然生态的虚化，异化文化圈的"实"体参照系。他指出京派的生存形态从一个借代的名称到形成实体的文学流派，由虚变实的过程，是群体生存的本源自然形态和社会接受生态的互动作用的结果。④

蒋京宁《树荫下的语言——京派作家研究之一》⑤ 一文采用弗莱的原型批评理论，用意象解读的方式进入京派文本，抓住京派作品中反复出现的"树荫"这一意象进行细致的文本解读。该文指出"树荫"既是作品中描写的风景，也是作者写作的环境氛围；既是给读者的提示，也是自我的隐喻。蒋文认为京派作家的树荫意象是非功利的审美活动的符号代码，它沟通了漫长的结构性历史和现代社会，成为审美人生的象征。同时，该文对这一意象所衍生的"少女"与"老人"两类形象系列进行考察，最后指出，树荫意象凝聚着京派作家矛盾重重的心态。以意象这一微观的角度进入京派作品，进行多方面的深入开掘，探寻该意象积淀的文化内涵及作家心态，这样的研究思路把微观与宏观、文本细读与文化研究结合起来，既避免了文学的文化研究可能带来的蹈空与浮泛，也避免了纯文本研

---

① 范培松关于京派散文的研究成果有《京派散文的再度辉煌》，《钟山》1994 年第 6 期；《论京派散文》，《文学评论》1995 年第 3 期。

② 刘峰杰、黄健：《论京派批评观》，《文学评论》1994 年第 4 期。

③ 文学武：《论京派小说家的文化心理结构》，《社会科学辑刊》2000 年第 2 期。

④ 杨洪承：《京派的生存选择与文化的时空置换》，《淄博学院学报》（社会科学版）1999 年第 4 期。

⑤ 载《文学评论》1988 年第 4 期。

究的狭小格局。周海波、杨爱琴的《黄昏里的生命独语》① 在研究方法上与上文类似。该文对反复出现在京派作品中的"黄昏"意象进行解读，作者认为"黄昏"意象在京派作品中是作家情感归依的意象，呈现出生命的悲凉感。该文对黄昏与少女、黄昏与老人这两组意象进行了解读，认为黄昏意象与少女、老人的联结点是一种生命的隐喻，京派作家在生命的独语时，少女、老人恰恰构成了黄昏这一生命喻体的基本认同关系。京派作家并没有停留在生命悲叹的层次，而是表达了对生命的执着。这种研究没有与其他非京派作家笔下的同类意象进行对比，显得有些孤立。论文作者也许只是抽取了这些文化意象的共性去说明京派作品中所呈现的个性。同时，对于意象这一概念，论文没有做出自己的界定，人物形象能否作为意象仍须进一步探究。

查振科则从叙事艺术入手探讨鲁迅与京派文学的各自特征，他指出："解构与重构，这是鲁迅与京派所选择的不同视点，不同的叙事行动方式。"② 论文认为鲁迅历史叙事的冲动集中在批判—解构上面，鲁迅对事实的讲述意在将读者引向他指定的意义区间——对惨烈恐怖的现实的批判与否定，消解古老的东方传奇；而京派作家则希望通过对梦及个人心灵的重读，重建历史叙事逻辑和信仰，再造民族的也是人类的新的神话。我认为鲁迅小说叙事解构的背后，也不能不蕴含着重构的冲动，论文若能进一步辨析，会更有说服力。

朱晓进从政治文化角度解读京派，他指出中国30年代特殊的政治文化语境构成了特殊的文学氛围，由此形成了文学发展在总体上的政治化趋向。无论是文学群体还是作家个人，不管其主观上打出怎样的超脱政治的旗号，提出文学远离政治的宣传，但事实上都在某种意义上成了一种政治的表态，即使是向来被人们称之为"远离政治"的京派也未能成为例外。③ 朱晓进一改研究界常论及的京派疏离政治的观点，认为京派作家如沈从文并未摆脱与政治的干系，其言论与创作都时时有极强的政治意识显露出来。照朱晓进的观点，似乎政治文化是一个不可逃避的宿命。其实，

---

① 载《山东师大学报》（社会科学版）1992年第6期。
② 查振科：《解构与重构——鲁迅与京派文学》，《安徽师范大学学报》（哲学社会科学版）1995年第4期。
③ 朱晓进：《"远离政治"：一种针对"政治"的姿态——论30年代"京派"等作家群体的政治倾向》，《南京师范大学学报》（社会科学版）2000年第2期。

对政治的远近疏离程度,不同的流派、作家显然不同,而朱文并没有对此详加讨论。

值得注意的是近年来对京派单篇作品的诗学解读。吴晓东连续发表三篇论文对废名小说《桥》进行多个侧面的诗学研读。[①] 吴文抓住《桥》中"镜子"意象进行了耐人寻味的分析,认为这隐喻着一个镜花水月的世界,一个审美乌托邦之梦。他从小说类型的角度把《桥》归纳为"心象"小说类型。刘洪涛对沈从文的《边城》进行细致的诗学解读,他指出《边城》具有牧歌情调。[②] 当然,指出《边城》的牧歌情调并非是刘洪涛的发现,前人早有研究。而把牧歌提升为一个诗学范畴,却是刘洪涛的创见。这一系列关于京派小说诗学解读的论文,并非文本细读了事,而是在文本细读的基础上,提出具有文体意义的诗学范畴(这些提法本身是否恰切另当别论)。这些研究试图从微观诗学上升到具有体裁意义的宏观诗学,从文本形式诗学走向文化诗学。这即是吴晓东通过《桥》的分析要达到的目标:"文化诗学解决的问题是,小说中的审判机制看似由文本结构所生成,而在根本上则来自于社会与文化机制,审美因素最终是文化语境生成为文本语境的结果。"[③] 吴晓东指出为现代文明冲击下的古老中国唱一曲挽歌,是以废名为代表的中国现代诗化小说作者普泛的创作动机,也是小说诗性品质得以生成的潜在文化动力。

这些单篇作品的诗学解读预示着新的研究讯息,为京派小说整体研究的推进与突破提供了新的契机。

(四)研究中呈现的问题

京派是较为松散的作家群体,唯其松散,群体作家在审美趣味大体一致的前提下不能不呈现出各自独异的"和而不同"创作个性,而研究者

[①] 论文分别是:《背着语言的筏子——废名小说〈桥〉的诗学解读》,《中国现代文学研究丛刊》2001 年第 1 期;《意念与心象——废名小说〈桥〉的诗学研读》,《文学评论》2001 年第 2 期;《"东方理想国"在中国现代文学中的生成——废名小说〈桥〉的诗学分析》,《现代中国》(第一辑),湖北教育出版社 2001 年版。

[②] 刘洪涛:《〈边城〉的歌情调》,《中国现代文学研究丛刊》2001 年第 1 期。

[③] 吴晓东:《"东方理想国"在中国现代文学中的生成——废名小说〈桥〉的诗学分析》,《现代中国》(第一辑),湖北教育出版社 2001 年版。

对这方面重视不够。研究者通常从京派作家创作中抽取相同部分,整合成所谓具有京派特征的共性来。而这些特征很可能并非京派本身独有而是其他非京派作品也可能呈现的特色来。比如刘淑玲用象征与反讽概括京派作家城市小说的艺术风格,单就反讽而言,几乎是一些具有讽刺色彩的作品通常采用的一种艺术手法。再比如,有研究者用和谐蕴藉的浪漫主义去概括京派小说,[①] 这种大而化之的概括也不可避免地出现这样的问题。再比如,有研究者用"在现代与传统之间"探讨京派作家的文化心态。[②] 研究者自以为自己的研究摆脱了前人对京派传统与现代定位的困境,其实又陷入了另一种困境,中国现代作家传统与现代的两难心态是普遍存在的,有学者曾对此作过深入的探究。[③] 这种把共性视作流派个性的研究,不独京派研究如此,这也是一切流派研究应注意的问题。

研究成果较多,但持论相对单一,极富创见的成果并不多见,仍没有形成京派研究领域众声喧哗的多元局面。许多研究结论还只是停留在80年代初已有的结论上。京派小说研究大体沿着两条思路,一是社会、文化学的分析方法,探寻京派小说的文化、主题内涵;二是艺术、审美的研究思路,探寻京派小说的美学风格。前者往往围绕着"人性美"、"人情美"等关键词展开论述,后者也常常在"和谐"、"节制"、"纯正的审美趣味"等美学原则里打转,探讨其或民族性或现代性的艺术,即使是具体到对京派小说文体艺术的研究,也通常用"诗化"、"散文化"、"淡化情节"等大而无当的词概括。

在研究中,涉及作家作品不够全面,常常以一两个作家的作品所呈现的特征作为京派的特征去考察(分析较多的是京派小说的中坚人物沈从文、废名),对同是京派的作家之间缺乏辨析、对照,文本分析不够细致,涉及的作品也是通常的几部,视野较窄。比如,在京派小说研究中,几乎没有人涉猎同是京派作家的冯至、卞之琳、何其芳等创作的小说,也许是在京派研究中常把他们视作诗歌、散文方面的代表,而自然忽略了他们创作的小说的缘故。倘若京派小说的研究仅仅在几个作家、几部代表性

---

① 阎浩岗:《京派小说:和谐蕴藉的浪漫主义》,《南开学报》2000年第2期。
② 郭金亮:《在现代与传统之间——论京派作家文化心态的"二难"选择》,《吉首大学学报》1994年第4期。
③ 见解志熙《别有一番滋味在心头——新小说中的旧文化情结片论》,《和而不同——中国现代文学片论》,清华大学出版社2002年版。

作品中打转，研究的进一步深入与拓展势必受到限制。同时，对于京派小说理论缺乏宏观的透视与全面的把握，至今仍没有一篇文章对之综合探讨、分析、总结，研究中偶尔涉及，也只是作为京派文学思想的附庸而已。京派小说理论可沿着两条路径探寻，一是作家理论文字的表述，二是作家小说文本实践。前者多是自觉有意的倡导，后者是创作中无意的流露。应把京派看成一个不断发展、变化、流动的作家群体，内部充满着观念的碰撞、理论的张力，而不是一个凝固静止的整体。

九　京派小说诗学研究论纲

（一）作为小说研究的"诗学"范畴

目前，国内文学研究界尚无完整的小说诗学蓝本可供借鉴。在此，我不打算对小说诗学概念本身下一个极其明晰、简单乃至武断的定义，倘若这样，会限制小说诗学理论本身所蕴涵的丰富性。我想回到概念本身，通过对概念作历时性的描述以期更有效地达到对小说诗学的理解。

在西方，"诗学"一词实际上沿袭了亚里士多德（Aristotle）的文学观念，广泛地使用于"一般文学理论"这个意义。亚里士多德的《诗学》主要探讨了文学的种类及其功能，以及情节的安排、体裁特征、人物性格、写作原则等一系列文学理论问题，广泛涉及史诗、悲剧、喜剧等多种文体。古希腊其他哲学家在讨论文学的一般原则时，使用的也是"诗学"这一概念，例如德谟克利特（Democritus）和品特关于文学创作灵感的讨论；毕达哥拉斯学派关于均衡、和谐的一般美学原则的讨论等。从罗马时期开始，诗学一词渐渐用了狭义，主要指文学批评中关于诗歌的文体理论。18世纪，席勒（Schiller）在其《论素朴的诗与感伤的诗》中谈的是两种风格类型的文学特征，在谈到其他文学体裁时，也冠之以"诗"的名称。19世纪的别林斯基论"现实的诗"和"理想的诗"，实际上谈的是小说。20世纪以来，诗学这一术语在西方又大量使用起来，瓦莱里曾经指出："从词源学的角度看，即把诗学看成是与作品创造和撰写有关的、而语言在其中既充当工具且还是内容的一切事物之名，而非狭隘地看成是仅与诗歌有关的一些审美规则或要求的汇编，这个名词还是挺合适的。"① 这一诗学概念主要是就文学的内部原理而言的。结构主义与符号学派以及俄国的形式主义理论家，他们所运用的诗学概念探讨的尽管也是文学理论问题，与瓦莱里一样，也更侧重探讨文学作品的语言、结构、审美手段等系统的理论。其实，就诗学的任务和研究对象而言，不同的诗学理论家着重点不尽相同，托马舍夫斯基指出："诗学的任务是研究文学作品的结构方式。有艺术价值的文学是诗学的研究对象"，进而强调指出，"研究艺术作品结构的学科称之为诗学"。② 而雅克布逊（Roman Jakobson）则重视诗学与语言学的关系，"诗学研究言语结构的问题，就像美术理论研究绘画的结构。因为语言学是研究各种言语结构的一般学科，所以可以把诗学看作是语言学的一个组成部分。"③ 法国诗学研究的领头人热奈特则认为，诗学不单是"文学形式的通论"，为文学评论实践作补充，还是一种"对各种可能的文学阅读进行的探索"④，这种探索在原则上是永无止境的。在中国，往往是在较为狭义的意义上运用诗学这一概念的，一般指关于诗歌的创作原则、美学风貌等理论问题。

在我看来，凡涉及小说本体的理论思考和方法论方面的思考，诸如文学作品的结构技巧、情节模式、叙述方法、文体特征等审美形式系统的理论研究均属于小说诗学研究的范畴。20世纪是小说诗学理论不断丰富并走向成熟的世纪，俄国形式主义文论学派对小说诗学理论的探究更是功不可没的，有位评论家这样说道："形式主义的方法……为我们提供了我们所有的几乎全部的小说诗学。"⑤ 作为一个神话研究者，普罗普（Propp Vladimir）通过所收集到的一百个俄国民间童话故事，努力抽取一个原始故事的结构，把故事中人物所发挥的功能分成三十一种，他实质上是在为叙事体裁制定语法和叙事规则，这种方法为小说研究提供了分析情节功能

---

① ［法］达维德·方丹：《诗学——文学形式新论》，陈静译，天津人民出版社2003年版，第2页。
② ［俄］鲍里斯·托马舍夫斯基：《诗学的定义》，《俄国形式主义文论选》，生活·读书·新知三联书店1989年版，第76页。
③ ［俄］罗曼·雅克布逊（Roman Jakobson）：《语言学与诗学》，［俄］波利亚科夫编：《结构——符号学文艺学》，文化艺术出版社1994年版，第172—173页。
④ ［法］热奈特（Gérard Genette）：《修辞格三》，瑟伊出版社1972年版，第10—11页。
⑤ ［美］罗伯特·休斯（Robert Scholes）：《文学结构主义》，刘豫译，生活·读书·新知三联书店1988年版，第2页。

和人物角色的理论参照。俄国形式主义关于"母题"的论述也大大丰富了小说诗学理论，"在叙事作品中母题是具有首要意义的单位，而'题材'只是一系列母题的产物，'题材'可以划分为各种母题，而母题则是不可再分的叙述单位"①。俄国形式主义者在具体的"母题"分析中却各有侧重，有的把母题作为叙述内容，有的把母题作为情节结构布局，但不管怎样，他们都强调母题所具有的重复性的根本特征。普罗普之后，巴赫金（Bakhtine Mikhail）通过对陀思妥耶夫斯基和拉伯雷小说的阅读与阐释，大胆地提出了"复调诗学"和"狂欢化"的小说诗学主张，这些研究成果首先在苏联出版，之后波及欧美各国乃至中国，成为20世纪影响较大的小说诗学理论。

几乎与俄国形式主义同时，首先在英国，旋即亦在美国、法国等发展起一股分析小说的潮流；他们放弃了传统的历史方法，重在分析小说的内部规律。主要小说诗学理论成果有：卢伯克（Lubbock Percy）的《虚构技巧》、福斯特（Frorster）的《小说面面观》、布思（Booth Wayne C.）的《小说修辞学》以及法国热奈特的《新叙事话语》等，这些著作广泛讨论了小说叙述的视点、小说的情节观、小说的叙述类型以及小说的时态、语式和语态诸问题，这大大丰富并完善了20世纪小说的诗学理论。这些成果80年以后也相继译介到中国，为我国文学研究者尤其为小说文体的分析研究提供了较为宝贵的理论资源，同时也产生了令人满意的研究成果。②

然而，令人遗憾的是，有些研究者往往直接搬用西方的小说理论资源硬套自己的研究对象，使鲜活的文本成为西方理论的演练场，不免有削足适履之感。殊不知，即便是西方的诗学理论也是在细读文本的基础上建立起来的，正是基于对陀思妥耶夫斯基小说的细读，巴赫金提出了"对话诗学"；对文艺复兴时期的作家拉伯雷小说《巨人传》的解读，巴赫金又提炼出"狂欢化"的诗学理论。热奈特的叙述语态及时态问题也是直接建立在对普鲁斯特小说《追忆逝水年华》的阅读阐释之上的。托多罗夫（Tzvetan Todorov）曾提出三种不同的文本阅读方法，分别为投射（Projec-

---

① 这是维谢洛夫斯基的观点，见佛克马·易布思《二十世纪文学理论》，生活·读书·新知三联书店1985年版，第34页。

② 陈平原较早地运用小说叙事理论研究中国近现代小说。详细内容请参阅其专著《中国小说叙事模式的转变》，北京大学出版社1988年版。

tion)、评述（Commentary）和诗学（Poetics）。投射即是穿过文学文本朝着作家或社会的方向进行阅读，类似于文学的社会学批评，评述即是精读或细致研读的方法，把文本当作自足的世界看待，只停留在文本内部进行解读。① 诗学的阅读与研究是寻找体现在具体作品中的一般原则，并上升到具有普适性的诗学范畴。托多罗夫指出："诗学不同于对个别作品的阐释，它不是要揭示个别作品的含义，而是要认识制约作品产生的那些规律性。"② 我认为，一个文本的诗学形态及叙事内涵是极为丰富的，它总是远远大于一个作家在创作之前或之后所表示的创作理念，甚至也远远丰富于每个研究者所具体把握到的研究结论。因此，立足于文本细读，建立一种以文本的诗学形态为起点的研究方式，不但是可行的，而且也是必要的。文本细读正是托多罗夫所强调的："诗学理论思考如果不结合实际作品观察，往往是徒劳无益的。"③

（二）京派小说诗学体系的建构

我常想，中国小说诗学理论的匮乏主要是因为我们的研究者没有好好地加以总结与挖掘。令人欣喜的是，近几年来立足于文本细读之上的小说诗学研究成果也陆陆续续地出版了——如杨义的《中国叙事学》、张世君的《〈红楼梦〉的空间叙事》、郑家建的《被照亮的世界——〈故事新编〉诗学研究》等。正是基于这样的诗学理论背景，引发了我对京派小说的诗学思考。中国现代文学经过了近百年的历史进程，应该早已形成了自己的传统，如何总结这一段文学所积淀的新的传统也是当务之急。所谓京派是指20世纪30年代活动于北平的作家群形成的一个特定的文学流派。京派的主要小说家有沈从文、废名、凌叔华、师陀、林徽因、萧乾、汪曾祺等。作为一个具有鲜明创作个性的作家群体，京派作家的小说为中国现代小说提供了哪些诗学资源？京派小说本身的诗学风貌如何？这正是

---

① ［美］罗伯特·休斯：《文学结构主义》，刘豫译，生活·读书·新知三联书店1988年版，第225页。
② ［法］托多罗夫：《诗学》，［俄］波利亚科夫编《结构——符号学文艺学》，文化艺术出版社1994年版，第36页。
③ 同上书，第37页。

我论文写作的出发点，我通过对京派小说文本的细读，期望能从京派小说中总结出一些带有普适意义的诗学范畴。这种从具体文本中抽取出来的诗学范畴在某种程度上对其他研究者具有方法论上的意义。谈到诗学研究的目的，借用法国的诗学研究者达维德·方丹的话来讲即"诗学研究家则通过其尽可能客观的、全面的描述来揭示文本隐含的一些原理，再努力给出严格的定义，使之成为进行分析评论的有效工具，而这些原理曾经常被评论家们在不经意间当做过参考"[①]。

综观近十多年的京派小说研究（京派小说作为流派的整体研究兴起于80年代末期），对研究主要集中在京派小说与海派小说比较研究、京派都市题材小说研究、小说主题的研究以及艺术审美的研究，以上的研究从不同侧面进入京派小说的阅读空间，极大地拓展了对京派小说的研究视野。但以往的研究往往对京派小说文本的细读重视不够，尤其缺乏对京派小说诗学风貌的总体性把握。其研究思路要么偏重于社会文化学的分析方法，要么偏重于艺术审美的维度（并过分强调京派小说与中国民族传统文学的关系）。虽然各自在相关领域都取得了深入细致的研究成果，但研究思路趋同或相近，给人以研究成果的雷同感。同时，在研究路径及研究方法上，以往的研究往往也陷入了这样的一种怪圈：要么在肯定京派小说艺术价值与审美意味的同时批评其社会功利性价值的缺失，要么批评其对艺术形式技巧的单纯化追求，这仍没有脱离思想加艺术的二元模式。

在研究路径上，我力图超越已有的研究范式，在京派小说形式诗学研究的基础上走向文化诗学的考察，也即把小说文本的叙述与文化研究结合起来，小说的叙述模式和诗学风貌并不单单是艺术审美的形式问题，同时也蕴涵着作家的社会、文化、心理内涵。作家选择什么样的叙事方式潜在地受制于深层的文化心态，同时文本的诗学形式又会呈露出作家哪怕是想极力掩饰的深层文化心理。这样的研究方式，使文本不再是一个孤立封闭的空间，而是一个互动开放的世界，从而使微观的诗学研究走向宏观的、整体的、综合的研究提供了可能。

论文从以下诸方面描述并建构京派小说的诗学风貌，每一侧面透视的角度不尽相同，但不同侧面之间的内在联系却是有机的，这诸方面共同完

---

① ［法］达维德·方丹：《诗学——文学形式新论》，陈静译，天津人民出版社2003年版，第7页。

成对京派小说的诗学表达。

　　第一，京派小说的意象叙事主要探讨京派小说的象征化诗性语言，以及对小说叙事的象征化追求。关于小说的意象叙事，已有的研究只是把意象仅仅视作增强小说抒情含量的一个修辞性因素，是小说含蓄蕴藉的修辞学手段。我认为京派小说中的意象（尤其是在文本中反复出现的意象）还具有结构的功能。京派小说的文本中出现许多重复性的意象。相同的意象有的出现在不同作家的笔下，有的反复出现在同一作家的文本中。因此，从作家惯用的独特的单位意象出发开掘意象所积淀的文化象征意蕴，及在文本中所承担的叙事功能，以达到对作家精神世界与艺术世界的独特把握。京派小说中的意象划分为自然意象和文化意象两大类。所谓文化意象是相对于自然意象而言的，它既可来自社会、历史，又可来自民俗、节庆，更多地打上人文的烙印，具有较丰厚的历史文化积淀。京派小说的意象大多是作家自创性的（如废名对"坟"、"桥"意象的营造，沈从文对"鹿"、"野花"的营造），每一个意象都凝聚着作家主体感受和认知客体世界的独特方式，这就突破了古典文学中长期历史积淀而成的原型意象模式，逐渐使意象叙事成为作家更具个体生命色彩的审美途径。与外国具有现代主义色彩的象征主义小说相比，京派小说的意象大多只是作为局部象征而存在，它的设置是为了表达主题、塑造人物、贯穿叙事的需要，只是为了加强表现力而采取的修辞学手段和艺术结构手法，并没有使整个小说文体达到整体象征的层面。京派小说的意象叙事显示了小说作者在小说艺术象征化方面的努力，不但丰富了小说的抒情容量，也增强了小说的暗示性、含蓄性，扩大了京派小说艺术审美的阐释空间，体现了京派小说平和淡远、含蓄蕴藉的美学追求。

　　第二，京派小说的时间形式与空间形式。从时间与空间角度重点探讨了京派小说的文本结构形式。京派小说普遍存在与现代进化论时间观迥异的时间意识，要么呈现出循环的一面，要么呈现出沉滞、静止的一面。时间意识不仅关涉小说的叙述方式及文本表达，也同样关涉到作家的文化心态。文章探讨了沈从文与现代性线性时间观念迥异的时间意识，以及这种时间意识对小说叙事的影响。在"常"与"变"的执著思索中，沈从文超越了现代作家普遍存在的进化论的时间观念，拆解了"新""旧"之间的对立模式，把富有价值和美好的事物放在过去的时间中加以呈现，对未来则充满恐惧与隐忧。在普遍"新"胜于"旧"的价值期许和对未来乐观表达的现代叙事中,沈从文小说中的时间诗学构成了对现代性的反思。废名的小说在叙事时间的处理上就体现了禅宗的艺术精神,他摆脱了现象界客观时间的滞碍,以自己主体的时间观念营构小说文本,这里已不复有真与不真的问题,只有适意与否的区别。这种时间观体现在小说叙事上,为废名营构小说文本时对叙述时态的灵活运用提供了极大的便利。京派小说的时间诗学表达构成了对现代进化论时间观的反思。我从两方面考察京派小说的空间形式问题,一是文本内部的空间形式,二是文本与文本之间的系列化倾向。我认为京派小说文本内部的空间形式主要表现在以下三个方面:首先是非情节因素的空间化,所谓的"非情节因素"是指那些并不参与小说情节发展的叙述或描写。京派小说中存在大量的作为自然风景或民俗民情的静态描写成分,这些叙事成分强化了小说的空间形式。有的小说甚至只是没有故事情节的环境氛围小说,无故事情节意味着叙事时间的淡化、停滞,静止的时间得以在空间中呈现。其次是非连续的相互并置的叙事单元。再次是框架式的结构方式,这种结构方式是故事与故事的镶嵌,也可以故事中套故事,类似"中国套盒"式的结构方式。在结构上,往往是一个主要故事生发出另外一个或几个故事,故事之间互相作用、互相影响、互相阐释,产生创造性的艺术效果。京派小说空间形式的艺术追求是对传统小说线性因果叙事模式的超越,为中国现代小说诗学添加了新的内容。

第三,京派小说的情节模式。我从京派的乡土小说中提炼出一个共通的"还乡"模式,通过这一"还乡"模式,京派作家不但在艺术上提供了以自然文化的价值观念所营造的新的乡土文学类型,建构出一个诗意的审美乌托邦世界。同时,可以进一步探究京派作家游走于都市文化与乡村文化之间的矛盾与困惑,并得以触摸到京派作家反思启蒙理性的思想理路。此外,京派小说普遍存在着残缺家庭的创作现象。残缺家庭母题的营造,使京派小说呈现出忧郁的悲剧美学风格,在叙事表达上为中国现代小说提供了另一种新的审美维度——即以理节情的审美观照原则,开创了平和静穆、含蓄节制的纯美的文学境界,为中国现代小说美学的多元化发展作出了独特的贡献。

第四,京派小说的审美回忆。从时间的诗学角度,进一步探讨时间是如何诗化了回忆?作为诗学范畴的"回忆"在西方源远流长,值得注意的是京派小说家也都不约而同地将小说叙事归结为"回忆"。京派小说主要采用了三大审美回忆类型：儿童视角叙事，以童心寻求性灵与诗意的精神家园，以童心透视真善美的生命形式；回叙型叙事，或通过"回忆"以诗意的目光挖掘传统文化的精美部分以重构健全的现代民族新文化或通过"回忆之思"的理性观照批判现实并上升到人类普遍的命运感慨；梦想的叙事反映了京派作家对文学创作和小说艺术的深层思考，梦的世界是京派作家拟想的一个自由的国度，隐喻着另一种美好的生活和理想的生存方式。京派小说的回忆首先是小说叙事的技巧和形式，具有文体学上的意义。同时也是审美体验和人生体验的一种方式，回忆产生了一种"间离效果"与"陌生化效果"。由于回忆的往事与当下的生活拉开距离，回忆者超越了利害关系，保持着对人与事的静观，从而获得和谐平淡的美学效果。京派作家用回忆消解了由现实困境带来的不安与焦虑，在颠覆现代都市文化的同时，也建构了一个乡土神话——理想的文化图景和生存模式。京派小说回忆的诗学不仅是一种叙事策略，更是一种文化策略。

  通过以上对京派小说的诗学观照，在一定程度上对它内在的诗学规则、诗学范畴进行了较为明确的界定和说明，我认为京派小说呈现出从传统中开出现代性的诗学风貌。京派小说的意象叙事既与中国传统的比兴相连，又渗透着西方的象征主义色彩，尤其是沈从文、萧乾的小说创作更表现出对象征主义的自觉追求。京派小说家的时间意识及叙述表达构成了对进化论时间观的现代性反思，空间形式的叙述结构是对传统小说线形因果叙事结构的超越。不论是意象叙事还是回忆的诗学都增强了京派小说的诗化抒情基质，在中外文学相互交融之中形成了其独特的文体特征。

  那么，从小说类型诗学的角度观之，京派小说为中国现代小说提供了什么样的小说类型呢？任何一个小说类型都不是横空出世的，尤其是20世纪的中国文学正是在中西文化的相互撞击、对话、融会之中生成发展起来的，京派小说的诗学风貌呈现出传统影响下的现代特征。如果用中国固有的一个文论术语概括京派小说诗学类型，我以为"意境"是颇为恰当的。中国文学中一直涌动着一脉抒情写意的文学传统，而精深幽晦的"意"常常是难以言传的，"书不尽言"、"言不尽意"也往往是传达者的尴尬与困惑，于是，"立象以尽意"便应运而生。京派小说的意象叙事就是通过有形的"象"含蓄蕴藉的传达深远之意，通过具体有限的语言表达无限的"意味"，这一叙事特征一方面与传统文论中"比兴"的表现方式相关，如重视暗示、联想、隐喻等；另一方面又呈现出西方现代象征主义小说的某些特征，沈从文、萧乾的小说创作表现出对象征主义的自觉追求。同时，空间形式的叙述结构特别是大量的自然风景描写的引入又强化了京派小说的意境美感。意境是"客观的自然景象和主观的生命情调的交融渗化"①。客观的自然景象的赫然排列、展示，表现的是艺术的"静境"，"静境"强调时间沉滞、静止的一面，因而京派小说叙事的时间表达特征既是京派作家的时间意识使然，也是京派作家对"意境"这一审美范畴努力追求的自然结果。

京派小说对"意境"的诗学追求，不但艺术上为20世纪中国小说提供了可资借鉴的小说范型（废名小说的流风余韵在当代作家何立伟小说中仍然留存，汪曾祺的小说更是直接取法乃师沈从文），而且借助"意境"这一诗学范畴，透过京派小说的审美的乌托邦，我们可以略窥京派作家的文化心态，"意境"在小说诗学的现代转换生成中，不仅凝聚了新的审美价值，也具有深刻的精神内涵。文化或文学的传统问题，是困扰20世纪中国人的一个纠缠不清的理论难题，21世纪的中国人也将同样面临这一不可回避的文化难题。面对传统，每一个时代都必须作出自己的回答，京派作家创作的"意境小说"诗学类型不是为我们提供了有益的启示么？

---

① 宗白华：《中国艺术意境之诞生》，《宗白华全集》第2卷，安徽文艺出版社1994年版，第327页。

十 阿左林作品在现代中国的传播与接受

阿左林（Jose Martine Ruis，1874 – 1967）是 20 世纪初西班牙著名的散文家、小说家，是西班牙"1898 年一代"的主要代表作家之一。1898 年，美西战争以西班牙的惨败而告终。从此，这个从 15 世纪末到 16 世纪末建立起来的横跨欧、美、非、亚的世界上最早的大殖民帝国悲壮地落下曾经辉煌的一幕。而当时执政的西班牙政府——波旁王朝，则没有任何使国家摆脱困境的改革，更没有旨在消除西班牙农村浓厚的封建制度残余的深远措施，西班牙何去何从的问题被尖锐地提了出来。正是在这样的情势下，西班牙社会和文化舞台上出现了一个由作家、科学家和哲学家组成的团体，被称为"1898 年一代"。这些作家大都出生于 1874—1880 年之间，虽然其成员的年龄、观点、趋向、活动方式和个人遭遇不同，但他们共同怀有对祖国前途和命运的深重忧虑，充满着极力寻求国家富强和出路的强烈愿望。这些作家试图为江河日下的西班牙分析病症，并试图为之开出药方。在为西班牙寻找出路的过程中，起初他们把目光转向西欧，认为西班牙要摆脱落后状态，必须要全盘西化，成为十足的世界主义者。但后来看到"此路不通"，于是又促使他们对所蔑视的一切传统重新加以估价，最后他们得出结论，要真正挽救西班牙，首先应该从尊重西班牙固有的文化出发。这些主张本来有其正确的一面，但由于过分宣扬"西班牙的灵魂"和"深奥的西班牙精神"、"人生的意义"等抽象的、甚至是神秘的理论，而他们所尊重的西班牙固有文化也就是回到中世纪的西班牙去。创作上脱离了批判现实主义的道路，堕入颓废主义的泥淖。波旁王朝在美西战争中的惨败使整个西班牙受到的剧烈震荡以及由此激起的知识者的强烈情绪，与 1840 年鸦片战争之后中国情形极为相似。虽然二者性质截然不同，前者是从此永远失去了自己曾经拥有的殖民地统治，而后者则由此落入半殖民地半封建的苦难深渊。但由强转弱的共同历史事实，显然造成了相同的心理落差和心灵震荡，"1898 年一代"对西班牙未来的思索与探求，与五四以后的知识者对现代中国命运的深切关注，可以说是同声相应、同气相求。

（一）阿左林及其作品的译介与传播

五四以后随着对西班牙文学的译介，阿左林及其作品也自然地受到译介者的青睐。

就目前我所掌握的史料来看，徐霞村对阿左林的翻译与介绍最早。1929 年 3 月徐霞村翻译的近代西班牙小说选《斗牛》由上海春潮书局出版，内收阿左林的《斗牛》。1929 年 7 月，当时在现代文学中有极大影响、译介外国文学较为精勤的《小说月报》在 20 卷 7 号刊登 "现代西班牙作家像"，有阿左林、乌纳木诺、巴罗哈。值得注意的是，这三位作家都是 "1898 年一代" 的重要代表作家。在同一期，同时刊登了徐霞村《二十年来的西班牙文坛》，该文对现代西班牙文学进行了简要的介绍。不久，徐霞村翻译阿左林的小说《一个 "伊达哥"》，载《小说月报》20 卷 11 号（1929 年 11 月 10 日）。

徐霞村的《现代南欧文学概观》1930 年 2 月由上海神州国光社出版，该书 "现代西班牙文学" 一节对近二十年来的西班牙文学的发展趋势进行了详尽的梳理。对阿左林的介绍也更为深入细致。

戴望舒较早把阿左林的作品介绍到中国。1930 年 3 月戴望舒、徐霞村合译的《西万提斯的未婚妻》由上海神州国光社出版，内收《一个西班牙的城》《一个劳动者的生活》《修伞匠》《卖饼人》《夜行者》《员外约根先生》《西万提斯的未婚妻》等 26 篇短篇小说和散文小品，这是根据比勒蒙的法译本 "Espagne" 转译的，戴望舒翻译了其中的 15 篇。1932 年，戴望舒在《现代》第一卷第 1 至 2 期上连载阿左林散文集《西班牙的一小时》[①] 的部分译文。同年 6 月，《阿索林散文抄》[②] 在《文艺月刊》第 3 卷第 5 至 6 期连载。1936 年 9 月，戴望舒选译的《西班牙短篇小说选》（上、下）由上海商务印书馆出版；内收阿左林的《沙里奥》。1944

---

① 戴望舒的研究专家王文彬先生曾指出，30 年代戴望舒曾写信给阿左林，阿左林回信表示可以无条件地使用《西班牙的一小时》，见《戴望舒全集》（散文卷），中国青年出版社 1999 年版，第 463 页注释。

② 民国时期，也曾翻译为 "阿索林"。

年 3 月至 1945 年 1 月，戴望舒又译介了《几个人物的侧影》，先后在《华侨日报·文艺周刊》、《大众周报》刊载。

随着阿左林作品向国内的不断译介，人们对阿左林也逐渐关注，专业人士对阿左林作品译介质量的要求也越来越高。卞之琳就是因为不太满意戴望舒与徐霞村从法文的转译，才开始翻译阿左林的。卞之琳晚年曾回忆道："我自己因为不满足于从中、英、法文里读阿左林才一度自学了几天西班牙文。"[①] 卞之琳 1932 年翻译阿左林的《传教士》，以季陵的笔名发表于《牧野》杂志第 6 期（1932 年 2 月 21 日）。卞之琳翻译的《西窗集》于 1936 年 3 月由上海商务印书馆出版，该集收入泼特莱（波德莱尔）、马拉美、梵乐希（瓦雷里）、哈代、纪德等西方现代主义作家作品，阿左林的作品收入篇目最多，所译的有阿左林散文小品《阿左林是古怪的》《晚了》《早催人》《奥蕾丽亚的眼睛》等共 11 篇。1943 年 5 月，卞之琳翻译的《阿左林小集》由重庆国民图书出版社出版，这个集子是在原有的《西窗集》中阿左林部分的基础上扩充而成。

（二）阿左林的接受与认同

随着阿左林作品在国内的译介，人们对阿左林及其作品的评论也逐渐出现。对阿左林大都持接受、认同与欣赏的态度。

对阿左林的接受与认同首先来自翻译者。

徐霞村指出，"他（阿左林，引者注）在最近西班牙文学史上的最大贡献就是他的文体。他的文体是短简而明洁，完全找不到那传统的……散文的陈套的构造，修辞的句子，以及骈偶和对比。"[②] 并且进一步指出阿左林的贡献不但在于文体上，而且在人生观方面也极为独特。"阿左林的人生观也是散文的。他说，人生是没有结构的；它是有变化的，多方面的，流动的，矛盾的，完全不和小说里那种相称的，几何学的样子相同。"[③]

[①] 卞之琳：《何其芳晚年译诗》，《人与诗：忆旧说新》，生活·读书·新知三联书店 1984 年版，第 97 页。

[②] 徐霞村：《现代南欧文学概观》，上海神州国光社 1930 年版，第 34 页。

[③] 同上书，第 35 页。

戴望舒认为阿左林"为新世纪的西班牙开浚了一条新的河流。他的作风是清淡简洁而新鲜的！他把西班牙真实的面目描绘给我们看，好像是荷兰派的画。"①

1930年5月12日《骆驼草》周刊创刊，在该刊第三期，周作人发表了题为《西班牙的古城》一文，这是读西班牙作家阿左林的《西万提斯的未婚妻》的一则笔记。周作人盛赞阿左林的文章"的确好而且特别，读他的西班牙的小品，真令人对于那些古城小市不能不感到一种牵引"，而且带着羡慕的口吻说自己读完之后"放下书叹了一口气：要到什么时候我才能写这样的文章呢！"②

1934年5月，万良浚、朱曼华合著的《西班牙文学》由商务印书馆出版。书中介绍阿左林时，与西班牙同时代的作家乌纳木诺（Miguel de unamuno）进行了对比："他（阿左林——引者注）和乌纳木诺不同的地方，就是乌纳木诺是很勇敢地肆无忌惮地向前冲，而阿左林呢，他好像一只谨慎的小鸟，用安闲的态度远远地站着观察，一面唱着浅近的歌。"③他的小说"自己也承认没有结构"。④"在他的作品里，一切修辞上的句子，关系的句子，比拟、直喻等都是绝对禁用的，他的文体，因此变成一堆不同的名词，像石子里没有沙泥一样"⑤。"关于乡村景物的描写，他具有一种特长；在他的许多随笔中，'Don Juan'是最成功的作品，这是叙述一个小小的古城的生活，描写乡村的野景，使读者得到一种欣悦。"⑥

汪曾祺说："我喜欢阿索林，他的小说像是覆盖着阴影的小溪，安安静静的，同时又是活泼的、流动的。"⑦他评价阿左林是"一个沉思的、回忆的、静观的作家。他特别擅长描写安静，描写在安静中回忆的人物的心理的潜微的变化。他的小说的戏剧性是觉察不出来的戏剧性。他的'意识流'是明澈的，覆盖着清凉的阴影，不是芜杂的、纷乱的。热情的

---

① 戴望舒：《〈西万提斯的未婚妻〉译本小引》，《戴望舒全集》（散文卷），中国青年出版社1999年版，第104页。
② 周作人：《西班牙的古城》，《骆驼草》第3期，1930年5月26日。
③ 万良浚、朱曼华：《西班牙文学》，商务印书馆1934年版，第133页。
④ 同上。
⑤ 同上书，134页。
⑥ 同上。
⑦ 汪曾祺：《自报家门》，《汪曾祺全集》（4），北京师范大学出版社1998年版，第288页。

恬淡，入世的隐逸。阿左林笔下的西班牙是古旧的西班牙，真正的西班牙"。①

唐湜对阿左林的散文情有独钟，颇能领会弥漫于阿左林散文中的神秘情调。他在一篇题为《阿左林的书》的散文中指出，"阿左林的书里有一种神秘的气息，一种魔术师才有的使人充满了恬静舒适的力量。读着阿左林，的确会使你'迷惘'。"② 唐湜以一个诗人特有的诗意笔触传达了阅读阿左林的深切感受："我们确是沉浸在茫然的思绪里了，然而，我们也得到诗的键簧了，我们有一种哲学的玄想，一种出神的宁静、幽寂、和平的气息，一种朦胧的诗的景象的感觉。"③ 唐湜在这篇文章的附注中特意指出，他是从卞之琳译的《阿左林小集》中得以体悟到阿左林艺术之堂奥，并对集中的名篇《奥蕾丽亚的眼睛》《阿左林是古怪的》《迷惘》《飞蛾与火焰》《耽乐》等赞赏有加。

林徽因对阿左林的了解也主要通过卞之琳的译文。卞之琳1935年在日本京都曾翻译阿左林晚年所写的一篇短篇小说《飞蛾与火焰》，与此同时翻译的阿左林的另外几篇寄国内《大公报·文艺副刊》发表。其时，林徽因也常在该刊发表作品。多年之后，林徽因对曾经读过的阿左林的这些小说仍记忆犹新，卞之琳回忆道，"那次林徽因和我在昆明晤谈，想不到她还记得这几篇译文，向我大为称道阿索林的这几篇小说。"④

废名对阿左林并不陌生，作为《骆驼草》的编辑之一，他所心仪的老师周作人发表在该刊物的《西班牙的古城》一文，想必也应该看到。周作人的这篇文章刊载不久，废名就发表了题为《阿左林的话》⑤一文，这是废名看了徐霞村的《现代南欧文学概观》的一则阅读笔记。文章中，废名就阿左林的小说理论谈了自己的看法，阿左林认为"人生是没有结构的"，"不像它在小说里那样整齐，那样板然的方正"，"小说绝不是它的完全的表现"。阿左林是在强调人生与艺术的同构，强调小说结构的散文化。在阿左林看来人生是没有结构的、散文化的，所以用以反映人生的

---

① 汪曾祺：《谈风格》，《汪曾祺全集》（3），北京师范大学出版社1998年版，第340页。
② 唐湜：《阿左林的书》，载1945年《浙江日报·江风》，见《新意度集》，生活·读书·新知三联书店1989年版，第309页。
③ 同上。
④ 卞之琳：《窗子内外：忆林徽因》，上海《文汇报》1985年3月10日。
⑤ 载《骆驼草》第21期，1930年9月29日。

小说也不应那样整齐，那样刻板。废名自己谈到他写此文时并未阅读过阿左林的其他作品，他显然误解了阿左林的话，从废名评论他喜爱的西班牙作家西万提斯（今译塞万提斯）可以看到，废名同样强调小说应该写实，应该没有结构，他说道："西万提斯或者不能不说是写实派。这里才真是没有结构。本来这个道理平常，可以说如同照相与写生之比。"他认为西万提斯的《吉可德先生》"乃是无全书在胸，而姑涉笔成书，其价值恐在《水浒》以上。"①从废名的论述不难看出，他是极为欣赏"涉笔成书"的无结构之作的，与阿左林强调小说结构的散文化并无二致。

从以上的梳理与描述可以看到，人们对阿左林的接受与认同主要来自以下两个方面：

首先是文章之美，短简而明洁的散文文体，以及小说结构的散文化。

其次是阿左林对故旧的西班牙小城的描写，这种感伤略带怀旧的调子，正契合了一些现代作家对古老中国的深情回眸。西班牙在许多人心中是一个神秘的国度，戴望舒曾于1934年8月进入西班牙，后来写了一组"西班牙旅行记"的文章陆续在国内发表，正如戴望舒在文章中所讲："一个在我梦想中已变成那样神秘的西班牙在等待着我"②，"我，一个东方古国的梦想者……怀着进香者一般虔诚的心，到这梦想的国土中来巡礼了。"③ 西班牙是一个多层面的存在，一个是旅行指南和游记中的西班牙，是历史传说和艺术上的西班牙，这里有勇武的斗牛、狂放的歌舞及吉可德（今译堂吉诃德）式的梦想者；一个是现实中逐渐式微的、安命坚忍的西班牙，这虽然是一个卑微而静默的存在，但他却充满了深深的爱的魅力。现实中的西班牙与当时古老破败的中国社会是极为相似的：

> 现在，你在清晨或是午后走进任何一个小城去吧……你穿过小方场，经过一个作坊，一切任何作坊，铁匠底、木匠底或羊毛匠底。你伫立一会儿，看着他们带着那一种热心，坚忍和爱操作着，你来到一所大屋子前面：半开着的门已朽腐了，门环上满是铁锈，涂石灰的白墙已经斑驳或生满黑霉了，从门间，你望见了被野草和草苔所侵占

---

① 废名：《无题》，《世界日报·明珠》1936年10月11日第17期。
② 戴望舒：《我的旅伴——西班牙旅行记之一》，《新中华》4卷1期，1936年1月10日。
③ 戴望舒：《西班牙的铁路——西班牙旅行记之四》，《新中华》4卷1期，1936年1月10日。

了的院子。①

这是戴望舒眼中现实的西班牙,这一切无不诉说着荒凉而残破、静默与坚忍,这些场景与师陀笔下的中原小城何其相似!

(三) 阿左林作品与中国现代作家的共鸣

阿左林最重要的著作有小说和随笔两类。著名的小说有《意志》(1902)、《安东尼奥·阿索林》(1903)和《一个小哲学家的自白》(1904)等。他的小说没有连贯的故事情节,通常是由一连串的画面构成,有时只是一些对话和冥想的综合。他的著名的随笔有《卡斯蒂亚的灵魂》(1900)、《市镇》(1905)、《卡斯蒂亚》和《西班牙的一小时》(1923)等。作者力图通过对西班牙古老的城镇和乡村的发现及描绘来探索他所谓的"西班牙的灵魂"和"深奥的西班牙精神"。以回眸的姿态沉湎于遥远的过去。

阿左林善于描写西班牙的小城,尤为关注小城中传统匠人的生活和命运,面对这些卑微的劳动者以及行将消失的弥漫着传统氛围的古典工艺,阿左林发出了深长的生命感喟:"在西班牙的诸小镇上,我曾经时常看着那些在自己的作坊里的铁,木,和羊毛的工匠。在近代世界中,细巧而有耐心的手工艺是在很快地消灭下去了。但是在那些小镇的作坊中,我却赏识着那些匠人的爱,小心和感人的忍耐。那劳动者的全家分担着他的操作是常有的事。而那作坊的这样亲切的氛围气,是和全镇的传统的氛围气合而为一的。"②

阿左林极为关注传统向现代转型期传统小手工业者及手工作坊者的命运。《金匠店》中的金匠在一座老屋里经营着他的小铺,室内的一切固然显得简陋,但却不乏完整、和谐——堆起来的石头、窗子、熟铁的露台、雕花的木檐,在锤子的敲打和锉刀的摩擦声中,老金匠日复一日、年复一

---

① 戴望舒:《在一个边境的站上——西班牙旅行记之三》,《新中华》4卷5期,1936年3月。

② 阿左林:《西班牙的一小时》,《戴望舒全集》(散文卷),中国青年出版社1999年版,第464页。

年地劳作，他的孩子也在这声音中慢慢长大：

> 一年后孩子是一个小伙子了，而且坐在里面的作铺里。十年后孩子差不多成人了，他也敲锤子。二十年后，孩子是一个大人了。金匠已经死了。许多年前的那个孩子已经抛弃了小石屋；他买了两旁的两所；他造了一所大砖屋。在屋面上写着：现代大商场。①

当现代大商场取代了往昔的金匠店，现代文明以不可抵挡的气势冲击着阿左林心中的"古旧的西班牙"，他带着一种深深的怅惘、低回的情调诉说着西班牙的往日。阿左林在《加斯谛拉》中曾以充满隐忧的笔触描绘了现代文明的又一幅画面：

> 每天早晨，这个铁车（火车——引者注）和它的那些黑色的箱子在远方现出来；它散播着一道道的烟，发着尖锐的啸声，急骤得使人目眩地奔跑着跑进城市的一个近郊去……②

在从传统向现代文明转型的进程中，西班牙人的心态是极为复杂的，当现代文明的产物——火车呼啸奔驰而来，这"铁的生客"破坏了古旧的山川天地之间相互的默契和熟稔，破坏了人与自然之间的相融合的氛围。阿左林深爱着他的"古旧的西班牙"，看着这些行将消失的传统工艺，他以怅然若失的回眸的姿态沉湎于遥远的过去，以此来发现、描绘及探索他所谓的"西班牙的灵魂"和"深奥的西班牙精神"。

对时间的思索和追问历史的生命激情总是回荡在阿左林的作品中："我们是在二十世纪的西班牙呢，还是在以前的一个世纪？时间是什么，永恒又是什么？""在永恒之中，从时间之外的一点上看起来（如果我们可以这样说），我们，二十世纪的人，和例如十六世纪的人，是同样的一件东西。"③《虔信》表达了生命的短促、脆弱以及对时间、人生意味深长

---

① 阿左林：《金匠店》，《卞之琳译文集》（上），安徽教育出版社 2000 年版，第 75 页。
② 阿左林：《加斯谛拉》，转引自戴望舒《西班牙的铁路——西班牙旅行记之四》，《新中华》4 卷 1 期，1936 年 1 月 10 日。
③ 同上。

的思考，阿左林把千古不灭的自然景观与转瞬即逝的短暂人生相互比较，于生命的哲思中流露出淡淡的命运忧伤。"生命是短促而脆弱的。这里的一切东西都表示坚固，耐久：宏大的建筑，坚强而朦胧的群山，结实而浓密的树木。对于任何默想的人，世界上一切东西都带了生命的转瞬即逝之思来。"① 他往往从个体的生命沉思走向诸如对国家、历史、宇宙的形而上的考察。在阿左林看来，"一切东西都是向虚灭前进着的。""在几世纪过去了之后，这浩大而可畏的西班牙帝国，将剩下什么东西呢？"阿左林接着说道，"跟着时间，无量的时间的消逝，世界上一切的国家将被倾覆了，扫荡了，像在黄昏中环着高塔急绕着的那些燕子一样轻，一样快。"②

阿左林对时间充满了不可名状的恐惧与隐忧，"我感觉到一点恐怖，时间的观念困扰我。'现在'并不存在。'现在'是如此短促的一刹那。"他希望"如果我们能够逃开时间加于我们的苦恼和磨难啊！那么一切都为我们活在永恒里了。"③

在现代作家当中，汪曾祺的文体风格及精神气质与阿左林是极为相通的。汪曾祺虽然是一个文体意识较强的作家，但我们仍可以清晰地看出他所师承的文学轨迹。在谈到他自己受到的文学影响时，他明确指出："古人里有归有光，中国现代作家是鲁迅、沈从文、废名，外国作家是契诃夫和阿左林。"④ 在小说文体观念上与阿左林有内在的契合，汪曾祺曾结合自己的创作实践反复强调："我一直以为短篇小说应该有一点散文诗的成分，把散文、诗融入小说，并非自我作古，屠格涅夫的《猎人笔记》有些近似散文，契诃夫有些小说写得轻松随便，实在不大像小说，阿左林的小说称之为散文未尝不可，小说的散文化似乎是世界小说的一种（不是唯一）趋势。"⑤"我过去就曾经写过一些记人事的短文。当时是当作散文诗来写的……散文诗和小说的分界处只有一道篱笆，并无墙壁（阿左林和废名的某些小说实际上是散文诗）。我一直以为短篇小说应该有一点散文诗的成分。把散文诗编入小说集，并非自我作古，我看到有些外国作家

---

① 阿左林：《虔信》，《戴望舒全集》（散文卷），中国青年出版社1999年版，第470页。
② 同上。
③ 阿左林：《蓝白集·像一颗流星》，《卞之琳译文集》（上），安徽教育出版社2000年版，第120页。
④ 汪曾祺：《谈风格》，《汪曾祺全集》（3），北京师范大学出版社1998年版，第337页。
⑤ 汪曾祺：《作为抒情诗的散文化小说》，《汪曾祺全集》（8），北京师范大学出版社1998年版，第77页。

就这样办过。"① 汪曾祺一再援引阿左林的小说文体作为自己文体实验的合法性依据，足见对阿左林内在认同之强烈。难怪汪曾祺会说："阿索林是我终生膜拜的作家。"② 其实，只要稍加留意就可看出汪曾祺的许多有关小说文体的论述是直接脱胎于阿左林的，汪曾祺指出，"生活本是散散漫漫的。文章也应该是散散漫漫的。"③ 这是阿左林关于人生与艺术应该同构的进一步发挥。

在创作实践上，汪曾祺的小说与阿左林一样"近似随笔"，做到了"生活化"而不是"编故事"。他的小说往往有人物无故事，甚至有的连人物都没有。他的许多简短之作如《幽冥钟》《茶干》等不单是"近似随笔"，也可以说就是随笔。如《打鱼的》《金大力》《榆树》《钓人的孩子》等。在创作题材的择取上，汪曾祺与阿左林一样，大多写的是小事，生活中的一个角落，一个片段，写重大题材的作品很少。尤其是在人物描写上，阿左林善于描写传统匠人、卑微的劳动者，汪曾祺呈现给读者的是一群生活在纷扰世界和艰难时世中的谋生者，大都是一些贩夫走卒、引车卖浆者。汪曾祺曾自述其少年时代的经历："我放学回家喜欢东看看西看看，看看那些店铺、手工作坊、布店、酱园、杂货店、炮仗店……百看不厌……这些店铺、这些手艺人使我深受感动，使我闻嗅到一种辛劳、笃实、清甜、微苦的生活气息。这一路的印象深深注入我的记忆，我的小说有很多篇写的便是这座封闭的、褪色的小城的人事。"④ 这是一群在社会底层挣扎着的小人物，汪曾祺用温爱与诗意的目光注视着他们。

他40年代创作的小说《戴车匠》用诗情画意的笔调娓娓叙述戴车匠的生活环境：小而充实的半间店面的板壁上贴着一副"室雅何须大，花香不在多"的小红春联；屋里极高的方几上摆放着用老竹子的根节做成的竹根壶；一具又大又重、稳定厚实、年代久远、不大讲究的旧式车床，然而制作出来的器具却精巧、细致、耐用，接下来展开对戴车匠工作情景的诗性描绘。作为一种职业，"车匠的手艺在此也许竟成为绝学，因为世

---

① 汪曾祺：《晚饭花自序》，《汪曾祺全集》（3），北京师范大学出版社1998年版，第324—325页。
② 汪曾祺：《阿索林是古怪的——读阿索林〈塞万提斯的未婚妻〉》，《汪曾祺全集》（6），北京师范大学出版社1998年版，第14页。
③ 汪曾祺：《谈散文》，《汪曾祺全集》（6），北京师范大学出版社1998年版，第334页。
④ 汪曾祺：《自报家门》，《汪曾祺全集》（4），北京师范大学出版社1998年版，第285页。

界上好像已经无须那许多东西,有别种东西替代了。"① 这个沉默的小城和戴车匠的生活之所以能引起汪曾祺的叙述兴趣,在于他把戴车匠"稳定而不表露的生命"作为"一种情感形态"和"人类社会的一种模样"来看待。他怀着"回眸"的叙述姿态深情地送走了一个时代,一个将要失传的投入感情和生命的劳动方式,用"回忆之诗"来表现所谓"最后的绝学"。汪曾祺对阿左林的评论也是他此类回叙型小说艺术风格的最好说明:"阿索林在古色古香的西班牙——塞万提斯的故乡爱斯基维阿斯的见闻,充满了回忆,怀旧,甚至有点感伤的调子。"② 汪曾祺通过回忆中的沉思以达到对传统文化的诗性观照和现代认同。

就我现有掌握的材料,师陀自己谈论阿左林的文字目前还没有看到,但二人创作的文本却有极大的相似性。作为与卞之琳1934年以后③有密切交往的好友,师陀对卞之琳翻译的阿左林作品应该不会陌生。卞之琳曾对师陀小说的艺术风格作过这样的评价:"我总觉得师陀写叙事散文写得有小说醇味,而在散文化小说里往往有诗情诗意,令我由衷钦佩。"④ 卞之琳在《西窗集》的"题记"中对他所翻译的阿左林等作家的作品有总体的评价:"虽是杂拌儿,读起来也许可以感受到一个共通的特色:一点诗的情调。"⑤ 这"诗情诗意"即是师陀与阿左林小说文体的内在契合之处。

师陀对乡土中国的忧伤凝眸与阿左林对故旧西班牙的描写极为相似,只不过比阿左林对传统文化的单纯认同要复杂一些。师陀笔下也多是传统生活方式下卑微而坚韧生存的小人物——"铁匠"、"锡匠"、"邮差先生"、"说书人"、"卖灯油者"、"江湖客"、"车夫"等。师陀在小说《一吻》中用留恋与怀旧的笔调抒写着乡土中国的画面:"那是个什么时代呀!十字街上有多少好声音哪!那时候这地方的中心不在只有三两座怪房子的火车站那边,而是在这弥漫着泥土气息的城里。酒楼上震耳欲聋,堂倌们奔走支应,豁拳声叫嚣声终日闹成一片;乡下人在街上穿来穿去,肩

---

① 汪曾祺:《戴车匠》,《汪曾祺全集》(1),北京师范大学出版社1998年版,第145页。
② 汪曾祺:《阿索林是古怪的——读阿索林〈塞万提斯的未婚妻〉》,《汪曾祺全集》(6),北京师范大学出版社1998年版,第14页。
③ 师陀:"也许先和之琳相识。现在能记得起来的,我已从大学夹道迁入中老胡同,时间约在1934年秋天。"见《两次去北平》,载《新文学史料》1988年第3期。
④ 卞之琳:《话旧成独白:追念师陀》,《新文学史料》1989年第2期。
⑤ 卞之琳:《西窗集·题记》,商务印书馆1936年版,第3页。

上背着沉甸甸的褡裢;药铺里药臼鸣唱着,一种无法形容的快乐而又天真的声调……"然而,随着时间的流逝,现代文明的匆匆脚步惊醒了乡土中国的静谧之梦,也加剧了师陀笔下"果园城"世界的变化,"小车夫、驴夫、脚夫、褡裢、制钱的时代过去了,和那个时代的各种好声音一同消灭了。"脚驴、制钱是前现代文明——农耕文化的事物,而现在代之而起的是洋车和钞票,火车站也变得热闹非凡,这些都是现代文明催生的产物。可见,师陀是怀着"无可奈何花落去"的悲悼情调与挽歌情怀注目过去,当然,师陀在对乡土中国的深情回眸中并没有像阿左林一样一味沉湎于过去,而是多了一层理性反思及文化批判的色彩。正如朱光潜所指出的,师陀一方面"留恋"着传统农业文明"具有牧歌风味的悠闲",同时又"憎恨"它"流播着封建式的罪孽"①。《灯》中的卖油人用从来不变的声音敲击着木鱼沿街叫卖,待他熟悉的各家的灯都亮起来,才收起生意朝自家为他点燃的灯赶去。师陀在对小人物乐天知命、自在为生命状态的温情注视中,不时流露出焦灼与忧伤。在这群命运不济而又自甘忍从的小人物身上,凝结着作家对农业文明影响下传统文化性格的诸多反思,隐现着作家内心深处历史、道德和审美之间的乡土情结悖论。

在时间观念与时间感知上,师陀小说中与阿左林有惊人的一致。师陀在《颜料盒》的结尾有一段意味深长的对于时间的感慨:"在我的四周,广野、堤岸、树林、阳光,这些景物仍旧和我们多年前看见的时候一样,它们似乎是永恒的,不变的,然而也就是它们加倍的衬托出了生命的无常。"通过时间的沉滞抒写生命的无常正是师陀的有意追求。师陀总是让他的小说叙述者(有时是一个归乡者)带着"寻找"的目光在果园城世界里穿行,那个曾经像"春天一样温柔"的素姑小姐七年后已变得苍白、呆板而憔悴;活泼、大胆、欢快的油三妹因偶然的遭遇过早地失去年轻的生命;离乡十二年的孟安卿再度回到故乡,却早已被故乡人忘记;大刘姐归来看到的是以前的锡匠师傅成为乞丐,老药铺的掌柜也已经死去。"时间"改变着一切,时间是这座小城的真正主宰,师陀借对人物命运的思考传达自己对时间的感慨:"人无尽无休的吵着,嚷着,哭着,笑着,满腹机械的计划着,等到他们忽然睁开眼睛,发觉面临着那个铁面无私的时

---

① 朱光潜:《〈谷〉和〈落日光〉》,《文学杂志》1卷4期,1937年8月。

间，他们多么渺小，可怜，他们自己多么无力呀。"① 时间使人认识到自我生存的荒诞、虚幻与软弱无力。同时，停滞的时间也隐喻地说明了"果园城"文化（某种程度上也是师陀心目中的中国文化）的历史惰性，只有人事的代谢，却少有历史的真正发展，甚至表征为文明衰败的征兆。师陀"有意把这小城写成中国一切小城的代表"，它是古老中国文化积淀和历史品格的缩影，小城的衰微与败落也隐隐道出因向往文明进步又惋惜随文明进步而消亡和败落的人事所生的无可奈何的悲凉。

卞之琳晚年曾回忆起阿左林的散文对他创作所产生的实际影响，"西班牙阿左林的散文实际上影响过写诗的戴望舒和何其芳以至我自己。"② 卞之琳非常喜欢阿左林的作品，他从阿左林的作品中得到了强烈的感情共鸣，卞之琳指出，"他（阿左林，引者注）把王公贵人和市肆、宫廷和铁匠铺用了同样篇幅、同样力量写……他总亲切、生动地给了我们西班牙人和西班牙，……他的作品里，如同一切真挚的作品里，我们增得了对于人、对于地的感情，也增得了对于西班牙的感情，也就是对本国的感情。"③ 沈从文曾以上官碧的笔名写过一首《卞之琳浮雕》的戏谑诗，他模仿卞的口吻说，"天气多好，我不要这好天气！我讨厌一切，真的，只除了阿左林。"④ 阿左林的散文亲切随便，善于以平常小事入文，在凡人小事的世界里抒发一种淡淡的命运忧伤。卞之琳选译过的《小哲学家自白》、《村镇》集中体现了阿左林的创作倾向和艺术风貌。卞之琳对自己的诗学原则曾概括道："这阶段写诗，较多地表现当时社会现实的皮毛，较多寄情于同归没落的社会下层平凡人、小人物……"⑤ 卞之琳在《一个闲人》中写到的一位手插在背后、在街道上懒散的闲人，从他手中打磨得滑亮的核桃进而联想到闲人时光的流逝。在平淡无奇的情景与素材中寄寓了作者对时光流逝而闲人却无所作为的淡淡惋惜。在《长途》一诗中，卞之琳选取肩荷重担的挑夫作为自己观照对象，在对挑夫辛苦和坚韧的逼真描绘中充溢着对底层人物命运的同情与赞美。《古镇的梦》表现了诗人

---

① 师陀：《一吻》，《果园城》，珠海出版社1997年版，第267页。
② 卞之琳：《何其芳晚年译诗》，《人与诗：忆旧说新》，生活·读书·新知三联书店1984年版，第97页。
③ 《卷头小识》，《阿左林小集》，重庆国民图书出版社1943年版，第2—3页。
④ 见《大公报文艺副刊》第124期，1934年12月1日。
⑤ 卞之琳：《雕虫纪历自序》，《卞之琳文集》（中），安徽教育出版社2000年版，第447页。

对历史人生的深度思考，古镇上回响着两种寂寥的声音：白天是算命的破锣，夜间是更夫的梆子。这对意象中深藏着在时间之流中人生轮回更迭的"命定感"，"敲梆的过桥，敲锣的又过桥，不断的是桥下流水的声音"，这里不仅回荡着"子在川上曰：逝者如斯夫"的命运感喟，也有阿左林对时间充满隐忧的内在共鸣。

何其芳的早期散文集《画梦录》不管是对辽远的神秘世界的探求，还是对生命历程的回眸与沉思，都较多地浸润了阿左林作品的感伤色彩与低回情调。何其芳应该极为熟悉阿左林作品，《哀歌》中何其芳甚至要为他笔下的人物选择一个阿左林作品中曾经用过的，"奥蕾丽亚或者萝拉……西班牙女子的名字呢：闪耀的，神秘的，有黑圈的大眼睛。"文章结尾，何其芳又援引阿左林的话表达物是人非的命运忧伤："我听见了我那第三个姑姑的最后消息：嫁了，又死了。死了又被忘记了。但当她的剪影在我们心头浮现出来时，可不是如阿左林所说，我们看见了一个花园，一座乡村的树林……和那挂在被冬天的烈风吹斜了的木柱上的灯。"①

以上对阿左林在中国现代文学的译介与接受做了简要的梳理和描述，作为在世界文学之林中一个并不太著名的作家，阿左林对中国现代作家的影响却是具体而细微的，他得到了中国现代作家的强烈共鸣与认同，并对现代作家的创作实践与文体意识产生了深刻影响。从阿左林的传播与接受，我们也可略窥中国现代作家的文体观念及创作实践的一个外来资源，这对于进一步深化中国现代文学研究具有重要意义。

---

① 《何其芳全集》(2)，河北人民出版社 2000 年版，第 119 页。

十一　中国现代文学的源流与特征
——中国现代文学史绪论

（一）晚清的文学与语言革新运动

任何事物的发生都有其内在的历史根据，中国现代文学也是这样，它并不是"忽如一夜春风来，千树万树梨花开"，它的产生与发展也同样有它内在的历史渊源。

此前的现代文学史叙述，往往把现代文学的时间段限定在从 1919 年五四运动开始至 1949 年中华人民共和国成立这一历史时期，事实上，中国现代文学是一个渊源有自、不断发展与演进的文学，其渊源于晚清的文学革新运动。

晚清以来，西方的坚船利炮冲破了中国这个老大帝国的大门，也惊醒了朝野之间曾经共享的美梦。尤其是 1894 年那场发生在黄海海面的中日甲午之战，更是让中国人为之扼腕喟叹的永远心痛，偌大的中华帝国竟惨败于弹丸之地的日本。痛定思痛之余，危机意识与危亡反省成为一切思想展现的深刻动因。诚如王尔敏所言："中国近代之最大危机，莫过于信心崩溃……近代西方冲击，中国应付颠倒错乱，彻底失败，渐使知识分子完全陷于失望自卑、悲观无助状态。检讨反省，对于本民族一切过去，无不产生根本怀疑与彻底否定。驯至诅咒破坏，唯恐不力。"[①] 当然，这种彻底否定的思想动力日渐弥漫浸染于各种问题之中，也自然影响到对中国固有的语言文字的思考。

晚清基于"卫国保种"的需要，不同的人士各有一套救亡图存、自

---

① 王尔敏：《近代文化生态及其变迁》，百花洲文艺出版社 2002 年版，第 291 页。

新自强的改革方案。维新变法者试图通过自上而下的政治变革呼唤出强大的中国，一些知识者则遵循另一思想理路，为挽救国家民族之危亡，他们意识到启迪民众、开启民智、普及实学的重要性。在设想广建学校、广立学会的同时，自然把目光投注到知识的载体——中国繁难的文字符号上，因方言歧异、文字繁难，知识难以普及普通民众，这无疑加深了中国的落后状态。与此对照的是，由于海禁打开，中国知识者加深了对于西方富强文明的了解，日本明治维新之后的语言文字改革也为中国的趋新士人提供了反观中国文字以期变革的灵感："窃谓国之富强，基于格致；格致之兴，基于男女老幼皆好学识理。其所以能好学识理者，基于切音文字。则字母与切法习完，凡字无师能自读，基于字话一律，则读于口遂即达于心。"语言文字变革无不起源于国家民族图强自新的思想涌动。

晚清的维新派和知识者正是出于寻求国家独立、民族富强的考量，开启了自上而下的思想启蒙运动，思想启蒙的需要，自然开始了白话文运动的先声。

事实上，早在1868年，黄遵宪就提出了"我手写我口"，倡导言文合一。1897年，陈荣衮创办《俗话报》旨在改良风俗。1898年5月，裘廷梁主编的《无锡白话报》创刊，1898年8月27日刊载裘廷梁的《论白话为维新之本》一文，该文指出："愚天下之具，莫文言若；智天下之具，莫白话若"，以惊世骇俗的语言大胆地批判了文言的流弊，张扬了白话之优长，旗帜鲜明地提出"崇白话而废文言"的革命性主张，成为五四时期胡适、陈独秀等提出的倡白话而废文言的先导。陈荣衮是晚清白话文运动的又一位先驱者，1899年陈荣衮在《知新报》上发表《论报章宜改用浅说》一文支持裘廷梁的白话主张，他把开启民智与改革文言结合起来："开民智莫如改革文言。不改文言，则四万九千九百分之人日居于黑暗世界中，是谓陆沉。若改文言，则四万九千九百分之人日嬉游于玻璃世界中，是谓不夜。"自此，晚清白话报刊大量刊行，如著名的《杭州白话报》（1901）、《苏州白话报》（1901）、《芜湖白话报》（1902）、《湖南白话报》（1903）、《福建白话报》（1904）等如雨后春笋，这些白话报刊不论是改良社会还是鼓吹革命，其借用白话开启民智、传播启蒙思想的思想理路是一致的。值得关注的是，有些白话报刊为以后五四文学革命的倡导作了理论上的酝酿和准备，如1904年陈独秀主编的《安徽俗话报》在救亡图存、批判旧的伦理、倡导文学改革诸方面的编撰体例和思想理念预示着此后《新青年》的面貌，署名三爱（陈独秀）的《论戏曲》一文已经粗具文学革命的雏形和面貌。

晚清的白话文运动不但在语言形式上和启蒙理路上开启了五四白话文的先河，而且在文学观念和文体形式上也拉开了现代性的帷幕，为现代文学的现代化作了充分的准备。

晚清以来，甲午战败和《马关条约》的签订，逐渐加剧了中国半殖民地化的进程，而百日维新的失败又促使维新思想家进一步探求思想文化的变革，维新派为挽救民族危亡进行了古今中外的上下求索，这种夸父逐日似的孜孜以求促进了中西文化空前剧烈的交汇和碰撞。在这样的文化背景中，文学观念也在中与西的融合中逐渐发生了从古典到现代的创造性转换。

在这一文学观念的转变中，梁启超和王国维的影响巨大。"思想界之先锋"梁启超从开启民智的启蒙立场出发，旗帜鲜明地提出了"诗界革命"、"文界革命"、"小说界革命"和戏曲改良的口号，其文学变革的理论基点已经与中国历史上的诗文革新运动迥异，不再是打着以复古为革新的旗号，逐渐从康有为的托古改制的观念中跳脱出来，代之以具有现代意识的文学进化论观念。梁启超认为"文学进化又一大关键，即古语之文学变为俗语之文学是也。各国文学史之开展，靡不循此轨道。"因而，他论诗文小说尤为强调语言的通俗化，积极主张"言文合一"，认为这是文学进化历史发展的必然。在梁启超的文学思想中最为核心的是文学社会功能和社会地位的提高。在《传播文明之利器》《译印政治小说序》《饮冰室诗话》等著述中反复强调文学对开通民智、转移风气、改良社会的重要功用。特别是在《论小说与群治之关系》中，他一反传统鄙视小说的偏见，把小说推尊为"文学之最上层"，把小说的作用提升到关乎国家之命运、政治之盛衰的高度来看待，批判旧小说是中国群治腐败的总根源，因而主张"欲新一国之民，不可不先新一国之小说"，"欲改良群治，必自小说界革命始；欲新民，必自新小说始。"当然，小说的社会功用是建立在小说的艺术感染之上的，他总结了小说具有"熏"、"浸"、"刺"、"提"的四种力量，进一步区分了表现理想和表现现实的两种小说类型。现在看来，梁启超对于小说的社会功能过于夸大，文学的政治功利色彩尤其浓厚，但在当时对于提高文学的社会地位，促进文学创作的繁荣具有重要意义。

梁启超的"三界"革命的提出和戏曲改良的主张对于文体类型的现代性变革具有催生的意义。1896 年左右，梁启超与夏曾佑、谭嗣同一起标榜"新学"、相互唱和，写作"新学之诗"，诗歌运用了许多宣扬革命的新名词，这种诗歌写作无疑是对于拟古诗风的一个冲击。在《夏威夷游记》中，梁启超提出："非有诗界革命，则诗运殆将绝！"1902 年，梁启超的《饮冰室诗话》在《新民丛报》上连载，自称为新派诗人，努力鼓吹诗界革命。在诗歌形式方面，梁启超倡导"新语句"，有的"以日本译西书之语句"入诗，有的"以民间流行最俗最不经之语"入诗，主张"诗不一体"，追求"新语句"和"新意境"，对于晚清诗风的转变产生了深远的影响，为格律诗向现代白话自由诗体的过渡作了理论和创作实践上的准备。在散文方面，梁启超主张写"觉世之文"，以"条理明晰"、"笔锋常带感情"的新型文体吸引了当时的众多读者。他的《少年中国说》《呵旁观者文》《过渡时代论》等脍炙人口的著名散文洋溢着救国救民的信念和激情，他把全部的感情集中于笔端，澎湃着一股震撼人心的强大力量。这种散文的新文体，梁启超后来概括道："务为平易畅达，时杂以俚语、韵语及外国语法，纵笔所至不检束。学者竞效之，号'新文体'。"梁启超开创的"新文体"成为五四文学革命和文体改革的先导，著名的文学史家郑振铎对于梁启超散文的历史贡献曾有颇为中肯的评价，他指出梁启超散文的最大价值在于他"打倒了所谓恹恹无生气的桐城派的古文，六朝体的古文，使一般的少年们都能肆笔自如，畅所欲言，而不再受已僵死的散文套式与格调的拘束；可以说是前几年的文体改革的先导。"梁启超从文学自身发展的角度充分肯定了戏曲在文学史上的地位和文学价值，打破了鄙视戏剧的传统文学观念，提出了改良中国戏剧的设想。同时，梁启超还积极创作实践，探索改革中国戏曲的新路子。他的《新罗马传奇》是我国第一部以西方资产阶级革命史为题材的传奇剧本，在 20 世纪初的传奇剧创作中以新颖的题材、新鲜的思想和挣脱格律的形式起到了转变风气的开山作用。1905 年创作的广东戏本《班定远平西域》大量运用民间曲调，人物对白中夹杂外语，这种首开风气的大胆的艺术实践突破了中国传统的戏曲形式，对以后的戏剧改革产生了积极的影响。文学史家阿英认为梁启超创作的此类剧本"对于后来的戏曲改革运动，有很大的影响。"

如果说梁启超的文学观念和创作实践过于看重文学的启蒙作用和社会

政治功利性，视文学为"新民"之利器，那么，王国维则在中西哲学、美学和中西文学的比较中，以博大的文化视野和人本追求使文学脱离和超越政治，呼唤着文学的自觉。他认为文学创作的目的在于"描写人生之苦痛与解脱之道，而使吾侪冯生之徒，于此桎梏之世界中，离此生活之欲之争斗，而得其暂时之平和。"这是王国维思想观念和文学理论的核心，他的发表于1904年7月《教育世界》杂志上的《〈红楼梦〉评论》集中体现了这一文学主张。王国维援引叔本华的悲观主义生命哲学去评论中国古典小说《红楼梦》，肯定《红楼梦》是表现人生本质的小说。那么，在王国维看来人生的本质就是欲望而已，欲望得不到满足就永远处于痛苦之中，文学则是帮助人解脱痛苦之道的良药。暂不论王国维对于人生本质的看法是否合理，但他从以人为本为出发点考察文学与艺术，把文学从载道的工具和政治的附庸中剥离出来，在一定意义上为五四文学革命倡导"人的文学"提供了思想上的准备和理论上的铺垫。他的《古雅在美学上之位置》一文系统阐述了他的"无用之用"的非功利的文学观念。他把文学视为"可爱玩而不可利用者"，认为"其价值亦存于美之自身，而不存乎其外"。王国维无功利的文学观念与梁启超的文学观念构成了互补的态势，是对传统"文以载道"观念的冲击，同时开启了"文的自觉"的新时代。尤其在《〈红楼梦〉评论》中提出的《红楼梦》是"悲剧中之悲剧"的悲剧观念，打破了传统文学中"始悲终欢"的"乐天"精神，对于20世纪的悲剧观念产生了巨大的影响，这种以西方的文学观念观照中国文学的批评眼光和开放博大的学术胸襟至今还发挥着持续的影响。

（二）中国现代文学的现代性

何谓现代文学？它的现代性品格何在？现代性首先是一种时代意识，通过这种时代意识，该时代将自身规定为一个根本不同于过去的时代。那么，现代文学与古典文学根本的差异在哪里呢？

首先，是文学思想主题的现代性。进入20世纪以来的文学，尤其是五四文学革命以后，文学的思想主题发生了巨大和深刻的变化，个性解放、平等观念、爱情自由、婚姻自主、民族国家等具有现代意识的文学主题弥漫于文学的创作中。文学思想主题的现代性来源于文学观念的大变革。人道主义的文学观念取代了"文以载道"、"代圣贤立言"的传统古典文学观。周作人于1918年12月在《新青年》上发表《人的文学》，张扬着人性解放的大旗，呼喊着"要重新发现'人'，去'辟人荒'。"周作人所谈的人道主义并非是居高临下的悲天悯人，"乃是一种个人主义的人间本位主义。"也即是说，周作人所倡导的人道主义不是博施济众的慈善主义，而是一种个人主义，"是从个人做起，要讲人道，爱人类，便须使自己有人的资格，占用人的位置"。人的文学就是以这种"人道主义为本，对于人生诸问题，加以记录研究的文字"。周作人认为人的文学可以书写正面的理想的生活，也可以书写侧面的人的平常的生活，他指出区分人的文学与非人的文学的重要标志"便在著作的态度，是以人的生活为是呢？非人的生活为是呢？"周作人运用人的文学这一价值尺度猛烈抨击了充斥于古典文学中散发着妨碍人性生长、破坏人类平和的非人的文学，诸如迷信的鬼神书类、神仙书类、强盗书类、才子佳人书类、黑幕类等等。如果说周作人的《人的文学》在文学革命中为反对封建专制和伦理，提倡个性解放建立了理论基础，那么，其随后发表的《平民文学》一文则透彻地分析了贵族文学的弊端，传播了人人平等的新的道德理念。他认为"平民文学应以普通的文体，写普遍的思想与事实。我们不必记英雄豪杰的事业，才子佳人的幸福，只应记载世间普通男女的悲欢成败。""世上既然只有一律平等的人类，自然也有一种一律平等的人的道德。""平民文学应以真挚的文体，记真挚的思想与事实。既不坐在上面，自命为才子佳人，又不立在下风，颂扬英雄豪杰。"周作人在文学革命时期发表的这些慷慨激昂、浮躁凌厉的文章，对于现代文学的发展产生了重要的理论影响。当然，依据周作人的理论标准，他把中国古典文学中非常优秀的文学遗产如《西游记》《聊斋志异》《水浒传》等统统归为"非人的文学"来看待，几乎不加分析地笼统否定了，这种与传统断裂的过激态度现在看来显然有些矫枉过正，但这振聋发聩的呼喊对于人的觉醒在当时确实起到了重要的作用。正如郁达夫所言："从前的人，是为君而存在，为道而存在，为父母而存在，现在的人才晓得为自我而存在了。"刘半农也主张在文学创作中，"当处处不忘有一个我"，"吾辈心灵所至，尽可随意发挥"。胡适在他的《文学改良刍议》中提出的文学改良"八事"中，重点谈到要"言之有物"，这个"物"是个人的情感和思想，是当下社会的真实情形，这才是"真正文学"。

总之，进入现代社会以来，中国现代文学的先驱者们如鲁迅、陈独秀、胡适、周作人等，为了寻求民族与国家的独立与自强，他们首先把思想启蒙的视角转向了"立人"的工作，通过人的现代化精深品格的塑造从而达到民族国家的现代化。无论是鲁迅《狂人日记》对于封建专制和礼教"吃人"本质的精确概括，还是周作人《人的文学》对于"人的发现"，都是在重新发现人的价值、确立人的尊严、张扬人的主体性，这种打破桎梏、挣脱传统、砸碎礼教的偶像破坏意识从根本上颠覆了中国传统的礼治秩序和伦理道德观念，为人性的张扬和个性的发展铺平了道路。

其次是现代文学语言与文体的大革新。中国现代文学的现代性品格更表现在文学语言的运用上。经过了五四文学革命，浅显易懂的白话文取代了艰深晦涩的文言，这是语言形式的大革新与大革命。尽管古典文学也有较为浅显的白话文学创作，但并未成为一种自觉的语言运动。五四文学革命不但是一场历史上从未有过的思想革命，更是一场语言形式上的大革命。语言是思想的表现形式。五四文学革命的倡导者为了打碎传统专制思想文化的桎梏，同时也积极主张打破以文言为主要载体的语言形式。胡适指出："文学革命的运动，不论古今中外，大概都是从'文的形式'一方面下手，大概都是先要求语言文字文体等方面的大解放"，"形式和内容有密切的关系。形式上的束缚，使精神不能自由发展，使良好的内容不能充分表现。"反对文言文，提倡白话文成为五四文学革命的一个重要内容和论争的焦点。现代文学的倡导者都积极主张用现代的通俗的活的口语来取代僵化的死的文言。1917年1月，胡适在《新青年》发表的文学革命的发难之作《文学改良刍议》，认为文学改良须从"八事"入手，其中有多处就与语言有关，如"不模仿古人"、"须讲求文法"、"务去滥调套语"、"不用典"、"不讲对仗"、"不避俗字俗语"，这些都是从语言的层面对文学提出的革命性要求，胡适在后来《建设的文学革命论》中对于文学改革的"八事"或曰"八不主义"作了更为简明的概括："一，要有话说，方才说话。""二，有什么话，说什么话；话怎么说，就怎么说"。"三，要说我自己的话，别说别人的话。""四，是什么时代的人，说什么时代的话。"这四个方面都关涉到文学的语言问题，胡适倡导文学革命的主要目的在于实现"国语的文学，文学的国语"之目标，正如胡适所言："我们所提倡的文学革命，只是要替中国创造一种国语的文学。有了国语的文学，方才可有文学的国语。有了文学的国语，我们的国语才可算得真正国语。"五四文学革命既是一场文学思想观念和思想主题的现代性变革，更是一场文学语言形式的根本性变革。事实上，这一变革思路早在19世纪末就已经开启。19世纪末逐渐开始的国语运动既是以普及教育、动员民众、挽救危亡、富强国家为目的，又蕴涵着完善民族文化符号系统、促进民族文化革新与发展的现代性指归。国语运动无非从两个层面展开，其一，追求言文一致，即推广白话文，达到口头语言和书面语言的一致；其二，统一国语，即在全国推广统一的语言，达到语音、语法和语汇的统一。言文一致的最初动力，首先源于救亡图存的内在诉求。应该说，近代以来中国知识者民族国家观念的形成与西方列强的刺激密切相关。以1840年震惊中国士人的鸦片战争这一历史事件为标志，民族问题开始成为困扰中国精英和知识分子的重大问题。尤其是1894年的中日甲午之战，凭借船坚炮利，弹丸之地的日本彻底粉碎了老大帝国的千年神话，"保种图强"的呼声霎时弥漫于朝野之间。值得注意的是，中国最早的一批语言改良者均在1896年也即甲午之战后刊布其著作——蔡锡勇的《传音快字》、沈学的《盛世元音》、王炳耀的《拼音字谱》、力捷三的《闽腔快字》，这看似巧合，却大有进一步研讨的兴味。甲午海战之后中国知识者的焦虑心态与谋求富强的心理吁求甚为强烈，受"中日甲午战争之巨大冲击，有识之士，已深感危亡迫在眉睫，谋求以自立自存，惟有共图富强。欲共图富强，又不能不唤起民众，结合群力。欲唤起民众，使人民共抒建国智能，自须使众民先有知识有技能……于是语文工具，首先必须健全而简易，因是普及知识实为当时知识分子觉醒后急求达成之重大目标，语文改良则是达成此项目标之必要手段。"普及民众知识是语言改良和民族富强之间的一个中介，借助这一中介，语言改良和民族富强之间发生了直接关联，语言运动先驱者创制拼音字母绝非一时兴之所至，实质上寄托了他们谋求国家富强的严肃思考。借助开启民智的重要一环，改良语言与国家富强建立起直接的关联，"言文合一"被视为"国之富强"的根本。如果说近代以来渐次涌起的民族主义浪潮日益成为一种合法性的意识形态话语，那么，借助这一日渐深入人心的合法性话语，语言改革运动也自然成为国人自觉认同、无可置疑的救国壮举。

　　晚清形成的这一基于知识普及、民族自强的语言变革观念，为以后的文学革命者所分享。胡适"文学的国语，国语的文学"正是这一思路的延续，1925年，钱玄同在《国语周刊》的发刊词中指出：我们相信这几年来的国语运动是中华民族起死回生的一味圣药,因为有了国语,全国国民才能彼此互通情愫,教育才能普及,人们的情感思想才能自由表达。国语运动与挽救民族危亡的内在关联是靠民众教育之普及来完成的,这一运思逻辑仍可视作晚清知识者开启民智的思想延续。30年代以后,中华民族走到最后的危急关头,民族战争的烽火再次激荡起中国人强烈的民族意识。为动员民众投入抗战建国的滚滚洪流,变革语言以普及知识从而进一步激发民众的国家民族意识遂成为又一波澜壮阔的变革大潮。

文学是语言的艺术,语言的现代化也是中国现代文学和现代中国走向现代化的重要一步,语言革命为文学创作开辟了更为广阔和自由的空间。

再次是现代文体的革新。经过文学革命的洗礼,现代文学在语言形式上以浅显易懂的白话取代了艰深晦涩的文言。现代文学的现代性品格也表现在现代作家以现代的白话语言形式所创造的新型的文体。在诗歌、小说、话剧、散文等诸多文类方面都呈现出新的风貌。

现代白话自由诗力图摆脱与中国古典诗词的联系,并以冲破旧体诗的格律为己任,打破了韵脚、平仄、音节等古典诗词的清规戒律,创造了一种崭新的诗歌文体和自由地表达情感的形式。在这一方面,胡适进行了身体力行的大胆尝试。1917年2月,他陆续在《新青年》上发表白话诗歌,以此回应当时的守旧文人认为白话不宜作诗的论调。在胡适的引领与倡导下,随后的文学革命的先驱者如陈独秀、李大钊、周作人、刘半农、沈尹默也都相继写作发表白话新诗,此外,康白情、俞平伯等都纷纷创作白话诗歌,显示出初期白话诗歌创作的实绩。到了1920年,白话新诗集《分类白话诗选》(许德邻编)、胡适《尝试集》的结集出版不但显示了文学革命初期集体创造新诗的努力和信心,也进一步扩大了白话新诗的影响。当然,初期的白话诗体由于"不拘格律,不拘平仄,不拘长短",以"自然的音节"表情达意,散文化色彩较为浓厚,却缺少诗歌的韵味,尤其是胡适的诗歌,其诗歌创作残留着新旧交替时期的印痕,就像"缠过脚后来放大了的妇人"。这种被称为"胡适之体"的白话新诗虽然稚嫩,毕竟开启了白话自由体新诗的创作先河。1921年8月,郭沫若诗集《女神》的出版为中国白话自由诗奠定了坚实的根基,诗歌彻底摆脱了旧诗的格律束缚,以汪洋恣肆的创造精神开辟了一代诗风,为新诗取代旧体诗奠定了基本格局。此后,白话自由体诗歌创作出现了繁荣局面。随后出现了冯至的抒情诗歌,湖畔诗社"专心做情诗"的汪静之,蒋光慈的政治抒情诗等等。1923年，冰心出版了诗集《繁星》《春水》两部诗集，创造了小诗体的艺术形式，以短小的体式抒写个人即时的感兴，记录小杂感式的刹那的思想，小诗写作一时成为潮流，小诗体的创作者主要有徐玉诺、刘延陵、宗白华等。虽然白话自由体新诗取代了旧诗词，由于对音节和格律过分忽视，使诗歌的含蓄艺术受到了很大影响，白话诗歌只剩下了"白话"，却没有了诗意。因而，作为对于反格律倾向的矫正，1923年出现了主张建立新格律的诗歌流派新月社，该社的主要诗人是闻一多和徐志摩，后来在新格律的旗帜下汇聚了朱湘、陈梦家、卞之琳等一批诗人。几乎与新格律诗派同时出现的是李金发的象征派诗歌，李金发深受法国象征派先驱波德莱尔诗风的影响，1925年出版诗集《微雨》，随后出版了《为幸福而歌》《食客与凶年》等诗集，以新奇的表达手法引起了诗坛的注目。同时受象征派影响的诗人还有冯乃超、王独清和穆木天等。

现代戏剧的变革也非常之大。中国古典正统的戏曲形式是传奇和杂剧，属于歌剧或者歌舞剧类，而话剧则是西方的舶来品。文学革命之前的文明戏时代，有少量的剧本发表，但较为简单，或采用文言，或类似于幕表，直到文学革命兴起之后，人们才开始重视剧本的创作。胡适的《终身大事》1919年在《新青年》上刊载，虽然情节带着模仿易卜生《玩偶之家》的痕迹，但成为中国现代话剧艺术进步的起点。五四之后，话剧活动特别活跃，剧本创作也日渐增多。在话剧演出和创作观念上也与文明戏迥然有别。针对文明戏商业化的种种弊端，20年代左右开始倡导"爱美的戏剧"观念，所谓"爱美"是amateur（业余）的音译，意思是倡导"业余"的戏剧，力图使话剧演出脱离商业，以提高话剧艺术的发展。话剧家洪深指出："剧本是戏剧的生命"，"爱美剧与文明戏根本的不同，就是爱美剧尊重剧本，文明戏没有剧本。"现代话剧对剧本的重视，有力地促进了剧本创作水平的提高，为中国现代话剧艺术的成熟打下牢固的根基。

鲁迅是现代小说文体的开拓者和奠基人。1918年5月，鲁迅在《新青年》上发表白话短篇小说《狂人日记》，这不但标志着中国现代文学的诞生，也呈现出短篇小说文体的全面革新与成熟。这篇小说以日记体的形式刻画了狂人这位现代思想上的疯癫者的心理轨迹和思想流程，以近乎怪诞和意识流的手法展示了狂人对于"吃人"世界的认知，因格式的特别与思想的深刻震动了文坛，当之无愧地成为现代文学的开山之作。饶有意味的是，就在发表《狂人日记》的同一期《新青年》（4卷5号）上同时发表了胡适的《论短篇小说》一文。这是中国现代文学史上第一篇用全新的观点论述短篇小说的文字，他在文中指出短篇小说"在文学上有一定的范围，有特别的性质，不单靠篇幅不长便可称为短篇小说"，而是一种"用最经济的文学手段，描写事实中最精彩的一段，或一方面，而能使人充分满意的文章。……譬如把大树的树身锯断，懂植物学的人看了树身的'横断面'，数了'年轮'，便可知道这树的年纪，一人的生活，一国的历史，一个社会的变迁，都有一个'纵剖面'和无数'横断面'"。胡适的这篇论文对于中国现代短篇小说观念的变革具有重要意义，所谓"经济"的方法就是改变传统小说从头到尾情节以时间顺序发展的方法。此后的小说理论家在论述短篇小说特点时，大都沿用了胡适的界定法，沈雁冰也曾指出现代小说有别于旧小说的主要特点在于布局，即用"截取一段人生来描写，而人生的全体因之以见。"中国现代小说既有鲁迅的创作实践，又有胡适的小说理论，中国现代小说的艺术便完成了从古典向现代的迈进。

　　现代散文文体也较早呈现出创作的实绩。中国现代散文的产生与新文化运动密切相关，是思想革命和文化批判的产物。在语言形式上，现代散文因为启蒙的内在需要以浅显易懂的白话取代了之前梁启超半文半白的"新文体"。《新青年》在1918年4卷4号起开辟了"随感录"专栏，陈独秀、李大钊、鲁迅、周作人、钱玄同、刘半农等成为这一专栏的重要作者，他们针对社会现象和思想文化状况敏锐地作出反应，这些议论性的杂文不拘一格，短小精悍，犀利活泼，产生了广泛而深远的社会影响。受《新青年》的启发和影响，随后的《每周评论》《新社会》《民国日报》等也相继开辟名目相近的专栏，使杂文创作甚为风行。稍后的《语丝》《莽原》《现代评论》等刊物，在汲取传统古文的基础上，又借鉴了英国随笔的艺术手法创造了现代散文的新体式。鲁迅在现代杂文创作中成就很高，他把艺术形象性与政论性相结合，形成了尖刻锐利、幽默风趣的文字风格。周作人开启了中国现代小品文的又一体式，他的散文创作融知识性、学术性、趣味性为一体，以平实的语言精细入微地传情摹物，取材广泛，不拘一格，表现出恬淡从容、平和亲切的艺术风格。尤其是周作人于1921年《美文》的发表对于记叙性、艺术性美文的倡导，他指出"外国文学里有一种所谓论文，其中大约可以分作两类。一批评的，是学术性的。二记述的，是艺术性的，又称作美文，这里边又可以分为叙事与抒情，但也有很多两者夹杂的。这种美文似乎在英语国民里最为发达"，"但在现代的国语文学里，还不曾见有这类文章，治新文学的人为什么不去试试呢？"在理论上确立了美文文体，同时对于充斥于五四时期大量的政论文体是一个有益的互补。加之冰心、朱自清、郁达夫、俞平伯、徐志摩等作家的美文创作实践，不但在语言上打破了美文不能用白话创作的迷信，也确立了美文在现代文学史上的地位。

第三部分

学人与学术

一 从文学史研究到学术史创构

——黄修己对中国现代文学学科的贡献

任何一个学科的发展与成熟都离不开一代又一代研究者的艰辛与努力，学科的历史正是由这些研究者成果的不断层层累积而成。中国现代文学学科发展到今天繁荣的局面也是许多代研究者共同努力的结果，中国现代文学研究的每一代研究者都在各自的研究领域取得了独特的学术成就，共同推动了中国现代文学学科的发展、繁荣与成熟。学界通常把20世纪三四十年代出生，五六十年代进入中国现代文学研究领域的学者，称之为第二代中国现代文学学者。按照这样的代际划分，黄修己先生理应属于现代文学的第二代研究者。时值黄先生的八十华诞之际，总结其学术研究对中国现代文学学科的贡献，对于认识这一代研究者乃至对今后的现代文学研究都具有一定的学术意义。

（一）学术勇气与实证功底：从作家研究和文学思潮研究起步

在回顾自己的学术研究之路时，黄修己先生时常慨叹他们这一代研究者是"先天不足，后天失调"。所谓"先天不足"，主要指从事学术研究的准备不足，不但国学的基础没有打好，而且对外国文化知识也相当欠缺。事实上，每一代学人都有其自身历史的局限，同时每一代学人也自有其学术的优长。就"先天不足"而言，我想即便是在第三代、第四代的研究者身上不是同样存在么？在黄修己先生清醒的慨叹背后，蕴含着一个文学史家清醒的理性反省意识。这种对自身学术的深刻反思几乎贯穿了黄修己先生学术研究的整个过程。在我看来，黄老师的学术研究是大体遵循着这样的研究路径：从作家研究和文学思潮研究起步，逐渐走向文学史著述和编撰，最后再转入学术史的总结和整理，当然，这中间也有文学史不断修订完善的重写工作。

　　作为一个文学史家，黄修己先生摆脱政治意识形态的束缚、独立自主地从事学术研究的起点应该自"文化大革命"结束后，此时，思想学术界的拨乱反正刚刚开始，思想文化界的政治气候正值乍暖还寒时节，1977年底开始，文学研究界在批判"文艺黑线专政"论的同时，展开了关于1936年文艺界两个口号论争的讨论。1978年6月，在厦门召开了九院校中国现代文学史讨论会，黄修己先生会上的发言——《鲁迅的"并存"论最正确——再评一九三六年文艺界为建立抗日统一战线的论争》，随后刊发在《文学评论》1978年第5期，这篇文章推倒之前强加给"国防文学"的污蔑不实之词，为在文艺界拨乱反正做了一些切实的工作。文章从大量第一手历史材料出发，以环环相扣的缜密逻辑，深入细致地分析了在两个口号论争中"并存"论与"对立"论的分歧，最后旗帜鲜明地指出：历史已经证明，所有的两个口号的"对立"论在历史面前都经不起考验。此后，黄修己先生就这一问题又专门撰文《在论争中结束和没有结束的论争》（《北京大学学报》1981年第3期），进一步思考"国防文学"提出的根据、"国防文学"口号的阶级属性，辩证地指出了国防文学的缺点和失误，认为"国防文学"也和"民族革命战争的大众文学"一样，都是正确的。它们各有其用，难以互相替代，因而应该互为补充，而不应互相排斥。黄修己先生的学术观点在现代文学研究界产生了较大的反响，在七八十年代之交拨乱反正的政治气候下，许多问题还是研究的禁区，这充分显示出黄修己先生独立思考的学术勇气。事实上，这种自由的思想与独立的思考在"文化大革命"期间的讲授现代文学课程中已经呈示出来，在"文化大革命"后期，当上海的电视台直播巴金的批斗会时，黄修己先生却在给外国留学生的授课中精彩地分析《家》的艺术成就；当时许多现代文学作家作品被打成了"大毒草"，而黄修己先生却把这些"毒草"诸如陈独秀、胡适、徐志摩、李金发等搬进了自己的课堂。这种学术勇气的获得固然得益于当时主管领导的宽容，究其实更来源于黄修己先生受科学的实证方法教育和熏陶的自然结果，他在大量的资料查阅和长期的文献积累中早已形成了自己独特的对于历史丰富性的判断。他自己曾谈及在"文化大革命"中，他大多数时间是个逍遥派，没有事情干就去看书，更喜欢去翻翻历史系的书，这些知识的积累为他此后的学术研究打下了坚实的基础。同时，也表明了黄修己先生在当时的历史语境中，勇于独立思考、敢于冲破时代大潮的桎梏、求新求变的学术自主意识。黄修己先生是"北大55级"学生，他们这一代学人身上，似乎或隐或显地呈露出对学术有近乎天然的使命感和责任感，多数人具有淡泊名利，"板凳要坐十年冷"的沉潜心态，他们一直保持了对于学术研究的激情，以科学的精神从事学术研究，为学术而学术的神圣感和崇高感在他们这一代学人身上极为突出。

在作家研究方面，黄修己先生对于赵树理研究用力最多，成果颇丰。他相继出版了《赵树理的小说》①（北京出版社1964年版）、《赵树理评传》（江苏人民出版社1981年版）、《赵树理研究》（山西人民出版社1985年版）、《不平坦的路——赵树理研究之研究》（天津教育出版社1990年版）。《赵树理的小说》从赵树理的生平、小说创作概况、思想意义、艺术特色四个方面全面探讨了赵树理的小说创作，在当时的历史情形下，其他关于赵树理的研究大都停留在对具体作品的分析和作家生平的探讨上，《赵树理的小说》是对于赵树理综合研究的一个总结和代表之作，尤其该书所提出的"赵树理的小说是现代中国农村革命的一面镜子"②的结论，是极富历史见地的。

新时期以后，随着拨乱反正的文学研究思潮的涌现，赵树理研究又日益进入学界的研究视野。黄修己先生的《赵树理评传》是在赵树理被迫害致死十周年之际出版的，该书的出版寄托了研究者本人对赵树理的怀念，是在"科学的春天"到来之际，黄修己先生奉献给学界的第一本赵树理评传。学术评传和作家传记各有侧重，作家传记重在梳理作家的生平、家族、行踪、交游、求学等有关作家的成长历史，学术评传则重在历史地考察作家作品的历史，并给予学术的评判。黄修己先生1955年考入北京大学后又留校任教，多年来受北大实证学风熏染的他，在《赵树理评传》的写作中体现了严谨扎实的朴学风格。在当时的研究条件下，由于《赵树理文集》《赵树理全集》均未出版，为了写作《赵树理评传》，

---

① 该书署名方欲晓，这是黄修己先生的笔名。见董大中《赵树理研究述评》，《中国现代文学研究丛刊》1986年第1期。另外，黄修己先生在其散文《我说山西好风光》中也提及他的研究成果《赵树理的小说》收入吴晗主编的语文小丛书中，见《我的三角地》，广西师范大学出版社2006年版。

② 方欲晓（黄修己）：《赵树理的小说》，北京出版社1964年版，第22页。

黄修己先生首先需要收集各种有关赵树理及其作品的文字资料，有的须查阅具体的文本，有的要查阅文本的背景资料。譬如，为了评述《孟祥英翻身》，查阅了《新华日报》刊载的孟祥英所住的涉县不到一年连续发生的 16 起虐杀妇女案；为了考察赵树理创作《福贵》的缘由，查阅了当时解放区改造二流子运动以及何谓二流子的争论材料，这些大海捞针般无意中发现的文学研究的外在史料有力地促进了对于文本的解读，与那些单纯的文学评论判然有别。除了这些繁琐的"动手"翻阅故纸堆的文献工作之外，黄修己先生还亲自到赵树理的故乡进行行之有效的实地考察，比如在赵树理故居楼上，黄修己先生发现了赵树理保存并不完整的一箱书籍，其中有《南华真经》《乐府诗集》《杜工部集》《白香山集》《散曲丛书》《昆曲新导》《木皮鼓词》等有关古典文学的书籍，这些"动脚"寻找的资料弥补了仅仅局限在书斋查阅资料的不足，为认识对于赵树理偏爱中国古典文学艺术的观点寻找到切实的证据，对于丰富赵树理研究具有重要的意义。就学术研究的理路而言，可谓延续了历史学家傅斯年一再强调的"动手动脚找材料"的实证传统。

当然，《赵树理评传》的学术价值不仅在于扎实的实证功力，更在于其对研究对象归纳、分析、评判的抽象思辨的能力。该书前四章是对赵树理创作道路的历史梳理，在梳理中品评了具体的作品，最后一章是总体评价赵树理的历史贡献及其局限性，这一章体现了一个文学史家客观公正、严谨求实的研究风格。在作家研究中，研究者与研究对象的距离非常重要，倘若二者的距离过近，研究者往往对作家的创作局限性视而不见，影响了学术研究的客观性。黄修己先生是在充分肯定赵树理的前提下分析其局限性的，在"金无足赤"一节，黄修己先生指出赵树理的生活局限在空间和时间两方面，空间局限在他熟悉的晋东南和太行山区的生活，时间局限在他对农村中年龄较大的一辈了解多。黄先生认为赵树理"从生活到艺术上的偏好，造成在'源'和'流'两方面的局限，因而使他缺乏更丰富的生活源泉，更多样的艺术借鉴，这不能不影响到创作。从更好地反映我们伟大时代的要求来看，赵树理的创作天地还不够宽阔，他的创作缺少一种囊括大块之力，因而也不可能写出气势磅礴的作品。"[1] 应该说，这种建立在历史考察和实证基础上的结论，在今天看来也极为精到，是能

---

[1] 《赵树理评传》，江苏人民出版社 1981 年版，第 366 页。

够经受住历史检验的。《赵树理评传》固然是作家研究的优秀个案，但研究者并不满足于此，在本书的引言中指出"透过赵树理的成就和长处，局限和缺点，多少可以以一斑而窥全豹，在某种程度上帮助我们认识一九四二年后新文学发展的经验、教训。"① 这种以点带面的研究避免了个案研究的狭小格局，扩充了学术研究的视野。

《赵树理研究》分十一个章节，分别运用发生学批评、审美批评、社会学批评、整体性批评、比较批评、传记批评等多种批评方法多角度全方位综合探讨了赵树理其人其文，在80年代普遍兴起的文学研究方法论的热潮中，该书也不同程度地受到了时风的影响，呈现出让当时学界耳目一新的学术气息。即便是该书中用较为传统的社会学批评方法研究赵树理的作品，也同样显示出研究者精细的文本分析的能力以及对于社会历史的深入了解。比如，该书用社会学批评探讨赵树理小说中对农村婚姻问题的描写就极富洞见，他通过调查山西清源县男女结婚年龄相差十岁的事实，说明赵树理的家乡晋东南山区由于物质生活条件极度匮乏导致男子娶亲困难的问题，也由此造成了包办婚姻和买卖婚姻的历史事实，男子花了辛辛苦苦挣来的血汗钱娶了媳妇，当然害怕得罪和失去媳妇，不得不迁就、忍让媳妇的不轨行为。在对社会历史分析的基础上，黄修己先生指出《小二黑结婚》中于福父子的难堪以及三仙姑的胡闹莫不来源于此："在这种情况下，丈夫便不能完全地控制自己的妻子，出现了女子在家庭中反而比男子地位高的反常现象。这不是什么开化和文明，而是痛苦和黑暗，不是什么思想解放，而是思想的愚昧"，"我们明白了这些道理，再来看赵树理作品，就不会把其中关于男女关系的描写看作是噱头、笑料、插科打诨的场面，嘻嘻哈哈地笑一番。而会理解这里实在反映了深刻的社会问题。"② 黄修己先生文学研究的方法论意识极为自觉，他的《赵树理研究》开拓了文学批评的新路，有意借鉴了国外文艺批评的一些原则和方法，在当时文学研究方法热的大背景下，他不但吸纳了在当时盛极一时的新的方法，同时对于看似传统的社会历史批评，也同样珍视。面对具体的文本，黄修己先生精细的社会历史分析显现出其独到的慧眼，传统的批评方法一经运用依然焕发出其持久的魅力。针对社会历史这种传统的批评方法，多年以

---

① 《赵树理评传》，江苏人民出版社1981年版，第1页。
② 《赵树理研究》，山西人民出版社1985年版，第62页。

后，在其主编的《中国现代文学研究方法论集》中曾进一步阐述过。他说吴组缃先生通过分析鲁迅小说《离婚》中爱姑的脚启发了他对社会历史分析方法的自觉。当然，这种方法论自觉并未妨碍他对自身研究方法的有限性和有效性的警醒和反思："任何方法是否合理，归根结底要看它能否推动科学研究，帮助人们认识的发展。一种方法的运用，如能使我们得到许多新的发现，它就应该得到肯定。反之，不能使我们得到新知识，甚至引出错误的认识，那么如果不是这种方法的荒谬，便是运用上的失误。它的生存权就值得怀疑。"① 在《赵树理研究》中，不但表明了研究者开放的海纳百川的研究心态，也显示出把一个作家置于文学历史大背景中加以考察和定位的宏阔视野。他试图把赵树理"放在与时代，与其他作家的相互关系中来考察与论述，在比较中找准他的创作的特点，找出他的独特的贡献，描出他这颗星的异彩。除此之外，还要了解政治、经济、历史、地理、艺术等其他部门的知识。"② 这种宏阔的视野是一种文学史家的视野，与那些孤立的作家研究迥然有别，不是就事论事、画地为牢、见木不见森林的狭隘的个案研究，而是以点带面，通过一个作家研究可以推动、加深人们对文学史认识和理解的文学研究。事实上，《赵树理研究》出版前一年，黄修己先生已经出版了新时期以来中国现代文学研究界个人独著的第一本文学史——《中国现代文学简史》（中国青年出版社 1984 年版），正是文学史家的宏观眼光提供了他考察作家的独特视角。

作为向赵树理研究的告别之作，黄修己先生于 1990 年在天津教育出版社出版了《不平坦的路——赵树理研究之研究》，正如本书题目所言是"研究之研究"，是对赵树理近五十年研究的回顾、梳理和品评，也可以说是一部饱含着研究者主体意识的"赵树理研究史"，作者在自序中特意指出"不要把本书仅仅当成某一位具体作家研究历程的描述、评介，不妨把它作为新中国文艺批评史的一个小小部分，或者一个注脚来读。"③ 从这样的研究意图出发，作家研究史的写作就摒弃了通常所习见的那些只是一味罗列研究观点和研究综述的写作路子，而是在作家研究史的梳理、归纳和评价之中展现不同时期文学批评理念的变迁。黄修己先生的这部"赵树理研究之研究"的确实现了他在"自序"中的写作意图。从全书的

---

① 《导言》，《赵树理研究》，山西人民出版社 1985 年版，第 13 页。
② 同上书，第 9—10 页。
③ 《自序》，《不平坦的路——赵树理研究之研究》，天津教育出版社 1990 年版，第 2 页。

写作体例和目次安排观之，该书均是从具体问题出发历史地回顾了赵树理研究的概况，在翔实的史料梳理中不时呈现出一个学术批评史家睿智的眼光，迸发出学术上真知灼见的思想火花。比如，该书谈到鲜为人知的傅雷研究赵树理的批评文章，傅雷从自身的文学感受出发的评论文章呈现出以深刻的理解和独到的见解为鲜明特色。在激赏之余，黄修己先生指出一个优秀的评论家应有的态度："评论家的任务首先不是把自己视为高高在上的操纵生杀之权的什么人物，而应该用一种完全平等的、设身处地，将心比心的态度，首先设法理解作家。没有理解就没有准确、深入的批评。"[①]有的单从章节的题目就鲜明地呈现出研究者的学术个性和问题意识来，诸如"从政治评论起步""一种流行的批评模式""关于山药蛋派的讨论""突破口在哪里""新的命题：赵树理与农民文化"等等，这些问题的研究和清理不但拨开了长期以来笼罩在赵树理研究上的层层迷雾，也描画了一条以赵树理研究为个案的中国现当代批评史的发展脉络，该论著闪耀着研究者富有思想穿透力的学术问题意识，启发了学界如何进一步展开赵树理研究的深入思考。

在我看来，这部赵树理研究的"告别之作"——《不平坦的路——赵树理研究之研究》在研究者学术历程中意义非同寻常，它不仅是赵树理研究的总结，也是赵树理研究的学术史清理，开启了此后研究者学术史研究的先河，多年以后陆续出版的《中国新文学史编纂史》《中国现代文学研究史》均是"研究之研究"的学术史论著，只不过视野更为博大，体系更加完备，问题也更加精深而已。

（二）宏阔视野与理性史观：个人独著现代文学史

1984年6月，黄修己先生独著的《中国现代文学简史》由中国青年出版社出版，这是间断了近三十年后最早出现的个人编著的现代文学史著作。出于培养自身学术个性和本学科学术创新的自觉，黄修己先生汲取了自己曾参编多部《中国现代文学史》的编写经验，最终独立完成了三十

---

① 黄修己：《不平坦的路——赵树理研究之研究》，天津教育出版社1990年版，第40页。

余万字的《中国现代文学简史》。在我看来,《简史》的开创性贡献所在多多。

首先,《简史》在编纂体例上,打破了之前乃至此后许多现代文学史编纂者所遵循的以文学大家作为章节体例的编纂模式。主要以文学运动、文学样式和体裁安排章节,在叙述中注意到新的文学现象的兴起与演进。这种文学历史的编纂体例不单是一种编纂形式的革新,事实上是一种"富有意味的形式"。传统以大作家作为专章、专节的编纂体例固然凸显了著名作家的独特贡献,但却淡化了文学史发展的历史关节和历史脉络。《简史》所着意凸显的则是文学史发生、发展的历史线索,强调了时间观念和编年体例,这才是史家的眼光和史家的风范。从一般教学或授课的眼光观之,也许以重点作家作为编写体例的文学史著更有利于教师讲授和学生接受,使学生能够完整接受一个作家的整体知识和文学创作风貌,但这些却是以丧失历史感为代价的。比如,鲁迅的创作,在《简史》中把鲁迅的《狂人日记》放在现代文学发生期(1917—1920)讲解,把《阿Q正传》《野草》《朝花夕拾》放在发展第一期(1921—1927)阐述,把鲁迅的杂文及历史小说《故事新编》放在发展第二期(1928—1937)进行分析,这种把一个大作家分割在不同的章节处理的方式,不应该视为文学史写作的缺点[1],而应该看做是文学史写作的另一种范例加以褒扬。

其次,《简史》较之以前的现代文学史编纂大大扩充了文学史的内容,延展了之前文学史写作的边界。在当时许多人对现代主义还抱有偏见的文化语境中,《简史》大胆勾勒出现代主义文学在现代文学史上的踪迹,从20年代的象征派诗人李金发、穆木天、冯乃超到30年代现代派诗人戴望舒、卞之琳、何其芳,从30年代的新感觉派小说到40年代的"九叶诗派",呈现出一条清晰可见的现代主义思潮的文学史线索,这种尊重历史的学术勇气扩充了现代文学史的研究视域。除此之外,《简史》对以往文学史涉猎较少或未充分重视的作家也一并纳入文学史的写作中,如对沈从文、钱钟书、张爱玲以及对于后期浪漫派作家徐訏、无名氏的介绍,对台湾文学及抗战时期沦陷区文学的补充,这些内容都大大增添了《简史》的厚重感和新鲜感。

---

[1] 有研究者称《简史》:"从全书整体状况来看,在体例上显得有点紊乱、重复、烦琐,王瑶模式中重点作家零乱分割的缺点在这里显得更为突出了。"见冯光廉、谭桂林《国内现代文学史著作出版历史述评》,《中国现代文学丛刊》1991年第4期。

再者,《简史》尤其注意对文学典型现象的归纳和概括,并给予理论的分析和提升,因而使《简史》新见迭出。比如把左翼文学中那些在内容上表现对反动统治者血腥屠杀的愤慨,只顾拼命反抗、采用个人恐怖手段,反映盲动、急躁情绪的小说归纳为"愤激小说",把另一类作家因革命失败产生幻灭感而创作的小说称之为"幻灭小说",把解放区采用章回体形式反映抗日内容的英雄事迹的小说诸如《吕梁英雄传》《新儿女英雄传》等命名为"新英雄传奇",还有对"社会分析小说""回顾性小说""评书体小说""新闻体小说""九叶诗派"的总结和概括,这些带有文体类型学的文学史提炼而得出的新见逐渐被以后的学界普遍接受和充分认可。但由于《简史》的篇幅所限,这些精到的概括和卓见在史著中并未充分展开论述,倘若不是在章节目录中以精细的索引提取出来,很容易把这些创新的发现淹没于历史的叙述之中。

最后,《简史》的写作力求从回到历史原初场景,从第一手原始文献出发考辨史实、梳理思潮、剖析论争,呈现出历史研究无征不信、客观求实的科学精神。翻开《简史》每一章后面所附的引文注释,就可以感受到扑面而来的历史气息,《简史》引用的文献大都是作者从触摸历史中获取的第一手材料,有的是原始报刊,有的是原初的出版物,文献可靠才有可能保证历史叙述与历史阐释的可靠。在行文中,《简史》在保持个体学术个性的基础上力求历史评价的客观性和公正性,力避历史研究的狭隘性和偏执性。

值得一提的还有《简史》写作中未能涉及,但《简史》"绪论"中已经引起编纂者思考的一些文学史问题。黄修己认为,现代文学史的内容似乎应该进一步扩大,如作为一个多民族国家的文学史写作理应包括各少数民族的作家作品;同时,现代旧体诗词作为一个五四以后仍然持续的创作现象,尽管没有进入《简史》也理应引起重视,这一在80年代提出的文学史写作的问题,此后逐渐被20世纪的文学史重写加以吸纳和解决。在当时的条件下,由于作者所意识到的历史问题以及这些问题事实上也不可能迅即解决,引起了学界的进一步思考,如中国社会科学院主编的《中华文学通史》就特意增加了少数民族文学的写作。关于旧体诗词能否进入现代文学史的问题也激起了此后学界的持续争论和不断研究的兴致。仅这些问题的提出就足以表明一个现代文学研究家的博大视野和史家气象,提出问题有时比解决问题更难,因而也更富有思想的魅力。事实上,在黄修己先生主编的《20世纪中国文学史》（中山大学出版社2004年第二版）中，特设附录勾勒了五四以后中华诗词的发展历程，把五四后退居文学创作边缘的旧体诗词纳入了文学史写作框架中，弥补了此前文学史写作的偏颇。

《简史》之所以能够在当时的条件下获得如此的成就和突破，首先得益于作者多年来长期的史料积累。黄修己先生曾经谈及"文化大革命"时期他在北大旧期刊阅览室看书的情形，常常是三位馆员陪着这位孤独的读者，在这里阅读了有关现代文学的许多旧报纸杂志，增加了对于现代文学丰富性的认识，手抄了大量文献资料，由此产生把历史的丰富性表现出来的欲望，激起了"重写文学史"的冲动。"文化大革命"时期的"读书无用论"并没有影响他读书，反而给他提供了自由阅读的学术空间。史料积累是文学史写作的基础，要把丰富的文献史料整合成一个有机的整体，编纂者必须具备正确的文学史观及科学的编纂理念，《简史》的编纂贯穿了作者理性的文学史观。所谓理性的文学史观，是一种摒弃了以往对于文学历史定于一尊的僵化的文学观念，而是把文学历史的阐释看作是一定历史时期、特定历史语境下的产物，认为任何一种对于历史的正确的认识都只有相对的合理性，而没有绝对的合理性。黄修己先生正是秉持着这样的文学史观念，才能对已有的历史观点不盲从、不迷信，实事求是，一分为二，在对历史的反思和对自我认识的反思中形成独立自主、不依傍前人、不盲目自大的清醒的学术品格。

（三）科学精神与学术史整理：文学编纂史和文学研究史的写作

黄修己先生从事文学史研究和学术史编纂充满着浓厚的科学精神，他对史料的重视，以及对于主体有限性的认识非常鲜明地显示出来。他多次反省主体性张扬所带来的历史代价，认为"整个20世纪是个非常张扬主体性的时代，好像主体是万能的。跨进21世纪后，应该可以冷静一点了，要承认主体的局限性。"[①] 他曾经热切呼吁"在现代文学研究中，提倡科

[①] 黄修己：《培育一种理性的文学史观》，《北京大学学报》2003年第5期。

学精神"①。科学精神在黄修已先生那里不但是一种尊重历史和客观事实的治学原则,也是一种摒弃浮躁的功利主义、融汇了韧性和耐心的从容不迫的研究心态。这种科学精神贯穿了他学术研究的整个历程。从作家研究到文学史写作,进而总结新文学史编纂的得与失,黄修已先生通过自己的研究实践逐渐关注中国现代文学学科史的宏大问题。1995年出版的《中国新文学史编纂史》是第一部总结中国新文学研究史的专著。与一般专门的学术问题的研究还不尽相同,学术史研究更能考量研究者的学术见地和学术气象。前者主要是研究具体问题,后者则在于"品评"纷杂的学术,研究具体问题的成果固然有高下,而品评则必须有标准和尺度,这标准和尺度的确立就马上显现出评议者的水平。《中国新文学史编纂史》最初写作时的原名为《中国新文学史编纂史论》,重在以"史"出"论",在评议新文学史编纂基础上创建新文学的编纂理论。黄修已先生后来曾总结学术研究的两个路径即"史在促我思"和"我思故史在","史在"是材料,"我思"是研究最后得出的结论,因而黄修已先生一再强调他的编纂史的整理,"不称'编纂史',而称'编纂实践'。意在表明对所说之事,并当作史来写的。"② 尽管如此,在当时的情况下,这部《编纂史》对于中国现代文学学科的建设意义非同寻常。

首先,《编纂史》为中国现代文学史的编纂做出了集大成式的总结,为学科的成熟奠定了坚实的基础。《编纂史》起于20年代初的胡适论著,止于该论著出版前的最新成果,以近乎"竭泽而渔"的方式,将前后70余年总计百余部新文学史类著作,进行检视、梳理、评判,按照历史发展的不同阶段,描述了新文学史编纂的艰辛、曲折的过程,展现几代新文学史家的著述业绩和学术风貌。全书表现了宏观把握新文学史研究全局的气势,又有典型性论者的细致剖析,《编纂史》共三编,分别从编纂实践和编纂理论两个方面评议了新文学史的编纂历程,高屋建瓴地探讨了新文学编纂理念的一系列学理问题,前两编重在对"史"的源流的考辨和清理,最后一编重在"论"的理论大厦的建构,《编纂史》论从史出、史论结合、见解精辟,可谓达到了刘知几提出的"史才、史学、史识"史家三长之说,该书的出版对于中国现代文学学术史的建构具有重要的奠基意

---

① 黄修已:《在现代文学研究中,提倡科学精神》,《学习与探索》2004年第1期。
② 黄修已:《自序》,《中国新文学史编纂史》,北京大学出版社1995年版,第4页。

义。正如作者在"导言"中指出的:"本书就是为将来构建现代的、科学的新文学史学科理论巨厦,所做的一点准备工作。"但这一工作考量着研究者的眼光和学养,"它对于研究者的内在素养有着较高的要求。大体说来,它需要著者对新文学的发生、发展有着全面而深入的了解;应该有修史的丰富经验,对文学史编纂过程的各种具体情况有贴切的体会;除此之外,著者要有深湛的史学理论修养,方能钩深致远,充分驾驭材料,入乎其内而出乎其外;最后,作为学术史著作,作者最好是能够有研究之研究的经历。从这几个方面衡量,则现代文学研究界同时具备这些条件的学者并不算太多。由此观来,第一部新文学史编纂史出自黄修己先生手中,可谓是众望所归而水到渠成了。"[1] 黄修己先生自身有独立撰写中国现代文学史的实践经验,不但提供了丰赡的新文学史论著史料,也激发了他对于文学史编纂的方法、困境、得失等理论问题的深入思考,研究者与他的研究对象之间似乎冥冥之中也有一种机缘。每一个学科的成熟,固然离不开对具体学术问题的精深研究,也离不开对学科史、学术史的分析与整理。这些年来,许多学科都在建构自身学科的学术史,如《20世纪中国古代文学研究史》《20世纪中国民间文学学术史》《中国20世纪文艺学学术史》《中国现代文学研究史》等,学术史的自觉是一门学科逐渐成熟的重要标志,从学科发展的角度观之,《编纂史》开启了现代文学史编纂历史梳理和理论构建的学术整理之"预流"。一部优秀的学术史论著不仅在于对"史"的发生、发展、演化叙述梳理的完备性,还在于通过学术历史的总结,探索未来学术发展的新方向和新路径。应该说《编纂史》已经达到了这一点,该书在总结新文学史70年编纂经验的基础上,专节探讨了何谓优秀的文学史著,指出了其"体、魄、形、衣"的共同属性,诸如"史料的丰富、充实、准确、可靠","合理的编纂体例的剪辑和安排","见解的独到、深刻","文字的优美"等等。

学术评议的同情之了解与历史之宽容也是《编纂史》的重要特色。陈寅恪先生30年代有一篇《冯友兰中国哲学史上册审查报告》开端就说:"凡著中国古代哲学史者,其对于古人之学说,应具了解之同情,方可下笔。……所谓真了解者,必神游冥想,与立说之古人处于同一境界,而对于其所持论所以不得不如是之苦心孤诣,表一种之同情,始能批评其

---

[1] 刘海斌:《一部集大成的学术著作》,《中山大学研究生学刊》1997年第4期。

学说之是非得失，而无隔阂肤廓之论。"钱穆先生在《国史大纲》的序里面就说："（读此书）必附随一种对其本国以往历史之温情与敬意。"不论是陈寅恪还是钱穆，都在强调历史研究的同情与理解，强调对历史的敬意和宽容，这种研究原则也是一种体贴前贤、回到历史原初的科学主义的态度。《编纂史》把胡适的《五十年来中国之文学》作为新文学史研究的开山之作，详细阐述了该文的历史贡献，认为它是最早出现、影响最大的叙述新文学发生历史的文章。指出胡适这篇文章相比此后的《逼上梁山》《中国新文学大系建设理论集导言》等喜欢夸大自己作用的叙述有别，在提供史实和认识上的客观性。《编纂史》在充分肯定这篇文章的同时，也指出了其明显的缺点，如叙述文学革命偏重于介绍白话运动，忽略了思想革命的探讨，以及对新文学发生背景探讨的视野过于狭窄等等，并体贴地指出是胡适过分拘泥于历史的具体史实限制了他难以翱翔理论的天空。也许是过于体贴文学史编撰者的实际情形，黄修己先生在《编纂史》中对于著史者的优长和贡献进行了充分的阐述，对于其缺陷则稍有提及，为此也受到"标准过宽"[①]的学术批评。如果我们翻开《编纂史》的作者"自序"，这种"标准过宽"的人史原则可能还包含编撰者的有意为之的写作意图在里面。"自序"读起来颇给人一种沉重和压抑之感，那么多英年早逝的现代文学研究者，他们的"著作史"不可能进入"编纂史"体例中，但他们同样对于中国现代文学科学的发展与成熟做出了不可磨灭的贡献。黄修己先生对已进入《编纂史》的文学史著述在学术评议时表现出非常宽容的态度。苛评历史的人也很有可能遭到后人的苛评，学术评议也理当如此。当然，学术评议的宽容并不是要求人们有"乡愿"意识，黄修己先生深知：当代人评当代事，很可能是靠不住的，只有远离当下的后人才能更客观地评价我们的今日之事。也就是说，作者对于《编纂史》的写作是深怀自省意识和自审精神的，这种学术自知和清明的理性已经为他此后的修订和重写埋下了伏笔。

也许正是《编纂史》对于其他现代文学研究成果未能涉及，出于对整个现代文学学科整理和建构的总体需要，2008年，黄修己先生等主编的《中国现代文学研究史》（上下两卷本）由广东人民出版社出版，这部百万字的学术史著作凝聚了黄修己先生和他带领的学术攻坚团队刘卫国、

---

① 参见樊骏《关于学术史编写原则的思考》，《文学评论》1998年第4期。

姚玳玫、吴敏、陈希等诸位学人的心血和汗水。《中国现代文学研究史》原本是黄修己先生主持的国家社科基金立项课题，课题本身是从学科史的角度弥补了《编纂史》原有的遗憾。正如《研究史》内容简介所言：本书用史的编纂法，寻源追终，分别时期，记载了从1917年到2007年间中国现代文学批评和研究的发展进程，勾勒了现代文学研究的历史脉络和走向，展现了几代研究者的业绩和学术风貌，建立起了中国现代文学学科史的框架，也初步总结了现代文学研究的经验和教训。试想想，中国现代文学研究时间长达九十年，研究成果有数以万计的论文、论著，要想在这浩如烟海的成果中理出一条相对清晰的研究脉络，殊为不易！据我了解，这部书从1999年下半年开始，黄修己先生就带领他的诸位团队成员同时也是他的弟子们开始了资料收集工作。在此之前，已有相关研究史论著的出版，如徐瑞岳编《中国现代文学研究史纲》（江苏教育出版社2001年版）、刘勇主编《现代文学研究》（北京出版社2001年版）、温儒敏著《中国现当代文学学科概要》（北京大学出版社2005年版）等。徐瑞岳主编的《研究史纲》分别从史著史料、文体和思潮、社团流派、作家作品等方面勾勒了中国现代文学研究的历史面貌，该书尽管较早关注了中国现代文学研究史的写作，但从写作体例上则更像一篇篇研究专题的述评。相比之下，《研究史》则以时间发展的历史线索为经、以具体的文学批评和文学研究的学术问题为纬，编织成一个丰富多彩的现代文学学术史研究网络。正如该书的编者所言："像我们这样用史的编纂法，寻源追踪，纵贯全程，分别时期，记载完整的现代文学研究历史发展过程，那还是首例。"[①]《研究史》无论是从史料文献的翔实、内容的丰富、架构的完整、规模的浩大，体例的精心安排，还是从写作进程中的多次反复、几度修改，可以看做是一部"十年磨一剑"的优秀之作！

在我看来，《研究史》最大的创新之处和学术特色在于全局在胸的研究视野，以及在这种长时段历史观照下的鲜明的问题意识。学术史的写作如果仅仅是某一研究对象或研究领域的研究历史进行追踪性的个案描述，就会形成见木不见林的狭小格局。《研究史》有许多是对具体研究个案的历史追踪，比如就鲁迅研究而言贯穿了全书每一卷的写作。同时，《研究史》在学术史梳理的具体过程中又对某一历史时段的现代文学研究的新

[①] 《中国现代文学研究史》，广东人民出版社2008年版，第970页。

的进展、新的研究潮流、新的研究动态等均有宏观的历史把握,做到了对纷繁芜杂的学术史的删繁就简,提升了学术史写作的历史品位,呈现出总览全局、独具慧眼的学术问题意识。对历史做到了能出能入,"入"则体贴入微,"出"则高屋建瓴。

尤为重要的是,《研究史》结语部分在肯定现代文学研究成绩的同时,对中国现代文学研究存在问题所做的宏观思考。黄修已先生认为,随着文学的边缘化,现代文学研究在人文社会科学格局中呈现出边缘化的趋向,这一现象与学科本身的局限性相关,发出了"小学科难出大人才"的隐忧,希望研究者冲破现代文学三十年的狭小格局,走向更为广阔的研究天地,在古代文学、外国文学的多维视野中成就博古通今、学贯中西的学术气象!此外,他指出了中国现代文学研究普遍存在的"夹生饭"现象,所谓"夹生饭"现象是指不少学术成果虽然达到一定的学术水平,但总有某种学术缺陷,或者论证不足,或者史料有误,造成这一现象的原因既与学科发展的社会背景有关,也与量化体制分不开,更是普遍浮躁的学风所致。最后,指出了一条如何提升中国现代文学研究水平、提高学科研究地位的一条切实可行的路径。他认为,在现代文学研究中加强理论性、提高理论总结水平是当务之急。目前的中国现代文学研究在史料的收集、考订、编排以及整理方面取得了很大成就,但如何在对中国现代文学深入阐释的基础上抽象、提升、开掘出新的理论,这是使现代文学研究"更上层楼"的关键所在。只有这样,现代文学学科产生的研究成果才能为其他学科所共同分享,现代文学学科的影响力也自然增强。黄修已先生见解高远,对于学科未来发展的"顶层设想"必然会引领学术,启示来者。

从《编纂史》的写作到《研究史》的出版,黄修已先生完成了对于中国现代文学研究史的学术清理工作。胡适曾把这种学术史工作比喻成商人开店到了年底所进行的"结账式的整理",认为"一种学术到了一个时期,也有总结账的必要。学术上结账的用处有两层:一是把这一种学术里已经不成问题的部分整理出来,交给社会;二是把那不能解决的部分特别提出来,引起学者的注意,使学者知道何处有隙可乘,有功可立,有困难可以征服。结账是结束从前的成绩,预备将来努力的新方向。"[①] 由此也

---

① 胡适:《国学季刊发刊宣言》,《国学季刊》1卷1期,1923年。

可以说，《研究史》是对中国现代文学90年研究的一种"结账"性工作，这种工作盘点了已有的成就，也反省了曾经的不足，为现代文学学科的研究史搭建了初步的框架，为进一步构建更为宏阔完整精确的现代文学研究史打下了坚实的基础。

（四）不断修订与自我超越：
精心打造学术研究经典

在文学史上不乏反复修改自己的作品以造就文学经典的先例，《红楼梦》是曹雪芹披阅十载、增删数次、呕心沥血的产物。在学术研究上，梁启超曾有"以今日之我挑战昨日之我"的至理名言，他的自我挑战的学术研究心态蕴含了"不以己自蔽"的学术自觉和学术反省意识。在中国现代文学研究领域，黄修己先生的学术自省意识非常强烈，他的文学史写作和学术史著述的不断修订深刻表明了这一特色。

任何一个学人在学术成长和学术研究的不同阶段会有不同的问题意识和研究论域，黄修己先生从作家和思潮研究起步，逐渐深入到现代文学史的独立写作，进而自然进入到文学史编纂史的整理研究，大体沿着从微观研究到宏观研究、从文学研究到学术史研究的学术理路，研究视野不断扩大，研究境界也不断提升。与一般现代学人不同的是：黄修己先生在不断开创研究视域的同时，还一直伴随着对已有旧作的反复修订乃至重写。就文学史写作而言，从1984年的《中国现代文学简史》到1988年的《中国现代文学发展史》，从1998年重版《发展史》再到2008年第三次修订，前后花费了20多年的时间。《编纂史》从1995年第一版到2007年第二版也做了较大幅度的修订。也就是说，在近二十年的学术生涯中，黄修己先生一直在打磨自己的学术。在学术大跃进、研究成果批量生产的今天，这种对自己的学术精雕细刻、殚精竭虑、孜孜以求的研究心态让我们敬仰！这种自觉修改旧作的学术行为在当下的学术研究界已经非常少见，黄修己先生主动修改旧作有着不断超越自我的学术期许，他在接受访谈中曾经说过："我从来没有满意过自己的任何一部作品，每一部作品都有遗憾。"① 这并非是他的自谦之词，即便是做了三版修订的《发展史》他认为还可以更明晰地梳理出阶级论的文学思潮和文化保守主义的文学思潮。

《简史》出版不久，黄修己就修订出版了《中国现代文学发展史》（1988 年由中国青年出版社出版），《发展史》基本延续了《简史》的体例和框架，但较之《简史》内容更为丰富，讲解更为细致，文学现象的钩沉更为翔实。比如专节探讨了"问题小说和问题剧"，对"繁星体"小诗的概括等等，《简史》对通俗小说家张恨水的引入，显示出一种开放多元的文学史观念，为此后通俗文学进入现代文学史打下了初步基础。2008 年第三次修订的《中国现代文学发展史》显然做了面貌一新的修改，从文学史写作线索上，引入"全球化"的视角，提出要研究现代文学的"全人类性"，用"全人类共同的价值标准"来评判、阐释中国现代文学。在黄修己先生看来，文学史的不断重写是"心构之史"对"身作之史"的不断阐释的结果，随着时代的剧烈震荡和不断变动，人的思想也必然随之发生相应的变化，文学史重写也是编纂者变化了的文学观念在特定时空的反映。2008 年第三次修订的《发展史》就是作者在"人本"思想的启发下，从人类普适性价值的视角，在全球化的时代浪潮中，重新观照现代文学、重新阐释现代文学发生、发展及其演变轨迹的一种新的学术实践。《发展史》（三版）创新之处颇多，由于作者从人本主义的文学史观念出发观照中国现代文学，因而在第一章就从"人的觉醒"和"文的觉醒"两个方面探讨文学革命的发生，并将人道主义视为五四时期的主流文学观念，进而专节论述周作人的《人的文学》，这种处理问题的方式在其他文学史著述中是没有的。更为慧眼独具的是，作者认为"人的文学"具有两个走向，一个是觉醒者把眼光投向社会，形成以文学研究会为代表的现实主义的人生派的文学，另一个是觉醒者把眼光反观自我，形成以创造社为代表的自我张扬的艺术派文学，二者共同行进在人道主义的大道上。这种论述就一改许多文学史论述文学研究会和创造社时所坚持的"双峰并峙"相互对立的观念，让人耳目一新。再如，作者把以李金发为代表的象征主义诗派以及现代主义文学思潮看做是第二次"人的觉醒"的产物，极富历史的洞见。

《编纂史》（2007 年第二版）也是"旧貌换新颜"的修订，有的部分

---

① 吴敏：《他在不停地重写文学史》，《中国现代文学研究丛刊》2010 年第 4 期。

几乎是重写。修订版的"导言"尤为可喜,这篇导言发掘出中国现代文学研究的汉学传统,比如从朱自清到王瑶,再到樊骏、孙玉石一代。导言中认为解志熙倡导的"古典学术规范"的治学原则延续了汉学传统的治学遗风。这篇导言不仅是黄修己先生考量文学史著述品位高下的学术准则,也可以视为"我们应该如何做学问"的标准和尺度。黄修己先生有感于学术研究的主体性膨胀,发掘这一治学传统,自有其别样的学术关怀和学术期待:"既然是进了历史学之门,就不得不戴着镣铐跳舞了。这镣铐,就是历史事实,就是真实性。这就是为什么我们在辨章学术,考镜源流之时,用了更多的文字来描述汉学传统,来肯定实证方法的意义,来勾画、显现朱自清所开创出来的这一条线索,这一种传统。"① 事实上,黄修己先生本人的学术研究也切实地接续了这一重视实证的治学传统。

《编纂史》(2007年版)较之原版充实了新的文学史研究成果,也相应地补充了之前曾经遗漏的文学史著述尤其是民国时期的著作。比如,在第一章就补充了向培良1928年出版的《中国戏剧概评》和1929年出版的草川未雨的《中国新诗坛的昨日今日和明日》两部文体史著作,分别考察其态度偏激及品位不高形成的原因。第四章增加了蒲风1938年出版的《现代中国诗坛》以及田禽1944年出版的《中国戏剧运动》两部规模不大的文体史,并指出二者的科学性和学术性有了较大提升。在1949年以后的编纂实践中,增加了现代通俗文学史的编纂探讨,黄修己先生在肯定《中国近现代通俗文学史》出版意义的同时,对于评判现代文学多样化标准的"千手观音"现象进行了意味深长的思考:用什么标准能够评论成分繁杂的多种文学,是个有待探索的大问题。再如,还增加了多种填补空白的开拓之作,诸如中外文学交流史、现代翻译文学史、女性文学史、儿童文学史等等。同时,黄修己先生又对这种汹涌而起的编史热潮充满了学术隐忧,认为普遍带有不成熟和生涩感,未能摆脱通史的架构,缺乏自身的特性。除此之外,《编纂史》(2007年版)在理论上也较之原初创新颇多,比如从身作之史和心构之史两个方面探讨了新文学史常变的深层动因,并新颖独到地总结新文学史编纂遵循的进化论、阶级论和启蒙论三大阐释体系,分别考察了各自阐释体系的优长和不足,呼唤以艺术为坐标的新文学阐释体系编纂的文学史的到来。

---

① 《导言》,《中国新文学史编纂史》(第二版),北京大学出版社2007年版,第10页。

现在是一个高扬创新的时代，创新的途径本应该有不同的方式，一路狂奔，"不顾来径"常常会吸引人们的眼球。"温故而知新"的研究思路则是一种推陈而出"新"，是一种"返本而开新"。在这个普遍浮躁的学术年代里，黄修己先生的修改旧作可以看做是一种"学术行为"，这种研究行为不妨也可称之为一种"研究范式"，这种研究是一种精耕细作、反复琢磨的学术行为，集"数十年磨一剑"之功打造学术经典。与此相对的是，那些手拿开山斧，不停地开疆拓土的研究者，他们不断地跑马圈地，在许多学术领域似乎都留下圈地者的身影，这种不断拓展学术领域的学术勇气固然可嘉，但驳杂之中似乎缺少了一些"窄而深"的"专精"。

修改行为是以今日之我向昨日之我的挑战和超越，是一种自觉的学术反思行为，是一丝不苟不断打磨学术精品的学术行为。就文学史写作而言，以上涉及的几个版本凝聚了黄修己先生数十年的心血，先生在三版的序言里曾发出这样的感慨："本书的几个版本里刻印着一个人半个世纪的精神漫游和思想爬行的痕迹。"在学术大跃进、量化研究成果的学术评估体系下，在追求学术成果"多、快、好、省"的时代氛围中，我不知道还有多少人愿意用半个世纪的精力去锻造一部著作，但我深知：没有板凳甘坐十年冷的精勤和奉献，没有十年磨一剑的耐心和积累，所谓的创新很可能变成一句游谈无根的空话，也许多年以后，我们再回首今天的学术，大量的学术泡沫早已云散，真正留下来经得起学术史检验的是那些凝聚了研究者生命激情、倾注了研究者大量心血的学术精品！

在黄修己先生八十华诞之际，我们梳理、总结先生的学术研究历程和治学风范，从中不但感受到了先生对学术研究精益求精、自强不息的君子情怀，也感受到学术的尊严和治学的人格魅力。中国现代文学学科能够达到今天的繁荣和成熟，正是得益于像黄先生这样一代又一代学人的共同努力。在这一层面上说，我们总结先生的学术也就具有了"却顾所来径"、"返本而开新"的意义，由此我们才能连接起过去、现在以及也关涉未来的学术想象，薪火传承应该作为后辈学人的实际行动，并构成我们学术不断精进的优秀资源。只有这样，我们才谈得上接续了学统，也必须这样，我们的现代文学学科才能不断繁荣昌盛，步入辉煌！

二 从史料的发掘整理到中国现代文学史料学的建立

——略论刘增杰的史料研究

（一）《鲁迅与河南》：报刊研究的开辟先路之作

这些年，中国现当代文学研究界对于报刊研究一直保持了持续的热情，呈现出经久不衰的魅力。其他不论，就我们的学科点而言，关爱和老师主持的国家社科重大招标课题《报刊史料与二十世纪中国文学史》就集中体现了学界对报刊研究的一致肯定和高度认同。如果回过头来清点一下我们学科点的研究理路和学术传统，就会发现：报刊文献的发掘整理及研究早已成为我们自身的研究起点和研究亮点。

刘增杰老师的《鲁迅与河南》开启了我们学科关于刊物研究的先河。《鲁迅与河南》于1981年由河南人民出版社出版，论著的扉页上写着："谨以此书纪念鲁迅诞辰一百周年"。论著所论问题关涉三个方面，分别是鲁迅与《河南》杂志、鲁迅与河南作家及鲁迅与河南文化。论著是以系列专题论文的形式结构全篇。我之所以说《鲁迅与河南》是刊物研究的开辟先路之作，主要指论著第一部分《从〈河南杂志〉看鲁迅早期文学活动的若干特色》一文，通过一个刊物探讨鲁迅早期的文学活动和文学创作风貌，由此说明作家与刊物之间的互动关系，刊物为作家提供了展演文学思想的舞台，作家借助这一自由思想的空间拓展了刊物的影响。论著指出鲁迅论文在《河南》杂志的发表，"对鲁迅不仅是一种精神上的安慰，而且对于坚定他以后从事文学活动的信心，也有着重要的意义"，

"到了五四时期,他终于发出了振聋发聩的呐喊"。① 在此,通过作家与杂志的关系引申出鲁迅前后期文学创作的关联性,把《河南》杂志与五四新文学自然关联起来,通过一个小小的刊物考辨出五四文学来源的重要学术话题。《〈豫报〉所刊鲁迅早期著作的两个广告》更是以小见大、独具慧眼,论文的价值不仅仅在于发掘了《豫报》所刊的鲁迅的佚文,还在于论者精到的考证功夫。论文通过对鲁迅的《中国矿产志》和《中国矿产图》初版广告与《豫报》所载广告相互校读,具体而微地考辨出广告的作者。从原始报刊出发,可以发前人所未发,并纠正学界已有的错误认识。通过翻检《豫报副刊》,刘增杰纠正了人民文学出版社 1976 年出版的《鲁迅书信集》中关于鲁迅致高歌信的时间错误。论著《鲁迅与河南》论及第三部分鲁迅与河南文化的两篇论文《中州人民的怀念——河南各地追悼鲁迅活动片段》《〈风雨〉周刊上的鲁迅纪念特辑》尤为值得珍视。这两篇论文通过对河南地方文艺报刊《河南民报》、《河南民报·夜报》、《蓓蕾周刊》、《民言日报》、河南《民国日报》、《豫北日报》、《苦茶》周刊、《风雨》周刊等刊物的发掘,呈现了鲁迅逝世后中原人民深情缅怀的感人场景。从刊物研究的方法论而言,论文的价值是提供了地方报刊与全国性大报刊之间的文化互动。这些年来,当代历史学界试图通过对地方性知识的开掘,寻求地方性知识与全国普遍性知识之间的关联互动,这种对地方文献的发掘与研究成为一股强劲的学术潮流,即便是中国现当代文学研究,也日渐呈示出对地方性文艺报刊发掘研究的学术讯息。如果从这一层面观之,《鲁迅与河南》着实开启了地方文艺报刊研究之"预流"。当然,刘增杰在学术研究刚刚"松绑"的 80 年代,也许并没有这样的方法论自觉,但他所一贯坚守"以史为本""论从史出"的学术研究原则,引领他的研究成果自然而然地达到如此的高度——《鲁迅与河南》收入的《猴头·红枣·霜糖——鲁迅谈河南特产》一文尤为值得品味。这篇论文通过鲁迅与河南作家曹靖华的交往,引申出鲁迅与河南特产的有趣话题,从鲁迅对河南特产的喜爱之情的展示,不但梳理出现代作家之间的文学交往活动,也从历史细节中展现了鲁迅的文化心态和个性心理。这篇论文的可喜之处在于它凝聚了刘增杰独到的学术品格和鲜明的学术个性。刘增杰是一个集学术睿智、社会关怀、历史理性于一身的文学史家,常常在他的

---

① 刘增杰:《鲁迅与河南》,河南人民出版社 1981 年版,第 20 页。

学术论文中不时迸发出个人的心性。这篇论文谈到河南的大枣时深情地写道："在枣区，每当大枣收获季节到来的时候，那大片的一望无际的枣林中，闪耀在阳光下的鲜红透亮的大枣，构成了一幅美妙的图画。在绿叶映衬下，一嘟噜，一串串的枣儿，全都羞得红了脸儿，垂了头，装点得大地也显得格外的纯净、鲜亮。"这充满着抒情的散文语言，温润了原本枯燥的史料研究和文献整理。

该书出版时，当时已经八十四岁高龄的著名翻译家曹靖华先生为该书挥笔题字，现代著名的木刻家刘砚还特意为该书设计了鲁迅木刻头像作为封面，该书的出版可谓凝聚了学界多方的关注和器重。任访秋先生在该书的序言中指出："这部书，对史实详加稽考，对事理深入分析，平实精审，细大不捐。"① 因而，无论从具体问题的研究还是刊物研究所提供的方法论意识，《鲁迅与河南》均可视为一部开辟先路的精品之作。当然，精品之作并非没有自身的时代局限性，在80年代初政治思想、文化学术研究气候乍暖还寒之际，论著的研究框架还秉持着"战斗的"、"进步的"、合乎新民主主义思想观念的文学史研究理路，研究中不可避免地带来"左"的气息和简单化的思想方法，甚至个别研究细节会出现一些史实错误，如误把山西的荆有麟当作河南人，但瑕不掩瑜，我们应该回到当时的历史语境中予以"同情之了解"。

（二）从史料的发掘与整理到开辟学术研究的"自己的园地"

学术研究要有所创新，必须有自己独立的史料准备。刘增杰的学术研究和自身独立的史料准备是融为一体的。他先后编选了《抗日战争时期延安及各抗日民族根据地文学运动资料》（合编）、《19—20世纪中国文学思潮史料选》、《师陀研究资料》、《师陀全集》、《师陀全集补编》等现代文学文献资料。也正是在这些资料发掘与整理的基础上，刘增杰开辟了学术研究的属于"自己的园地"。

---

① 任访秋：《〈鲁迅与河南〉序》，刘增杰《鲁迅与河南》，河南人民出版社1981年版，第1页。

刘增杰 1988 年出版的《中国解放区文学史》，是中国现代文学研究界研究解放区文学的开创性论著。该书出版后，一直是后来研究解放区文学或延安文学的重要参考书目。记得 2000 年，我还在中山大学读书时，我的一位同门师姐博士论文选题为《延安文人研究》。开题时，参与开题的专家和老师们对这个选题展开了颇为激烈的争论，开题报告会顿时爆发一种剑拔弩张的火药味道。一些老师认为选题新颖，富有挑战性。另一些老师则干脆不同意这个选题，认为延安文学不易研究，不能研究。我原本以为开风气之先的广州，其学术研究应该没有太多的禁忌，怎么也想不到延安文学研究在 2000 年的时候还是一个有所顾忌的学术话题。开题报告会后，师姐和我交流说她是受了刘增杰《中国解放区文学史》的启发才打算研究延安文人的，试图在此研究的基础上，从文学心理学的视角研究延安文人的文化心态和文化人格。当然，一贯敢于接受挑战的这位师姐后来还是坚持了这一选题，完成了相当优秀的博士论文。自然，受《中国解放区文学史》这一学术滋养的不止我的这位师姐。伴随着文化气候的逐步开放和日渐宽容，延安文学和解放区文学研究开始成为新世纪以来的学术研究热点，许多博士论文选题对该研究领域产生了前所未有的关注。而研究这一问题，无不承续着刘增杰破除荆棘的开创性工作。因为在论著前言中，刘增杰对解放区文学这一研究领域就已经充满期待和呼吁，期待着该领域的进一步深化，呼吁有更多的学人深入这一领域。也即是说，刘增杰在 80 年代就已经敏锐感受到解放区文学研究存在的问题和不足，自觉意识到这一领域所蕴含的问题的丰富性和有待深化的急迫性，这是一个成熟的学人面对历史时的敏感和睿智。其后的解放区文学研究的勃兴，的确也呼应和印证了他的热切期盼。我在佩服这位同门师姐接受挑战的同时，对刘增杰能在 80 年代的学术环境中敢于写作该书的学术勇气，佩服之至，景仰之情油然而生。我深信：在那个乍暖还寒的政治语境中，《中国解放区文学史》的写作一定会遇到来自各个方面这样或那样的挑战，能够自觉走进解放区文学和延安文学研究的深水区，本身就体现了一种难能可贵的学术品格和独立思考的学术精神。

应该说，《中国解放区文学史》的写作与刘增杰负责编纂《抗日战争时期延安及各抗日民族根据地文学运动资料》密切相关，他从史料的发掘与整理中逐步形成了自己独到的史料准备，在问题意识的烛照下，大胆开辟了一个饱含富矿的学术领地"自己的园地"——解放区文学研究。

在写作体例上,《中国解放区文学史》分别从文学运动和文学创作两个方面透视了解放区文学发生、发展与嬗变的历史轨迹。刘增杰研究解放区文学从 20 年代的苏区文学讲起,是在为解放区文学做探源的工作,其中涉及许多至今仍需加以深究的文学论争和文学思潮,诸如"晋察冀边区关于三民主义现实主义的讨论""演大戏问题的讨论""张家口文学运动"等目前仍然是有待进一步深化的学术问题。值得称道的是:刘增杰在透视历史时,既有总览全局的宏阔眼光,又有精到细微的问题意识。全书的逻辑架构无疑显示了著者宽广博大的学术视野,而在具体问题的分析上则见微知著,落到实处。如对于延安文艺座谈会召开后,延安文艺界展开的文学批判活动的梳理,则抓住几部具体作品深入开掘,历史的丰富性在于对历史细节的展示与考辨,通过对《腊月二十一》《叹息三章》《丽萍的烦恼》《纺车的力量》等围绕这些作品争论和风波的分析,呈现了解放区文学早期众声喧哗的文学风貌和绚烂多姿的文学风采。《中国解放区文学史》的出版,体现出他善于从文学现象和文学思潮的角度透视文学史景观的学术研究风格。即便是该书下部"文学创作篇"的作家作品研究,论者也尽量纳入文学流派和创作群体中加以观照。一个成熟的学人必然要有自己开辟的学术根据地,在独到的研究领域中形成自身的研究特色。基于文献整理基础之上的文学思潮研究和论从史出、"征而有信"的学术研究理路,形成了刘增杰严谨朴实的治学风格、开放宏阔的学术胸襟、厚重稳健的学术气象。更为重要的是:刘增杰把这种治学原则逐渐贯穿整合到河南大学中国现当代文学学科的团队之中。随后在他主持出版的《19—20 世纪中国文学思潮史料选》(河南大学出版社 1992 年版)展示了河南大学中文系中国现当代文学学科的整体风貌。这部纵贯近代、现代和当代的思潮史,尽管当时只出版了计划六部中的三部,但思潮研究已经形成了这个研究团队的学术特色,并受到学界的一致好评。刘增杰的《战火中的缪斯》是这套丛书的一种,主要探讨了抗战爆发后中国现代文学的多元文学思潮。论著从工农兵文学的诞生与发展到讽刺暴露文学的崛起,从反思文学的勃兴到中国新诗派的崛起,从独树一帜的七月派文学到民族文学运动的鼓荡者战国策派,均一一论述。在该书中,刘增杰立足原始报刊,钩沉文学现象,总结抗战文学思潮发生、发展及嬗变的多元路向。《战火中的缪斯》仍延续了《中国解放区文学史》中业已形成的研究范式,坚持文学研究的宏观把握与微观分析的统一,坚持史论结合、以史带论的统一。正如刘增杰在该书"后记"中所言:"文学思潮的研究,要求对比较集中的文学现象进行宏观把握。但这决不意味着可以放松对文学现象的具体描绘。只有做到宏观把握与具体描绘的统一,文学思潮的研究才有可能接近文学发展的实际,从而窥视一代文学风貌。"[①] 作为一个文学史家,刘增杰总是把具体的文学现象置于宏阔的文学史背景中加以剖析,描画其轨迹,考镜其源流,总结其风貌。如该书中第二章"工农兵文学的诞生与发展",把苏区文学、左翼文学作为工农兵文学思潮兴起的源头,这种学术探源性的研究思路曾贯穿于任访秋先生的《中国新文学渊源》一书中,刘增杰很好地继承了这一学术研究传统。

论著《云起云飞——20世纪中国文学思潮研究透视》一书于1997年由上海文艺出版社出版,这部论著是在90年代初逐渐兴起的学术史研究的背景下诞生的,通过"文学思潮研究之研究",采用立体透视的方法,系统深入地梳理了20世纪文学思潮研究的全貌,从历史形态、个体世界、思潮史观三个层面详尽勾勒了近百年文学思潮研究的轮廓,全面探讨了思潮研究者的学术贡献,完备总结了20世纪思潮研究的文学史观,是一部力图全景展现和完备总结20世纪文学思潮研究史的典范之作。这种带有学术史意义上的总结与清理的工作,不但体现了研究者反身回顾的反省意识,而且对于现代文学学科的健康发展与成熟具有重要的学术价值。

在史料发掘与整理的基础上,刘增杰开辟了一个个相互独立又密切关联的"自己的学术园地",在这片丰饶的园地上,一项重大的学术创获应运而生。

(三) 中国现代文学史料学的创建与确立

对于人文社会科学研究而言,评判一个学科是否已经成熟,在我看来,其重要标志在于:该学科是否已经积淀了数量庞大、质量较高的研究成果;是否形成了自己学科独到的研究范式;尤为重要的是,是否建成了自身学科的宏大的史料工程和学科史著述等等。

任何一个学科都在呼唤着自身的成熟,现代文学学科也是这样。多年

[①] 刘增杰:《战火中的缪斯》,河南人民出版社1992年版,第248—249页。

以前，樊骏先生就自信地坦言："我们的学科：已经不再年轻，正走向成熟。"① 走向成熟的关键就在于现代文学学科史料建设的基础性工程是否已经建成。在樊骏先生说这番话二十年后的今天，中国现代文学的史料建设取得了令人欣喜的成就。这些年，中国现代文学作家的全集、文集的编纂与辑佚、现代作家研究资料、文学运动及社团流派资料、现代文学期刊目录汇编的整理、现代文学书目汇要的编著等等，产生了一批相当丰硕的史料成果。就此而论，我们可以自豪地宣称："我们的学科已经成熟。"但这成熟也并非有一个最后的完结点，"成熟"永远是"成熟"自身不断完善的一个历史的辩证发展历程，是成熟自身走在不断完善自己的途中。由是观之，我所谓的"现代文学学科研究已经成熟"，并不是说我们的研究工作已经到了无事可做的最后完成的境地，就史料工作而言仍有许多有待开垦的工作。

中国现代文学史料的建设、收集与整理工作，相伴于中国现代文学发生、发展、壮大与成熟的始终，对于中国现代文学学科发展史和学术研究史，学界早有学者已经做过系统的总结和清理工作，如朱金顺先生的《新文学资料引论》、黄修己先生的《中国现代文学编纂史》及《中国现代文学研究史》等。但学界对于中国现代文学史料工作实践的总结和理论提升工作，似乎做得还远远不够。

在这样的学科背景中，刘增杰的《中国现代文学史料学》2012年由上海文艺出版公司中西书局出版了。

该书分四个部分：第一部分"源流篇"是对中国现代文学史料学的发生与流变研究，在考镜源流的基础上，对现代文学史料这一"脆弱的软肋"进行了深刻的反思；第二部分"形态篇"重点考察了中国现代文学史料的新的形态，如以报刊作为史料的重要载体使之有别于古典文献的史料形态等；第三部分"应用篇"主要探讨了中国现代文学史料学如何适应现代文学研究的需要；第四部分"人物篇"主要考察了百年来中国现代文学史料研究家的史料学贡献，指出了一条把史料搜集与史料阐释有机结合的学术创新之路。

这部书的初稿我是较早读到的。最初的书名是《中国现代文学史料学论稿》，刘增杰把初稿交给我说是让我提提建议。我看过之后，专门把

---

① 樊骏：《我们的学科：已经不再年轻，正走向成熟》，《文学评论》1994年第5期。

我的感受写了一段文字交给刘老师,其中就建议书名去掉"论稿"二字,定名为《中国现代文学史料学》。他的意思是使用"论稿"是为了强调写作内容的随意性,因该书的主体部分是多年来为研究生教学札记的整理以及他发表的相关论文。

在我看来,刘增杰所说的"随意性"是论著写作的一种随任自适的研究状态,使论著呈现出一种对话、开放和包容的学术文体特色。也正是因为此书的写作建立在教学实践的基础上,其中的观点和结论是研究者个人多年来研究体验的总结和提升,其中所涉及的史料学研究,又是论者自身"动手动脚找材料"的产物,凝聚了研究者感同身受的生命体验,才会使本书的写作显得大气从容,许多问题的展开显得游刃有余。当然,他开始执意要以"论稿"命名,也是他一以贯之的对于研究对象心存敬畏的研究心态使然。我想,出版的时候倘若不是出版社编审的诚恳建议,该论著可能仍会沿用初稿的书名。事实上,该书现在的体例和内容较之初稿已经有了较大幅度的变化。书稿刚写出时,刘增杰就把书稿分发给解志熙、刘涛等在现代文学史料学研究领域多有成就的研究者审阅,以便进一步完善书稿的写作和定型。这种行为本身,不但体现了刘增杰谦虚包容、不耻下问的君子之风,也表达了他对学术精益求精、打造经典的严格要求。

的确,无论对刘增杰的个人研究而言,还是对于中国现代文学学科,《中国现代文学史料学》都是一部具有自己独到学术特色的著作。该书改变了之前中国现代文学史料研究的基本格局——多有史料的发掘与整理却少有对史料工作的总结与理论提升。因而,该书的出版使多年以来呼唤"建立中国现代文学史料学"的热切期盼成为现实,标志着中国现代文学史料学的诞生。这个时间着实比较漫长,从 1985 年马良春呼吁"建立现代文学史料学",1989 年樊骏强调中国现代文学史料学"是一项宏大的系统工程",到 2003 年钱理群、解志熙等倡议重视"中国现代文学的文献问题",再到 2012 年《中国现代文学史料学》的出版,其间经过了几乎和现代文学发生发展相近的三十年历程,中国现代文学终于有了属于自身的文学史料学。对于刘增杰,是他几十年始终如一的史料研究工作和教学实践的系统总结,对于中国现代文学学科,则提供了有别于古代文献的新的规范,提出了新的原则和研究方法,对于学科建设和学科成熟可谓是功莫大焉。

该书第一次全面、系统、深入地探讨了中国现代文学史料学源流、形态、应用等属于文学文献学意义上的本体论范畴。此前学界关于现代文学史料的研究成果，主要是单篇文章的探讨。关于系统探讨的论著只是朱金顺1986年由北京语言学院出版社出版的《新文学资料引论》。该书虽然提出了"建立资料学的新体系"，但限于当时的历史条件，作者只是大概提出需要注意的一些原则，认为新文学资料学"不应当是旧的考据学的搬用，也不该是外国一些东西的照抄。"[①] 真正的中国现代文学史料学体系并未建立起来，但却为此后建立中国现代文学史料学奠定了第一块基石。之后，谢泳于2008年发表了《建立中国现代文学史料学的构想》的文章，但这一构想并没有真正完成。

刘增杰虽说没有率先在学界提出建立中国现代文学史料学的口号，并不是说对于建立中国史料学的构想无动于衷，而是在自己的教学与研究实践中勤于思索、埋头耕耘，以自身的史料实践默默呼应了建立中国现代文学史料学的宏大构想。从90年代以来，他撰写了一系列专题性的史料学研究论文，持续不断地发出了建立史料学的独到声音，在现代文学史料研究界产生了良好的学术反响和补偏救弊的方向性引导功能。《中国现代文学史料学》是他多年来学术思想的结晶，他第一次完成了中国现代文学史料研究界多年来的史料学梦想，可谓是中国现代文学史料学研究的集大成者，是中国现代文学史料学创立的标志。

面对学术上如此的创获和巨大成就，清醒而内敛的刘增杰师并没有太多的兴奋，他指出，"本书写作真正的难度，是缺乏现成的体例可以遵循。困难带来的唯一机会，是可以避免融化在别人的影子里面而自我消失。对我来说，史料研究从罗列史实走向自主研究，还有很长的路要走。"[②] 学术成就带给他的不是满足和自豪感，却是"突然袭来的失落"和"隐隐涌动的焦虑"。这"失落"和"焦虑"表达了对学术研究不断进入佳境时一如既往的自我严格要求，也呈现了对中国现代文学学科建设的责任担当意识。这不由得让我想起了梁启超"不惜以今日之我难昔日之我"的自律名言，年已八十华诞的刘增杰先生这永不满足、自强不息的学术研究精神，不正是他自我挑战与自我超越的完美人格的表达么？

---

① 朱金顺：《新文学资料引论》，北京语言学院出版社1986年版，第11页。
② 刘增杰：《中国现代文学史料学》，中西书局2012年版，第10页。

三 从文本阐释到理论建构

——论吴秀明的历史文学研究及
其学术史意义

中国历来注重修史，正是这种注重修史的观念从而带来了中国史传文学的发达和繁荣。尤其到明清时代，在长篇章回体小说文类中，且不说《列国志传》《西汉通俗演义》《三国演义》《两晋演义》《隋唐演义》《南北宋传》《皇明中兴圣烈传》等这些"讲史类"小说占据了相当大的分量，即便是在"烟粉类"、"讽刺类""神魔类""侠义类"小说文类中也渗透着丰富的历史内容，从《西湖小史》《绣榻野史》《金莲仙史》《婵真逸史》《儒林外史》等诸如此类的小说题目的命名就深切感受到历史题材对小说作者的巨大吸引力，也可略略体察小说作者假借历史以吸引读者眼球并提升小说地位的微妙心态。中国传统的历史小说主要是演义体历史小说，作家秉持着补正史之余的创作观念通过小说去演义历史，《三国志通俗演义》小说作者遵照着所谓"七实三虚"的创作原则成为此类小说的典范之作。这种演义历史、再现历史的创作观念一直占据历史文学创作的主导。到了清末民初，作家吴趼人仍然看重历史小说再现历史事实的社会价值："使今日读小说者，明日读正史如见故人，昨日读正史而不得深入者，今日读小说而身临其境。"这一论述延续了传统历史小说的美学观念。即使五四新文化运动以后，现代历史小说在创作的价值取向上已逐渐摆脱了中国传统演义体历史小说补正史之余的陈旧观念，而理论批评方面却较多地与传统相连，批评思路上呈现出古典化的特征。尤其是在历史小说创作上，史实与虚构之间的考辨，本就是古典演义体历史小说批评家早已讨论的话题。

事实上，中国历史文学创作尽管源远流长，但在理论方面的探讨却非常有限，无论是金圣叹"以文运事"和"因文生事"的论述，还是毛宗岗对历史小说"据实指陈，非属臆造"的强调；无论是谢肇淛对《三国演义》"事太实则近腐"的批评，还是袁于令对历史小说"传奇贵幻"的提倡；以及李渔的"虚则虚到底"、"实则实到底"和金丰"实则虚之，虚则实之"写作原则的确立，都是想在历史小说创作的虚实之间寻找一种理想的平衡。现代历史小说批评家同样在这一问题上徘徊与沉迷。中国现代历史小说理论正是过多地纠缠于"虚实之辨"，在一定程度上忽视了对历史小说理论的其他层面作深入细致的探讨，以致中国现代历史小说理论始终在传统的阴影下徘徊游移，难以产生超越前人的宏大而精深的理论体系。

那么，当代的情况又如何呢？进入新时期以来，由于党的十一届三中全会所倡导的思想运动，带来了历史小说创作的空前繁荣。仅1976—1981年间，公开发表和出版的中长篇历史小说达四十多部，短篇历史小说在百篇以上，不但题材广阔，内容丰富，数量上也远远超越新文学前六十年的总和。然而相对于创作的丰富和繁荣，历史小说的评论和研究工作却显得相当滞后。即便是有些评论的文章，也基本上都局限于某一具体的作品，停留在介绍性、读后感的水平，缺乏理论深度和深厚的历史素养，没有把历史小说作为一种独特的文学现象对之进行综合考察和专门研究。

正是在历史小说研究这样的文化传统和学术背景下，吴秀明在教学实践中，以他所拥有的强大纯正的艺术鉴赏力，勤于思索的深刻锐利的思想洞察力以及充沛热忱的拥抱现实的激情走进了历史小说研究的领地。如果从他1981年在《文艺报》刊发的《虚构应当尊重历史——历史小说真实性问题探讨》一文开始算起，吴秀明至今在历史文学研究的园地中已经辛勤耕耘了三十年。三十年辛苦不寻常，吴秀明在这个属于"自己的园地"中默默耕耘、辛苦爬梳、勤于思辨，创获颇丰，为学术界贡献了一系列关于历史文学研究的论著，总结并建构了历史文学的理论体系。自此，中国历史文学研究终于超越了此前那种感悟评点似的评介和研究，有了属于自己的宏富而严谨的理论体系。纵观吴秀明历史文学研究的三十年历程，按照他学术研究的内在理路的演进、拓展与深化，可以把他的研究划分为三个阶段。

（一）文学批评与文本解读

　　作为一种独特的题材门类，历史小说创作较之普通的小说创作要困难一些。近代有人早已慨叹："作小说难，作历史小说更难，作历史小说而欲不失历史之真相尤难。作历史小说不失其真相，而欲其有趣味，尤难之又难。"[①] 套用这一说法，我认为，作文学评论难，作历史小说评论更难，作历史小说评论能够论述透辟，评论得当，视野宏阔，尤难之又难。对此，姚雪垠曾感同身受地指出："几年来，出现了几部写历史的小说。我看了几篇评论文章，都写得不能令人信服，不能让人同意。为什么呢？因为写文章的人，或者不熟悉历史，或者不熟悉小说艺术，历史小说中错误地虚构历史，评论者不仅没有指出这些描写不符合前人生活，反而加以吹捧。这原因可能就在于评论者自己也不晓得不认识这些描写不符合历史生活。"[②] 因为历史小说是历史科学与小说艺术的有机融合，这种特有的艺术品性要求评论者不但要具有小说艺术的审美体悟能力，还必须具备一定的历史素养。正如历史小说作者在进行历史小说创作时必须要熟悉所反映的这段历史一样，历史小说评论者也应该对其评论对象所反映的这段历史有所了解。

　　面对历史小说评论这一难题，吴秀明却不畏艰难，知难而进。80年代初，作为一个从事中国当代文学教学的大学教师，吴秀明的文学素养、文学鉴赏和见微知著的文学评论能力并不缺乏，而面对历史文学文本，作为一个历史文学评论者如何"过历史关"这一难题对于吴秀明来讲，是一个极富挑战又具有诱惑性的研究课题。

　　那么，吴秀明是如何度过这一"历史关"的呢？他多年前的一段自述为我们透露出他为此的付出和艰辛："我是根据写评文的需要，有目的地去翻看史书。比如在写到唐玄宗题材的历史小说评文时，去查看有关唐玄宗这方面的史料；在写到捻军题材的历史小说评文时，去查看有关捻军这方面的史料。"[③] 他为了弄清楚刘亚洲长篇历史小说《陈胜》所写的秦

[①] 魏绍昌：《吴趼人研究资料》，上海古籍出版社1980年版，第145页。
[②] 姚雪垠：《我对学习研究中国文学史的一点意见》，《郑州大学学报》1981年第2期。
[③] 吴秀明：《在历史与小说之间》，时代文艺出版社1987年版，第365页。

二世在上林苑观看人兽相斗的残酷娱乐表演是否符合历史事实，不但请教精通这段历史的专家，还先后查阅了《史记》《汉书》《秦会要》《太平御览》等大量的历史文献乃至稗官野史、笔记小说，写评论时有关此事失真的文字虽寥寥几行，却耗费了他大量的时间和精力。正是这种"咬定青山不放松"的坚韧和执着，吴秀明把文本阅读与文献查询相比照，徜徉于历史与小说之间，在历史小说评论这块比较贫瘠而荆棘丛生的园地里坚持耕耘，开始走出了一条属于他自己的研究道路。

80 年代初的历史小说研究，吴秀明密切关注当下的历史小说文本，对于新作给予及时的研究与评论，尽管有一些如《评一九七六至一九八一年的历史小说创作》《虚构应当尊重历史》等综述性和专题性的文章，但主要精力还是放在作品的评论上，遵循的是文学批评与文本阐释的研究路径。

文学批评的主要对象是文学文本，而文本细读是从事文学研究的基础。吴秀明 1987 年结集出版的《在历史与小说之间》对 70 年代末 80 年代初的二十余部历史小说长篇新作都一一作了品评。吴秀明评论一部作品并非孤立地就作品而论作品，其间往往以一部作品为例，生发出对于历史文学许多重大问题的思考，具有强烈的问题意识。通读这些饱含着富有学术激情与问题意识的评论文章，可以强烈感受到评论者的史思与诗思的相互辉映以及辩证的思维方式的缜密展演。比如在论及徐兴业的《金瓯缺》通过展现生活场景风俗画的细节营造小说的真实性时，吴秀明既肯定了小说作者对生活观察的细密与处理题材平中见奇的本领，同时又笔锋一转："不过，小说毕竟属于艺术的范畴，而不是断代的风俗志，因此对一个作者来说，光有世态习俗的描写还是不够的。风俗毕竟还只是'外景'，哪怕写得再逼真，也只能为作品提供一个好的背景或环境。要真正形象而深刻地反映历史的真实面貌，只有深入到社会关系的内部，深入到时代风云中去，准确有效地写好人物的思想性格和精神面貌才行。"[①] 这种吉光片羽似的辩证思考在他的评论中随处可见，这样的思考即使在今天看来仍然历久弥新，得出的结论令人叹服。

辩证的思考方式是一个优秀的评论家应该具备的思维品格，在此观照下，不仅能够对于一部历史文学作品品评其优长，好处说好，也能够体察

---

① 吴秀明：《在历史与小说之间》，时代文艺出版社 1987 年版，第 153 页。

其不足，引领作家在进一步创作中扬长避短。在评论杨书案的历史长篇时，吴秀明能够深入作品的肌理，指出作品所蕴含的浓浓诗意，并没有单方面褒扬作家的这一优长，而是诚恳地指出小说"有些地方抒情太多，失去自我控制"，"一定程度上削弱了他笔下人物形象的鲜明性和生动性，而且也使他作品的情节发展显得拖沓缓慢。"①

当然，辩证的思维方式和良好的历史素养只是吴秀明文学批评在"史思"方面的体现，他在文学批评和文本阐释中也呈现出聪颖敏捷的审美判断能力，充溢着强烈的批评激情。如对于《天国恨》刚健豪放格调的概括，指出作品"大笔淋漓，粗毫疏落，作干脆利索的粗线条勾画，有些地方甚至还带有历史素材本身的毛糙样子，仿佛是取自历史矿床的浑金璞玉，不是打磨得精巧玲珑的翡翠古玩。"②用这样鲜活灵动的笔触品评作品，语言如鲜花带露，清新可感。没有从逻辑到逻辑，从推理到推理的枯燥与繁琐，而是面对一部充满油墨香味的新作洞幽烛微的直觉和感悟，这充分体现了吴秀明文学批评的"诗思"品格。与"诗思"紧密相连的是他评论中主体情愫的投入，他用自己的生命体验去拥抱体悟作品。写到《秦娥忆》所描写的"焚书坑儒"的惨烈场面时，吴秀明写道："嗟乎，惨无人道的屠戮！哀哉，炎黄文明的浩劫！在中国历史上，还有比这更残忍、苛烈的么?！这样做的结果，岂止是焚烧了一大批诗书简册，腰斩了四百多个儒生，活埋了七百多个学士，不，这是在弃圣绝智，强钳百家之口。"③

尽管这一时期的历史小说研究主要集中于具体作品的评论，但"史思"与"诗思"的有机结合使吴秀明的历史小说研究没有陷入就事论事的狭小格局，而是在问题意识的映照下获得了一种深入的开掘空间和广阔的文学史视野。《在历史与小说之间》收入的是他之前刊发的单篇文章，但许多文章之间通过评论不同的历史小说，探讨了他对历史小说理论的初步思考，吴秀明在《关于历史小说真实性问题的通信——致杨书案同志》《一部很难组织的"教授小说"——谈〈金瓯缺〉的真实性》《"七实三虚"写风云——关于〈天国恨〉的真实性》《虚构应当尊重历史——关于历史小说真实性问题探讨》等一系列文章中集中探讨了历史小说研究中

---

① 吴秀明：《在历史与小说之间》，时代文艺出版社1987年版，第231页。
② 同上书，第267页。
③ 同上书，第228页。

一个不可回避的核心问题——历史小说的真实性问题,这些思考是理论生长的萌芽,为以后历史文学真实论的系统考察打下坚实的根基,是进一步建构历史小说理论大厦的基石。

(二) 理性思辨与理论建构

然而,不管文学批评多么富有魅力、不乏新见,它毕竟带有直觉和感悟的印象批评的成分,离纯粹的理论建构还存在一定的距离,如果文学研究仅仅停留于紧跟新作而展开的作品论层次的分析,学术研究的进一步提升将会受到限制。正如孙武臣所指出的,吴秀明早期的有些评论文字"由于缺乏充分的理论阐发和概括,往往显得浓度不足","有几篇文章写法上有某些雷同"。如何丰富自我的知识结构、不断突破自我、超越自我业已形成的学术研究框架,是所有学人都应该积极思考和面对的。好在吴秀明自己也有如鱼饮水、冷暖自知的深切感受:"写着写着,无形之中就有了个程式,题材啦,人物啦,艺术特色啦,最后带一下缺点,如此这般,大同小异。"[①] 就在他的第一部历史小说研究集《在历史与小说之间》出版之后,就开始了历史文学理论的富有拓荒性的探讨工作,把历史文学当作一种独特的学科形态,系统整体地研究它的个性特征和基本理论体系。

从具体作家作品的评论转向历史文学理论的总结与建构不但是吴秀明出于学术自我超越的考虑,也是当时的历史文化语境与历史文学自身的蓬勃发展提出的迫切要求。伴随着思想解放运动以及"百花齐放""古为今用"的文艺方针的强调,新时期历史文学的兴起成为当代文学发展史上一个令人瞩目的文学现象。与蔚为壮观的这股创作潮流相比,历史文学研究在理论上还远远不够深入。从事历史文学创作的作家也热切期待能有与这一特殊文体形态相适应的理论著作的出现。吴秀明 90 年代初相继出版的《文学中的历史世界——历史文学论》(吉林教育出版社 1994 年版)、《历史的诗学》(浙江人民出版社 1994 年版)、《真实的构造——历史文学真实论》(春风文艺出版社 1995 年版)三部理论专著正是呼应了历史时

[①] 吴秀明:《在历史与小说之间》,时代文艺出版社 1987 年版,第 364 页。

代与文学自身的内在要求。自此，中国历史文学的研究初步具备了较为完整的理论体系。

如果说吴秀明 80 年代初步入历史小说评论要过"历史关"这一难题，90 年代之后的历史文学理论的建构要突破重重的"理论关"这一更大的学术难题。我们知道，80 年代中后期是学术界"方法热"风起云涌之际，系统论、叙事学、心理学、精神分析学、接受美学、阐释学、结构主义等一波又一波的新方法、新理论"乱迷人眼"。在这种新方法炙手可热之际，吴秀明并没有急切地套用一种新方法去解读某一部具体的作品，而是沉潜下来，正如他所言"有意识压制自己的发表欲，而颇读了一些美学、文化学、心理学、叙事学以及新方法论等方面的书"。经过多年沉潜涵泳的阅读和思考，吴秀明在历史文学研究中终于达到了从感性认识到理性思辨的质的飞跃。纵观这一时期的三部历史文学的理论专著，论述问题虽各有侧重，但不同问题又相互比照，相互阐发，相互补充，从而相得益彰，共同建构了历史文学精深而完备的理论体系。从学术史意义上观之，我认为吴秀明对于历史文学理论的建构具有以下的研究特色和学术个性。

首先是理论的系统完整性和创新性。中国历史文学尽管发达，但历史文学理论相对滞后。在古代往往存在于历史小说的序跋或灵光一闪的评点中，即使有真知灼见也大多只言片语，到了现当代历史文学创作中，鲁迅、郁达夫、郭沫若、茅盾等不但创作了大量的历史文学，也都对历史文学范畴和理论作过富有意义的探求，也大多散见于单篇文章，鲜有像卢卡奇的《历史小说》、菊池宽的《历史小说论》等系统的论著出现。吴秀明则围绕历史文学的诸多理论问题比如历史真实与艺术真实、历史真实与创造主体、历史真实与时代社会、历史真实与读者接受、历史真实与虚构限度、历史小说的现代化倾向、影射问题等等，撰写了一大批富有洞见的文章，将与历史小说相关的理论问题，特别是不可回避的相关理论难点问题，都作了深入系统和富有成效的探究，把历史文学的真实论、价值论、形式论相互融通，逐步形成了一套立体完整的属于自己的理论话语，是历史小说理论研究领域中富有个性的"这一个"。

吴秀明理论的系统完整性不仅表现在对于历史文学诸多问题的探讨，更表现在他对一个问题能够作全方位、多角度、深层次的开掘和抽丝剥茧似的条分缕析。比如，他的《真实的构造》就是对古今中外历史文学研究难以回避而又常常纠缠不清的"历史真实"问题进行的专题性探讨。我们都知道,真实性问题是历史文学研究中所有理论问题的关键与核心,中外古今的文学家、美学家以及历史哲学家都对这一问题作了众说纷纭、见仁见智的讨论,而在过去相当一段时期内每每触及历史文学的"真实"问题,大多止于"历史真实"与"艺术真实"的单向度的反映论的探究,要么把历史文学的真实与一般文学的真实性结合起来,要么用历史科学的标准来衡量历史文学,这样历史文学真实理论的研究实际上简化为解释文艺与生活、历史事实与艺术虚构的关系问题。《真实的构造》则在此基础上,利用系统论的观念,把历史文学真实看做是一个立体多维、涵盖着映像性真实(历史真实与艺术真实)、主体性真实(历史真实与作家主体)、当代性真实(历史真实与当代需要)、认同性真实(文本真实与读者接受)等四个真实要素的系统耦合而成,将真实纳入一个"作品—作家—社会(当下)—历史—读者"等多维互动共生的审美机制中进行全方位立体性观照。这样的理论构架很显然是一个跨学科的系统理论创新工程,它在运用传统的社会学、文艺美学、历史哲学等研究方法的基础上,又广泛借鉴了心理学、发生认识论、阐释学、接受美学等新的研究成果。值得肯定的是,论著并非只是撷拾前人的只言片语,而是在吸纳了各种理论精髓的基础上经过自我理性的思辨而有所创获。

在强调各种新思潮、新方法、新理论对吴秀明的历史文学理论体系创新所做的贡献时,我们不要忘记这种理论的创新更多地来自于他多年来的史料积累和长期独立的文献准备。80年代初,吴秀明在大量阅读历史文学作品和评论的基础上,曾相继选编出版了《短篇历史小说选》《中篇历史小说选》《历史小说评论选》,曾专门作过"建国三十五年来(1949—1984)历史小说书目辑览",不要小觑这费力费神的史料积累,正是这种独立的文献准备造就了他历史文学研究领域中的"这一个"。

其次是理论的现实针对性和视野广阔性。吴秀明历史文学研究和理论建构其背后的动力来源于强烈的问题意识的激发。他所提出的问题不是关在书斋里个人一厢情愿的向壁虚构和个体玄想,而是来自于异彩纷呈的历史文学创作实践,从大量的文学创作想象中思考总结得来的。他勤敏善思、独立不依的学术个性使他长期密切关注当代历史文学创作实践和理论探讨中所提出的各种问题,许多学术问题纠结在他的胸中,对此的思考也是一以贯之。比如《文学中的历史世界》一书中专章探讨了不同历史文学的艺术表现与创作方法的关系,这关涉到作家的历史文学观问题,并由此展开现实主义历史文学观、浪漫主义历史文学观以及现代主义历史文学观的多方考察。事实上,这一思考渊源有自,早在1983年评论《金瓯缺》的一篇文章中就已经提出了"在如何求得历史真实的问题上,现实主义和浪漫主义的区分"问题。此外,《文学中的历史世界》探讨历史文学的翻案问题在2007年出版的《中国当代长篇历史小说的文化阐释》中仍在进一步探讨与深化。此外论著对影射问题、现代化问题以及作家虚构的自由与限度和如何深入历史问题都有针对性地作了深入论述。这样的理论来源于文学实践,也相应地会指导文学创作实践,这样的理论才会焕发出持久的生命活力。《历史的诗学》正是这种实践性与现实针对性的集中体现,论著专列"实践篇",通过对历史文学艺术实践的总体描述和抽样分析,对于艺术实践的有关问题作了新解。在论述某一具体问题时,吴秀明往往贯通古今,融汇中外,跨越文史哲,因而显得视野开阔,舒卷自如。

(三)文化阐释与空间拓展

经过20世纪80年代中期到90年代初的学术沉潜和历史文学的理论自觉建构阶段,吴秀明的学术视野逐渐扩大,研究重心渐渐转移到当代文学思潮、当代文学史写作以及当代文学学科史的研究,也兴趣盎然地旁及教育学、生态文学、地域文学研究等领域,开始主动走出历史文学研究这片自己独立开垦的"学术根据地"。此后,他在新开垦的学术领地相继收获出版了《转型时期的中国当代文学思潮》《中国当代文学史写真》《中国现当代文学史与生态场》等学术成果。尽管历史小说研究此时已不再占据主导,但吴秀明并没有忘怀这块属于"自己的园地",而是在成功申报两个国家社科基金项目《新时期长篇历史题材小说研究》《守望与重塑:当代历史文学生产体制、创作实践和历史观问题的综合研究》的基础上,展开了他历史小说研究的再次突破和飞跃,十年磨一剑,2007年出版的《中国当代长篇历史小说的文化阐释》是这一阶段的标志性成果。

正如吴秀明所言,建立自身的学术根据地是一位学者在学术界安身立命之本,有没有这个根据地是判断一个学者有没有形成自己的学术个性的标准。吴秀明在历史文学研究领域早已建立了自己坚实牢固的学术根据地，按照常人的一般想法，他完全可以在自己的根据地里轻车熟路地走下去。相反，他却主动走出了自己的根据地，走进了更为宏阔的文学史图景中。正是这一学术研究的拓展与主动出击，给他的历史文学研究带来了前所未有的新质。既然文学史研究可以放在一个广阔的文化生态场域中加以观照，历史小说不也是特定文化场域的产物么？他正是带着这样的文化视野再次回到自己难以割舍、常常眷顾的学术热土。在我看来，这一研究论题的回归形成了与他之前的历史文学研究不同的范式。

首先是文化阐释与文本研究的统一。80 年代初的历史小说评论，主要是从小说题材选择、人物形象、思想主题、情感取向、叙述结构、语言表达等方面而展开的文本内部的解读，顾名思义，《中国当代长篇历史小说的文化阐释》则注重对小说文本和创作想象进行深层历史文化内涵的发掘，将历史小说看作是一定时期文化现象和文化符号的载体，把历史小说置于特定时期政治、经济、文化等复杂历史场域和社会语境中加以考量，这样就跳出了一般文本细读所遵循的审美自律的狭小格局，拓宽了文学研究的内涵，这使他的历史文学研究显得大气磅礴，视野宏阔。该书第二章选取姚雪垠、凌力、苏童这三位作家透视中国当代历史小说的总体风格与内在结构，认为三位作家分别典型地代表了老中青三代，他们的历史小说创作依次采取了阶级斗争范式、人文主义立场和新历史主义原则，这种以点带面、举重若轻的研究理路显示出吴秀明对自己的研究对象高屋建瓴、胸有全局的整体把握能力。就青年作家所秉持的新历史主义原则和呈露的叛逆姿态而言，吴秀明指出"这些新历史主义小说普遍显露了浓重的存在主义倾向，在观念形态上已由 80 年代的理性主义进化论向现在的存在论、生命本体论转化"。在此，吴秀明有意凸显了形成并制约每代作家不同艺术风格的政治历史语境和文化生态环境。该书第三章的论述更显得气势恢宏，论著把当代中国的历史叙事置于全球意识的宏大历史背景中加以考察，认为《雍正皇帝》"落霞系列"、《张居正》、《白门柳》、《曾国藩》、《张之洞》等历史小说反映了封建末世之际中国传统文化在异族文化或西方文化冲击下的被迫转型，找到了与当下全球化浪潮所激发起来的民族身份认同的契合点。这就把历史文学的兴起看作是与文化思潮相激相荡的结果，不再视为仅仅是文学内部的事情。这种文化视野的阐释和解读在该书中俯拾即是，在"历史守成主义叙事"一章中，吴秀明把唐浩明的长篇历史巨著《曾国藩》《旷代逸才》《张之洞》与 20 世纪 90 年代后期兴起的文化保守主义（如国学热、新儒学）思潮联系起来，指出了这些历史小说所取得的对古人能达成体谅与理解的历史同情这一成就，也辩证地指出小说作者这种认同性的体谅和理解往往潜在地支持了传统的权力智慧所导致的专制，从而削弱了知识分子的批判立场。

该书所采用的文化阐释视角并非是大而无当的与文学本体毫无关联的纯粹外部研究，因为所有的文化语境都必须通过作家这一中介，内化为作家的精神气质和心理结构，再通过作品呈现出来。而作品文化视角的阐释也必须建立在文本研读的基础上。"明清叙事与文化重建"一章，通过对反映官场文化、宫廷文化、政治斗争的历史小说的解读，表达了对权力叙事的隐忧。并从艺术创作和读者接受的角度深入剖析了权力角逐所蕴含的丰富动人的叙事资源和独到魅力，这就把看似宏观的权力话语落实到具体而微的作品的审美中，从而达到了宏观的文化阐释与微观的文本研究相结合，把文学的外部研究与内部研究相互融通。

其次是现代性视角与批判性立场的统一。该书不但把历史小说放在文化的语境中加以阐释，而且在评判历史小说的创作得失时一直秉承现代性的眼光。运用现代性的眼光去考量历史小说，不但驱逐了人们受线性思维的影响萦绕在头脑中对历史小说怀有偏见的迷雾，而且可以帮助我们更深入完整地理解和把握现代性的本质，在实践上做好正本清源的工作，从而丰富和深化历史文学研究，推动历史题材创作进一步繁荣，这是该书研究的目的和意义所在。现代性话语充斥于学界、概念边界模糊不清，吴秀明没有撷拾照搬西方的现代性概念，而是把历史小说的现代性看作是与传统相连，作家立足于民族"根"性基础上，站在人类认识世界的制高点，用自己的时代精神和意识观照题材对象，用现代意识和灵性激活历史。吴秀明把作家是否具备现代意识作为能否达到历史本质真实的评判标准。

现代性与批判性相连，正是在现代性视角的观照下，吴秀明清醒地看到新时期长篇历史小说的不足，因为有些作品的创作思路基本停留于表象历史现象的直观反映，没有沉潜其中进行富有意味的理性之光的烛照和深度开掘，甚至有些作者自觉或不自觉地把自己的思想意识降低到古人的水准上。也正是因为缺乏现代意识的烛照，吴秀明敏锐地指出权力叙事所隐藏的陷阱，批判了作者情感上流露出对权力运作的欣赏、将权力的叙事与权力的认同混为一谈的错误倾向。这一现代性视角不但把历史文学创作视作"一部蕴涵丰富的跨世纪文化启示录",是"再造中华文明"、接续民族文化血脉的媒介,而且也提醒我们,学术研究在全球化的今天,如何在本土性和现代性之间寻求自我的理论基点,真正达到文化对接与理论对话。

吴秀明的历史小说研究三十年来跨越了三个阶段,每一个阶段都有不可替代的学术贡献,当然也各自打上了鲜明的时代烙印。这种超越自我、不断精进的学术研究理路不但对历史文学研究作出了自己独特的学术贡献,对于当下的研究者也富有许多有益的学术启示。一个研究者如何建立属于自己的学术根据地,又如何走出和超越这一根据地,都值得每一位研究者认真思索。吴秀明并没有停下他对隐喻历史文学研究的脚步,他2010年结项的国家社科基金项目《守望与重塑:当代历史文学生产体制、创作实践和历史观问题的综合研究》已交付出版社待出,我们热切地期望这部论著的诞生。

四 中国现代小说语言历史的总结与现代小说语言美学的宏伟建构

——论刘恪的小说理论及其学术贡献

进入近代社会以来,小说这一文类逐渐从不登大雅之堂的边缘文体进入人们阅读的中心地位,尤其是梁启超宣称"小说为文学最上层"的惊世骇俗之言,更把世人的阅读目光吸引到小说上来。随着小说地位的提升,小说作者队伍不断扩大,小说的数量和质量也日益扩大和提高。就中国现当代作家作品而论,如果单从诗歌、散文、戏剧、小说的文体分类的数量着眼加以考察,小说可谓是蔚为壮观、独占鳌头。

相对于现代诗歌理论的宏富和驳杂,中国现代小说理论乃至小说美学的著述则相对薄弱。

作为现代生活样式和现代社会意识催生的中国现代小说,与中国古典小说迥异之处在于叙述语言的白话化。近些年来,学界已经开始把学术视野聚焦到现代语言上来。

现代文学与现代汉语书面语建构的话题一直是近年来的研究热点,尤其90年代以来,中国现代文学研究界表现出对文学语言本体的热切关注和持续思考。有的论著或论文探讨了中国现代作家的语言观念,有的论文则从不同层面批判地反省五四语言变革的历史局限性;有的研究成果则以作家文体实践为个案阐述作家写作与现代汉语形成、发展之间的互动关系;有的研究成果则对20世纪的语言和文体变革进行了各自的断代史研究,显示出博大的文学史视野。以上丰富的研究成果在不同路径上拓宽了现当代文学的研究视域,但这些研究要么侧重探讨语言观念;要么只是考察单个作家的语言贡献及文体意识。相比之下,王一川的《汉语形象与现代性情节》则从宏阔的现代性文化语境去说明一般语言状况进而阐释文学语言状况,所谓文化语境是指影响语言变化的特定时代总体文化氛围,包括时代精神、知识范型、价值体系等,这种氛围总是产生一种特殊需要或压力，规定着一般语言的角色。王一川的《汉语形象美学引论》进一步从文化语境和文学文本的双重视野透视了中国20世纪八九十年代的汉语形象，总结出八种语言形象的审美意蕴。郜元宝的《汉语别史——现代中国的语言体验》则从中国作家的文体风格和"现代小国知识分子的语言观念"进行了深入开掘。唐跃、谭学纯合著的《小说语言美学》从小说语言的观念、语言的实现途径、形象显现、情绪投射以及小说的语言格调、语言节奏等诸多方面探讨了中国现当代小说语言的美学风貌。

在这样的学术研究背景下，刘恪的《现代小说语言美学》及《中国现代小说语言史》相继出版问世，与其之前出版的《现代小说技巧讲堂》《先锋小说技巧讲堂》等著作，共同营构了中国现代小说理论的宏伟大厦。在此，我主要考察刘恪新近出版的《现代小说语言美学》和《中国现代小说语言史》这两部著作对于中国现代小说理论的学术史贡献。

（一）文学语言的分类学与百年小说语言史的描画

诚如论著的题目《中国现代小说语言史（1902—2012）》所显示出的，刘恪的该部论著梳理了从20世纪之初到当下中国现代小说一百年的语言流变史，单看论著的题目就可以想象到刘恪的研究抱负和学术气象。中国近一百年的历史是政治大变革、文化大转型的历史，与此相呼应的是，中国现代文学也同样经历了历史上"未有之变局"，总结这一百年的小说语言历史谈何容易。这是先前的学术界未曾做过的然而又极有意义的学术工作，刘恪以一个优秀小说家对于语言的近乎天然的感受能力，在大量阅读卷帙宏富的现代小说文本的基础上，翔实而缜密地梳理了中国现代小说语言的百年流变史，填补了学术界对于该研究领域的学术空白。

在我看来，《中国现代小说语言史（1902—2012）》的学术贡献首先在于对中国百年来的小说语言进行了文学语言的分类。分类学是科学家在面对庞杂的研究对象时进行分类的方法和科学，对于文学语言的分类，之前学界只是从作家的语言个性和风格学的角度进行过卓有成效的有益探索，即便是中国传统经典文论也是从文体类型和语言风格学的视角进行探讨，陆机的《文赋》谈到了"诗缘情而绮靡，赋体物而浏亮。碑披文以相质,诔缠绵而悽怆。铭博约而温润,箴顿挫而清壮。颂优游以彬蔚,论精微而朗畅。奏平彻以闲雅,说炜晔而谲诳"。这里谈的是不同文体各自的语言风格。刘勰的《文心雕龙·体性》论述了语言风格的八体之说,曰典雅、远奥、精约、显附、繁缛、壮丽、轻靡、新奇等,也仅仅是就语言本身进行了现象的描绘。刘恪的文学语言的分类则是依照语言的产生及发展规律,从语言的功能出发,对一种文体——现代小说的语言审美特征进行了极富洞见的语言分类。

刘恪把百年来的小说语言分为乡土语言、社会革命语言、自主语言、文化心理语言四个类别,在语言分类的基础上进而考察各类语言的历史流变。

论著用了较大篇幅考察了中国现代小说乡土语言的发生与演进,从乡土语言的起源探讨乡土语言的初期形成,饶有深意的是:刘恪又把乡土语言分为写实乡土语言和浪漫乡土语言两个类别,在对具体作家的文本分析中提升出每个类别的语言特征,比如刘恪把废名和沈从文作为浪漫乡土语言的代表作家,在细腻地分析小说文本语言的基础上自然引申出浪漫乡土语言的审美特征——诸如田园景观和浪漫牧歌、地理学风采的描绘、诗与画的有机结合、从容舒缓的语调节奏、陈述中显其韵味的语言提炼等等。当然,乡土语言并非是静止不变的铁板一块,即便是浪漫乡土语言也是如此,随着工业因素和人们生活节奏的改变,浪漫乡土语言也必然发生不同程度的变异,更何况还有革命对于乡土的渗透,使乡土语言产生了撕裂性的冲突与巨变,刘恪在论著中对此均有细致剖析和深刻论述。难能可贵的是,刘恪的语言分析方法既能进入文本,又能跳出文本:进入文本使其所有的分析和结论得以建立在坚实的语言材料的基础上,跳出文本则使其眼光和视野不仅仅局限于文本的细枝末节,从而获得了深广的学术视域和理论高点,呈现出大气磅礴、全局在胸的学术气象。刘恪对于中国现代小说语言史的梳理和分析是建立在他的小说语言现代性的理论基点上,由此基点出发,他考察所有的语言类型问题均置于意识形态维度或在现代性生活类型和动力结构的理论框架中加以理性观照。就乡土语言而论,刘恪从乡土中国的生活样态看重作为地方性知识的乡土语言,因为地方性决定了语言的独特性,地方的丰富性决定了语言的丰富性,但刘恪并没有从简单的地域决定论出发去考察乡土语言,而是从具体作家的个性气质,乃至爱好性情、血型、受教育方式等方面探查出在共同的地方性元素中呈现出的个体语言风格的差异。譬如,论著在对早期乡土写实语言的分析中就呈现出纤毫毕现的细腻感受:"鲁迅与许钦文同乡,但两个人的乡土语言殊异,鲁迅语言阴冷,尖锐泼辣,不留情面的批判;许钦文语言却善于铺排渲染并以描写见长,内涵情致要委婉,但在鼻涕阿二那里又采用直接抒情方式。"① 这种深刻细腻的具体分析在论著中随处可见,有时也会提炼成吉光片羽似的理论洞见。论著在分析沈从文乡土语言对中国现代小说语言贡献的基础上,意味深长地指出:"沈从文的乡土语言给我们提供一个深刻的启示。何为语言的文学性,何为语言的最高标准,他不必从古代的文言文、古代经典中去找,也不必向国外的经典名著去找。最高最美的语言就在我们的地方性知识中,就在我们最朴素的乡土语言中,最纯最白的朴素语言也可以创造最美丽最有效果的文学语言。"② 刘恪对地方性知识的看重似乎再一次印证了"越是民族的就越是世界的"至理名言,也透露出地方性知识对于普遍性知识的补充,普遍性知识只有充分吸纳地方性知识才会充满活力。

论著对现代小说自主语言类型的探讨也值得推许。所谓自主语言,在刘恪看来,即是语言的自主意识,或者称之为自为语言,他从语言的本体论视角指出语言是自身的主人,强调语言的主体地位。自主语言的观念一反传统的语言工具论观念,不把语言仅仅视为反映生活的工具,而是更加重视语言本身的主体性,正如汪曾祺所言:"写小说就是写语言","语言不只是一种形式,一种手段","语言是小说的本体"。当然,清理小说家重视语言的观念只是问题的一个方面,如何从现代作家的创作实践中理清一条自主语言发生发展的清晰线索则尤为不易。刘恪也深刻意识到了这一点,因为近百年来的中国现代小说并未有一个自主语言的理论体系,而作家的创作实践仍沿袭了传统的语言观念,主流文学又往往难以认可自主语言的存在,即便有少数先锋作家的自主语言实验也一直处于劣势之中。正是在这种艰难的夹缝中,刘恪在论著中为我们厘清一条相对明晰的百年自主语言的发展脉络。在他看来凡是自觉追求语言主体性的意识或曰文学形式主义的自觉追寻,包括受西方唯美主义思潮影响的小说作家以及重视语言自反性的元小说叙述均可视为自主语言的写作范畴。以此作为自主语言

---

① 刘恪:《中国现代小说语言史(1902—2012)》,百花文艺出版社2013年版,第140页。
② 同上书,第156页。

四　中国现代小说语言历史的总结与现代小说语言美学的宏伟建构　·251·

的参照原则，刘恪把创造社的倪贻德、郁达夫、叶灵凤等作家，狮吼社的滕固、邵洵美等作家，新感觉派作家，乃至后期浪漫派的徐訏作为现代自主语言的代表性作家加以论述。对于共和国而言，自主语言则是从新时期以后开始接续，80年代以后在苏童、马原、孙甘露、格非、吕新等先锋作家的写作中大放异彩。

　　作为一个曾经以先锋写作崛起于文坛的作家，刘恪自身的小说创作也保持着对自主语言的创造热情，因而，对自主语言的态度偏爱有加，而对于其他语言类型尤其是社会革命语言形式保持了足够的警醒和反思态度。刘恪坚定地认为"文学语言应该是自为的，语言自身的装饰性，自身的规则和方法有一套语言运用和显示的形式技术。社会革命语言非常自觉地压制了这一切，因而社会革命语言我们又可以叫它霸权语言。"[1] 指出社会革命语言的霸权性，刘恪并未否定社会革命语言的历史功绩，而是以辩证的理性剥离出社会革命语言自身的产生、发展、定性并经过无数现代作家的巩固规范而铸造成的一个渊源有自的久远传统，以历史的体贴与同情的态度认为作为模仿工具与媒介的语言必定要完成它的社会革命任务，并一针见血地指出其根本的致命的问题所在——中国人没有自我化，是社会革命语言的流弊所致。在这一点上，刘恪所坚守的自主语言的立场或者说纯文学的理念既给他提供了洞察百年文学语言的独特视角，同时也限制了他。保尔·拉法格在论述大革命前后的法国语言时——他的观念值得我们借鉴——指出"语言在十八世纪已经渐起变化：它失去贵族的礼貌，借以获得资产阶级的民主姿态；有些文学家不顾学院的愤怒，从街道上和市肆中的语言里，开始借来了单词和词组。这种演变势必是逐渐地进行的，如果革命不给它一种加速前进的步调，并且把它带到比当时形势需要所指定的目标更远的地方去。语言的改造和资产阶级的演变是齐头并进的；要寻找语言现象的理由，有必要认识和了解社会和政治的现象，语言现象无非是社会和政治现象的结果。"[2] 在我看来，中国人没有自我化，与其说是社会革命语言所致，还不如说是一波未平一波又起的反反复复的社会革命的现实生活所致，因为语言才是社会和政治的结果，而非原因。事实上，如果从语言生态学的立场观之，每一种范型的文学语言都有其自身的

---

[1]　刘恪：《中国现代小说语言史（1902—2012）》，百花文艺出版社2013年版，第326页。
[2]　[法]保尔·拉法格：《革命前后的法国语言——关于现代资产阶级根源的研究》，罗大冈译，商务印书馆1964年版，第31页。

文学审美价值，只有在异彩纷呈的多种语言类型的写作实践中，语言才能不断焕发出其自身的风韵与活力，这也正如自然生态一样。

当然，我们不必过分苛求研究者，有语言的分类，就必然蕴含了研究者的语言价值立场。正如刘恪极为看重自主语言一样也非常认同作为乡土语言的地方语言，这是他一贯秉持的根深蒂固的文学语言观念使然。他认为文学语言是一种纯粹形式的王国，并非客观现实的模仿，源于此，他对社会革命语言的保留态度也就容易理解了。

刘恪以如椽的巨笔为我们勾勒出了百年来中国现代小说语言的历史风貌和文本语言范型，以跨学科的宏阔视野深入系统地阐释了每一种语言类型的发生、发展及演变的历史轨迹。这一气势宏大的学术工程，不但得益于他对西方大量语言学论著的精心研读，也受益于他对文学语言的近乎天赋般的细腻的感受能力，更得益于他在研究当中所采用的语言分类原则。多年以前，加拿大著名的文学批评家弗莱评价亚里士多德的一段话同样可以用来评价刘恪的《语言史》这部著作："我认为，亚里士多德所谓的诗学，便是指一种其原理适用于整个文学，又能说明批评过程中各种可靠类型的批评理论。在我看来，亚里士多德就像一名生物学家解释生物体系那样解释着诗歌，从中辨认出它的类和种，系统地阐述文学经验的主要规律。"[1] 刘恪何尝不是像一名生物学家解释生物体系那样解释着语言，从中辨认出它的类和种，系统地阐述文学语言的主要规律？

不要轻视分类在学术研究中的方法论意义，刘恪的小说语言分类不仅仅只是一个梳理小说发展史的问题，也是一个对我们民族语言、文体语言重新认识，进而创造新的语言类型与语言方式，关乎未来语言发展的重大问题。刘恪极为看重分类学的意义，他摒弃了传统分类学只是对庞大的知识系统进行分类检索的工具论功能，利用结构主义的思维方法，对语言学的结构内部不断分类细化，借以确定其在结构内部的各种位置和职能，分类不但是一种学术研究的原则和方法，分类本身即是一种思维方式，是认识事物的终极的奥秘所在。

然而，分类的优长在于此，分类的问题也源于此。乡土语言、社会革命语言、自主语言、文化心理语言这四种语言之间并非泾渭分明、迥然有

---

[1] ［加拿大］诺思罗普·弗莱：《批评的解剖》，陈慧等译，百花文艺出版社2006年版，第20页。

别,可能是我中有你、你中有我的相互交叉勾连。就拿乡土语言一脉而论,其间何不蕴藏、积淀着传统中国农村、民众的文化心理?即便是就看起来显得单向度的社会革命语言而论,其中仍潜隐着极为丰厚的文化心理内涵。刘恪本人也意识到了分类可能会带来的问题,但不去分类就不能进入语言的内部与核心进行探讨,谈论语言现象总不能笼统地说语言的特征准确、鲜明、生动,这也是一个不得已的折中的办法。事实上,在具体的论述中不可避免地遭遇到文本语言类型之间的交叉与互渗。比如,鲁迅的《阿Q正传》曾作为乡土语言类型的典型文本,在我看来,《阿Q正传》也呈现出社会革命语言的特色。语言类型的划分也只是学术研究的权宜之计,任何一个优秀的经典小说文本,可能蕴藏着丰厚的语言资源和语言类型,呈现出众声喧哗的多种语言景观。

(二) 跨越学科边界与现代小说美学的多维透视

可以与《中国现代小说语言史(1902—2012)》对照阅读的是刘恪的《现代小说语言美学》,二者几乎同时完成出版。如果说前者是以史家的目光打量着现代小说的语言类型和各类的流变历程,那么后者则是以语言学家及美学家的气度审视着现代小说语言的本体并加以理性的分析和美学的观照。前者表现出论者出入历史的大开大合,后者表现了论者对于小说语言本体的深邃思考。相对于其他研究,语言美学具有多学科交叉的边缘科学的性质。对此探讨会涉及语言学、美学、哲学、社会学、文学、心理学等多种学科知识,尤其是专门的语言学知识,因为语言美学是以语言为对象的。研究语言中的美学问题,必然会碰到语言学中的音韵问题、词汇问题、语法问题和修辞问题,所以语言美学与语言学的关系也至为密切。只有深刻地理解了语言中的音韵、词汇、语法、修辞等理论问题,才能进一步科学地探讨语言的美学问题。

刘恪在《现代小说语言美学》的写作过程中,首先要解决的是对现代小说语言本质的深入探讨,而语言本质的探讨不但需要广博的语言学知识,更需要精深的语言哲学的思考。在论述中,刘恪从中国古代先秦哲人的名言、公孙龙的白马非马辨到墨子的名学,从西方的现代语言学大家索绪尔到美国结构主义语言学派的主流布龙菲尔德,从美国的描写语言学派到布拉格语言学派，从萨丕尔的语言决定论到乔姆斯基的转换生成语法，乃至哲学家罗素与维特根斯坦等均有涉猎。相对于西方的语言学研究，中国现代语言学的理论显得有些滞后，因为西方思想文化界曾经出现过一次较大的语言哲学转向，中国的语言学研究大都沿袭了西方语言的思路，《马氏文通》可谓是开山之作。刘恪借鉴西方语言哲学的有益资源，并非亦步亦趋跟随着西哲的步伐，而是在汲取其合理的思想内核的基础上，建构起属于中国现代小说独有的语言美学。刘恪的探讨当然是文学语言的美学，而非日常生活语言的美学。就我本人的视野所及，学界曾有人专著讨论过文学语言学[1]，把文学语言的类型分为叙事性文学语言、抒情性文学语言及影视性文学语言，从文学语言的节奏美、造型美及色彩美探讨了语言的形式美，对文学语言的表层特征及深层特征作了富有层次的分析。相比之下，刘恪的《现代小说语言美学》则在跨越多种学科边界的过程中对现代小说美学进行了深入系统的多维探索和立体透视，其系统性、精深度、完备性、细腻性均是之前的其他研究者的相关论著难以企及的。

　　称其系统很完备，是因为该论著从现代小说语言的性质和形式到语言的文化建构及无意识结构，从现代小说的语体、情感到语感、语式，乃至细微的语调和语象均一一论述，"几乎包括了小说语言形式的全部命题"[2]，可以称得上是一幅探索现代小说美学的全息图像。比如，对于语调的探讨，之前很少有研究者加以论述。近些年来，我自己也一直关注现当代文学语言问题，我天真地认为：只有在实际的日常对话中才能感受到语言的调子，诸如声音的长短、强弱、高低、缓急等属于"声音的诗学"。具体到小说语言中，如何才能真切地感受到语调呢？这是我们之前的文学阅读中常常忽视、习焉不察的语言现象。在此，刘恪专章探讨，把它提升到小说语言美学的高度加以观照，仅此一点就填补了现代小说语言美学的理论空白。刘恪指出分析语调类型是进入人类情感变化、心理状态，寻找人的意义的一个象征性方法，每一个作者都会有一个特定的说话语调。他把语调结构条分缕析为声音、停顿、音调、重音、速度、语感、情绪、节奏、韵味、调式、色彩、句式、修辞十三个方面，对语调的分析

---

[1] 参见李荣启《文学语言学》，人民出版社 2005 年版。
[2] 刘恪：《现代小说语言美学》，商务印书馆 2012 年版，第 22 页。

可谓达到了抽丝剥茧的地步，论著层层深入，细腻而具体。他对句法与语调关系的探讨尤为值得珍视，他认为讲述式以短句为主，口语感强，富有民族特色，呈现式突出自我感觉，多用长句，欧化特征显著。即便同样运用讲述式，不同作家的叙述语调也判然有别。因为语调是关乎作家和文本的双重现实，对作家而言含有情感与价值态度，对于文本而言是修辞功能带来的效果。本来是一个非常抽象的"语调"美学概念，经过刘恪的分类及多角度透视，加之结合具体的文本语言的实例深入阐释，使我们得以领略到小说语言在语调上的美学特征。

对于语感的讨论也新意颇多。语感是一个人人能够感受到但又难以捕捉的语言美学命题。中国传统文论中没有语感一词，西方文学辞典中也少有阐释。刘恪把语感提高到一个非常重要的位置，甚至把它作为品评文学性的一个主要标准。所谓语感，刘恪认为是一个人对艺术语言的特别的敏感能力，是以一种艺术感觉能力去遣词造句和谋篇布局的基本手段。语感不但针对文本中的材料、故事、人物、结构等许多细小的因素，也指向文本世界里的一种艺术直觉的敏感。刘恪从感觉的功能出发阐明了视觉、听觉、嗅觉、触觉、味觉等多种语感类型。仅就味觉语言类型而论，刘恪在论著中从《尚书·洪范》中五行与五味的对应谈到基本气味与混合气味的搭配组合，从舌头生理学谈到气味社会学，从明末专论香味的皇皇巨著《香乘》到自己创作的气味感觉小说《卡布奇诺》，刘恪对味觉语言的考察可谓是淋漓尽致。至今为止，还没有见到学界其他学者能够对于抽象的语感的讨论达到如此细腻和具体的程度。在刘恪看来，气味最具人的本性，通过个性对气味的依赖性可以洞察到人性的幽微之处。能从常人忽略的地方探查到与语言美学紧密关联的重大关节点，这就是刘恪的眼光。

（三）"体验"的理论原创性与精细的语言文本分析的有机统一

我在此提出刘恪小说理论的"体验的原创性"概念，主要基于刘恪的小说理论和小说美学来源于自身的小说创作的语言实践以及自身的生命体验与直觉的有机结合。谈到此，我们就会明白刘恪何以在他的小说美学的建构中那么强调作家的感觉和语感问题。每一个独特的生命个体都潜藏着异于他人的属于自身独有的近乎天赋般的生命密码和独特体验，可类似于刘恪所说的"不由自主的潜感觉"①，这种"潜感觉"潜藏在茫昧而不自觉的每一个生命个体的深层心性结构当中。提起个体的生命感觉和直觉体验，则不免伴随着不可言说的神秘主义的诗学气息。

事实的确如此。在我看来，刘恪的小说美学理论的独特性、深邃性和细腻性均与他的生命感觉和直觉体验有关。刘恪的理论探求尽管有对西方哲学理论和美学论著及语言学观念的广博涉猎，但与那些所谓引经据典纯粹学院化的学术著作判然有别。刘恪的理论多了一些独特的诗化体验和生命的直觉感受，是一种我所称谓的"体验的理论"。称其为"体验的理论"，意在强调其理论的生命气息和鲜活感受，以及其来源的原创性和原发性，也可称之为由内在的生命原创力生发成的小说美学理论。

论著中，刘恪总是在体验中去阐释理论和建构理论。比如，论著中谈及15岁的马赫读康德哲学著作时的生命体验，马赫在个体的阅读体验中发现了在潜意识中的观念的感觉状态，以此提炼出马赫著名的"感觉的分析"的哲学命题。与马赫类似，刘恪同样也叙述了自己日常生活中突然袭来不期而遇的忧郁的感觉浪潮，每个人在生命中都有相似诸种感觉体验，但并不是每个人都能从自身的感觉体验中升华蒸馏出富有价值的理论命题。刘恪叙述自身的忧郁体验，意在阐释感觉产生于外部事物与内在心灵的结合，借此破除弥漫于学界关于感觉起源于客观还是主观的无谓争执，进而探讨对具体感觉的分析、感觉导致的特别体验以及感觉的美学效果。最有价值的莫过于刘恪通过自身的感觉去探讨语言对感觉的描摹，提升出语感的理论命题。比如刘恪谈到黑暗中听到瓷器开裂时的金属簧"铮"的胀开声，并通过这种声音获得了对词语的感觉。

刘恪不但本人通过直觉体验提升出极富生命力的理论范畴，对作家语言的分析尤其是对语象的运用更体现了这一点。他特别强调直觉的敏感性，他认为从视觉、嗅觉、味觉、触觉上每一个人都会保持着本能的无意识爱好。他从自身喜欢黄昏的无意识心理说明一种语言的历史造就了无数语象，通过考察作家个性化语象达到对作家个体无意识文化心理的追寻。

当然，这种"体验的理论"并非仅仅停留于个体生命经验和直觉感受之上，而是与具体的小说文本语言相互参照、有机结合，在精细的语言

---

① 刘恪：《现代小说语言美学》，商务印书馆2012年版，第282页。

四　中国现代小说语言历史的总结与现代小说语言美学的宏伟建构

文本的分析中进一步阐发理论并提升总结出理论。正如刘恪所言："从取例看，我选取了上千个现当代的小说家的语言注解，别小看了这些选例，我尽量求全求准确，几乎每一个小说家的集子我都翻一遍。"① 这种艰苦繁琐的近乎"竭泽而渔"的文本选例的基础性工作支撑了刘恪对现代小说美学的建构，这正是该部论著的功力所在。

正是因为有大量的小说语言文本作为有力的支撑，刘恪在论及当代小说家的语言风格时才会切中肯綮，舒缓从容，于诗意的叙述中把摸到作家语言的脉动。——"孙甘露语言风格悠扬缠绕，仿佛许多转折，语言气流中会多出停顿但韵律却很贯通流畅。格非语言一直都很流畅，但句子的停顿、转折、连接却充满了直觉因素，是一种视觉感觉的贯通方式，句子截断时意思并不说尽。"② 论著中诸如此类的概括和分析俯拾皆是。

再如，关于文学语言的文学性问题的具体分析。刘恪不是简单停留于对于文学性的定义上，而是紧紧围绕一些具体的典型的文本语言，层层推进，深入剖析，把原本是一个极为抽象的文学性美学问题鲜活具体地呈献给读者。刘恪首先考察的是一个句子的文学性是如何构成的问题，他在一个话语系统中抽样调查并分析句子的文学性，例如，他选取作家李宽定《良家妇女》中的一段话："她很爱笑，但笑起来，声音小小的，且是低着头笑，好像是她一个人在那里想着什么，突然间想到了什么好笑的事情，忍不住好笑，就独自一个人在那里笑了。"在一般人看来，究竟这段话的文学性何在？之前许多研究者无非是从具体生动等等词汇加以界定。刘恪却别具慧眼、细腻深婉地告诉我们："例句的开首四个字便是语言学的句子构成，似乎是一个长句的纲要"，"这里的方法是一个句子扣着核心词来写，语言的文学性刚好表现在这种词汇的重复上，我们看出这种复沓手法关键是词汇在不同位置上，长短变化，不断叠加的时候又有细微的变化，这样我们便看到了一个句子的结构"。从刘恪具体而微的详尽分析中，我们不但体味到了不同作家的语言风采，也真切感受到何谓文学语言的文学性所在。

我从以上三个方面简要考察了刘恪《中国现代小说语言史（1902—2012）》及《现代小说语言美学》研究特色及阅读感受，我相信这种基于

---

① 刘恪：《现代小说语言美学》，商务印书馆2012年版，第22页。
② 同上书，第195页。

作者自身的语言实践和生命直觉体验而成的带有原创性且凝聚了作者多年心血的学术力作无论是现在还是将来，都将是研究中国现代小说语言问题和美学问题所必备的参考书，他那种渴望总结百余年小说语言史的学术气象以及建构中国现代小说语言美学的学术心态也将引领当代学术研究之"预流"。

五　历史，该如何叙述？

——从《中国当代新诗编年史（1966—1976）》说开去

刘福春的《中国当代新诗编年史（1966—1976）》（该书2005年12月由河南大学出版社出版，以下简称《编年史》）出版，无疑是中国当代新诗研究史上一个精深扎实的收获，它不但填补了这一时期中国文学——"文化大革命"文学研究的某些空缺，昭示着当代学术研究尤其是中国当代文学研究的另一研究路径，同时也向当代文学研究提出了一个急需进行而曾被忽略的史料建设问题。

（一）客观史料与问题意识

这部著作以编年体的形式梳理了从1966年1月至1976年12月"文化大革命"十年的诗歌历史。这一巨大繁琐的工作倘若没有长期的积累与广泛的搜求是很难完成的，它不但涉及"文化大革命"期间正式出版的数百种报纸、期刊以及诗人的诗集、文集，也涉及非正式刊行但颇有影响的小报等出版物。由于史料相对匮乏及可以想见的诸多原因，"文化大革命"文学研究始终是当代文学研究一个较为薄弱的领域，"文化大革命"诗歌研究更是如此。如果说"文化大革命"文学是"文化大革命"时期政治斗争的晴雨表，那么，"文化大革命"诗歌以其特有的文体更能迅速及时传达政治指令或表达诗人在政治风雨来临之时微妙的心灵状态与心理体验，因而，相对于"文化大革命"其他文类研究，诗歌研究显得尤为重要。"文化大革命"诗歌文本散佚较多，而《编年史》的出版为研究者至少为诗歌文本的寻找与阅读提供了研究路径。《编年史》主要内容在于从大量的原始史料中剔抉爬梳出"文化大革命"诗歌发表刊载的原刊，这对于后人研究"文化大革命"诗歌的发展流变指示出一个可以探究的有效途径。同时对于编年上涉及的重要诗人，《编年史》对其生平及创作也有简要的文字介绍。

《编年史》初看起来仿佛仅仅是关于"文化大革命"十年诗歌史料的客观历史长编——作者也的确做到这一点，但仔细阅读就会发现在看似极为客观的编年体例的框架中，却涵盖了属于作者的诸多问题意识。比如，该书用了许多条目较为翔实地叙述了"文化大革命"时期诗人的非正常死亡，读来令人触目惊心。1966年8月3日条目详述了诗人吴兴华的惨死："他被勒令劳改，在劳改时因体力不支，又被红卫兵灌下污水后又踢又打，当场晕迷，又耽误了送医院的时间，终于在1966年8月3日晨含冤离开了人世。"1966年9月3日条目记述了诗人陈梦家的自杀："陈梦家在8月24日夜里写下遗书，服大量安眠药片自杀。由于安眠药量不足以致死，他没有死"，"十天以后，陈梦家又一次自杀。陈梦家自缢。"在1967年3月17日和1968年11月2日的条目分别追叙了阿垅、李广田死时的悲凉。在这些关于"诗人之死"历史细节的客观追叙中，无疑寄托了作者对诗人悲剧命运的深长喟叹与深切同情！

《编年史》所呈露的作者的问题意识不但表现在以上所谈到的对重复的历史细节的择取，还表现在对于同样的文学事件放在不同的历史语境和时间视阈中加以透视、并置，从而呈现不同的价值向度并以此激起后来者对该问题进一步探询的激情。比如1974年12月条目谈到天津人民出版社编写《小靳庄诗歌选》的出版。当时的评论认为"这些具有鲜明的时代特征和强烈的战斗性的诗歌，正是小靳庄火热斗争生活的真实反映。它再一次证明，劳动人民不仅是社会物质财富的创造者，而且是人类精神财富的创造者。"在这一条目之下，作者又特意附加上后来者（1978年）对该事件的评论："江青以'去农村看看'为借口，以抓上层建筑领域的革命为幌子，第一次窜到小靳庄。她抄了几首吹捧她的诗，非常得意，亲自作了修改，强令在《天津日报》上发表"，这种史料之间的对话所产生的问题也同样会进一步激起读者的研究兴趣与探究热情！该诗歌集又被看作是"四人帮"阴谋篡党夺权的铁证。那么，对这一"出版事件"应该做什么样的评价呢？刘福春并没有做出任何答案。他只是把截然相反的历史史料并置在这里，我想也许刘福春这一呈现问题的方式本身就体现了他一贯的历史意识及研究个性。他集数十年之功孜孜不倦地收集整理散佚在各种报刊的新诗资料。他的问题意识是建立在触摸历史材料的基础之上。《编年史》并非没有经过作者的剪裁与整理，书中如何叙述，叙述的重点，所有材料都经过作者主体视野的观照。在此，我反复强调刘福春在《编年史》中呈现的问题意识，并非看轻《编年史》所承载的巨大客观历史内容——比如诗歌本身发表出版的时间、所载刊物以及围绕诗歌所展开的一些具体评论史料，这些大量的原始史料，《编年史》都照录不误。历史是什么？我们该如何叙述？——这似乎是一个老生常谈的问题，但又是研究者一旦进入历史叙述却不得不面对的问题。无论西方历史哲学对历史叙述主观性与客观性的探讨，还是中国学者"我注六经"与"六经注我"的叙述分野，都表达了历史主体面对历史的困惑与焦虑。泛泛地讨论历史是客观还是主观的无谓争执并不能真正有效解决历史叙述的难题，对历史的理解与研究必须分层才有可能把这一问题深入下去："历史"这一概念本身可能是模棱两可的，它既指向过去人类经验及各种活动的全体，同时也涵括了人们以此来构造的叙述、说明与解释。前者是客观的，而后者却多具有主观的性质。《编年史》并不仅仅停留于有关"文化大革命"十年诗歌历史的朴素记录，而且还可以称之为"有意义的"记录——把各种文学史事件都建立起似断实连的关系的记录。刘福春的这一做法把有可能变得单调乏味的"编年史"著作因研究主体问题意识的烛照变得丰厚和生动起来，从而获得了历史思维的品格。书中1968年12月至1970年3月条目中断断续续实录了诗人郭小川的几则日记，从日记中不难窥见诗人在"文化大革命"中努力进行自我改造的真切面影，也可领略诗人对领袖的一片赤诚之心，《编年史》多次摘录诗人日记所记的噩梦。这些"有意义"的记录被置于编年史中，无生命的史料仿佛顿时变得鲜活起来，它使人不禁要发出对"文化大革命"当中知识分子的自我改造与苦难灵魂的多种思考。收集材料是历史研究（当然包括文学研究）必备的阶段，然而史料无论多么丰富，它本身并不构成真正的完备的历史知识，最后赋予史料以生命的或者使史料成为史学的，是要靠历史学家的思想。在我看来，刘福春《编年史》的可贵之处不但在于作者对"文化大革命"诗歌史料的整体发掘与细致梳理，而且在于他试图运用综合分析的方法对"文化大革命"诗歌史上的某些重要事件，追溯它和其他事件的内在关联，并试图在历史的网络中得以凸显。比如《编年史》中对1976年初关于诗歌向样板戏学习的一些争论，作者并没有对这些具体的文学史事实作进一步阐释，他只是照录了有关文献。正是作者在叙述历史、反复征引相关文献的编年体例过程中把在文学史图景中隐而不彰的事实加以"问题化"。作者在有限的编年体例中不可能对他呈现的所有问题给予合理的解释，但把有关历史事实"问题化"的做法的确凝聚了作者意味深长的思考。

（二）学术意义与当代启示

《编年史》的出版，不但标志着作者在当代诗歌研究方面又迈出了坚实的一步，对于当代文学学科的逐渐走向成熟贡献了自己的一份劳绩，而且对于从事当代文学研究的研究者而言也提供了颇有价值的启示。我一直认为：一个成熟的学科（我主要指人文学科）其重要标志在于不仅形成了属于自己研究特色的研究范式与研究方法——当然，研究范式可以不断突破，研究方法也可时时更新，更重要的是要有自己深厚的学科积淀与扎实的史料积累。就当代文学研究而言，着重于文本解读的成果似乎更多一些——近几年尤其是对"十七年"文学文本的重读几乎成了当代文学研究的又一热点。研究者要么运用"意识形态"的解读方式进入文本的缝隙，找到了文本深处的隐含意义与潜在意向，或者用症候式的分析找到了文本表层结构与深层结构的相互解构。当代文学研究更确切地说是当代文学批评明显呈现出文化批评、社会批评或政治批评的趋势——而这些批评或曰研究由于大都直接面对文学文本而相对缺乏历史主义的研究原则。我并不看轻经典重读的文学史意义，也并不拒绝对先锋理论的采撷与吸纳。但许多所谓的"重读"不是把作品还原到客观的历史情景及文学史场域中进行，而是先有一个先验的理论模式或解释框架，然后再孤立地抓取文本中适合这种解释模式的只言片语，于是"重读"的"新意"便由此产生。的确，这是一个流行"创新"的时代，如果重读真是在这种花样翻新的情况下进行，我倒以为还是少一点重读——不如扎扎实实地做一些史料工作。在这样的学术背景下，刘福春的《编年史》更显出其特有的学术意义与当代启示。

其实，许多研究者并不是不知道史料之于研究的意义，而是意识到史料的收集绝非一日之功。史料研究没有太多让人眼花缭乱的新理论、新名词、新概念，也没有太多让人陷入语言逻辑迷宫的高妙玄理，有的只是胡适所谓的"有一分材料说一分话"的老老实实和论从史出的学术原则。但史料研究并非没有思想与学理的透视，以上论及的即使在刘福春这样的编年体例中，不是同样呈露出研究者的问题意识么？只不过这一问题意识是建立在原始史料的基础之上。退一步讲，倘若刘福春做成一部资料长编也同样能显示这部《编年史》学术史上不可或缺的意义。只有建立在客观史料基础上的研究，才有可能经得起历史的检验！一个学科的成熟必须要靠一批兢兢业业的研究者做大量的带有学科奠基性的资料工作。翻检以往的学术史，许多花样翻新的理论或见解常常成了过眼云烟——当然，这自有其学术研究史的意义，而那些看似平常的史料却永远焕发出持久的生命力！刘福春对于当代文学（主要是当代新诗）史料的发掘与抢救是极为自觉的，《编年史》对诗人白桦"文化大革命"期间出版的诗集《迎着铁矛散发的传单》的收集与整理值得关注。当"文化大革命"作为一个历史政治事件几乎被全部否定，许多作家对于"文化大革命"期间的作品及个人作为也迅速成了讳莫如深的话题。刘福春通过对诗人白桦的访谈不但及时获取了这一坊间难以觅到的珍本，也得到了诗人对于这一诗作的自我定位。白桦2005年6月27日致刘福春的信说："我在'文化大革命'时还年轻，三十多岁。虽然是57年右派，盲从之心未改。的确，那些时候我忘记了一切。当然，其中主要是人道主义在我心里起作用，我恨暴力！为学生的热情感染。'文化大革命'是暴力维持到底的！"正视历史不但表明了诗人借此进行自我反思与历史反思的人格魅力，也是研究者还原历史的必要工作。我想这一历史还原的细致工作就是陈寅恪所倡导的历史研究必须具备的"了解之同情"的科学态度吧！近年来，中国现当代文学界常常有一些这样的喟叹和疑问：现当代文学还有哪些领域没有人问津？对于该学科是"贫矿"和"富矿"的争议时有耳闻，许多研究生论文写作出现选题的困境。应该说，这些问题是有强烈的现实针对性的，多年以前现当代文学研究领域的许多优秀学者纷纷走出"三十年"——走向古代文学与文化研究、学术史研究、明清士人研究或近现代思想史研究等。当然，这些"走出"与研究者本人的学术旨趣密切相关，并不意味着现当代文学研究领域没有可开垦的广泛空间。相反，一旦从史料中进入历史就会发现现当代文学研究仍有许多尚待开掘的丰饶原野。就刘福春的《编年史》而言，他不但为当代文学学科提供了一份关于"文化大革命"诗歌较为详尽的创作"地图",而且书中展开的问题意识也为后来的研究者提供了有待深入研究的空间。翻开目前几部重要的当代文学史著作,有关"文化大革命"文学尤其是"文化大革命"诗歌的叙述相当简略——这也许与作为教材的编写体例不无关联,多年以前,巴金曾热切呼吁尽快建立"'文化大革命'博物馆",他看到"文化大革命"作为中国特有的历史与精神现象值得研究与关注的重要性。那么,对于"文化大革命"文学的研究,对于这样一个在世界范围内极为特殊的文学现象,作为一个学术"求真"的研究者,刘福春的《编年史》不仅显示了独立探究学术的勇气,也打开了通向另一学术空间的大门。也许《编年史》太专注于诗歌这一文体本身的历史编年,作者如果能够在重大的"历史关节点"上,更多地加入一些历史的、政治的、文化的诸多内容,这就把容易变得孤立封闭的"文化大革命"诗歌编年置入文学思潮与社会历史发展的背景中,从而会获得更为宽广的学术视野。作者可能也顾及这一点,1966年2月2日的编年条目作者特意用了较大篇幅介绍《林彪同志委托江青同志召开的部队文艺工作座谈会纪要》,这一文献在当代文学发展史上的重要性不可低估,作者若能多选取一些诸如此类的"历史关节点",就会把"文化大革命"十年的诗歌置于较为宽广的文学与历史视野中,从而更能体会诗歌这一文类的发展流变与历史的复杂关联。

总之,刘福春《编年史》的出版对于当代文学研究中较为薄弱的"文化大革命"诗歌研究提供了可资借鉴的研究资源,不论是书中勾勒的丰富史料还是呈现的诸多问题,都凝聚着作者对"文化大革命"诗歌的独立思考。我相信这一研究成果必将以自己的独特价值贡献世人,启示来者!

六 为学科奠基发掘史料

——评刘福春《中国新诗书刊总目》

刘福春编撰的《中国新诗书刊总目》（以下简称《总目》）于2006年6月由作家出版社出版，这是他继《新诗纪事》、《中国当代新诗编年史》（1966~1976）出版之后的又一部力作。编撰者在"凡例"中称，该书"收录1920年1月至2006年1月出版的汉语新诗集、诗论集一万七千八百余种"。与此前著作相比，这部《总目》工作量之巨大、收集资料之繁难是可以想见的。而这一巨大的学术工程又是编撰者个人花费二十余年工夫独立完成，这更不能不让人感佩有加。

我不知道，目前的学术界还有多少学人愿意"二十年磨一剑"来打造一部著作，尽管如此，刘福春仍然对这部凝聚着自己大量心血与汗水的学术巨著保持特有的清醒："这项工作虽然做了二十多年，但仍然是未完成品，存在许多不足和遗憾。最明显的是有关诗刊的资料没有整理好，使得此次出书缺少了一大块。"（见《总目》后记）这遗憾是编撰者学术严谨的呈现和追求完美的自我期待。就我视野所及和阅读所限，目前对中国新诗书目的收集、发掘和整理，虽说也有相关的书目问世，但就时间跨度而言，这些著作只收现代部分，当代新诗并未涉及，在这一方面刘福春《总目》的容量是此前著作无可比拟的。

与通常的书目编撰相比，刘福春的《总目》表现了自己独特的编撰思想。通常的书目编撰，书是终点，找到书只需录入编撰就是。而对于刘福春而言，找到书却是工作的开始，还要去查找著者情况等。从编撰体例看，《总目》无论对新诗集还是诗论集的编排均按照著者姓名依照汉语拼音字母次序排列，并且对著者的生（卒）年、曾用笔名、出生地都一一作了介绍，这是一般的书目编撰所不曾涉及的。这种编撰体例的优长在于以著者带动书目，查到著者就能够对于其不同时期的新诗出版物有极为清楚的了解和把握，这种可称之为"以著者为本位的"书目编撰方式，对于研究者从事研究相当方便。更为重要和值得称许的是，刘福春在《总目》中还收录了同一著作的不同版本，这一繁难细致的工作不但具有书目文献学上的价值，同时对于现代诗歌的版本学研究也具有开创性的贡献。不仅诗人的诗作如此，诗论集的编排也同样遵循了这一原则。更为让人感佩的是，刘福春的这一研究工作不是凭借二手资料的辗转挪用，而是建立在亲自"触摸"原始书刊之上，从而使研究工作获得更为强烈的科学有效性。这种精勤细致的研究思路和追本溯源的学术气概呈现出一个研究者难能可贵的学术勇气和敢于开拓的学术自信！

除此之外，《总目》还对同名著者进行了详细辨析。《总目》中以"方舟"笔名出版诗集的著者有四位，刘福春通过对同署"方舟"的不同诗人的出生时间、原名、性别以及籍贯加以分别，这就避免了纯以书目编排可能会带来的混淆，正体现出以著者为本位编撰体例的优长。当然，《总目》对六人以上的多人合集则灵活采用了按书名以汉语拼音字母次序排列的方式。

近几年来，中国现当代文学研究界倡议建立中国现当代文学史料学的呼声接连不断，樊骏先生多年以前就指出："我们的学科已不再年轻，正逐步走向成熟"，我想这走向成熟的标志就在于学科史料建设的完备，有一批学者兢兢业业、做着扎扎实实的史料奠基性工作。就现代文学而言，前人已经做了大量的史料建设工作，内容广涉学科诸多方面，如作家全集、文集的编撰、收集、校勘与整理，中国现代文学期刊目录汇编，中国现代文学总书目的编撰，作家研究资料的整理等等，但学科史料建设工作仍有许多有待开掘的空间。刘福春集二十余年之功，对出版时间跨度长达86年的新诗集和诗论集（包括个人集及多人合集）几乎"一网打尽"，全部编排整理一番。这一原本多人分工合作才能完成的巨大繁难的资料工作，刘福春个人独立出色地完成了，可谓是现当代文学史料建设的宏大工程。面对这部近800页、达160万字扎实厚重的学科奠基之作，应当探讨的实在很多！在当下学术研究失范、学术研究泡沫化盛行的时代，如果没有沉潜冷静的治学态度和默默坚守的学术品格，这一巨大繁难的学术工程是很难独立完成的。

这部《总目》以著者为本位的编撰体例带来优长的同时，也带来难以避免的缺憾。例如，要按时间来检索就相当困难，除非该书能附这类的索引或能配套制作分不同路径检索的光盘。当然，这是书目编撰自身的体例所限,好在刘福春正着手编撰《新诗书刊目录总汇》。这部著作按新诗书刊的出版时间编排,并收录每一本书刊的详细目录,可补《总目》的缺憾。因此,我们在祝贺《总目》出版的同时,也热切期待刘福春另一部著作的诞生!

七 文本阐释的有效性及其限度
——近年来《野草》研究的偏至

许多人大概都有对未知世界探幽访秘的心理情结。不久前，我正是被这种心理驱动阅读了胡尹强先生关于鲁迅《野草》的研究专著《鲁迅：为爱情作证——破解〈野草〉世纪之谜》（该书2004年11月由东方出版社出版，以下简称《之谜》）。惹人注意的是该书的副标题"破解……之谜"，看后，我觉得作者不但没有真正破解《野草》的世纪之谜，反而束缚了我们对《野草》的理解与接受。

在胡尹强先生看来，《野草》完全是一部爱情散文诗集，是鲁迅和许广平爱情的证词。《之谜》的论述理路和叙述框架是通过鲁许二人的恋爱过程揭示《野草》创作、出版和流传的"种种神秘"，并把这一思路完全贯穿到对《野草》各个篇目的文本解读中。

其实，加拿大中国现代文学研究者李天明早在2000年出版的《难以直说的苦衷——鲁迅〈野草〉探秘》（人民文学出版社出版）中就曾用了较大的篇幅探寻过《野草》情爱道德的主题，李天明认为《秋夜》《影的告别》《我的失恋》《复仇》《复仇（其二）》《希望》《好的故事》《过客》《死火》《墓碣文》《腊叶》等所写的均是鲁迅在对许广平的情爱与对朱安的道德责任之间矛盾徘徊的心路历程。应该说，李天明的这一研究已经初步呈现出其研究方法上"私典探秘"的偏至[1]。但胡尹强先生的《之谜》却不但没有对李天明的研究保持应有的方法论警醒，反而把理应避免的偏颇推到了极致，因而才会有这样的不该有的所谓"遗憾"："令人遗憾的是，李天明认为，'野草'婚外恋情的喻指，只涵盖了散文诗集中部分篇章，而不能涵盖全体，因为李天明只发现了《野草》部分篇章

---

[1] 关于这一点，裴春芳在《私典探秘的独创与偏至》中有详细的论述，该文载《中国现代文学研究丛刊》2002年第3期。

是表现情爱主题的,我以为,整部《野草》,就是爱情散文诗集。"①

我并非刻意反对研究者对《野草》情爱主题的深层探询,事实上,通过对个人独特情感体验的掘发探询文本的产生及意义,这是使封闭的文本内部研究走出其狭小格局的有效路径。但是,文本一经产生,就具备了一个相对独立的生命体系和自足完整的艺术世界,任何索隐式的过于坐实的解读不但不会有利于对这一文本世界的深入考察,反而会一叶障目使研究者走入文本阐释的歧途!

这实质上关涉到文本阐释的方法及解释的有效性问题。

应该说,孙玉石先生20世纪80年代初出版的《〈野草〉研究》以及1996年1—12月于《鲁迅研究月刊》上连载的《现实的与哲学的——鲁迅〈野草〉重释》(2001年由上海书店出版单行本)代表了《野草》研究史上的最高水平。孙玉石先生《野草》研究的可贵之处不仅在于观点的新颖和分析的深刻、周圆、稳妥,还在于文本分析层面的方法论自觉。他总是力图回到历史,把《野草》的产生放在当时的历史文化语境中去分析和考察,从而凸显《野草》的思想意义与深层积淀的心理内涵。他的方法论的自觉不但体现在个人的研究中,也体现在他对《野草》研究历史的学术反思与批判上,他严厉指出那种"离开作品的形象过分索求一字一句的微言大义,以至自己使自己陷于云里雾中"的索隐式的研究现象,极力主张对作为象征主义的《野草》文本解读宁可趋于过虚也不要求之过实。然而事隔多年之后,孙玉石先生批评的现象不但没有得到有效的抑制,相反却大有愈演愈烈之势——只不过把以前政治话语的索隐式解读转换成个人私密情感的解读而已,思维方式并无二致。

让我们重新检视胡尹强先生《之谜》的运思逻辑及文本阐释的方法。胡尹强先生把《野草》看作是鲁迅的爱情诗集,其分析路径不是从文本中自然引申出结论,而是通过《鲁迅日记》《两地书》中展现的鲁许日常生活中的交往和爱情历程去比附或臆测文本,牵强地认为既然鲁许日常生活中有爱情的纠葛与苦恼也必然会在《野草》中呈现出来,戴着"泛情"的有色眼镜在每一个文本中寻找隐喻的解说或进行"个人私典"的过度阐释。《之谜》对包括《题辞》在内的24篇《野草》篇目的解读,每一

---

① 胡尹强:《鲁迅:为爱情作证——破解〈野草〉世纪之谜》,东方出版社2004年版,第319页。

篇几乎都遵循着这样的论述理路。倘若说《野草》的部分篇目或多或少呈现出情爱主题还让人信服的话，那么当研究者挥舞着主观的铁锤将所有《野草》文本锤打成符合研究者自己心目中的形状——爱情主题时，我真怀疑这一研究工作是否具有客观性的问题了？胡尹强先生的研究不可谓不认真，而且还似乎带有学术研究求真的使命感与严肃性，但遗憾的是，他一开始就陷入了自己预设的陷阱而不自知，正是文本研究的方法论缺陷使他走向研究的偏至。他自信地指出：面对众说纷纭、莫衷一是的《野草》解读，"就不能不得出一个结论：直到现在，还很少有人真正读懂《野草》，真正走进《野草》的艺术世界。"①

那么，胡尹强先生是如何走进《野草》的艺术世界的呢？他首先把一部虽难以理解但本来极为正常的文本"神秘化"。在胡尹强看来，《野草》的神秘表现在创作、发表和出版方式，认为发表的时候就有一个总题，即后来出书的书名"野草"。其实，这并没有什么神秘可言，鲁迅的杂文也曾有过类似的序列，如"无花的蔷薇"系列。在发表时间上，胡先生以为鲁迅的杂文总是随时写随时发表，而《野草》的发表则格外慎重，总是停一段时间发出——这对于胡先生似乎构成了一个疑问。如果考虑到《野草》篇目大都发表在《语丝》周刊——周刊本身比日报的周期要长一些，那么，这仍无神秘可讲——况且，许多篇目也可谓到了与杂文一样随写随发的地步，如《雪》创作于1925年1月18日，很快发在1月26日《语丝》周刊第11期上。《风筝》创作于1925年1月24日，发表在2月2日的《语丝》第12期。《失掉的好地狱》写于1925年6月16日，发表于1925年6月22日《语丝》第32期。《墓碣文》写于1925年6月17日，发表于1925年6月22日《语丝》第32期。《死后》写于1925年7月12日，发表于1925年7月25日《语丝》周刊第36期。《这样的战士》写于1925年12月14日，发表于1925年12月21日《语丝》第58期。好了，无须再多举例子，仅从我上面列出的部分篇目观之，《野草》的写作与发表在时间上也大约是一周的时间，这正与《语丝》周刊编辑、出版的周期吻合，这决没有胡尹强先生所称道的任何"神秘"可言。这种把《野草》文本神秘化的做法可能为研究者自身的探幽访秘

---

① 胡尹强：《鲁迅：为爱情作证——破解〈野草〉世纪之谜》，东方出版社2004年版，第6页。

寻找到合理的借口,也为从爱情的角度"破解《野草》之谜"追加了一个合适的开场。

具体到对《野草》文本的解读,胡尹强先生通常把一个象征或隐喻色彩的文本无端地坐实。作为一个寓言故事,《聪明人和傻子和奴才》寄寓着鲁迅对国民生存状态和文化劣根性的解剖与批判,其文化寓意显而易见。而胡尹强先生在没有进入文本之前,先入为主地断定:"作为《野草》的序列之一,这则寓言的寓意,首先是喻指诗人和许广平的爱情的。"沿着这样先入之见的思路,他"创造性"地把奴才哭嚷的内容肆意改换成了令人啼笑皆非的婚外恋内容:"来人呀!第三者插足,要毁咱们的冰谷了!快来呀!迟一点,冰谷可要打出窟窿——发生婚外恋了!"甚至说"窗洞暗示婚外恋情","傻子暗示许广平","奴才是鲁迅的自喻"。他认为在《狗的驳诘》中,诗人鲁迅"依然觉得自己是个爱情的求乞者",狗一连说出了4个"还不知道分别"后有一个省略号,"狗一定已经说出了第5个'还不知道'",大胆地断定省略号里"省略掉的意思,只能是'新和旧',即'还不知道分别新和旧',解释得更具体详细一点,就是'还不知道分别新潮的年轻知识女性和没有文化的旧式中年裹脚女子'。"作者富有想象力的论述并没有掩盖文章明显的自相矛盾之处。胡尹强先生有时甚至用自己的推测与假说作为自己文本分析的例证,"狗既然已经知道诗人有婚外恋情了(说出'还不知道分别新和旧'就是证明),于是,诗人唯一的出路,就是落荒而逃了。"这样的解读如果不是有意的浪漫想象,也可谓是艾柯所批评的妄想狂式的诠释了。艾柯曾举例说,清醒而合理的诠释与妄狂式的诠释之间的区别正在于,是否能够觉得时间副词"同时"与名词"鳄鱼"之间关系的微不足道,清醒的诠释者最多只注意到这两个词会奇怪地出现在同一个句子中,而妄想狂式的诠释者是那些总是设法引导我们将这两个特定的词硬扯到一块的隐秘动机进行胡思乱想的人。①《之谜》中类似这样的阐释并不鲜见。在《立论》中胡尹强先生把鲁许二人现实生活中的"师生"关系放到寓言故事中,认为"这个梦,可以理解为许广平的梦,因为许广平当时还是学生,而且她和鲁迅的恋爱生活中和后来的同居生活中,仿佛始终没有忘记学生的角色。"如果这种比附还有一丝现实的影子的话,下面的论述则几乎全是猜

---

① 艾柯:《诠释与过度诠释》,生活·读书·新知三联书店1997年版,第57页。

测:"鲁迅可能会向她描述爱情前途的悲剧性;她也许会反驳说,你这样立论,未免太不尽情理了!于是,鲁迅发生了《立论》似的'说谎的得好报,说必然的遭打'的'小感想',并且和她说了,随后又写成这篇寓言式散文诗。"诸如此类的分析不是建立在文本自足性的内在探讨上,只是毫无学理根据的想当然的猜测与臆想而已。为了把《立论》拉进研究者所事先设定的"《野草》爱情主题系列"总体框架中,胡尹强任意改换与重组这个寓言故事的内容,他认为"如果把'一家人家生了一个男孩。请来客人,想得一点好兆头',改成'一对情人恋爱成功了,请来客人,想得一点好兆头',就会明白为什么《立论》属于《野草》序列了。"我不知道,如果照着这样的思路无限地修改填充下去,这还是不是鲁迅的《立论》?

文本阐释中读者能否撇开作者的意图只凭自己想象性任意发挥?在20世纪60年代,美国当代著名文论家赫施为了维护文本解释的有效性和客观主义的历史原则,明确提出了必须"保卫作者"意图[1]的积极主张。其实,鲁迅在不同场合对自己的《野草》曾有过叙说,与鲁迅有密切交往的许寿裳说过"《野草》,可说是鲁迅的哲学"。[2] 还有,当时作为《语丝》的同人、经常出入鲁迅门下的文学青年章衣萍也谈及"鲁迅先生自己却明白地告诉我,他的哲学都包含在《野草》里面"。[3] 倘若对这一传言不可太轻信的话,可参阅鲁迅在作《野草》最后几篇前后所写的书信,"这些哲学式的事情,我现在不很想它了……"(1926年6月17日,致李秉中)如果研究者把这些习见的材料纳进自己的学术视野,那么就不能不承认《野草》具有超越一些具体个人情感事件的"诗与哲学"的高度融合,绝非只是为了掩饰个人感情的"障眼法"。最有趣的莫过于研究者对于鲁迅《淡淡的血痕中》的解读,因为这篇散文诗无论如何也难以读出爱情的主题,胡先生只好得出这样的结论:"《淡淡的血痕中》是《野草》最大的障眼法,因此,也可以说是安放在《野草》上面的一片铁甲","是诗人对读者阅读注意力的一种故意的误导。"我不知道鲁迅先生为什么要刻意误导读者的阅读注意力,难道仅仅是为了掩饰与许广平的恋

---

[1] 参见赫施著、王才勇译《解释的有效性》第一章的有关论述,生活·读书·新知三联书店1991年版。
[2] 许寿裳:《我所认识的鲁迅》,人民文学出版社1978年版,第76页。
[3] 衣萍:《古庙杂谈(五)》,《京报副刊》1925年3月31日。

七 文本阐释的有效性及其限度 ·273·

情么？倘若真是这样，那么为什么后来会有《两地书》的出版以及那种"我可以爱"的大胆直露的宣言？尽管鲁迅曾讲过《野草》"措词含糊""难以直说"，但一个人难以直说的苦衷难道仅仅就是个人的恋情？

当然，我并非要故意非难《之谜》的研究，《之谜》在研究方法上尽管承袭了李天明对《野草》研究采用的"个人私典"与"文本互证"的方法，但许多地方也有自己的发现和补充。比如，胡尹强先生发现，在鲁迅和许广平的交往中，"乞丐"是他们常用的词，许广平在描述鲁迅第一次给她上课的第一印象时，用了"乞丐的老头"的称呼。在《求乞者》中是一例。《过客》中女孩一望见过客，说出的第一印象就是："阿阿，是一个乞丐"。《狗的驳诘》中有"衣履破碎，像乞食者"这样的描写。应该说，胡尹强先生这些独到的发现是值得称道的。这些有意味的生活细节和反复呈现于不同文本中的文学意象都有深入开掘的必要。可惜，胡先生把生活当中鲁迅衣衫不整的邋遢形象与散文诗中的文学形象进行了简单的对号入座，他把在不同的文本中展现的乞丐形象都坐实为鲁迅自身，为了读出文本的爱情主题，他只好费尽周折在文本中找出与鲁迅对应的许广平的形象。于是在《过客》中，与过客对应的女孩就成了许广平的象征，在《聪明人和傻子和奴才》中荒唐地指出"奴才"是鲁迅的自喻，"傻子暗示许广平"。这样的研究不但不能逼近文本的真实，反而会使研究者陷入捉襟见肘、难以自圆其说的窘境！如果研究者能把这些意象还原到当时历史文化的大的语境而不是仅仅限制在鲁许二人之间，会获得更为宽广的学术视野，相应地也会得出更为切当的研究结论。就《聪明人和傻子和奴才》的解读而言，倘若研究者翻阅一下《语丝》第 59 期——也就是《聪明人和傻子和奴才》发表的前一期林语堂的《论骂人之难》的文章，就会明白鲁迅作这篇散文诗的现实契机——缊涵着鲁迅回击时人对"傻子"兼"土匪"谩骂的现实冲动；同时如果考虑到鲁迅对同是赞美傻子与呆人的厨川白村以及尼采的精深了解与推许，我们就会对这篇散文诗的傻子与奴才的内涵有精确的了解。更何况，鲁迅对傻子有过相当明确的论述："世界却正由愚人造成，聪明人决不能支持世界，尤其是中国的聪明人。"[①] 若把"傻子"这一话语放置到鲁迅自身思想发展的内在脉络中进

---

① 《写在〈坟〉后面》，周楠本编注：《鲁迅回想录》，福建教育出版社 2006 年版，第 303 页。

行精审考辨,就不会匆匆得出鲁迅自喻为"奴才"的荒唐结论。

当然,这种回到历史,回到文本产生的文化语境与作者自身思想脉络的研究理路,多年以前孙玉石先生就已经在自觉地践行着,同时也极为警觉地提出了在解读《野草》尤其是解读象征主义色彩较为浓厚的篇目时应该注意的两个问题:"第一个问题,就是对于诗句内涵的解释留有余地,尽量保留此类创作所具有的思想内容的艺术弹性,不要解释得太死,太坐实了;第二,要处理好一个象征艺术作品的内涵的开放性与封闭性的关系。"① 也许正是因为孙玉石先生在自己的研究工作中自觉贯穿了这一明晰而有效的方法论意识,才使他的《〈野草〉重释》能够通过作品外在的故事和意象把握深层的文本内涵,更进一步逼近作者的真实创作意图。在今天看来,这一《野草》研究的方法论意识仍具有其历史的与现实的合理性。

李天明及胡尹强的《野草》研究,在一定程度上揭示出一个不同于过去的神圣化的"革命家"兼"斗士"的鲁迅形象,把鲁迅还原成一个肉身的凡俗的、具有新旧混杂的情爱与道德观念的具体存在,这种研究理路既承袭了20世纪80年代以来日渐兴起的文学人性化研究的思维模式,同时也是90年代以来文化及文学界"贬鲁"思潮的副产品。这是对政治话语主导鲁迅研究的有意的纠偏与反叛。然而,不幸的是:在思维方式和运思逻辑上却仍重蹈以前的老路,只不过以前的研究要在鲁迅的《野草》文本中断章取义、抓取片言只语力图证明"革命""进步""光明"的一面,而现在却又在极力找寻"恋情""困惑""幽暗"的一面而已!

这种研究现状不能不引起我对文本阐释有效性及其限度的深入思考,现在是一个盛行以读者为中心阐释文本的时代,"一千个读者有一千个哈姆雷特"这一自有其内在合理性的文学接受观念有时竟会成为人们随意阐释文本的托词和借口。尽管说诠释是多元的或者是潜在的无限的——这并不意味着诠释没有一个客观的对象和标准。虽然我们肯定诠释者在解读文学文本时所起的积极作用,但任何开放性的阅读必须从作品文本出发,也必然会受到文本的制约。针对一个具体的文本,我们可能无法判断哪种诠释是最好最正确的诠释,但至少可以断定某些漏洞百出、难以自圆其说

---

① 孙玉石:《现实的与哲学的(八)——鲁迅〈野草〉重释》,《鲁迅研究月刊》1996年第8期。

的诠释可能是很糟糕的诠释。现今的许多文学研究似乎对阐释者个人的权利强调得过了头，我决不反对不同读者的期待视野在文本阐释中的积极作用和文学阅读的多元观念，但不可忽视的是，我们必须在作者意图、文本意图和读者意图之间保持一种必要的张力，尽量在多向度的思考中获得较为客观的结论。关于这一点，多年以前有学者提出的"回到历史""回到鲁迅"的研究原则在今天的研究中仍然有重提的必要！

八　新文学建构中民间资源的探寻

——高有鹏的《中国现代民间文学史论》

近些年来，中国现代文学研究呈现出不断开拓新的研究视阈与研究方法的势头。从作家作品的研究到流派研究，再到报纸与期刊研究，乃至出版制度研究，这些不同范式的研究无疑以自己独到的视角再次昭示着现代文学研究领域的广阔。高有鹏的《中国现代民间文学史论》（河南大学出版社2004年版，以下简称《史论》）系统考察了中国现代作家的民间文学观。这是继他的《中国民间文学史》之后又一部论著。这部著作虽然侧重探询中国现代民间文学理论体系的建立——这自有其民间文学研究的价值，但通过考察中国现代作家的民间文学观，作者独辟蹊径地向我们勾勒了现代文学发生的民间文学要素，因而这部著作的出版可以说为现代文学研究又开辟了一块绿洲。

关于中国新文学的建构，以往的研究通常采用两种研究路径：要么采用异域文学影响与碰撞下的"刺激—反应"模式，要么看重中国文学传统自身资源的创造性转化。无论是前者还是后者都缺乏对民间资源的高度重视。即使谈到中国文学自身的传统，也往往是从文人文学传统的层面展开论述，而很少顾及民间文学资源对新文学的建构。高著选取现代文学史上具有代表性的八位作家为个案分别透视了他们的民间文学观念，从大量的原始史料入手细致整理、爬梳剔抉并提升出具有学科价值的民间文学的学术体系，作为民间文艺学的有机组成部分，民间文学学术史研究与民间文学理论、民间文学作品的收集研究相比相对薄弱，而高著正是在这方面弥补了以往研究的不足。

《史论》选取中国现代文学发生与发展史上具有决定意义的重要作家为研究对象，以散点透视的研究方法分别考察了他们对民间文学的有关论述，这些论述一经高有鹏先生的排比、归纳、分析与提升，不但可以从中看到中国现代作家对于民间文学文化价值的重新认识与精心发掘的划时代意义，而且从中也可以看到这一民间文学资源对于建构新文学的积极作用。从某种意义上说，高著向我们提供了中国现代文学发生、发展与深入的另一重要元素。纵观《史论》对于这方面的论述主要有以下几个方面。

（一）歌谣研究与新文学建设

五四新文学革命在文体方面争议最大的莫过于白话诗歌。其他文体如白话小说、散文在此之前的中国文学传统尤其是明清以来的文学传统中渊源有自，唯独白话自由诗在以往的文人文学传统中难以找到可以借鉴的范本。因此相对其他文类，关于白话新诗的争论与诗体建设问题，无论在新文学发生初期还是此后都是一个持续不断、经久不衰的话题。即使在新文学初年，有些守旧文人尽管极力反对白话自由诗，但并不反对用白话写小说与散文。当1916年胡适提出"要须作诗如作文"时，梅光迪就极力争辩，认为"诗文截然两途。诗之文字与文之文字自有诗文以来（无论中西），已分道而驰。"作为一个在民间文学与文化领域长期耕耘并具较高素养的学者，高有鹏以其对民间文学史料的精深了解，在其《史论》中为我们细致勾勒并深入剖析了新文学作家在五四以后的歌谣运动中的重要观点，使我们得以体认歌谣运动不但具有时人所熟识的在民俗学和方言研究上的价值，更为重要的是在文学上的用途。1922年《歌谣周刊》的《发刊词》明确提出歌谣研究具有"文艺的"和"学术的"两种目的。胡适在该刊1936年的《复刊词》中再次强调了歌谣运动的文艺功用，"歌谣的搜集与保存，最大的目的是要替中国文学扩大范围，增添范本。"高著透辟分析了胡适、梁实秋等对五四以来白话新诗多受外国影响的不良倾向，他们都希望新诗创作应汲取民间歌谣中具有生命力的质素。在胡适看来，中国新诗发展到30年代，已经在技术、音节甚至语言上都显露出很大的缺陷，而要对其补偏救弊，新诗人必须"投在民众歌谣的学堂里"，而"这种整理流传歌谣的事业，为的是要给中国新文学开辟一块新的园地"。同胡适一样，梁实秋也强调新诗应该向民间歌谣学习，他更为直接地指出"我们的新诗与其模仿外国的'无韵诗'、'十四行诗'之类，还不如回过头来就教于民间的歌谣"，"要解决新诗的音节问题，必须在我们本国文字范围之内求解决"，而"歌谣的音节正是新诗作者所参考的一个榜样。"高有鹏先生通过诸如此类的史料的发掘为我们提供了现代诗学建构中不可或缺的民间因子。难能可贵的是,高著并非孤立地谈论歌谣运动对新文学的影响,而是把它置于20世纪文学与文化发展的有机整体背景中考察历史发展之间的内在关联,从而获得更为宽广的历史视角。正如高有鹏所指出的由歌谣运动可以联想起"解放区文学运动中的李季对民歌的成功化用,张光年等人对陕北民歌的收集"。①

高著用了较大篇幅探讨了周作人关于民间歌谣的研究成果,详尽勾勒出周作人在歌谣领域的巨大贡献。高著以其对史料的特殊敏感为我们勾画出周作人在歌谣运动中独具慧眼的发现,以及他看到歌谣运动中伴随而来的方言调查对新文学语言建设的潜在而巨大的影响。1923年周作人在《歌谣与方言调查》中针对语体文语汇贫乏、文法不严密的缺点时指出,救济的方法不但要采用古文及外来语,采用方言也同样重要。应该说,这些史料并不鲜见,但在许多现代文学研究者的视野中并没有构成敏感的问题意识。作为一个长期在民间文学领域耕耘的研究者,那些史料一经高有鹏先生的分析与归纳便显露出其应有的历史价值。20世纪初年的文学变革运动可以说是一场话语方式的语言变革运动。而置文言于死地的白话文尽管在1920年获得了合法化地位,但并没有真正建立起属于自己的成熟的书面语表达体系。从20年代的文白之争到30年代的大众语讨论,以致40年代的民族形式论争,也均透露出新文学建构中语言的焦虑。这场眼光向下的歌谣运动所带来的对民间语言及文学形式的重视,对新文学建设的作用无疑是巨大的。

(二) 民间文学与作家文学

作为新文学的最初发难者,胡适极为推崇白话这一"活"的文学对新文学发展的重要作用。他曾鲜明而系统地提出:"一切新文学的来源都在民间"的民间文学观念。关于民间文学与作家文学的关系问题学界各说东西,针对学术史上对民间文学的贬斥,高有鹏分别以胡适、鲁迅、老舍为例集中探讨了这一问题。他通过大量第一手原始史料,令人信服地指

---

① 高有鹏:《中国现代民间文学史论》,河南大学出版社2004年版,第32页。

出"胡适和鲁迅一样",更看重民间文学对作家文学的整体的激活。高著在分析胡适关于作家文学与民间文学的关系时,把这一问题与胡适早年倡导的"文学改良八事"进行了意味深长的比照分析。他认为民间文学与作家文学的关系之所以没有得到合理的解决,是因为许多学者强调民间文学的"俗"、强调作家文学的"雅",把二者绝对对立起来,而忽略了雅俗共融于文本的文学整体性的缘故。胡适之所以那么看重民间文学的作用,就在于从语言变革的角度来看,民间文学的特质与胡适"八事"中阐述的"不避俗字俗语"的革命目标是一致的。高著以历史的"同情之了解"的态度深刻地分析了胡适对民间文学研究与倡导的良苦用心,也更能深切感受到胡适"一切新文学的来源都在民间"的内在思想理路。

高著的《史论》尽管其主要目的在于通过对现代作家的民间文学观的探讨,试图勾勒出中国现代民间文学理论体系。但从另一方面,通过大量的史料描述与历史的客观分析,我们可以进一步了解到新文学作家不约而同地对民间文学持久的热情以及这些热情背后的价值期待。五四先驱者们以西方文化的价值观念在推倒传统的主流文化的同时,把目光向下盯向了民间文学和文化。于是,他们重新发现了"民间"这一长期被历史忽视的"风景"。民间文学作为文化中的"小传统"被看成是最具有活力的自然天籁。不论是胡适"一切新文学的来源都在民间"的民间文学观念,还是陈光尧的"民众文艺是一种'文艺中的文艺'""民众文艺是产生一般文艺的父母"的主张,都凝聚了先驱者对民间文学的想象。

民间既是一个蕴藏着勃勃生机的"丰饶原野",也是一片藏污纳垢的"文化湿地"。五四作家并非没有看到这一方面。高著以其辩证的历史思维具体而微地分析了鲁迅关于作家文学和民间文学的深入思考。《史论》中指出:一方面,鲁迅对民间文学价值有独到的体认,认为"不识字的作家虽然不及文人的细腻,但他却刚健,清新";另一方面,鲁迅并不隐讳民间文学的缺陷,对于"迎合大众""说话作文"的越俗越好的"新国粹""新帮闲"提出严厉批评。值得注意的是,高著把鲁迅尊重民间、正视现实的价值立场与鲁迅一贯的国民性批判、改造和建设的新文化观念联系起来,《史论》中不乏这些闪光的新意和中肯的评价。不仅如此,高有鹏《史论》中极富创见地梳理并剖析了鲁迅与林语堂、苏汶等论争背后的民间文学观念问题。鲁迅与林语堂的论争,学界有相当多精深而丰富的研究,高著从二者关于民间文学的价值分野出发进一步论析鲁迅对"杭育杭育"派文学的推崇是针对林语堂的"方巾气"而言,鲁迅抨击林语堂意在张扬民间文学的价值。同样,高著也把鲁迅与苏汶的文学论争放置在民间文学与文化的价值框架中进行了透辟的分析与合理的解释,认为苏汶对连环图画和唱本的诋毁和蔑视不仅表现了与左翼文学路线的阶级分野,也与其民间文学观念密不可分。这些恰切的分析无疑拓展了现代文学研究的空间,使人具有耳目一新之感。

(三) 现代性视野中的儿童文学

儿童文学这一新的文学体式的兴起可以说是现代社会的现代性现象。紧随五四新文学对人的发现而来的是"儿童的发现"。如果说"人的发现"伴随的是"人的文学"的兴起,那么,"儿童的发现"也自然会相应地产生"儿童的文学"。新文学家像重新发现民间文学这一长期视而不见的被遮蔽的"风景"一样,在异域文学的参照与"视镜"中他们也惊喜地发现了"儿童的文学"。现代文学史上关于儿童文学的理论和创作极为丰富,但仔细翻检以往的现代文学史著作,关于这方面的论述却少得可怜。在文学史的编写者看来,也许儿童文学只是属于民间文学的范畴,并没有真正构成他们现代文学史的写作视野。无论如何,这毕竟是一个缺憾!而高有鹏的《史论》用大量翔实的材料以周作人、郑振铎为例,精审考察了他们的儿童文学观念,弥补了现代文学史在这一方面研究的欠缺与不足。

《史论》提出了周作人"三童"(即《童话研究》《童话略论》《古童话释义》)写作的学术史贡献,并以此对"童话"概念的源流进行了考辨。应该说,这些符合历史事实的考辨与梳理极大地丰富了我们对于文学史图景的认识。更为可贵的是,高著即使牵涉到对历史人物及学术思想的评价方面也稳健地持守着实事求是的历史主义原则。

从五四新文学白话语体的建设来说,儿童文学的兴起与提倡值得关注。现有的现代文学史写作模式可以说完全是关于"成人文学"历史的写作,其实,20年代以后儿童文学创作现象已经蔚为大观。高有鹏在《史论》中详尽交代了郑振铎在这方面所做的大量建设性工作。20年代初,当新文学的许多作品不可避免地有意向欧化的语言、语法主动靠拢时，儿童文学的倡导者在理论观念上却一直坚守着适合儿童阅读的语言表达方式。郑振铎主张儿童文学的介绍采用意译、《儿童世界》的文字应极力避免欧化倾向、儿歌童谣应看重音节等等，新文学白话语言的健康与成熟应该说在儿童文学领域获得了初步的成就。从对儿童启蒙与教育层面来讲，作为新文化运动的不可或缺的一部分，儿童文学理应纳入新文学史的叙述当中。对于这一问题，高有鹏《史论》中的相关探究得到了进一步凸显。

《史论》作者通过对中国现代作家民间文学观的个案探讨，试图追寻并描述中国现代民间文学理论体系的建立历史过程。这既是民间文艺学学术研究史的研究范畴，也理所当然地是现代民间文学史的学科范畴——高有鹏的学术雄心就是要个人独立完成民间文学"三史"（古代史、近代史、现代史）的巨大工程，《中国古代民间文学史》的出版已经呈露出作者的开创性贡献。就《史论》而言，也许正是因为作者所采取的个案研究的方法，因而不可避免地带来了其可能的缺憾。首先在写作体例上略显单调，这种以作家为中心建构起来的文学史图景虽然凸现了精英人物在历史场域中的巨大贡献，却在一定程度上忽视或遮蔽了现代文学史上其他作家对民间文学的论述。而就此而论，解放区作家的有关论述不可忽视。写作体例本身可能看起来仅仅只是一种文学史叙述的形式问题，然而这种形式不可能不影响到研究者对文学史的叙述，以作家为中心的研究框架操作起来似乎更为便利一些，但单从章节目录上很难看出其内在的历史关联——仔细阅读每个章节，高有鹏尽管顾及具体问题的历时的与共时的分析，有当代性视野的观照，也有历时性的相互比照，但这些历史的洞见往往淹没在大量史料叙述中难以得到应有的彰显。倘若作者能够以问题穿透历史，除作家之外再旁涉历史学家、民族学家、社会学家的相关研究，关于民间文学史的发展与演变的历史图景也许会更清晰全面地展现出来。当然，这已溢出了该书的研究框架，我们期待着作者另一部著作的诞生！

九 贯通古今的宏阔视野与民间文学思想体系的宏大建构

——高有鹏的《中国民间文学通史》

相对于极度丰富和繁荣的中国文学史写作，中国民间文学史的写作则显得非常冷清。究其实，不仅仅在于民间文学作为口头文学的传载方式所限，而且还在于民间文学作为现代学科独立体系的建立相对较晚。就在2000年左右，有学人还在著文讨论民间文学有没有独立性的问题——当然，民间文学的独立性显然是一个无须讨论的常识，之所以旧话重提，据说，许多高校的中文系开设民间文学的课程大大减少，有的课程甚至被取消，其间蕴涵着民间文学研究者的学科危机意识，在这样的学术背景下，高有鹏教授的《中国民间文学通史》（三卷本）（2012年3月线装书局出版，以下简称《通史》）的问世可谓是中国民间文学研究的一个历史丰碑，为民间文学的学科成熟奠定了坚实的基础。

一个学科的发展是否已经成熟，其考量的标准可以有多种方式——本学科是否已经整理出了丰赡的文献和史料，是否有自己独立的学科发展史，是否积淀了丰富的高水平的研究成果，是否聚集了一支卓有成就的研究队伍等等。中国民间文学学科的建立，是五四新文化运动引进西方学科forklore的结果。在近百年的发展历史中，也积淀了一些卓有成效的学术成果，开展了一波又一波的民间文学运动。早在1913年鲁迅就已经撰文倡议成立"国民文艺研究会"，并标举以收集整理各地歌谣、俚谚、传说、童话以辅助国民教育为目的；1922年由蔡元培发起，刘半农、沈尹默、周作人等编辑的北京大学《歌谣》周刊掀起了民间歌谣研究的学术热潮，并取得了影响深远的学术成就。新中国成立之后的民间文学研究也受到了政府前所未有的支持，1950年3月29日中国民间文艺研究会成立，郭沫若和周扬在成立大会上就发展中国新民主主义的民间文艺事业提出了一些观点和办法，他们热情地肯定和呼吁搜集研究民众自己的文艺，建立一个新的机构和一种新的学科。在"抢救民间文学"的口号下，全国各地也相继组织了调查队，到民间，到少数民族地区，搜集、整理、出版了一批民间文学资料及作品，为以后的深入研究打下了基础，也为中国民间文学学科的成熟奠定了史料的坚实基础。

就我的视野所及，相对于中国现代文学史的写作和编撰，新中国成立以后关于民间文学史的学术成果则非常有限。主要有北京师范大学中文系55级集体编写的《中国民间文学史》、张紫晨的《民间文学基本知识》（上海文艺出版社1979年版）、乌丙安的《民间文学概论》（春风文艺出版社1980年版）、段宝林的《中国民间文学概要》（北京大学出版社1981年版）、钟敬文的《民间文学概论》（上海文艺出版社1990年版）、陈咏超的《中国民间文学研究的现代轨辙》（北京大学出版社2005年版）。此外，较有影响的还有刘守华、陈建宪主编的《民间文学教程》（华中师范大学出版社2002年版），作为高校的通用教材，该论著分为上下两卷，上卷的通论部分是民间文学基础理论的阐释，下卷的作品选部分是不同体裁的民间文学的书面汇编。该教材不是独著，是联合全国10所高校讲授民间文学课程的教师集体编撰而成。

早在十年前，高有鹏就出版了在学界产生较大学术反响的我国第一部个人独著的民间文学史著作《插图本中国民间文学史》（河南大学出版社2001年版），接着又出版了《中国现代民间文学史论》（河南大学出版社2004年版），这两部论著呈现出力图打通古今、接续历史的学术雄心。在这样的学科建设和个人学术研究背景下，高有鹏教授的《通史》无疑真正实现了贯通古今的学术志向，为中国民间文学学科的成熟创造了一个学术高度，并将成为该学科的标志性成果。

之所以把《通史》置于中国民间文学学科的历史背景中加以考量，乃是在阅读《通史》的过程中深刻体悟到高有鹏先生对于中国民间文学学科发展过程中面临的诸多理论问题的隐忧。高有鹏特意提醒我们：不要用民俗学的方法代替民间文学理论研究！高有鹏看到了民间文学的文学性在今天日益被淡化和异化，尤其是在新的学科设置中把民间文学放在民俗学的学科设置方式——"民俗学（含民间文学）"，把民间文学仅仅当做一种民俗事项，无疑割舍了民间文学作为民众情感表达所呈现的极其丰富的价值意义。高有鹏非常强调民间文学的独特理论品格。他认为民间文艺学是一种文艺学，但它不是一般意义上的文艺学，也不是一般意义上的艺术学。它面对的是延续了几千年在民间社会中生存与发展的各种文学现象、艺术现象,以及各种各样的社会文化现象。特别是民间文艺所具有的生活属性,诸如各种民间信仰,常常成为民间文艺的核心内容。因而,《通史》的作者非常重视对于中国现代民间文学思想理论体系的总结和建构。高有鹏指出:中国现代民间文学理论体系的建立有三个十分重要的学术背景——域外文化的影响与冲击、近代启蒙思潮的激发、中国古典文化"礼失求诸野"的优良传统。高有鹏的《通史》的写作正是出于建立民间文学学科独立性的强烈诉求,这种学术自觉贯穿在《通史》写作的整个过程。从学术史和学科史意义上观之,《通史》的写作可谓是中国民间文学研究的历史丰碑。

(一) 贯通古今,视野宏阔

这部三卷本、长达三百万字的皇皇巨著从开天辟地的中国神话时代、秦汉俗说,经唐宋元明清,到现代的民俗学运动,贯穿中国历史的整个进程,说它是一部中国民间文学通史的集大成者也不为过。从《通史》写作所涉猎的内容观之,论著全方位立体展现了中国民间文学的全息过程。在高有鹏的历史架构和历史叙述中,中国民间文学的历史关系到三个互为联系割舍不断的重要部分:一是中国民间文学自身发展的历史,千百年来,各民族浩如烟海的民间文艺是民间文学通史写作的核心内容;二是中国现代民间文艺学发展的历史,这是透视学科形成与发展必须面对的学术背景;三是国外民间文学理论的发展,这是需要借鉴和面对的他山之石。即便是中国民间文学自身的文献典籍也因材料宏富而难以遍览。高有鹏把文献、文物与口头作为一个相互联系的整体,摒弃了在相当长一段时间内民间文学仅仅被称为"劳动人民口头创作"的传统观念。在《通史》的写作中,高有鹏在汗牛充栋、博大精深的文献典籍中,选取典型文献、勾勒历史轮廓,理出其发生发展与嬗变的历史轨迹。非常难得的是,面对琳琅满目的宏富典籍,高有鹏在文献的运用上花费了一番钩沉整理的功夫。比如,在古代典籍中关于同一个历史人物或事件不同的典籍所记具体内容相异,在《通史》写作中,如何处理不同的文献?高有鹏在"史"的描述上采取了文献皆录、整体把握的叙述方式,以尽可能详尽的典籍总体把握民间文学的某一系统，从中勾勒出各种民间文学作品之间的复杂关联。当然，除了文献之外，民间文学还以出土文物、岩画、民间木刻版画、编织、装饰、壁画等文物的方式留存。从文物上获取文献曾是中国民间文学研究的极大缺陷，高有鹏先生非常重视文物与文献相互印证的多重证据法，如在《通史》中作者已经注意到河南省新安县"千唐志斋"唐碑石刻中的大量文献，诸如轩辕黄帝铸鼎中原划分天下、大禹治水、老君与九天圣母的传说故事，高有鹏希望能够做出《中国古代神话传说碑刻集成》这样的民间文学文物文献。遗憾的是，《通史》中原来曾设想做成插图本，作者收集了大量的文物图片。但由于篇幅所限，出版时只好忍痛割爱，相信有朝一日出版类似于"中国民间文学通史插图"的著作。

（二）文献丰富，资料翔实

现在是一个高扬创新的时代，究竟什么是创新？如何创新？这些问题，并非不言自明而是应该进一步加以追问的。陈寅恪先生曾经谈及学术上的创新，他指出："一时代之学术，必有其新材料与新问题。取用此材料，以研求问题，则为此时代学术之新潮流。治学之士，得预于此潮流者，谓之预流。其未得预者，谓之未入流。此古今学术史之通义，非彼闭门造车之徒，所能同喻者也。"① 这段话每每被学人所引用。但需要我们进一步关注的是，陈寅恪把新史料的发掘与利用置于创新的首要地位，更值得注意的是，陈寅恪先生并不是特指历史学科，而特别指出此乃"古今学术史之通义"。就《通史》而言，高有鹏先生发掘了大量第一手的文献和民间文学的新材料，这些令人欣喜的发现不但呈现了作者对于史料的独具慧眼，也引领了中国民间文学研究以新史料研究新问题的学术研究预流。

《通史》第二十章对于红色歌谣的发掘与研究表明了作者的独到的史料眼光和极强的问题意识。作者从20世纪80年代开始，多次到河南省信阳大别山地区实地考察，厘定了后来在鄂豫皖革命根据地唱响的《八月

---

① 陈寅恪：《陈垣〈敦煌劫余录〉序》，《金明馆丛稿二编》，生活·读书·新知三联书店2001年版，第266页。

桂花遍地开》的传播原始地是河南商城和新县一带。作者通过实地考察以及信阳地方文化工作者提供的相关材料，考证出《八月桂花遍地开》是以信阳地方民歌《八段锦》改编而成。这样的考证尽管细微，但通过具体而微的考证显示出作者辩证的历史观念和深邃的文学史问题意识。通过今天仍然流传和记录的民间红色歌谣，从中可以看到其所积淀的民众历史记忆，并能深切感受到中国共产党领导全国人民建立新中国这一坚定的历史进程。民间文学代表了民众的声音，也代表了历史的良知，民间文学并不像后来的教科书那样照本宣科，而是选取其中具有传奇色彩的"英雄"或"故事"将其"神话化""箭垛化"。通过红色歌谣的发掘与考证，中国现代历史上的或文学史上许多回避的问题都可以呈现。中国历史上国民党与共产党之间的政治较量在红色歌谣中也得以淋漓尽致地表现。红色歌谣对正义力量的颂扬和对于邪恶势力的嘲讽，体现了普通民众的价值选择和情感判断，因为历史的记忆与认同不但是一个文化选择与记忆的过程，也体现了民心所向。红色歌谣以直接简朴的语言讲述着得民心者得天下的道理。

《通史》中诸如此类的历史考证和史料发掘非常之多，如第十八章关于河南开封《相国寺民众娱乐调查》的研究和考察。作为现代乡村教育运动的重要组成部分，20世纪30年代河南高等学校一批社会学家、教育家收集整理了河南梆子戏、河南坠子、说书、大鼓书、道情等多种民间文艺形式的调查材料，高有鹏先生对于这些文献进行再度的发掘和打捞，并对从中所蕴涵的民间文学的学理问题进行了深入探讨，对于民间文学与社会风俗生活之间的互动态势进行了科学的解释与总结，具有重要的学科价值。

（三）跨越学科，引领前沿

尽管高有鹏先生的《通史》是以中国民间文学作为学术研究对象，但由于民间文学关涉多个学科，因而《通史》的写作也是一部跨越多个学科的学术史写作。民间文学与作家文学一样，都是语言的艺术，只不过民间文学是无数人共同的语言所形成的艺术，作家文学更强调个体语言的独特性。那么，写作民间文学通史也不可避免地涉及方言、方音等关乎地方性知识的语言学问题,也必然涉及语言学科的知识。《通史》中,高有鹏把方言问题置于民间文学思想理论体系中,考察其所具有的独特价值与意义。比如《通史》第二十四章以董作宾的歌谣与方音研究为例,深入探讨了民间文学的语言学问题。高有鹏从董作宾的语言学和文字学的研究文献中,看到了民间文学所表征的语言文本和民俗解释问题,高有鹏先生从中体悟到这是现代民间文学语言学的雏形的标志。

《通史》从民间文学思想理论体系的宏大建构中,分别考察了现代文学史上诸如胡适、鲁迅、周作人、茅盾、老舍、朱自清、闻一多等著名作家的民间文学思想,这些探讨对于深化中国现代文学史的研究具有重要的借鉴意义。从民间文学和文化的角度透视中国现代作家作品,《通史》中指出:"老舍的每一部作品中,都可以找到民间传说故事的原型及其运用的方式……巴金与曹禺的作品都具有社会风俗生活的内容,其叙事形态与叙事内容中,可以找到民间故事类型的影子,如巴金《家》中所包含的梁山伯祝英台故事原型,曹禺《原野》中所包含的夺妻故事、偷情故事与复仇故事等原型的合体都有浓郁的民间痕迹。……中国现代文学的叙事模式中存在着普遍的传说类型,这个问题值得我们认真研究。"[①] 限于所论问题,论著中不可能充分展开,但高有鹏通过民间视角所意识到的学术问题的确有值得我们进一步研究的必要,我相信,这些引领前沿的学术问题必将引起后人的研究热情。

记得多年以前,中国现代文学研究界的前辈学人在谈到一个学科是否成熟时,他的感慨至今还让人永远回味:"我们的每一步前进,每一个突破,都面临着理论准备的考验。任何超越与深入,都离不开理论的指引与支撑。理论又是最终成果之归结所在,构成学科的核心。而且,衡量一门学科的学术水平、学术质量的高低,归根到底,取决于它在自己的领域里究竟从理论上解决了多少全局性的课题,得出多少具有重大理论价值的结论,有多少能够被广泛应用,经得起历史检验,值得为其他学科参考的理论建树。在走向成熟的道路上,需要牢记这一基本事实。"[②]

对照这位前辈学人的这段话,我们仔细研读《通史》,鉴于这部厚重的文学史论著对于中国现代民间文学思想理论体系的总结和建构,以及其

[①] 高有鹏:《中国现代民间文学通史》,线装书局2012年版,第1330页。
[②] 樊骏:《我们的学科:已经不再年轻,正在走向成熟》,《中国现代文学研究丛刊》1995年第2期。

古今贯通的宏阔学术视野、翔实的资料和丰赡的文献,乃至跨越学科、引领前沿的学术问题意识,尤其作者对于民间文学学科独立性的自觉追求,我们有理由相信:在民间文学学科走向成熟的道路上,《通史》是一座不可替代的历史界碑!

十　史料的发掘与学术空间的拓展

——秦方奇编校《徐玉诺诗文辑存》的
学科史意义

秦方奇先生编校的《徐玉诺诗文辑存》（上下）近日出版了，这是河南大学出版社继刘增杰先生编校的《师陀全集》及解志熙、王文金先生编校的《于赓虞诗文辑存》之后又一部令人瞩目的现代文学文献整理的研究著作。

对于一个历史学研究或古典文学研究者而言，文献和史料问题应该是一个不言自明、无需强调的常识，相对于古典文学研究对于文献问题的高度重视，中国现当代文学的文献问题一直是一个未被研究界普遍意识到的学术问题，因而，有学者曾经深表忧虑地指出这是中国现代文学研究的"脆弱的软肋"。[①]

多年以前，我亲耳聆听过两位从事古典文学研究的学者说过类似的话——"你们从事中国现当代文学研究的需要才气"。孤陋寡闻、愚钝木讷的我当时"未解其中意"，现在仔细琢磨，两位学者话里有微言大义啊！只要稍微回顾一下中国现代文学学科的研究历史，就不难理解：我们的学科研究确实充斥着过多才子的激情，而缺少研究的朴实和厚重。即便是翻检一下20世纪80年代以降的中国现代文学研究也清楚地看到这一点，80年代中期是一波一波的方法热，方法热的确对于之前占据主导地位的阶级论分析方法起到了补偏救弊的功能，使研究重心从文学的外部研究到文学的内部研究和审美研究转移，但也应该清醒地看到：方法热面对的主要对象是文学文本，无论是新批评、新三论，还是叙事学、女性文学研究主要用来解读具体的作品，一旦面对纷繁复杂的文学史现象，许多面

[①] 刘增杰：《脆弱的软肋——略论现代文学研究的文献问题》，《文学评论》2006年第6期。

对文本可以游刃有余的所谓方法和理论便成了"英雄无用武之地"。经过了二十余年花样翻新的方法和目迷五色的理论之后，人们突然发现：文学史上许多基本的事实还没有弄清，现代文学的史料建设仍是一个不能逾越必须从头开始的基础性工作。

事实上，关于中国现代文学研究的史料建设问题，80年代曾经有学者大声呼吁①且业已做过许多卓有成效的工作，同时也收获了一批相当丰硕的研究成果（关于中国现代文学史料建设的成果主要有作家全集、文集、年谱、传记、研究资料的编纂，以及《中国现代文学期刊目录汇编》《中国现代文学总书目》《中国新诗总书目》的编纂等。目前正在从事的大的文献整理工程是《中国现代文学期刊目录汇编续编》和《中国现代报纸文艺副刊目录汇编》的编纂工作）。近几年，在现代文学文献整理和研究方面用力最勤、较为自觉的学者首推清华大学的解志熙先生。2003年12月，由清华大学中文系发起和承办，联合北京大学、鲁迅博物馆、河南大学文学院等科研单位和学术机构，召开了"中国现代文学的文献问题座谈会"。我深信：这是一个在学科发展史上具有里程碑意义的会议，尽管规模不大但影响深远——因为，自此之后，和古典文学研究一样，"中国现代文学的文献问题"才真正被学界普遍意识到并把该问题"问题化"。学者们逐渐深刻认识到：现代文学也有自己独特的文献辑录与整理工作，它综合了辑佚、考证、版本、目录、典藏、校勘、编辑、注释等诸多方面，并指出了整理现代文学文献的基本步骤和精校、不改、慎注的编排原则②，为研究者整理现代文献探索出一条切实可行的研究路径。因而，在刘增杰先生编校的《师陀全集》及解志熙、王文金先生编校的《于赓虞诗文辑存》之后，秦方奇先生经过5年的辛苦奔波和劳作，精心编校出版了这部搜罗宏富的上、下两卷近70万字的《徐玉诺诗文辑存》。的确，5年辛苦不寻常！这部凝聚了编撰者大量心血的文集给研究界进一步研究徐玉诺打下了坚实的基础，也指示出一条遵循的门径。

---

① 1985年第1期《中国现代文学研究丛刊》，发表了马良春先生的《关于建立现代史料学的建议》，1986年朱金顺先生出版了《新文学史料引论》，樊骏1989年针对现代文学史料学问题，在《新文学史料》连载了一篇8万字的长文《这是一项宏大的系统工程——关于中国现代文学史料工作的总体考察》。

② 解志熙：《刊海寻书记——〈于赓虞诗文辑存〉编校纪历兼谈现代文学文献的辑佚与整理》，《中国现代文学研究丛刊》2004年第3期。

说起来惭愧，作为一个现代文学领域内从事十多年教学和科研的工作者，我之前对于这位河南籍作家徐玉诺的了解少得可怜，只知道他有诗集《将来之花园》，读过他关于描写河南匪灾的小说《一只破鞋》，查阅中国学术期刊网，80年代以来徐玉诺研究的论文也只有极其有限的十来篇。是徐玉诺这位作家本来就在现代文学文坛上的无足轻重，还是我们限于资料条件太忽视了这位在20年代就被周作人引为同道的"寻路的人"？事实上，20年代的徐玉诺已经受到新文学界的广泛关注：叶圣陶的长篇评论《玉诺的诗》充分肯定徐玉诺的诗歌成就；王任叔甚至不无夸饰地称之为"天才诗人"；鲁迅也对徐玉诺的小说欣赏有加，并愿意为之作序。30年代，茅盾在编纂的《中国新文学大系》"导言"中把徐玉诺定位为描写农村生活的代表作家。然而，新中国成立以后的各类现代文学史著作中却很少提及徐玉诺了。直到80年代以后，随着人民文学出版社对《徐玉诺诗文选》的出版，这位久已被人遗忘的作家才逐渐浮出文学研究的历史地表。然而，20万字的《徐玉诺诗文选》远不能反映徐玉诺创作的全貌。秦方奇先生踏遍刊山报海辑佚整理的《徐玉诺诗文辑存》不但弥补了此前徐玉诺研究文献的不足，也向读者完整、清晰地呈现了徐玉诺一生创作的全貌。

在我看来，《徐玉诺诗文辑存》在编校方面具有以下特点。

首先，辑录翔实，搜罗宏富。从篇幅上观之，这部上、下两卷近70万字的《徐玉诺诗文辑存》辑录了徐玉诺生前出版的诗集和大量集外佚文，远远超越了此前出版的有关徐玉诺诗文的总和；从文体上观之，则涵盖了徐玉诺的诗歌、散文、小说、短剧、杂感随笔、文艺杂论、书札通信、书序按语、会议发言等多种文类。尤为珍贵的是徐玉诺50年代致儿子徐西亚的信件四十多封，对于了解新中国成立以后徐玉诺的思想和个人心路历程具有重要的研究价值，尤为可贵的是秦方奇先生在诗文辑存后面的附录——佚文存目、研究文献索引、年谱简编等的编排，更方便了研究者，无论何种学科，文献的收集与整理都孕育着学术研究的新的发动，也为学术空间的进一步拓展打下了坚实的根基。我深信：《徐玉诺诗文辑存》必将为进一步提升徐玉诺研究做出应有的学术贡献。

其次，编排精当，体例科学。秦方奇先生编辑《徐玉诺诗文辑存》时在编纂体例方面的科学意识是非常自觉的，正如他在"辑录编校说明"中所言：该书"对诗人生前出版的个人诗集及同人合集都保持了原貌；

其他新辑录的集外诗文,先按照不同文体分类编排,再依据发表时间先后顺序排列,并均以编者注释形式注明其发表出处",同时还在"原有的诗集前""简介版本沿传和辑录情况"。文体分类、时间先后、原始出处、版本沿革等等方面都显示出秦方奇先生编辑方面严谨的历史意识和科学的文献学治学传统。

  再次,校注认真,精选慎改。由于徐玉诺的诗歌在当时结集出版时有所修改,有的同一首诗歌也曾在不同刊物上发表——同题异文或同文异题的情况,加之当年排印校对匆忙,许多诗文存在文字讹误或错漏。此外,作为河南作家,徐玉诺诗文中经常出现河南鲁山方言,外人难以索解。鉴于以上诸种情况,秦方奇先生均作出了详细而必要的校注。

  当然,秦方奇先生的《徐玉诺诗文辑存》在编校方面辑录、编排和校注的科学性并非突发奇想而是渊源有自的。该书堪为解志熙先生编纂的《于赓虞诗文辑存》的姊妹编。解志熙先生这些年来一直致力于中国现代文学文献学的文本校注问题。事实上,这也是他90年代倡导"中国现代文学研究的古典化原则"一以贯之的延续,解志熙先生开辟先路,秦方奇先生紧随其后。这也足以说明:中国现代文学的文献问题愈来愈成为研究者普遍意识到的学术问题——它有自己独特的辑佚与整理的方法、独特的文本校注的路径,甚至有自己独到的"外文"与"外典"、"今文"与"今典"的考释。多年以前,樊骏先生曾经大声呼吁重视中国现代文学的文献问题,也曾满怀信心地指出:我们的学科已经不再年轻,正逐步走向成熟!是的,一个成熟的学科不可能没有自己的文献储备和文献整理工作。正是靠这些基础性的集腋成裘、聚沙成塔式的文献工作,我们的学科才会一步步走向成熟。我认为,这也正是秦方奇先生编校《徐玉诺诗文辑存》的学科史意义所在。

十一　扎实的文献功夫与明确的问题意识

——评胡全章《清末民初白话报刊研究》

清末白话文运动不仅是研究中国社会、政治与思想文化近代化进程中非常重要的一环，更是五四白话文运动的前驱乃至重要环节。然而，长期以来，这一研究领域在学界一直没有受到应有的重视。造成这一状况的主要原因有两方面：其一，受五四一代新文化人对晚清一代知识分子的历史功绩普遍采取贬抑姿态的历史影响，后世史家在很长一个历史时期内或自觉或不自觉地接纳了五四新文化人的"历史"评判，对清末白话文运动的历史功绩评价不高；其二，文献史料建设严重滞后，调查、采集、整理相关史料费时、费力且花费不菲，足令一般研究者望而却步。胡全章新著《清末民初白话报刊研究》（中国社会科学出版社2011年版，以下简称《研究》）从清末白话文运动最为基础、也最为根本的白话报刊原始史料做起，把清末民初白话报刊及其相关的语言与文学现象梳理得非常清楚，对清末白话文运动与五四白话文运动之间的历史关联作了系统而细致的辨析，是迄今这一学术领域最为系统和深入的研究成果，有诸多原创性结论和学术开拓意义，具有较高的学术价值。

近年来，史料和文献问题越来越受到近现代文学研究界同人的关注，其意义不仅仅是要纠正学风浮躁问题，而是要从历史文献入手，再次重提"文学史是一门历史科学"的学科根本性原则。阅读《研究》，印象最深的是著者在清末白话文运动文献史料方面所下的扎实的搜集整理与细致爬梳工夫。著作所采集、发掘和披露的大量原始史料，既为自己的研究成果奠定了扎实的文献史料基础，又为后来者展示了一张相当完整的清末民初白话报刊史料地图。著者穷究史料、让史实说话的功夫，在学术风气异常浮躁的当下，显得尤为难能可贵。

基于基本文献史料对清末民初报章白话书写语言面貌、特征及其流变趋势的描述与总结，是《研究》最为重要的开拓性贡献之一。自1932年周作人在《中国新文学的源流》一著中作出五四的白话文是"话怎样说便怎样写"、清末的白话文"却是由八股翻白话"的历史评判之后[①]，时隔近80载，这一看法至今仍普遍为学界所沿用；人们往往视其为常识性判断不假思索地接受之，而绝少质疑之。然而，事实果真如此么？该著通过对清末白话报刊语言面貌的整体考察，用确凿的事实揭开了历史真相，从而得出结论："清末报刊白话文的确存在'由八股翻白话'现象，但并非全部，甚至并非主流（只是初期阶段较普遍而已）；相反，'话怎样说便怎样写'的情况却大量存在，比'由八股翻白话'的现象更具代表性和普遍意义。周氏之例证，取自清末白话文运动最初阶段的《白话报》和《白话丛书》，而非1904年之后白话报刊创办高潮期出现的《中国白话报》《京话日报》《正宗爱国报》《爱国白话报》等，可谓见木不见林，取粗不取精，殊不足充当清末白话报和白话（文）之代表，并不具备普遍性。"这一论断，可谓有理有据，论从史出，令人信服。

纠正长期以来以讹传讹的错误判断，指出清末报刊白话最为明显的语言特征是通俗化和口语化，还算不上该著在清末报章白话书写语言研究方面最为突出的成果。《研究》具有首创意义的发现，在于揭示出彼时报章白话书写语言的雅化与书面化趋向以及近代化趋势与规范化意向；这些清末民初报章白话书写语言特征及趋向，至今仍鲜为人知。

清末民初报章文言文的白话化与近代化倾向，在学界已经成为一个常识性结论，文学史家对其历史意义向来评价很高。1930年，陈子展在《最近三十年中国文学史》中曾对"梁启超派的新文体"之"不避俗言俚语"的进步意义给予高度评价，言这一举措做到了"使古文白话化，使文言白话的距离比较接近"，赞誉"这正是白话文学运动的第一步，也即是文学革命的第一步"。[②] 而发生在同一历史时期的报章白话文语言的雅化与书面化趋向，却至今仍未为世人所认知。《研究》以回到原初的历史眼光，用大量可靠的原始语料，首次揭示了清末民初报刊白话的"文话化"或雅化现象与趋向，并对其历史意义进行了正面肯定。著者认为：这一近代白话书写中不约而同出现的重要的语言现象，在白话文运动乃至中国近现代语言文学发展史上，同样有着不可忽视的历史意义和学术价

[①] 周作人：《中国新文学的源流》，华东师范大学出版社1995年版，第55页。
[②] 陈子展：《最近三十年中国文学史》，上海太平洋书店1930年版，第113页。

值；报章白话的"文话化"做到了使白话高雅化和书面化，同时也促进了报章"文话"的白话化，同样发挥了"使文言白话的距离比较接近"的历史作用；既然"新文体"与五四白话文学运动和文学革命是衔接的，那么，"文话化"的白话文与五四白话文运动也是有历史连续性的；清末民初以"新文体"为代表的白话化的报章文体和"文话化"的报刊白话文形成的历史合力，共同促成了白话书写语言的近代转型。这些结论，发前人所未发，且建立在大量可靠的原始史料基础之上，很有说服力。

不仅如此，《研究》还以大量新鲜而有说服力的报刊白话文史料首次系统梳理了清末民初报章白话的欧化和近代化趋向，指出清末民初白话报刊在新名词及其蕴涵的新思想的社会化普及方面确曾发挥过不可或缺的历史作用，认为文言、新名词和外国语法对白话书写影响的过程，就是清末民初报章白话语言的近代化和书面化过程，五四白话文接续的正是这样一种思路与路径。其他如对清末民初处于萌芽状态的白话文书写向"国语"靠拢的"规范化"意向的揭示，对清末民初白话报人在现代白话书写的规范化方面的筚路蓝缕之功的肯定，均眼光独到，见解新颖，持论中肯，论从史出。

对清末民初白话报刊文学创作面貌及其文学史意义的系统考察与探研，是《研究》的另一重要贡献。该著基于大量第一手原始文献史料，系统考察了清末民初报刊白话文的文体试验与探索及其在白话文语体和文体的近现代转型过程中所发挥的至今仍鲜为人知的开拓性贡献，深入探讨了近代白话报刊歌诗的创作面貌及其文学史意义，打捞出一个以徐剑胆和蔡友梅为代表、以京津白话报刊为主阵地的北方通俗小说作家群，系统探研了白话报人和白话报刊在近代戏曲改良运动中所发挥的历史作用。上述工作，可说是填补研究空白的富有开拓意义的学术贡献。

先说其对清末民初白话文文体之考察。《研究》第六章集中探讨了清末民初报刊白话文的文体试验与探索。清末民初数以万计的报刊白话文题材丰富、风格多样、文体不一、蔚为大观，是一个尚未引起各方史家注意的驳杂的资料库，不仅对研究近代中国社会历史文化形态具有重要史料价值，而且对于研究白话文语体和文体的近现代转型具有重要学术意义。该著从中国近现代白话文体嬗变的角度对其展开细致的考察，发现一些现代散文文体已在其中孕育、萌芽、生长。著者以为：大量行使着社会批判和文明批评职责的杂文体演说文和白话报刊"时评"文章，是"杂文"这一现代论说文体的源流之一；以节令演说文为代表的一批文学色彩浓厚的白话文，乃现代文艺性小品文之滥觞；《中国白话报》《河南白话科学报》刊发的一批白话地理游记文，文学色彩浓厚，篇章结构颇佳，开现代地理游记文和文艺性科普文之先河；清末刘师培、章太炎等人熔思想性、知识性和趣味性于一炉的白话述学文实践，提升了白话书面语的学术含量，对当时及其后白话述学风气的兴起和白话述学文体的形成产生了不可估量的历史影响，为五四之后现代白话全面取代文言的正式书面语地位做出了独特贡献，也为我们考察现代书面语的产生提供了另一种途径。这些建立在大量原始史料基础上的新颖见解，可谓发前人所未发，富有学术开拓意义。

再看其对清末白话报刊歌诗创作面貌及文学史意义的系统探研与定位。《研究》将清末民初白话报刊"歌诗"界定为一种介于诗歌、戏曲、音乐之间的综合性艺术门类，言其既是中国传统歌唱文学在启蒙救亡新形势下的变体与发展，亦是"西乐东渐"背景下受海外乐歌启迪而兴起的新的文艺形式，视其为"诗界革命"创作思潮的有机组成部分。通过系统考察与对比分析，该著得出结论：无论偏重俗曲新唱的时调歌谣，抑或是中西合璧的学堂乐歌，在诗体方面均表现出明显的解放征兆，语言方面表现出鲜明的浅白化与近代化趋向；大量近代歌诗的出现，无论从革新精神，抑或从诗体和语言试验方面，都为现代白话新诗的诞生，作了一个鲜为人知的历史铺垫。这些考察与见解，均有一定的开创性。

对清末民初白话报刊小说及其文学史意义的考察与定位，亦是该著的一个亮点。清末民初白话报刊刊载了大量小说，其中不乏重要文献史料价值乃至文学史意义的作品，是此期重要的小说园地。具有先锋意味的早期南方白话报刊小说也好，数量惊人的北方白话报刊通俗小说也好，要皆沐浴了"小说界革命"之东风，大都以"新小说"相标榜，属于清末民初新小说创作实绩的重要组成部分，更是研究白话小说从传统到现代转型链条中不可或缺的重要一环。然而，迄今为止，其文献史料价值及文学史意义，尚未为学界所认知。《研究》第七章对这一问题做出了较为系统的考察。著者以为：南方白话报刊小说透露出求变的意向和时代的气息，一批短篇小说打破了中国传统小说以情节为中心的结构模式，截取生活的横断面集中表现某一主题，且在叙事时间、叙事视角、叙事结构等方面表现出由传统向现代转型的种种新变；京津白话报刊则培育了一个通俗小说作家群，刊发了数以千计的小说作品，产生了广泛的社会影响，徐剑胆和蔡友梅是其中的佼佼者；脱胎于北方评话小说的京津白话报刊通俗小说，在继承传统的同时，又悄然改变着传统，从而为中国小说的现代化作了一个鲜为人知的铺垫。这些基于原始文献的小说史料与史识发现，对于重绘清末民初小说地图、重写20世纪初年中国小说史，均具参考意义。

以《研究》所打捞出的京津白话报刊通俗小说大家徐剑胆为例。徐剑胆以《正宗爱国报》《天津白话报》《爱国白话报》《白话捷报》《京话日报》《实事白话报》《北京白话报》等京津白话报刊为主阵地，发表了三百种以上、数以千万言的长、中、短篇小说，堪称近世小说大家；徐氏自觉地以劝善惩恶、有裨世道为小说创作指导思想，着意彰显社会正义与良知，揭露和鞭挞人间丑恶、人性的泯灭和道德的堕落，真实再现了清末民初王纲解纽、积贫积弱、官场腐败、社会黑暗、民不聊生的社会现实，其思想内容不能说毫无时代意义；从情节和人物处理方式来看，徐剑胆小说突出市井色彩，彰显底层人物，但尚未转移到以描绘市井风俗画和塑造具有典型意义的市井人物性格为中心，显示出由传统到现代之间的过渡形态，属于中国小说由传统向现代嬗变时期做出过历史性贡献的小说作家；徐剑胆小说所依托的几大京津白话日报，发行量少则万余份，多则两三万份，这在当时的中国报界是一个相当可观的发行量，且一份白话报一般拥有几到十几个读者，加上清末民初阅报社、讲报所在全国各地的广泛开设，其实际受众数量还会扩大很多倍，其受众群体和社会影响不可谓不大。然而，迄今为止的文学史和小说史论著，从未提及徐剑胆的名字，这不能不说是一种遗憾。不仅如此，在学界普遍认为近代报刊和小说的中心均在上海的现实语境下，打捞和发掘徐剑胆这样的京津报刊通俗小说作家，关注和考察这一产量极高、读者甚众、影响巨大的报刊小说作家群，在一定程度上也是对长期以来颇为冷落的近代北方都市文学研究领域的一种开拓。

《研究》对白话报人和白话报刊在近代戏曲改良运动中所发挥的历史作用的系统考察与探讨，也颇有新见。"白话"和"戏曲"作为两种极为有效的启蒙工具，颇受清末启蒙思想家青睐，改良戏曲与"口语启蒙"一道，充当着开民智、鼓民力、新民德的最佳利器，白话报人以种种方式参与到戏曲改良运动的时代大合唱之中，为其提供了很大的助力。清末白话报刊刊载了大量戏曲改良理论与批评文章，对于强化戏曲的启蒙功效、提高戏曲和演员的社会文化地位、指明改良戏曲的具体途径与艺术革新方向等起到了重要作用，该著首次对其理论建树与历史功绩做出了系统的梳理与评判。清末白话报刊还是刊发改良戏曲的重要阵地，《研究》围绕以《中国白话报》《安徽俗话报》为主阵地的南方革命派白话报刊刊发的大量改良戏曲和以《京话日报》《北京女报》为重要舆论阵地的北方戏曲改良运动，展开了较为系统的考察与探研，打捞出一批在当时产生了重要影响的改良戏曲作品，丰富了人们对这一时段戏曲改良运动之创作实绩、历史面貌及时代意义等方面的认知。著者所指出的清末京津地区改良戏曲在演出环节的一大亮点和鲜明特色——即兴演说与时事新戏演出同场进行——及其对"文明新戏"朝着以化装说讲为主要表演方式的方向演化所产生的不可忽视的影响，既具史家眼光，亦富学术价值。

除了富有开创性的语言与文学考察，《研究》的可圈可点之处还有很多。第一章对清末白话文运动理论建树的梳理与重估，第二章对清末民初白话报刊历史形态的多角度的立体描述，第三章对清末民初白话报刊的主题透视，第五章对白话报人的文化姿态与审美欲求的剖析，第十章对清末白话文运动与五四白话文运动之历史关联的系统辨析，均见仁见智，不发空言。

"对中国现代文学来说，语言变革既是最重要的也是最根本的现代性问题，又是一个关涉甚多的难题"，"然而，这样一个关系至巨、意义重大的历史事变，却在相当长一个时期内未能成为'被意识到'的学术课题"。[①] 解志熙先生这番话，道出了中国近现代文学研究界长期存在的一个基本事实。

总之，胡全章《研究》一著，无疑在近现代语言与文学变革研究领域做出了开拓性贡献。正如王飚先生所言："这部论著发现和论证了五四以前白话进入各类文学体裁的许多新史实，对于我们更全面地把握中国文学体系的转型过程，更准确地概括五四文学革命意义，很有启发意义。"[②]

[①] 解志熙：《语言运动与中国现代文学·序》，刘进才：《语言运动与中国现代文学》，中华书局 2007 年版，第 1 页。
[②] 胡全章：《清末民初白话报刊研究》，中国社会科学出版社 2011 年版，第 8 页。

十二　文学报刊研究与文学史阐释空间的开创

——武新军的《意识形态结构与中国当代文学——〈文艺报〉(1949—1989)研究》

近年来，陆续读到不少现当代文学期刊研究论著，阅读时经常会产生一些疑问：为什么要进行文学期刊研究？文学期刊研究的意义何在？如何进行文学期刊研究？我觉得，仅仅把期刊的基本情况（如创刊、终刊、编辑更迭、文章、社论等）概述出来，并无多大意义。成功的文学期刊研究应该与文学史的研究结合起来，通过文学期刊研究矫正文学史研究的偏差，弥补文学史研究的薄弱环节，开拓文学史研究的空间，并为文学史研究提供新思路和新方法。河南大学武新军最近完成的国家社科基金项目《意识形态结构与中国当代文学——〈文艺报〉(1949—1989)研究》（中国社会科学出版社2010年版），就是一个通过文学期刊进行文学史研究的成功个案，我想以此为例谈谈我对文学期刊研究的看法。

（一）意识形态与文学创作的渗透

新中国成立以来，《文艺报》一直承担着颁布文艺政策、引领文学思潮、指导文学创作的重任，在意识形态建构和文学规范的生成中，起着极其重要的作用，蕴涵着异常丰富的文学史信息。通过这一典型刊物是能够把宏观研究与微观研究紧密结合起来，以小见大地透视出当代文学发展演变的历史的。但是，能否通过这个刊物拓展文学史的阐释空间，丰富对文学史的理解，则关键取决于研究者是否具有文学史的眼光，能否更新研究方法并找到更有效的阐释路径。

从当代文学史的研究史来看，在过去50多年当代文学史研究的三次大的转型（从高度意识形态的研究方式到80年代非意识形态化方式，再到近年反思非意识形态化的研究方式）中，学界一直未能很好地摆脱主流意识形态/个人体验、民间/官方、政治性/纯文学等二元对立的研究思路。由于把意识形态与文学简单对立或简单等同起来，对"主流意识形态"的理解过于单一，没有充分重视意识形态内部不同话语之间的分歧、对抗及其不断变化的过程，这很容易导致文学期刊研究的简单化和公式化，不能客观地揭示出不同时期的意识形态与文学之间复杂隐蔽的联系，以增强文学史研究的历史感。

为摆脱二元对立的研究思路，作者在研究《文艺报》时，引入"意识形态结构"和"审美意识形态"的概念。他认为，"十七年"的意识形态并非铁板一块，而是由激进思潮（"无产阶级思想"）与保守思潮（"资产、小资产阶级思想"）的反复较量所构成的一个动态的思想结构，"十七年"文学发展演变的复杂性，只有放到这种意识形态结构中才能得到客观的描述与合理的说明。在新时期的意识形态结构中，同样存在着激进思潮（人道主义、个人主体性、启蒙、人的文学、西方化）与保守思潮（马克思主义、民族国家、人民文学、民族化）的尖锐对抗。而"只有充分重视新时期意识形态结构的复杂性"，才能够揭示出新时期文学在多重话语的较量中向前发展的复杂过程，才不至于将其简单化。

基于上述理解，作者研读《文艺报》时，把研究焦点集中在"不断变化的意识形态结构与不断变化的当代文学的关系"上，试图从这一视角透视当代文学内部的张力以及它在多种话语冲突、碰撞、融合、转化中艰难行进的历程。在"十七年"的意识形态结构中，他仔细考察了当时的文艺期刊管理体制、人民文艺的传播网络和传播机制、文学传统借鉴格局、政治化的文学规范、创作方法规范、人物形象规范等逐渐生成的复杂过程，以及上述规范随意识形态调整而发生的微妙变化；在新时期的意识形态结构中，他细致梳理了上述文学规范逐渐解体与新的文学规范逐渐生成的过程。这在某种程度上还原了"十七年"文学和新时期文学的丰富性和复杂性：既展示出"十七年"文学中"一体化"的因素，更注意到其中的"异质性"的因素，从而呈现出它在"一体化"与"异质化"两种力量的对抗中的复杂存在状态；既注意到新时期文学中艺术革新者寻找自我、走向世界、倡导"主体性"和"向内转"的努力，更注意到艺术守成者对人民文学、反映论以及民族化等文学观念的坚守,从而展现出新时期文学内部的张力。

作者还通过《文艺报》上大量的批评文章,集中考察意识形态是如何渗透到当代文学创作的内部,从而成为一种"审美意识形态"的。在该书第四章,作者紧扣时而激进时而保守的意识形态结构的调整过程,勾勒出"十七年"人物形象在"复杂"与"单纯"之间反复摇摆的过程。当时的人物形象被区分为正面、反面和中间人物等不同的等级。正面人物代表无产阶级思想,反面人物代表资产、小资产阶级思想,中间人物则游离于二者之间,成为二者争夺的对象。正面人物必须处于主导地位,反面人物必须转变或者灭亡,中间人物必须在正面人物的引导下,放弃资产、小资产阶级思想,成长为思想先进的革命者,以此确证无产阶级思想战无不胜的威力。受意识形态结构制约,"十七年"小说中存在大量"从落后到转变"、"从个人主义到集体主义"、"从民间好汉到革命英雄"的成长者形象,他们成长的起点、方向、方式、动力、速度、高度、纯度等,都与当时的意识形态结构有着隐蔽的内在联系,并随着意识形态结构的调整而发生微妙的变化。

在描述新时期文学中"社会主义新人"取代"无产阶级英雄"、"复杂人物性格"取代"社会主义新人"的复杂过程时,作者也紧扣意识形态结构展开分析:"塑造无产阶级英雄"是阶级斗争年代的产物,只有淡化其无产阶级属性和"兴无灭资"的意识形态功能,才能适应国家从阶级斗争转向四化建设的大政方针,提倡塑造"社会主义新人",正是为了给拨乱反正与四化建设提供动力支持和精神资源;以"复杂人物性格"取代"社会主义新人",则是与中国告别革命、走向世俗化的历史进程相一致的。而随着新时期个人主体性与文学主体性话语的逐渐崛起,小说中正、反面人物的设置规范与标准发生明显变化,并出现大量"从集体走向个人"、"从蒙昧走向觉醒"、"从崇高走向世俗"的成长者形象。

作者还系统考察了意识形态结构是如何制约着小说中不同话语的组织方式,并言简意赅地指出:在"十七年"小说中,人性话语(个人、知识分子、亲情、情爱)必须臣服于政治话语(民族、国家、阶级);"政治性战胜人情人性"、"政治性升华人情人性"成为主导叙事模式;只能把政治而不能把人情人性作为解决社会矛盾、推动故事发展的动力。而进入新时期后,上述文学规范逐渐解体,人情人性获得主体性,"人性战胜阶级性"、"革命压抑人性"成为主导叙事模式,人性也因此而取代政治性而成为解决社会矛盾、推动故事发展的动力。

总的来看,作者选择"意识形态结构"作为贯穿全书的视角,确实把预期研究构想落到了实处,显示出作者进入历史细节与跳出历史的学养以及综合把握文学史、文化思想史的能力。从这一视角所呈现的许多问题,都是文学史研究必须认真面对的真问题,给我们留下许多有益的启示和进一步开掘的空间。

(二) 文学报刊与文学史的阐释

能否通过文学期刊研究打开文学史的阐释空间,还取决于研究者能否摆脱各种被程式化乃至固定化了的文学史结论的束缚,以自由的心灵面对原始期刊。成功的文学期刊研究,应该是"史在促我思",而不应是"我思故史在"。在进入文学期刊之前,先接受或预设某个流行的文学史的结论,然后到期刊中寻找史料证明这个结论,这只会严重限制研究者的视野,扼杀文学史研究创新的可能性。作者对此显然是高度警惕的,他在"后记"中说:"在最初接触《文艺报》时,我就给自己定下一条劳动纪律:不接受任何先入的成见,特别是四十多年来的中国当代文学史研究的引导,不允许按照某种既定的研究模式,到文学期刊中去寻找例证,不允许用主观臆想的历史联系代替客观存在的历史联系。在我看来,这样做是没有多大意义的,它只会阻碍我们和史料之间的真正对话。"

为摆脱既有文学史结论的干扰,作者在研读《文艺报》时,非常谨慎地把各种既有的文学史的知识和结论重新"问题化",并由此进入对文学史生产机制的反思,他一再追索的问题是:各种既有的文学史知识是如何产生的?是在什么样的意识形态环境中产生的?其意识形态目的何在?在这种文学史知识生产的过程中,有意或无意地遮蔽了哪些"异质性"的文学资源?如果把这些"异质性"的文学资源在文学史中复活,将会对既有的文学史秩序带来什么样的影响?这些不断的追问,使该书具有了明显的文学史的特征。

重写文学史以来,很多论著都倾向于认为"十七年"文学是"政治一体化的文学"、"人与自我失落的文学",新时期文学是"启蒙的文学"、

"人道主义复归的文学"。在第八章《当代文学中的人道主义问题》中，作者从"人道主义的意识形态属性""阶级性与人性""人性与社会实践""人性与历史""个人与集体"等角度对此展开集中反思。他没有简单重复启蒙的文化逻辑和价值判断，而是通过原始史料的大量发掘回到历史现场，追索"十七年"中所批判的"人道主义"究竟是什么？为什么要批判以及是如何批判的？新时期文学中复归的"人道主义"究竟是什么？为什么要复归以及是如何复归的？作者发现："十七年"中反复批判资产阶级人道主义诚然过火，但其批判的逻辑亦非全无道理：从制度层面上讲，这是为捍卫人类反抗阶级剥削及反抗法西斯主义、帝国主义与殖民主义的权利，捍卫以革命手段摧毁不合理的社会制度的权利，捍卫被压迫民族争取民族独立的权利。从人的层面上讲，是为了把人从资本的控制中解放出来，增强个人与社会的联系，使人克服孤独、绝望与颓废，重建完整的个性和精神的秩序，塑造社会主义"新人"以及不同于资本主义社会的人与人之间更合理的社会关系。在20世纪80年代，新的人道主义和个人主体性话语虽屡遭批判，但却显示出不可遏制的生命力，这并非倡导者们有什么魔力，其真正的原因埋藏在当时经济基础中：人道主义倡导者们是通过向体制靠拢的方式来开拓话语空间的；人道主义话语承担着反思、批判革命历史和革命意识形态、为西方资本主义正名、为经济体制改革开路的意识形态功能。而人道主义的批判者则更多立足于"坚持四项基本原则"，他们并不缺乏批判现实的精神，也不缺乏关注人类精神状态的热情，但他们更看重商品经济对人的负面影响，更留恋大公无私的社会主义道德体系，这在启蒙话语（"个人主体性"、"寻找自我"、"发展经济"、"走向世界"）居主导地位的年代，是很难得到学界广泛认同的，甚至被视为阻碍经济、社会与文化发展的"保守派"。

又如，过去我们曾经认为："十七年"文学是政治性重于真实性、政治性重于艺术性、内容重于形式、理性重于感性、反映论（外部世界）重于表现论（内心世界）的；而新时期文学发展的整体趋势，则是艺术性重于政治性、感性重于理性、从反映论（外部世界）向主体论（内心世界）转移。大体而言，这些判断是能够成立的，但也不是毫无问题。在探讨"十七年"文学规范的复杂生成过程时，作者从《文艺报》中挖掘出大量强调真实性、艺术性、文学性的感性特征的言论，特别是对周谷城的"使情成体说"、金为民的"人物性格汇合论"的详尽梳理与阐释，使我们意识到在那样的政治环境中，竟还有人在系统地思考着如何增强"艺术性"的问题。作者在肯定新时期人的主体性与文学主体性话语在文艺革新方面的价值和意义的同时，又指出它在理论上和实践上的局限性，并以《文艺报》中的大量材料说明，当时还有大量学者坚守存在决定意识的基本原则，他们反复呼吁加强文学与政治、文学与社会生活、文学与群众的联系，并积极吸纳主体性文艺观的合理之处，丰富并发展了反映论的文学观念。上述材料的发掘，虽不足以颠覆固有的文学史结论，但至少可以从另一个侧面丰富我们对当代文学的理解。

再如，关于五四新文学与革命文学的评价问题，学界曾长期争讼不已，时而主张以革命文学本位来建构现代文学史，时而主张以五四新文学本位来建构现代文学史。在这个问题上，作者拒绝接受以往的定论，而是坚持"历史化"的研究思路，严格从原始史料出发，客观梳理出不断变化的意识形态结构，不断重塑五四新文学传统与革命文学传统的过程：在"十七年"中，复杂的五四新文学逐渐被革命化，革命文学逐渐被纯粹化，二者间建立起"继承与发展"的历史联系，形成革命文学优于五四新文学的文学史叙述；在新时期激进派与保守派的反复较量中，五四新文学的革命色彩逐渐被淡化，被简化为个人本位的五四新文学，而革命文学则逐渐被消解，二者间建立起"背叛与倒退"的历史联系，形成五四新文学优越于革命文学的文学史叙述。这些富有历史感的阐释，清晰地呈现出意识形态与文学史知识生产之间的内在关联，增强了我们对文学史生产机制的理解。

（三）触摸历史与文学史记忆的打捞

几十年的当代文学史研究启示我们：由于时代政治、文化语境的转换，同一时期的文学史在不同时期会有不同的叙述方式，文学史家在撰写文学史时，总会有意无意地突出符合时代需要的文学史记忆，遗忘时代不需要的文学史记忆，有时为了当代的需要，甚至还会随意篡改文学史记忆。因此，文学期刊研究能否打开新的历史阐释空间，还取决于研究者能否摆脱当代语境的干扰，真正返回历史现场，尽可能多地呈现被当代语境遮蔽的文学史记忆。

作者正是这样做的。比如，20世纪80年代中后期重写文学史以来，为了重建文学的主体性，政治与文学的复杂关系被简化为一种压抑和控制机制。为了还原文学与政治关系的复杂性，作者通过对"政治性与真实性"、"政治性与艺术性"等问题的历史考察，较为客观地总结出"十七年"文学的"政治化"倾向的利弊得失与新时期文学的"非政治化"倾向的经验教训，把对文学与政治关系的思考向前推进了一步，并从文艺理论角度对二者的复杂关系进行了精彩的辨析。在"人民文艺的传播网络与传播机制"中，作者从《文艺报》等刊物中挖掘出很多有意义的历史细节，复原了当时由文化馆、文化站、俱乐部（农村、厂矿、连队）、剧场、影院、广播电台、电影放映队、幻灯放映队等所构成的庞大的人民文艺传播网络。无可否认，这个传播网络是受到政治监控的，它限制了文艺的生产与传播，当时文艺界曾长期执行"推陈出新"的文艺政策，不断排挤不符合意识形态要求的旧文艺，助推新文艺进入传播网络，只有符合意识形态要求的作品才能顺利进入传播网络，而与意识形态背离的作品则被排斥在外，这确实对文艺事业的发展造成了伤害。但是，这个传播网络也正是依赖于组织严密的行政运行机制（如自上而下的普及机制，自下而上的提高机制，同级之间的相互交流机制），才有效推动了社会主义新文艺的广泛传播，当时文艺界正是通过根据传播网络的需要组织文艺生产、各种传播媒介相互配合、增强传播资源的流动性、各种艺术形式的相互改编等方式，成功地扩大了人民文艺的传播范围，提高其传播的效率。

亚非拉文学与"十七年"文学的关系原本是十分密切的。在20世纪80年代"改革开放"、"走向世界"的潮流中，文艺界为突破革命文学规范的束缚，广泛借鉴欧美文学以开辟新的文学道路，亚非拉文学因此逐渐被遗忘，乃至二十多年来探讨亚非拉文学与"十七年"文学关系的文章寥寥无几。由于这一重要的文学资源被遗忘，"十七年"文学在我们眼中变成极端荒谬之物，好像是某个政治领导个人意志或心血来潮的产物。为了对"十七年"诸多文学规范形成的复杂的国际背景做出富有历史感的阐释，作者通过《文艺报》及其他刊物中的史料，较为全面地复原了亚非拉文学与"十七年"文学的复杂关系，并精当地指出：当时中国文学与广大第三世界文学休戚与共，正是为了反抗西方经济、政治和文化霸权，而中国与第三世界文学也正是因此而共同进入了高度政治化、民族化和大众化的轨道。

在打捞被遗忘的文学史记忆时，作者高度重视对文学转折时期新旧杂糅的文艺管理体制、文学批评和文艺作品的挖掘和阐释。譬如，在1949—1951年的小说、戏剧、电影、年画、音乐、美术中，在1978—1981年的亦新亦旧的文学形象和艺术形式中，蕴涵着丰富的文学史传承演变的信息，作者敏锐地从中清理出新旧政治观、价值观和审美趣味的冲突、融合与转化，从而清晰地描述出被分段的文学史叙述所遮蔽了的文学史嬗变的微妙过程。作者还善于通过"关键词"的梳理捕捉文学史发展演变的信息，他集中笔墨细致考察了不同时期文学批评中的"思想改造"与"思想解放"、"本质"与"现象"、"光明面"与"阴暗面"、"政治"与"文学"、"个人"与"集体"、"阶级性"与"人性"等关键词的具体含义及其相互关系的演变，并以此深入揭示文学史随意识形态的转变而转变的过程。

在阅读该书的过程中，也产生一些美中不足之感。作者的主要研究对象是《文艺报》，而要解决的问题，则是意识形态与当代文学的关系这个事关整个当代文学史评价的大问题，在研究对象和研究的问题之间是存在一定的矛盾的。为解决这个矛盾，作者延伸阅读了《译文》《长江文艺》《文艺月报》《新港》《蜜蜂》《延河》《雨花》等许多刊物，试图借助这些刊物上的史料，来相对完整地呈现某些被遗忘的文学史记忆，但又不能离开《文艺报》广征博引，因此限制了对所研究的某些问题的深入开掘。作者试图通过《文艺报》所评论的小说文本，审视意识形态结构如何渗透到文本内部从而成为审美化的意识形态，但又不便离开《文艺报》尽情地展开文本分析，显得有点挥洒不开。好在作者也认识到了这些问题，在完成《文艺报》课题的同时，他还投入大量时间对小说中的意识形态问题展开专题探讨，发表不少中国当代小说细读的文章（收入《意识形态与百年文学》，河南大学出版社2011年版），现在他又把研究重点进一步拓展为《中国当代文学刊物与文学史》，期待作者在新的课题研究中，能够有更可喜的收获。

十三　问题意识与考辨功夫的融会

——评高恒文对周作人及其弟子的研究

自20世纪80年代以来，周作人的传记、年谱、文集、翻译文集、散文全编等研究资料接连出版，推动周作人研究无论在成果的数量还是论域的广度和深度上，都呈现出更为多元也愈加精深的研究态势。尽管如此，周作人"附逆"前后的思想及微妙的心理状态如何？他在一系列的散文写作中是如何进行自我修饰和辩解的？周作人的文学思想与文学行为和他的弟子之间有哪些互动与关联？这些事关重大的问题仍然期待着更中肯的清理和更深入的研究。令人欣喜的是，高恒文的新著《周作人与周门弟子》（大象出版社2014年版）恰好在这些方面进行了深入的开掘和抽丝剥茧的分析，该书近四十万言，著者以扎实的古典素养、鲜明的问题意识和精细的考辨功夫，奉献给学界一部不可多得的学术力作。

如果仅从书名《周作人与周门弟子》看，著者似乎是在讲述周作人与其弟子的交往故事。但翻开该书目录，就会发现该书中每个章节都是在探讨周作人及其弟子的思想和创作，而其研究思路的特点还在于对具体问题的深入分析。高恒文研究京派文学多年，积淀深厚，十多年前就出版了研究京派的《京派文人：学院派的风采》书，引人注目。《周作人与周门弟子》的重点并不在于发掘文人之间的交往故事——这并非不重要，但著者对此不愿作泛泛之谈、面面俱到之论，他更为关注的是文人之间交往与互动所产生的文学理念及文学创作实践的变化，尤其关注周作人与其弟子的复杂关系所引发的一系列思想和文学问题。该书如此着意以具体学术问题为中心，体现了著者别具慧眼的问题意识，论述中不时迸发出令人耳目一新的真知灼见。并且该书对问题的探究力戒那种理论先行的玄学化思考，而是对发生于特定历史时空中的人与事进行具体而微的考辨和论析，诸如对周作人及其弟子的思想趣味与人生选择的考察都没有脱离文学的语境，通过细腻幽微的文字表述和文体风貌，剥离出周作人及其弟子思想的实际内涵和隐而不彰的具体状态。这种研究可谓集才、学、识为一体,把问题意识、考辨功夫和精到分析相结合,在历史考察和审美判断的基础上,水到渠成地梳理出问题的症结。

该书给人最为深刻的学术印象是,著者总是从学界忽略的细小问题出发,从而开掘出具有重要意义的文学史问题。比如,该书第十章对于周作人五四文学观的探讨就鲜明体现了著者于细微处见识断的学术问题意识。应该说,学界对周作人文学思想的考察已经出现了相当重要的一系列学术成果,似乎一切早有定论、已经完结。恰恰在这里,高恒文却意识到一个被此前的研究忽略而未加正面集中讨论的学术问题,进一步追问:周作人文学思想主张的核心命题是什么?这个问题不可小觑,其实质不但事关周作人的思想特征及其来源,更关系到周作人要把新文学引向何方的文学史大命题。而高恒文对这个问题的探讨力戒大而无当的泛泛之论,力求把问题落实到具体文本和史料的细密辨析中,显示出抽丝剥茧的深入探察功夫。比如,他通过排比细读周作人1922年的《自己的园地》,探寻到周作人思想变化潜隐的痕迹,敏锐地指出周作人在此提出的"以个人为主人,表现情思而成为艺术"的思想实质,是把之前《人的文学》中"人"的普遍的复数概念演化为"个人"这一个体的独特的单数概念,进而指出周作人对"为人生的艺术"的警惕是已经意识到新文学可能蜕变为新的"载道"工具。再如通过研读周作人的《旧梦》序言、《〈扬鞭集〉序》,揭示出周作人重构中国古典文学与新文学"源流"关系的思考和努力。这些精微的分析不但呈现了周作人文学思想演变的内在理路,也昭示出新文学发展的可能路径。

类似的例子还有俞平伯与晚明小品的关系以及周作人对晚明小品的揄扬,这也是众所周知的文学史事实,然而,迄今为止,这两者之间的关系其实并没有得到认真的清理。该书第二章对学界忽略的这一问题进行了富有成效的发掘。不仅如此,该章节还别出心裁地考究了俞平伯与晚明小品的关系之于周作人的重要意义——这一点尤其不为研究界注意,俞平伯对晚明小品的摹写兴致与周作人对晚明小品文的重新发现构成了互动共生的文学景观,该书辨析出俞平伯写作《梦游》、标点《浮生六记》是认识周作人之前的自发行为,而非受周作人影响的结果,廓清了学界在此类史实上的迷雾。俞平伯小品散文的创作正暗合、印证并支持了周作人将现代散文与晚明小品相对举的文学理念;反过来,周作人坚守认定的这一文学理念又更进一步影响规约了其俞平伯以及废名等弟子的散文创作。该书体贴入微地注意到周作人与其弟子文学思想观念之间的影响与互动，周作人影响了俞平伯，俞平伯的小品文创作实践又给周作人的理论主张提供了切实例证，二者可谓互动共生，相互支持，该书中诸如此类、见微知著的分析所在多多。该书还通过追溯周作人在燕京大学的授课，细读周作人揄扬晚明小品的《〈陶庵梦忆〉序》——这是为俞平伯点校的《陶庵梦忆》所写的序言，发掘出周作人最初只是把现代的散文与晚明小品联系起来，进而发展演进到将整个五四新文学探源到晚明，这种细密精微的考察思路，动态地还原了周作人《中国新文学的源流》的发展进路，澄清了至今学术界所忽略的重要历史事实。总之，该书把周作人的文学思想乃至心路历程看作是一个不断发展演变的历史过程，该书善于追踪作家思想观念的来路，总是在学界习焉不察之处有所发现，显露出其独到的治学眼光和分析思路。

还应注意的是，该书第四章指出周作人自述其喜爱的文章时，常用的说法是"六朝"、"两晋六朝"、"南北朝"的著作之类，而从未有"魏晋文章"之说。这是为什么呢？高恒文就在这个几乎被所有人疏忽之处，抉发出关乎周作人文章趣味与思想特征的重要问题，指出魏晋文章的"清峻通脱"与六朝文章的"质雅温润"恰成对照，周作人平淡自然的美学追求显然与魏晋文风有别，却与六朝文的和易可诵十分贴近。当然，该书中这种持论精当的创见所在多多。该书对文本和史料独具慧眼的阐释，得益于研究者精深的考辨功夫和细腻的分析能力。

周作人研究的难题还在于，作为杰出的文章大家，其文笔充满修辞，婉曲、反讽、用典、引用等手法，极尽文章之妙。如何透过周作人这大巧若拙、云山雾罩的文字之障，以窥其隐微迷离的真实面影，实属不易。倘若研究者稍有不慎，不加审辨，就会被其表面文字的迷障引入研究歧途而不自知，尤其是周作人"附逆"下水之后的文章则更是如此。该书在这方面为周作人的研究和阐释做出了学术典范。

该书通过对周作人与其弟子关系的考察，不仅是从周作人弟子的角度获得了一种观照乃师周作人的独特视角，对于研究者而言，同时也获取了一种阐释周作人的独特方式，从而使研究呈现出一种别样的特殊魅力。对于高恒文来说，这种研究方式的设计则是有意为之、精心规划的。该书原来的书名为《京派中的京派——周作人与他的弟子的思想和创作》，著者有意通过周门弟子的视角观照周作人，自觉地把这种互观作为一种独特的"阐释周作人的方式"，因为周作人与弟子之间的密切交往互为镜像，折射出各自不同又相互影响的思想面影。这种研究范式的获取要比单向度的封闭研究更能切入研究对象的实际和根本。

该书第七章对沈启无与周作人文学关系的考察集中体现了研究者慎思明辨的考证功夫，对周作人"破门"事件的解读表现出研究者慧眼独到、体贴入微的分析能力。说来，学界关于周作人与弟子沈启无的这桩公案，已有较为深入的研究和翔实的叙述，而比较常见的解读是弟子沈启无忘恩负义背叛恩师，周作人则起而反击除却内奸，其不得已的举动中呈现出内心的隐痛。很显然，这种解读将批判的锋芒直指背叛乃师的沈启无，周作人似乎成了勾起人们同情的"受伤者"。果真如此么？高恒文在该书中则独具慧眼地指出："破门"事件的肇因其实并非沈启无背叛乃师本身，而是日本作家片冈铁兵指斥周作人"不与时代合拍"的乖张之论，这在周作人看来恰于无意中把他塑造成了一个没有积极配合日本文化侵略而依然故我的形象，于是这便给周作人提供了在"附逆"末期大做文章以重塑自我形象的机会。高恒文紧紧抓住周作人的《关于老作家》《文坛之分化》等一系列申辩文章进行字斟句酌的文本细读，认为在周作人平静坦然、诚实自信的语调背后，隐含着周作人用心良苦、自我表述的修辞策略，建构了一个关心国家、民族命运的爱国知识分子形象。他的破门声明将沈启无的罪定名为"勾结日本人"、"背叛乃师"而逐出师门，正是试图塑造其"下水"却未"亲日"，"附逆"并不"附日"的形象，实乃为自己留一后路也。该书极为精到地指出："周作人异乎寻常地穷追猛打沈启无，意在有意扩大'反动老作家事件，扩大其影响'。片冈铁兵的'叫骂'尚且是适时而来的周作人政治表演的道具，沈启无则不过是其反击片冈铁兵的声东击西的牺牲品而已，区区两人都成了被他利用的工具。"[1] 这种分析问题的理路可称之为文学行为的实存分析的方法，这种分析方法将文学活动看作是最具主体性的实存行为，其研究理路是力图回到文学事件或文学活动发生的原初场域这一朴素的原点，在完备占有原始史料的基础上，审慎地加以甄别、判断与剖析，既看到史料表面的意蕴，更关注史料背后的内涵。相同的一则史料如何阅读，不只是眼光和方法，更关乎研究

---

[1] 高恒文：《周作人与周门弟子》，大象出版社2014年版，第295—296页。

者自身的学养和功力。

周作人文章中善用典故，有"今典"也有"古典"，读懂典故才能充分理解那些言在此而意在彼的史料，而后再通过史料之间的相互发明、比照与互训，方能参透史料背后的微言大义。高恒文在该书中对周作人第二篇《怀废名》长文的解读就呈现了研究者既释"古典"也释"今典"的绵密分析能力。该书指出，废名赠给乃师周作人的两句联语——"微言欣其知之为海，道心恻于人不胜天"暗用了"古典"与"今典"，通过参照周作人的相关文章——解释典故，释典的过程也是呈现周作人隐晦曲折的思想的过程。周作人《禹迹寺》一文看起来似乎易懂，但文中充满典故，倘若不解周作人的文章用典就很难深入文章机理。周作人《禹迹寺》引用他自作小诗："禹迹寺前春草生，沈园遗迹欠分明。偶然拄杖桥头望，流水斜阳太有情"，且把沈尹默的和诗"斜阳流水干卿事，未免人间太有情"相对举。周作人在此后的许多文章中一再抄引自己的原诗和沈尹默的和诗，不厌其烦地自我表白。高恒文抓住这一现象，通过解读诗中的用典，剔除剥离出其凭吊沈园遗址的表面情怀，参照《世说新语》及《南唐书》解读"太有情"与"干卿事"的古典意涵，指出周作人一再利用沈尹默的误读自我标榜对故国的太有情，再参酌其《道义事功化》《〈桑下谈〉序》《凡人的信仰》《菩萨投身饲饿虎经》诸文，勘破周作人高唱"道义之事功化"以伪饰其"下水"行为的修辞策略。当然，这种学理分析与史料审读，考量的是研究者的学养与功力，解释"古典"须有扎实的古典文学素养，解释"今典"则要有对现代文献与现代作家人事交往及掌故的熟悉了解，否则，对于研究对象真所谓是隔靴搔痒，不明所以。正因为高恒文在这方面用功颇勤，有自己的积淀和积累，他对周作人及其弟子文章的分析才能够穿越文字表面的叙述，参透晦涩幽微的文章意涵。比如该书中对周作人《七夕》诗二首的解读，通过对"枝巢"及"乌鹊呼号绕树飞"的出典考察，考析出周作人借七夕之说抒发人生托身之难的悲怀，这种寄感遥深的文字隐现出其下水之际的复杂心境。当然，解释"古典"只是体现研究者古典文学素养的一个侧面而已，该书中精到的识断更有赖于研究者对某一文学专题系统完备的知识结构，同时具备慎思明辨及"同情之了解"的治学态度。周作人及其周门子弟都有深厚的古典文学修养，尤其周作人读古书甚多，谈论他们的文学思想和文学创作必须与他们处于同一境界，正如陈寅恪所言："凡著中国古代哲学史者，其对于古人之学说，应具了解之同情，方可下笔。……所谓真了解者，必神游冥想，与立说之古人处于同一境界，而对于其所持论所以不得不如是之苦心孤诣，表一种之同情，始能批评其学说之是非得失，而无隔阂肤廓之论。"① 陈寅恪在此尽管谈论的是治中国古代哲学史研究之方法，我想对于文学史研究则更当如此。高恒文敏锐地看到并精细地分析了周作人在文章中自我建构的文化形象，再与废名通过阐释周作人以建构乃师的形象比照分析，看到了二者互相唱和，互为镜像，可谓各得其所。需要注意的是：不论是周作人还是其弟子，对其文化形象的建构不是通过浅显直白的表明文字，而是借助研读中国文化经典的方式隐晦曲折地加以表达。如果研究者对中国古典文化知之甚少，他们文章的微言大义就难以读懂，遑论与他们处于同一境界？应该说，由于研究者对古典文学及其相关学术史的熟悉了解，庶几做到了与研究对象"处于同一境界"，在真知灼见的解读中避免了肤廓之论。

高恒文这种深度解读史料的方法论意识是非常自觉的，他在该书中指出："我们只有采用——细读而又从整体着眼这样的'阐释之循环'的分析策略，并且将文本的分析放在具体的创作语境这样的'知人论世'的历史意识，才有可能穿透作者极具匠心、韬略的技巧迷障，而庶几窥知其庐山真面目。"② 该书以具体的文本《谈劝酒》《谈瘙痒》等这些看似闲适的文章，讨论周作人1937年至1939年北平苦住期间的思想心态，其分析可谓纤毫毕现、细致入微。该书从这些貌似闲适、冲淡、平和的背后探查出更具深心的老辣、刻薄与世故，这不露痕迹、不动声色的文章艺术包裹着他故意埋怨世人误解实则又颇为自得的良苦用心，可谓识断独到，鞭辟入里。

此外，该书朴实清通的述学方式和论从史出的实证研究方法也颇值得称道。这里所谈的述学方式主要指学术研究中发现问题及展开问题的方式及思路。打开该书的章节目录，"'出家'还是'在家'？""哪里来？哪里去？""说，还是不说"？"'半是儒家半释家'：什么意思"？作者的问题意识固然鲜明，但这些问题是在精读大量史料并加以甄别剖析的基础上产生，既饱含研究者精研史料后有所创获的研究自信，也不无流露出与学界

---

① 陈寅恪：《冯友兰中国哲学史上册审查报告》，《金明馆丛稿二编》，生活·读书·新知三联书店2001年版，第279页。
② 高恒文：《周作人与周门弟子》，大象出版社2014年版，第413页。

已有的周作人研究成果进行对话、商榷、辩驳的意味。该书摒弃了现代文学界通常习见的从概念到概念、从理论到理论故作高深的学术展演，该书中鲜见大而无当的空泛之论，呈现出文学史研究特有的朴实与从容。即使是有所发现，也是从具体的史料出发，把史料解读置于特定的历史场景中加以比照与透析，通过众多相关史料而非只对单篇文本做望文生义的过度阐释。研究者这样的史料处理方式和解读方法显然使研究左右逢源，思路通脱，其结论也自然能够令人信服。

值得注意的是，该书中所引涉及的史料均是学界习见的文学史材料，真乃是"以新眼读旧书，旧书皆新"。史料还是那个史料，因观照史料的眼光不同所得结论自然各异。考虑到周作人吞吐曲折的文章风格，高著在论述中没有采用"见山是山，见水是水"式的阅读，而是对所引材料做一番细致的辨析、笺注、疏通的考证工作。笺注的研究范式在古典文学研究界并不陌生，研究者往往针对古籍中的字词、典故进行注释以疏通文义、阐明经典。高著在研究中有效地借鉴了古典文学的研究范式，使笺注自觉应用到现代文学的研究工作中。该书第六章对周作人第一篇两百字的短文《怀废名》进行了长达两千字的笺注，并参照周作人第二篇《怀废名》的相关材料对其中重要而隐晦之处加以深入的分析和论证。这一看似琐碎的笺注工作，还原了周作人写作该文的文化语境，呈现了周作人难以直说的隐微心理。再如，该书第八章通过周作人与江绍原的往来书札笺疏考察二人的交往活动，论述中不时加入或解释或说明的"按语"，通过注疏"书信里的故事"，较为全面而清晰地展现了周作人 20 年代中后期思想变化的脉络与轨迹。这种深具中国传统朴学研究色彩的"述学文方式"在中国现代文学研究界似乎并非个案，这些年来早有研究者身体力行地实践，并取得了引人注目的学术成果。我想，这种"述学方式"不妨也可以视为一种研究范式、一种学术研究的"象征性行为"。当我们的学术研究尤其是现当代文学研究愈加"惟西方理论是从"，乃至"惟海外汉学是瞻"，当代学术矮化到有学人严厉批评过的"汉学心态"时，这种本属于中国传统也能解决实际学术问题的"述学"方式不是很值得我们进一步思考和借鉴的么？

当然，该书也有一些不足之处。以专题的形式结构全书，固然凸显了各个不同的学术问题，但也不可避免地带来结构松散的弊端。该书以周作人与其四大弟子的交往为主线，选取弟子阐释周作人的视角，透视这些

"京派中的京派"的人生选择、文学思想、美学情怀，尤其与周作人的"苦住"心态和"修辞行为"多所发明，这些问题虽各有侧重，但事实上在行文论述当中也难免交叉、重叠以致重复。这在史料运用上表现尤甚，常会看到同一则史料出现在不同章节和不同问题的论述中。我想，这一问题也许与该书的写作成书方式有关——盖各章在成书之前多曾以专题论文形式先行刊发，然后才把这些专题论文汇为一集，而在汇集时对一些典型的能够说明问题的材料，著者又不能忍痛割爱，也就造成了本书中相同史料重复运用的现象。但瑕不掩瑜，我深信，该书无论是对于周作人研究还是京派研究的进一步深化，都具有重要的学术价值和推动研究转型的启发意义。

附录　师门求学琐记

转眼间,我从中山大学博士研究生毕业已经12年了。多年前在黄修己老师门下求学的情形又浮现在我的眼前。

那是1998年年底,我很冒昧地给黄老师写信表达自己想报考中大的想法。不久就收到了黄老师的来信。他信中说,河南大学在现代文学领域能培养成解志熙、沈卫威这样年轻有为的学者,足见河大在该专业的研究实力,河南大学的名字在他心目中是闪闪发光的。黄老师的热情鼓励无疑增强了我报考中大的信心。

事实上,我报考前一直是惴惴不安的。我自己的专业基础知识相对薄弱,硕士以前没有在普通本科院校系统学习的经历,这是由当时我的家境所致。我出生在河南汝南县一个偏僻的乡村,家中弟兄多,我排行老大,为减轻家庭的经济负担,1982年初中毕业后我就直接升入了当地县城的一所中等师范学校读书,师范毕业后留在附属学校任教,工作了8年后才考入河南大学文学院(当时叫中文系)中国现当代文学专业攻读硕士学位。我仅有的一点中文基础还是之前通过自学考试得来的,现当代文学的一点底子是在河南大学读研时拼命补课的结果。幸运的是,研究生毕业后因教学需要留在了中国现代文学教研室,教了两学年的中国现代文学史基础课,根据文学史的教学线索,大量系统地阅读了现代文学作品和有关研究论著。和中山大学同时,河南大学1998年也获批了中国现当代文学博士点,倘若从生活、学习和适应环境的方便考虑,我完全可以报考河南大学。之所以报考中山大学,是因为早在读研以前就拜读过黄修己老师的两部文学史著作——《中国现代文学简史》《中国现代文学发展史》。我清楚地记得,《中国现代文学简史》还是通过在电大学习的一位老师那里借来的,那时间就听到了电大学员传颂黄老师授课如何精彩的情形,应该说,我是读着黄老师的文学史一步步进入现代文学学术殿堂的,在我心中对黄老师的学术研究心仪已久了。

1999年的4月份到中山大学考试，最后一天面试时见到了黄老师，他步履矫健地走进面试的办公室，热情地向前来面试的考生打招呼，使我顿时减轻了复试前的紧张。面试就在中文系楼上一间不大的办公室里，黄老师问了我两个问题，一个是针对我的硕士论文关于新感觉派研究的话题，问我《文学评论》上有一篇关于新感觉派研究的文章主要内容，另一个是问我在河南大学学习和工作，任访秋先生开创的学术传统对我有什么影响？这两个问题我当时回答得并不好，现在看来，黄老师所提的关涉学术史的问题都很具体。

　　记得复试结束后，我临走前很忐忑地给黄老师打电话辞别。他说："广州是一个花花世界，充满各式各样的诱惑，许多同学说是来读书，其实三年下来真正能静心读书的并不太多。"我知道黄老师这话是有针对性的，面试中黄老师曾问我"倘若今年你能被录取，你打算怎样安排三年的学习？"生性木讷的我当时竟脱口而出："只想安安静静读三年书，尽心尽力作好博士论文。"

　　的确，我负笈南下三年师从黄老师就是在紧张而充实的读书写作中度过的。

　　我清楚地记得我们8月底到中大报道，第二天就接到黄老师要给我们上课的通知。那次课我印象最深的是黄老师的一句话："师傅领到门，进门靠个人"，意思是说作为老师给学生指出一条治学的正确门径，但是否愿意沿着这个门径进行研究，就靠研究者本人了。他意味深长地改写了以往"师傅领进门，修行靠个人"的俗语，我们都感到极为新鲜。那天，前来必修黄老师课的还有民俗学、当代文学的学生。黄老师为我们开设的是"现代文学研究方法论"，他先是针对在座的学生的研究状况做了大致评析，指出我们尽管有相当的研究基础，但许多同学的研究从学理到方法都有待进一步加强与改进。黄老师讲课善于比喻，谈话妙语横生，许多讲话看似闲聊，其实是形散神不散，最后总能落到问题的核心。他讲起他以前是打篮球的中锋，也曾当过学校业余篮球队的教练，有些队员刚入队时虽然没有经过投篮的专门训练，不管采取什么姿势却总能投进，但教练一旦按规定的动作对他们进行严格的科学训练时，反而投不进了。黄老师是以投篮为喻训练我们学术研究的规范化，用他的话即是"扭一扭、捏一捏"我们，把我们培养成合格的乃至优秀的研究者。那天黄老师提出了学术研究的"上网"意识，所谓"上网"就是上学术研究领域的大的网络之中，对所研究的课题首先要有学术史的历时的把握，同时也要对学术研究的前沿问题抱有热切的关注。记得那天授课结束后，黄老师给我们开了一些书目，有学术史和史学方面的，如梁启超的《中国近三百年学术史》《清代学术概论》，张大可主编的《中国历史文选》，王学典的《二十世纪后半期中国史学主潮》，巴勒克拉夫的《当代史学主要趋势》等；有现代文学研究方面的，如陈平原的《中国现代小说叙事模式的转变》，解志熙的《美的偏至》；还有著名学人求学自述的，如罗尔纲的《师门琐忆》，季羡林的《留德十年》等。下课后，我很认真地按照黄老师开列的书目，或到图书馆借阅，或到中大附近的学而优书店、树人书屋等去选购。这几类书目的开列蕴涵着黄老师对我们的学术期待，一是训练我们的史学观念和史学理论；二是为我们的博士论文树立一个现代文学研究的典范；三是通过学习大家的求学经历引导我们如何做才能具备一个沉潜从容的治学心态。

记得十月中旬，黄老师通知我们现代专业的五位同学分别准备一下，要单独到他家谈谈。我们当时都很紧张，不知道黄老师究竟要跟我们谈些什么，更担心是关于博士论文选题一事。翻开那天的学术日记，记录下黄老师约我谈话的大概内容：

十月十二日下午

今天下午三点，我准时敲开了黄老师的家门。这是昨天夜晚早已约定好的谈话。上周黄老师已经告诉我们作好思想准备。说是随便聊聊，我心里颇为紧张。黄老师热情地为我倒上一杯早已沏好的茶水，看到这，我紧张的心情稍微有些缓和。我先是谈了我走进中大的感受，考进中大算是圆了我半个北大梦——因为多年以前黄老师曾在北大工作，我相信会在黄老师身边受到北大优秀学术传统的熏陶。接着我又向黄老师谈及自己的不足——不但基础不牢，尤其是信心不足。黄老师微笑着谈起他的学习经历。他说他小时候成绩并不好，小学升初中的发榜栏里只是处于备录的位置。黄老师向我讲述了解放前小学考初中，学生大都投考几个学校，填报多个志愿，而有的优秀学生可能同时被几个学校录取，那么他们最后只能选取一个，而剩下的名额使榜后备录的同学就可以上了。他说他小时候懵懵懂懂，数理化总不理想，他没能读高中，初中毕业就当了兵。然而当兵却使他头脑开窍了。他说这一切都得益于部队的政治学习。他向我讲述他政治学习时在一个战士笔记本里读到的毛泽东的一段话，大意是说战争取胜的根源在于指战员正确的判断，而正确的判断来源于详细的对于敌情的侦察材料，并对这些材料作正确的分析。他认为学术研究也如同打仗，正确的判断就是论文的论点，是要靠材料去实证的。但是只有材料还远远不够，必须对材料做出归纳、整理与分析，从中找出一些共通的规律性的东西并加以宏观的把握。黄老师的这番话真让我大开眼界，我先前未曾想到常常令一般人讨厌的政治学习会让黄老师头脑开窍——这就是所谓的顿悟吧。黄老师娓娓而谈，我细品着幽幽茶香，黄老师的一番话也照亮了我的懵懂与困惑。

今天重读这则日记，感激的暖流在胸中涌动。我深知黄老师给我讲这番话的良苦用心，他是以自身的学术研究经历鼓励信心不足的我。黄老师那天还谈到做学问的两种方法或路径，一是"我思故史在"。这种方法强调"我思"，即先有一个思想或理论，然后再向史料中去寻求实证；二是"史在促我思"。这种方法更强调"史"，在大量原始的史料中提炼出思想或理论。这两种方法的共同之处都在于要有"我思"，都要有自己的论点。黄老师对这两种做学问的方法都极为认同。我还记得那天，黄老师还专门问到对我读博三年的学术研究计划，以及让我思考一下：我五十岁以后的学术应该是什么样子？当时刚过而立之年的我觉得五十岁还早着呢，不敢设想，也想象不出来。现在看来，黄老师一个个约谈每个同学，是对我们每个人的学术研究有长远的规划，能够在黄老师门下读书是我莫大的荣幸，当时已经调到清华大学工作的解志熙老师在一次给我的来信中也专门指出这一点：

> 上个月在文学所开会时曾与黄修己先生谈起过你的情况，他认为你是个老实人，能够心无旁骛地做学问，所以对你很满意。你努力多年，今天终于如愿以偿，得到黄先生的指导，真是机会难得。你为人笃实，求知心切，给我留下了深刻印象。虽然到南方求学，在生活和学习上都不无困难，有一个适应过程。但我相

信你一定能够克服困难，学有所成的。黄先生治学严谨，对新文学研究的经验与教训曾有专门的研究，因此对你们这批开门弟子，自然会严格要求的。你有幸成为他的弟子，这是难得的缘分。(1999年12月22日来信节录)

是啊，没有当初黄老师对我的训练，哪会有我今天的学术？的确，黄老师总是不放过任何一个训练我们的机会。记得有一次哲学系请香港中文大学的陈方正先生做关于"五四与启蒙"的学术报告，那天黄老师也早早地来到报告厅，听过报告之后回去的路上，黄老师向我谈起他对这次学术报告的体会。他说不管陈先生的学术观点是否正确，但他的比较研究的方法对我们从事现代文学研究是有启发意义的——他把中国的五四启蒙运动与日本、土耳其及其他西欧各国进行比较，视野相当开阔。也许正是方法论的自觉引发了黄老师的问题意识，他对我讲"为什么广州这个在近代以来改革开放最早的地方，新文化运动并没有在此发生？"要解决这一问题，就应该把当时广州的有关白话报纸找来看，看看当时这个地方的报纸所达到的思想高度与同时期新文化运动应该达到的高度存在着什么距离，那么，通过对相关史料的认真阅读与比较分析，也许会找到答案。我后来的确按照黄老师的提议到中大旧期刊室翻阅了一段时间的期刊、报纸，但终因这方面资料匮乏使我无从继续研究这一课题。虽然如此，黄老师方法论上的自觉却深深影响了我此后的研究。

我的博士论文选题《京派小说诗学研究》就试图致力于方法上的突破和创新。记得博士论文定题之后，我写了两篇关于京派小说研究的论文——《京派小说的意象叙事》《京派小说残缺家庭的情节模式》交给黄老师审阅。第二天就接到黄老师约我到他家谈论文的电话。与往常一样，黄老师总是先为我倒上一杯热腾腾的茶水。我看见手写的论文底稿上有黄老师密密麻麻的铅笔批注。黄老师先是让我谈谈自己对这两篇文章——从发现问题、整理思路到形成文章的过程，接着黄老师谈到两篇文章共有的问题：论述过多而事实太少。谈残缺家庭就应该把京派小说有关这方面的文本大量列举出来，"孤证不为证"，结论应建立在大量事实与材料的基础上，同时更应该把京派残缺家庭的题材置于一个比较的视野中以凸显其独特性。自此以后，每每探讨一个学术问题我总是记起黄老师这次对我的敲打，"论从史出"、"有一份材料说一份话"的客观实证原则也成为我自觉认同的治学原则。

　　当然，问学三年得益于黄老师的不只是学术方法的训练，在人格与心性方面，黄老师也深深影响了我。在黄老师的上下届博士中，我是唯一一个来自长江以北的所谓"北方人"，也许是长久生活在中原较为安静的小镇的缘故，也许是我喜欢安静的性格使然，刚到广州我并不适应这里的生活。人声鼎沸的大街可以少去，炎热的天气尚可忍受，而广州偏于甜食的饮食结构却让我难以适应。记得刚入学时，黄老师宴请我们，地点选在农林下路的一家名为"小洞天"的川菜馆。那是我第一次品尝川菜的"精华"，也领略了黄老师所说的"叹世界"的滋味。归来的途中，黄老师问起我对广州初来乍到的感受，我如实陈述了自己刚到这里的观感，用《子夜》中久居乡下的吴老太爷对上海大都市的感受相比拟。黄老师要我尽量克服生活上的不适，以便迅速适应这里的学习生活。由于我性格内向，不喜欢到处走动。他要求我在读书的同时，还是要找点时间到广州各处走一走，感受一下地方文化，从饮食到风俗，也是古人所谓的既要读万卷书，也要行万里路。现在回首往昔，我先前"喜静不喜动"的性格改变了许多。黄老师所说的"叹世界"不只是饮食上的，也有关乎文化上的。现在的我，到了各地总想用自己的脚步亲自走走，走进大街小巷，有时甚至会有意在市井陋巷中间体会当地草根文化的独特魅力。

　　三年的学习生活紧张而愉快，尤其是节假日，黄老师总是把我们在校的学生约到他家品味"美食"，师母陈老师则格外细心——她总是为偏爱面食的我特意准备一大碗面条。餐桌上总是聊起学术，黄老师娓娓而谈，同学之间常常"唇枪舌剑"，这些场景现在回忆起来增添了求学中的几多温馨。

　　回忆师门求学的日子，有几多温馨，也有些许懊悔和惭愧。有一件事，我一直压在心头，觉得很对不起黄老师。大概是2001年9月份吧，我到黄老师家谈论文，黄老师问起我的论文进展，我感到时间非常紧张，随口就讲起我的夫人怀孕了，自己的论文没着落，爱人又没人照料，自己内心很是焦虑。黄老师就顺口说道：那你就回去照顾夫人吧！他大意是说，在写作论文的紧张时期，是不便于要孩子的。我当时却误会了黄老师的意思，自己觉得非常委屈——我和我爱人结婚多年好不容易投病问医才怀上孩子，怎么能说不要孩子呢？我论文固然重要，孩子则更为重要！但黄老师并不了解这一切，我也从来没有给老师讲起过这些。当时莽撞性急的我，竟然给黄老师回了一句："黄老师，您觉得把我招进来，您后悔么？"话一说出口，我就非常后悔，觉得自己不懂事，不知礼，对恩师哪能用这种口气说话？况且，我也误解了黄老师的意思，他觉得先让我回家照顾好妻子，可以推迟一年答辩，并不是说不让我要孩子，而是读书阶段不便于要孩子。记得当时黄老师以他惯有的手势，轻轻地拊掌，叹了一声，说："我亲自招来的学生，哪能后悔呢？"我不知道，黄老师还是否记得这个情景，随着时间流逝和岁月更替，我现在也早已是研究生导师，黄老师对学生的宽容和大度表现出一个仁者的君子风范！每每想到冒犯恩师的这一幕，都让我感到如芒刺在背、羞愧之极！

我性格较为内向，平常与老师或同学谈话，我常常聆听多于言说。即使是有些活动也往往观看多于参与。也许黄老师看到了我这一点，他常常给我讲，要敢于表达自己的看法，表达本身也是对思维的整理。现在想来，我终于体味到我们毕业论文答辩黄老师把我放在第一个的用心了。2002年6月初论文答辩可谓是我们的盛典。答辩之前，黄老师就给我们鼓气强调答辩的重要性，他说答辩是我们的节日庆典。为了迎接这一庆典，穿戴一贯休闲的我，那天格外庄重。浅灰色的衬衣配着一条天蓝色的领带。头发也在前一天刚理过，面对着答辩委员，我自信沉着地陈述论文概要，我知道在我身后坐满了前来旁听的学生和老师。对于答辩老师提出的问题进行了较为圆满的回答，我清楚地记得答辩老师问我关于"何谓现代性"的话题，我从现代性的起源谈到启蒙现代性与审美现代性的二元张力及互补，回答结束后，这位老师竟情不自禁地说："你的回答我非常满意！"那天答辩结束后，黄老师也为我们精彩的答辩高兴。晚上特意请我们到一家具有异国情调的餐馆喝茶，尤其对一向不善表达的我的精彩答辩，黄老师感到由衷地喜悦，更为我克服自己的缺点感到欣慰！

黄老师与师母陈老师都是极重感情的人，我2002年6月底办完离校手续、托运走行李后，到黄老师家辞行，对着辛勤培育我三年的黄老师和生活上给予我们悉心关怀的师母我深深地鞠一躬！此时，我感情竟不能自已——声音有些哽咽，陈老师的眼圈红了，黄老师也极为动容。我知道：中大三年黄老师给予我的让我受用终生的岂止是这一鞠躬致谢所能表达！我博士论文的后记对师门求学三年的求学有这样的总结：

我的论文从确定选题、通过提纲，到写作成文都是在黄老师的悉心指导下完成的。在本文的写作过程中，黄老师以其一贯的论从史出、严谨求实的学风和对文学问题的宏观把握，从论文的观点、全文的布局、研究的方法等方面对我进行了耐心细致的指导。每次到黄老师家谈论文，黄老师总是先为我泡上一杯酽酽的茶，我一边品着茶香，一边聆听老师的教诲。黄老师有时如春雨润物，娓娓道来，我沉醉其间，不知不觉中得到学术的训练；有时黄老师则针对我的问题步步追问，神情严肃，如禅宗棒喝，让我开悟。我手写的论文初稿上，有黄老师密密的批注，其间不知倾注了老师多少心力！三年间，黄老师不但在学术上给我教诲，人格上也深深熏陶了我。师恩难忘，吾将铭记于心！

我毕业之后，回到原工作单位河南大学又开始了忙忙碌碌的工作，虽然不再亲炙先生的教诲，但在有限的通信或通话中，不时得到先生的点拨和鼓励。有一次信中专门给我寄上他在一次学术会议上的发言稿《在现代文学研究中，提倡科学精神》，信中说道：

这一篇是我在长沙会上的发言，因为有人要稿，就打出来，现寄一份给你，请指正。

我现在也用电脑了，觉得很好用。希望你也尽快电脑化，像这样文章就可以从网上传给你，互相交流方便多了。昨看电视，介绍徐迟的，76岁学电脑。他说21世纪有两张通行证：一是电脑，二是外语（有两三门更好）。望你速把这两张通行证拿到手。(2003年2月22日)

现在看来，我也很惭愧，只是拿到了电脑通行证。黄老师来信特意让我学习电脑，是因为在当时电脑打字比较普遍的情况下，我仍然坚持用稿纸写作。我的博士论文都是我手写以后交付打印社打印的，费时费力，修改极为不便。我原来总是感到，自己一旦面对电脑屏幕没有在稿纸上得心应手。黄老师的这封信确实鼓励了我电脑写作的信心。此后，我尝试运用电脑写作，也真正体验到了电脑写作的便捷和效率。

即便我后来到中国社科院文学所博士后流动站研究期间（2004年到2006年），黄老师利用到北京出差的闲暇，还一直关心我的学习和生活。

由于社科院住宿非常紧张，我租住在靠近潘家园的一个斗室里。每天早早出发到国家图书馆或北大图书馆查阅资料，晚上再回到住处，日复一日，清淡的生活过得紧张而充实。也许是在通话中黄老师了解到我在北京的这些单调清苦的生活吧，黄老师有次到北京出差，特意请我到北京崇文门的全聚德烤鸭店吃烤鸭。据说周总理曾经来过这家烤鸭店，只记得崇文门烤鸭店古色古香，烤鸭价格不菲，用餐还要给小费，服务人员推着小车，当面表演片鸭的手艺，叫我这个乡下人着实大开了一回眼界。迄今为止，这也是我唯一一次在京吃烤鸭的经历。吃饭闲谈中间，黄老师自然问起我正在从事的研究课题《语言运动与中国现代文学》，他主张我应该有精细的文本分析，具体分析语言和文学的互动关系。当时由于出站报告写作时间紧张，我未能参加黄老师当时主编的《中国现代文学研究史》的写作，非常遗憾，失去了进一步接受黄老师学术训练的机会！

不过，黄老师仍然一如既往地关心我的学术。2008年底，当黄老师得知我走向院行政岗位时，黄老师语重心长地告诫我，千万不要因此耽搁了学术！记得黄老师当时送我一句话提醒："文章草草千古事，为官匆匆能几何？"诚哉，斯言！在我所谓"匆匆"的五年中，尽管没有忘记学术，但太多的琐事和应酬耗去了很多精力和时间，人的精力有限，学术研究哪能不受影响？不但学术受到了影响，我与黄老师相聚的次数也越来越少，我每年暑假总是设想到广州探望老师，借此也可以与诸位师门同学聚聚，可总是琐事缠身，不遂人愿！夜深人静的时候，每每想到黄老师提醒的话，常常让我焦虑难眠！

多年以前，当黄老师让我们展望一下自己五十岁以后的学术时，我还觉得自己离五十还早呢，时间真快！我毕业已经12年，自己年龄上也接近五十"知天命"之年，检点我现在的学术，这微不足道的成绩让我脸红。尽管如此，这点滴的成绩也得益于自己各位业师的敲打琢磨。黄老师虽已到耄耋之年，但并没有老之将至的人生感慨，他步履仍然那么矫健，思维依然那么活跃，学术上也一如既往——这些年又不断读到黄老师对学术前沿问题深入思考与认真探索的文章，黄老师也连续获得教育部和现代文学研究会的学术大奖！对于这一切，作为学生的我是深感高兴的。古人云："仁者寿"，在黄老师八十华诞之际，愿有仁者风范、有君子风度的黄老师平安健康，福寿绵绵！

后 记

这部论著是我学术练笔的结集。最早的一篇《"白日梦"中的自尊与自怜》写于1994年，那时，我还在河南大学中文系攻读中国现当代文学专业硕士研究生，《是控诉，还是忏悔?》这篇论及乔叶小说《认罪书》叙述策略与道德救赎主题的文章则写于2014年，如此算来，这部小小的集子记录下了我20年来学术研究和学术成长的历程。这些文章之前大都已经在学术期刊上发表，之所以把它们集中分类收集在一起出版，一则是我以前出版的三部论著都没有收入这些篇什，集中出版便于以后查找和翻阅，二则也是对我20年来学术研究和治学理路的总结和反思。我想，现在重新翻检我多年以前学术蹒跚学步的文章，不是个人怀旧般的盲目自恋和欣赏，也非展览伤疤似的自嘲以前的稚嫩和陋拙，而是对自己学术研究的审视和反省。

的确应该如此。对于过去的深情凝眸不是为了聊发个人顾影伤怀的人生感慨，而应在自我观照中探寻自我何以如此及自我的局限性，在自我清理和反思的基础上探讨自己未来应该怎样以及如何超越自我的问题。总结过去关乎现在和未来，"回首来时路"是为了"温故而知新"。

这些文章大体分为三类。第一类"文本与方法"主要注重文本细读，从具体的文本出发，利用新批评的细读原则和形式主义文论的叙事学方法，在文本分析的基础上，对文本中的人物形象、文本的叙事艺术、文本的主题意蕴等多方开掘，试图得出一些创新性的结论。有些文章的题目就清晰地标明了文章写作的视角、方法，不时涌现出渴望学术创新的强烈冲动，如《论施蛰存小说中的反讽》则是利用英美新批评的反讽概念透视施蛰存小说的产物，《叙事传统的颠覆和诗骚传统的回归——从叙事角度看"新感觉派"小说》、《论晚清小说的叙事艺术》等文均是运用从叙事学理论观照研究对象的结果。90年代初，叙事学理论刚刚译介到中国学术界，中国现当代研究生对叙事学理论推崇有加，布斯的《小说修辞学》

和热奈特的《叙事话语·新叙事话语》成为大家争相传阅的热门书。在这种学术氛围中，也自然激发了我对叙事学理论的好奇和热情。限于我当时的生活和经济状况，购书对于我则是一种相当奢侈的事情，当时我的大弟弟在河南大学读本科，小弟还在中学念书，因而读研期间除了有效利用图书馆，有些必读的书主要是靠借阅同学和老师的。同专业又同寝室三年的刘涛慷慨无私地让我分享了他的所有藏书，《小说修辞学》就是从他这里借来一点点艰难地啃下来的。同专业的魏春吉、李国平很喜欢购书，他俩淘书的范围很广，藏书颇丰，大凡古今中外名著一应俱全，我读研期间对外国文学的阅读和涉猎得益于他们的不少。《叙事话语·新叙事话语》则是从关爱和老师的书架上翻检出来借阅的，当时，关老师还住在校西门的一栋红砖小楼里，房间不大，书房和卧室两位一体，靠窗一张写字台，靠墙摆满了书架，之间勉强放下一张床。每到学校放假前夕，我总会到关老师那里挑选几本专业书以备假期在家阅读。解志熙老师的书房我也常常光顾，那时他居住在河大苹果园老区的两室一厅，第一次走进他的书房，我和几位同学都惊呆了，房间里竖立着一排排书架，书架之间只能容一个人侧身，这简直是一个专业图书馆。我读研期间图书馆里借阅不到的许多图书是从解老师这里借来的。时至今日，我才突然意识到：尽管古人云"书非借不能读也"，事实上，到图书馆借阅和跟老师借阅，虽同是借阅，阅读效果似乎大不相同，尤其对于初读专业书的我来讲，更是如此。借阅图书馆的书归还之后，没有谁会去刻意跟你考究讨论这本书，除非靠你自己慢慢咀嚼，仔细回味。借阅老师的书则不然，归还的时候，老师总不免问起你的阅读感受，哪怕不是有意的考问，只是随便的寒暄，你总得礼貌认真地回答老师的发问，更何况有时老师会对借阅归还的这些书逐一评论，在这充满对话和交流的语境中，关于读书的话题可以从所借之书进一步延伸到其他，追问，切磋，驳难，释疑，聆听……这些关乎专业的谈话方式最终都可能转化为自己对知识和方法的吸收，而学术的生长就孕育其中，所谓听君一席话，胜读十年书，虽嫌夸张，但在对话与交流的过程中受益匪浅则无疑义，所谓"耳提面命"的教益也大概类似吧。因而，每每借阅老师的书，在阅读的过程中似乎较之其他更为认真细致，长此以往，自己逐渐养成了谨慎敏锐、细心研读的读书习惯并慢慢内化为独立思考的治学方式。研究生期间开始形成的这种读书习惯让我在此后的学术研究中受益良多。

集子中文本细读的几篇文章有的写于硕士读书期间，这些是当时交给授课导师的课程作业，每篇都是按照自己当时所能达到的水平尽力写出，庶几做到了胡适对他弟子罗尔纲的告诫："不敷衍""不苟且"。正是抱着这样认真的态度，加之这些作业及时得到授课老师的细致评点和极力推介，原本作为课程作业的论文都陆续刊发。《论施蛰存小说中的反讽》一文是提交给刘增杰老师的读书笔记，经刘老师评阅修改后投递到《开封大学学报》发表，《叙事传统的颠覆和诗骚传统的回归——从叙事角度看"新感觉派"小说》是经当时还在河大任教的沈卫威老师推介，先发于《天中学刊》，后被人大《复印报刊资料》全文转载。也许因为自己有叙事学方面的理论准备和前期成果，我的硕士论文《新感觉派小说叙事艺术论》的写作极为顺利，在论文答辩会上，当时刚博士毕业归来的孙先科老师也参加了我的答辩，他对我论文选题的新颖鼓励有加。刘增杰老师对我硕士论文中《论新感觉派小说的叙事语链》一节很是看重，答辩会后迅疾嘱咐我把这一部分修改成文并推介到《河南大学学报》发表。

这部集子中的第二类"史料与问题"所收文章主要是从文学史料、文学期刊、文学版本等文献出发，采用无征不信、论从史出的原则和方法出入于文学历史，在触摸大量第一手原始文献的基础上发现问题，力争做到"采用新材料以研究问题"并试图得出富有价值的科学结论。这些文章，大都写于在中山大学攻读博士研究生时期以及在中国社科院博士后流动站研究期间。《徘徊于史实与虚构之间——中国现代历史小说观念探询》原本是在中山大学中文系研究生年度论文报告会上提交的论文，论文的写作从翻检中国现代作家的资料入手，考察现代历史小说的创作观念，这篇论文一改之前文本分析的路子，是在黄修己老师"论从史出"的治学研究观念影响下的产物。虽说在河南大学读研期间也受到了这种朴学研究风气的熏染，但那时的我似乎懵懵懂懂，并未深刻领会史料之于学术研究的重要价值。在我读博期间（1999—2002 年），中山大学中文系研究生每学年都要常规举行研究生年度论文报告会，会议模仿论文答辩形式，由相关学科的老师组成答辩委员会，每个宣讲报告的学生先陈述论文内容，再根据答辩老师的提问当场回应，有时旁听的学生也可能加入质疑问难的行列，针对论文也会当场发问，报告会上可谓唇枪舌剑、针锋相对，老师毫不留情，当面指出论文的软肋和问题，答辩的学生也不甘示弱，据理力争，根据老师的提问对自己的论文或申述、或解释、或辩难，论文报告在一种平等、对话而又不乏火药味的氛围中展开。记得我在报告会上陈述我的论文后，负责答辩的几位老师分别对我的论文进行了点评，有位老师的点评至今还记忆犹新："你的论文史料梳理扎实而完备，但你排比这些史料的目的究竟要说明什么，论文写作要达到什么目的？"这位老师的发问点到了论文的症结，我当时写作论文时只是罗列了大量史料，却没有考虑到从史料中出"论"的关键性问题，我竟一时语塞，无言以对。坐在我旁边反应敏捷、长于论辩的同窗师弟陈希可能感受到了我的窘境，竟挺身而出替我解围："描述历史有时比阐释历史更为重要，因为描述本身就是目的。"之后，我向黄老师谈起论文报告会上的情景，黄老师则认为描述历史只是学术研究的第一步，还要进一步解释为什么的问题，要在史料中有所发现，要从"史"出"论"，"论"才是创见和发现。黄老师这种在史料中有所发现的问题意识深深影响了我此后的学术研究。黄老师为了对我们进行学术上的严格训练，让我们几个同学一起参与到他的国家社科基金课题《中国现代文学研究史》的项目中。我负责现代文学第一个十年的文学批评部分，这部集子中关于1917至1927年间中国现代文学批评研究的几篇文章都是在黄老师严格学术训练下的收获。

这部集子的第三类"学人与学术"，大部分写于近些年，主要是关于中国现代文学研究家的学术研究评议，也可以说是"研究之研究"。这些篇什重在对学人学术史研究的探讨和梳理，并在此基础上考察各自的学术贡献及对于现代文学学科的学术史意义，即便是单篇的"书评"也力图把学人的研究论著放在学术史的宏阔背景中加以观照。我学术史研究方面的训练最早得益于研究生期间关爱和老师开设的《清代学术研究概论》课，后来在读博士期间进一步受到黄修己老师的学术史和学科史训练，梁启超的《中国近三百年学术史》是黄老师给我们开列的必读书目。这些系统的学术训练培养了我在学人研究和书评写作中的学术史眼光，看似单篇的学人研究其实关涉到我对学术史问题的一些点滴思考。梁启超以学人带动学派及学术思潮的学术史写作理路深深地影响和启发了我，他学术史的宏大构架均是建立在对一个个具体学人深入讨论的基础上。比如，在论述"清代经学之建设"时，谈到了不甚为人称道而在学术史上实有相当位置的安徽籍学人姚立方（名际恒），指出姚的《古今伪书考》一书对上自《易经》的孔子《十翼》下至许多经注、子书等均一一怀疑，由此梁启超称姚为"疑古的急先锋"。这一看似简洁的断语，却深藏着对五四疑古思潮探源的学术史信息。事实上，这种"辨章学术，考镜源流"的学术史眼光在任访秋先生那里也相当自觉，先生的《中国新文学渊源》是我们硕士阶段本专业的必读书。学人研究并不容易，首先要通读研究对象的所有论著、论文，对其研究成果进行梳理、总结、提炼与归纳，最重要的是置于学科史的发展历程中加以评述。《从文学史研究到学术史创构——黄修己对中国现代文学学科的贡献》《从史料的发掘整理到中国现代文学史料学的建立——略论刘增杰的史料研究》两篇是对我的授业恩师同时也是中国现代文学第二代研究者学术研究的通论性文章。现代文学研究界的第二代学人为中国现代文学学科的成熟做出了独到贡献，这代学人尽管如黄修己先生所言学养"先天不足，后天失调"（这显然与新中国成立以后一波未平一波又起的政治运动的语境有关），但这代学人对于学术大都秉持了"板凳要坐十年冷"的治学心态，他们对于学术研究的执着和科学求真精神的坚守令我感佩。这代人如今都陆续步入耄耋之年，总结他们的学术成果理应成为后辈学人的自觉行动，薪火传承才能化为我们学术不断精进的优秀资源，因为只有这样，我们才谈得上接续了学统，也必须这样，我们的现代文学学科才能不断繁荣昌盛，步入辉煌！梁启超论及学人总是把学者的治学心态与人格关联起来，论及顾亭林道："我生平最敬慕亭林先生为人"，"深信他不但是经师，而且是人师。"我在论述黄修己师和刘增杰师的学术中，也有意把他们的治学与人格结合起来。在梳理、总结先生的学术研究历程和治学风范的同时，从中体悟先生对学术研究精益求精、自强不息的君子情怀，感受他们对学术尊严的维护以及在研究中自我反思、自我挑战与自我超越的人格魅力。

  书评写作有多种缘由，或受人嘱托，或主动请缨，或是阅读精品后的一吐为快，或是发现偏颇时的学术警醒。师友及同事每出新著，总慷慨惠赠，集子中所收的这些书评都是我认真阅读后的具体感受，书评论述范围主要限于中国现当代文学研究领域。对我而言，写作书评既是一个学习和研读论著的过程，又是提高自己学术见识的过程，同时也是练习写作学术研究札记的过程。品评别人的学术总得先有一个标杆：知道什么是理想的学术境界或曰什么是好的学术，如何评骘学问，要有自己的标准和尺度。品评别人自然也会露出自己学术见地的高下优劣，因而书评写作委实不易，既要对论著好处说好，也要对著者的学术局限性有所商榷和提醒，不能一味颂扬，更不要过于苛评，好的书评常常会成为学术史上的经典。陈寅恪在冯友兰《中国哲学史》审查报告中提出的学术研究应该具有"了解之同情"的态度如今已成为学术研究的常规性原则，他在陈垣《敦煌劫余录》序言中提出："一时代之学术，必有其新材料与新问题。取用此材料，以研求问题，则为此时代学术之新潮流。治学之士，得预于此潮流者，谓之预流。其未得预者，谓之未入流。此古今学术史之通义，非彼闭门造车之徒，所能同喻者也。"这段话屡屡被学界引用，陈寅恪通过评议具体论著，意在探讨从事学术研究应有的科学的方法论问题。

这部集子涵盖了文本细读、史料问题和学术史研究三个层面，大体上留下了二十年来我学术之路的清晰面影。回头翻检这些成果，就文本分析而言，我主要依据了叙事学的理论，但我的分析所依据的理论过于单一，对于文本深层的开掘还远远不够。这些年来，解志熙老师对于文本的分析思路值得借鉴，他把文学创作视为一种实存行为，通过文本内部与文本外部的互证对照探察出作品的深层意蕴和作家的隐秘心理，这种老吏断狱似的深入分析和绵密的论证功夫应该好好借鉴。孙先科老师的文本细读也极为老道，他总能把具体而微的文本解读与作家的人生经历和人格心态紧密结合，生发出细腻独到的精神现象学命题。我在这方面欠缺多多，显然应该进一步加强。在史料中发现问题并解决问题是近些年我学术研究的着力点，从博士后出站报告《语言运动与中国现代文学》到新近刚刚完成的《语言文学的现代建构》都体现了在原始报刊中发掘史料并呈现问题的学术思路。这种从文本分析逐步转向史料研究的学术路径既是自身学术拓展的内在要求，也是当下的学术风气影响的必然结果。我在《语言文学的现代建构》一书的后记中已经意识到："我的学术研究也深深地打上了时代学术风气给予我的烙印。史料和文献是学术研究的基础，中国现当代文学研究界的大力提倡和有意重视原本是针对学界游谈无根的空疏风向的补偏救弊。但我在自己的学术研究中，在具体的问题论述过程中，总想以史料取胜，以史料为尚，即便没有达到如傅斯年所谓的'史学就是史料学'的程度，但却在具体问题的展开和论述中不同程度地存在堆砌史料的弊端，潜意识总觉得史料得来不易，不愿忍痛割爱，缺乏剪裁和归纳，对史料的深入分析和具体阐释显得薄弱，以致往往会使自己的学术观点隐现甚至淹没于史料的汪洋大海之中。这些问题，也只好留在我以后的学术研究中加以自觉地解决了。"应该说，我对自己学术研究中史料缺乏剪裁的弊病极为警觉，如果意识到这些问题不但关系到学术文章的写作策略，也事关个人的才力和学识，这只能在以后的研究中逐步增强自身学养、提升学术研究境界而尽力克服了。

  我 1993 年进入河南大学文学院（当时叫中文系）攻读中国现当代文学专业研究生，今已 20 多年了。这 20 余年来，我每一点滴的进步都离不开河南大学文学院、离不开河南大学中国现当代文学学科搭建的学术平台，每一步都是领导、老师和同事们不断帮扶、提醒、敲打及相互砥砺的结果，他们是我学术成长的"源头活水"。至今还记得与杜运通老师的一次畅谈，大概是 1998 年的上半年吧，那时他还没有调至广东韩山师范学院，当时中文系的办公地点还在八号楼，我和杜老师就在靠近楼梯的现代文学教研室长谈了几个钟头，从上午到中午一直过了午饭时间。作为现代文学教研室主任，杜老师对于我们刚留校执教的年轻老师关心有加，留校一进入教研室工作，他就再三叮嘱我们首先要"站好三尺讲台"，科研可以稍微放放。那次办公室的畅谈，杜老师对我留校两年的教学工作给予了鼓励和肯定，语重心长地嘱咐我应该在搞好教学的同时，接下来一定要把科研做好，并鼓励我备考博士。也正是得益于杜老师的及时提醒，在教学工作之余，我很快就全力以赴地投入到备考当中，1999 年考入中山大学师从黄修己先生攻读现当代文学专业博士学位。是啊，每个人的成长总是有各种各样的机缘，我真切地感受到：走进我生命中的每一个人总是以不同的方式影响和帮助着我，我深深地感谢他们！这部集子的出版既是对我 20 年来学术研究的回顾、总结和反思，也是对在我成长过程中给予无私帮助的各位师友真诚的谢意与感恩！

  我知道，人生的路还很漫长，在学术研究方面，我需要自觉克服的局限性还很多，我仍应该一如既往地努力着，准备着……

作者

2015 年金秋于开封